国家社科基金
GUOJIA SHEKE JIJIN HOUQI ZIZHU XIANGMU
后期资助项目

梁祝传说源流研究

王宁邦 著

中华书局

图书在版编目（CIP）数据

梁祝传说源流研究/王宁邦著. —北京：中华书局，2025.3. —
ISBN 978-7-101-17019-1

Ⅰ. I207.73

中国国家版本馆 CIP 数据核字第 2025RQ9696 号

书　　　名　梁祝传说源流研究
著　　　者　王宁邦
丛　书　名　国家社科基金后期资助项目
责任编辑　葛洪春
封面设计　毛　淳
责任印制　韩馨雨
出版发行　中华书局
　　　　　　（北京市丰台区太平桥西里 38 号　100073）
　　　　　　http://www.zhbc.com.cn
　　　　　　E-mail：zhbc@zhbc.com.cn
印　　　刷　北京侨友印刷有限公司
版　　　次　2025 年 3 月第 1 版
　　　　　　2025 年 3 月第 1 次印刷
规　　　格　开本/710×1000 毫米　1/16
　　　　　　印张 21¼　插页 3　字数 330 千字
国际书号　ISBN 978-7-101-17019-1
定　　　价　95.00 元

　　王宁邦,江苏江宁人,南京大学文学博士、历史学博士后,教授。主要研究方向涉中国戏曲史、文物考古、艺术品鉴赏、版本鉴定等。在CSSCI刊物发表论文二十余篇(含国内权威刊物全文转载),部分研究成果在国内外产生一定影响。曾主持国家、省部级社科课题,列入南京市重点文化人才计划,获得江苏省社科奖、《清华大学学报》(社科版)十大优秀论文奖等。现受聘为南京大学文化与自然遗产研究所副所长、研究员,南京晓庄学院等多所高校兼职教授,国际南戏学术研究会常务理事,江苏省地域文化研究会理事,江苏省王氏联谊会名誉主席等。

国家社科基金后期资助项目出版说明

后期资助项目是国家社科基金设立的一类重要项目,旨在鼓励广大社科研究者潜心治学,支持基础研究多出优秀成果。它是经过严格评审,从接近完成的科研成果中遴选立项的。为扩大后期资助项目的影响,更好地推动学术发展,促进成果转化,全国哲学社会科学工作办公室按照"统一设计、统一标识、统一版式、形成系列"的总体要求,组织出版国家社科基金后期资助项目成果。

全国哲学社会科学工作办公室

目　录

序　一

　　梁祝传说研究是宁邦的博士论文选题,他在 2007 年完成毕业论文后,仍孜孜不倦地从事这一课题的研究,期间还以此为课题申报并获批了国家社科基金项目。从 2005 年选题的确定到今天他的首部研究成果《梁祝传说源流研究》的出版,前后经历了近二十年的时间,在这漫长的二十年时间里,他始终围绕着这一课题搜集材料,作深入研究。二十年的时间,在历史的长河中,只不过是一瞬间,但他的这部《梁祝传说源流研究》的出版,对于已具有上百年历史的梁祝文化研究来说是推进了一大步。

　　宁邦对梁祝传说的研究从选题的确立到具体撰写,直至今天正式出版,其过程我都了解,他能在历史悠久、学者众多、成果丰硕的梁祝传说研究领域里独树一帜,取得卓越的成就,主要得益于他的三个方面的努力。首先是学术思维上敢于标新立异,不受前人成见的影响和束缚。梁祝传说研究始自 20 世纪初,迄今已进行了一百多年,在这百余年的时间里,不仅学术界的研究成果累累,而且民间和有关地区的文化部门为了弘扬乡土文化,也搜集和挖掘了大量相关的文献资料。显然,若是沿着前人的思维模式进行研究,梁祝传说研究无论是理论观点上,还是资料的发掘上,都已很难能有突破和创新了。而宁邦在学术思维上作出了创新。在梁祝传说中,对祝英台的研究是核心内容,迄今几乎所有的梁祝传说研究都是把祝英台作为人名来研究,而宁邦不受前人成见的影响和局限。他对现有的梁祝传说材料作了研读后,发现目前所见到的梁祝传说文献资料中,"祝英台"最早的出处是唐李蟫的《题善权寺石壁》诗并序,其中谓武帝"赎祝英台产"兴建了善权寺。此后在南宋史能之等编撰的《咸淳毗陵志》中也有载,谓齐建元二年(480),以"祝英台故宅"建广教禅院。后来在梁祝传说中,多据此将"祝英台产""祝英台故宅"说成是女子祝英台的家产或宅第。"祝英台"也就成了一个女子的人名。迄今几乎所有研究梁祝传说的学者也都沿袭了明清以来的成见,将"祝英台"作为人名来探究。而宁邦不受前人成见的影响,对此提出了疑义:中国古代是男权社会,家产不可能归于女性名下,而且，若寺院是由女子(祝英台)的故宅改建而成的，也不可能被史志记载下来。因此，他认为，将"祝英台产""祝英台故宅"说成是女子祝英台的家产或宅第不合常理，将"祝英台产""祝英台故宅"中的"祝英台"视为人名，也是缺乏依据的。另外，在梁祝传说中有"祝英台读书处"一说，传为女子祝英台的读书地，对此他也提出了疑义，各地遗存的名人读书台或读书处中的名人，皆为历史名人，史志有载；而"祝英台读书处"之"祝英台"，并非历史名人，只是传说中人，而且为女子之名，由是怀疑"祝英台读书处"之"祝英台"也非人名。正是由于在学术思维上作出了创新，不受前人成见的影响和局限，对"祝英台产""祝英台故宅""祝英台读书处"中的"祝英台"一词产生了怀疑，因此，他便选择从解开祝英台的身世之谜切入，考证并提出了祝英台最初不是人名，而是地名，是三国东吴末帝孙皓封禅所筑的祭坛的见解。

宁邦提出的祝英台是地名不是人名这一新的见解，颠覆了迄今几乎所有研究梁祝传说的学者及一般民众对梁祝传说的认知，而祝英台是地名不是人名这一新的见解也为梁祝传说研究开辟了一条新的路径，因此，这就为他的梁祝传说研究的创新奠定了基础，虽然面对的是前人研究过的材料，但他能够从中发现新的问题，提出新的见解。如关于词(曲)牌【祝英台近】是近词还是慢词的疑案，自明代以来历有不同的解释，至今未有定论，成为"悬案"。由于考证了祝英台为地名后，也就廓清了词曲研究史上的这一"悬案"，【祝英台近】之"近"是"接近""临近"之义，而非"近词"与"慢词"之"近"。他在研究期间发表的论文中，对梁祝传说的起源地、起源时间、梁祝的身份等问题提出了一些新的见解，已在学术界产生了很大的影响，令人信服，迄今尚未有人对他的观点提出质疑。

其次，宁邦能在传统研究领域里超越前人，取得成就，还得益于他在研究方法上的创新，采用了综合多学科的研究方法。梁祝文化所涉及的学科众多，如民俗学、历史学、社会学、文献学、语言学、宗教学、考据学、金石学等多个学科，如他对"祝英台"之名的考探，就是采用了综合多学科的研究方法。他在《三国志·吴书》《晋书》《建康实录》《六朝事迹编类》《云麓漫钞》《郝氏续后汉书》《说郛》《谭菀醍醐》《天中记》《荆溪外纪》《(乾隆)江南通志》《六艺之一录》及宜兴历代方志等史籍中查阅到了有关东吴末帝孙皓封禅的记载，便对孙皓封禅事与祝英台的关系作了考证。他先是考证了孙皓封禅的原因,宜兴离墨山先后出现了"大石自立"和"石室"两大祥瑞,有预示孙吴国运昌隆之意,这便引发了孙皓在宜兴离墨山筑坛封禅。后又依据中国古代帝王的封禅制推断,古代帝王筑坛封禅,常于封禅处地下室纳入精美玉器,古制称"玉检",因"英"有"似玉美石"之义,故后人将孙皓封禅所筑的祭坛称为"祝英台"之"英",与封禅制中的"玉检"有关。为了考证孙皓封禅事与祝英台的关系,他还到实地作考察,将文献资料与田野调查结合研究。

又如他在考证"碧鲜庵""碧藓岩"与"祝英台读书处"的关系时,借鉴了语言学的研究方法。"碧鲜庵"本称"碧藓岩",是唐李蟾刻其奏疏和唐懿宗批复、诗并序及"祝英台读书处"六个大字的一块巨岩,最初岩石上所刻的主体部分应是李蟾的奏疏和唐懿宗批复、诗并序等近千个小字,"祝英台读书处"六个大字只是指引人们读小字的标志。随着岁月的流逝,经年累月,"碧藓岩"上的小字部分逐渐风化磨灭,后人看到的只是"祝英台读书处"六个大字,因此,就把"碧藓岩"讹传成"祝英台读书处"了。又因宜兴方言中"岩"与"庵"发音均作"ān";而且"庵"在古汉语中为多音字,一读作"yǎn",一读作"ān",读作"yǎn"时,作"植物茂密"解,这样"碧鲜庵"与"碧藓岩"的指义完全相同了;而"庵"读作"ān"时,一指与佛教有关的建筑,尤指女性佛家弟子修行之地,如庵堂、尼姑庵;一指宅堂、居所或书斋等,如"编草结庵,不违凉暑"之"庵",正出于"庵"字义可指居所、庵堂或书斋等,故"碧鲜庵"被附会为女子祝英台读书处。正是采用了语言学的研究方法,清晰地梳理了"碧藓岩""碧鲜庵""祝英台读书处"之间的衍变过程和复杂关系,对"碧鲜庵""祝英台读书处"的内涵和长期以来所产生的歧义作出了合理的解释。

第三,宁邦无功利、"玩"学问的治学态度,是他能够取得高水平的研究成果最主要的原因。宁邦在博士毕业后,就进入了政府机关工作,他所在的单位并非文化事业单位,与学术无关,无科研要求。而他研究梁祝传说,完全是出于"玩",对学术研究的爱好和兴趣,没有评职称、评奖等功利目的,由于没有功利目的,因此,不需要急于发表成果,可以凭着自己的志趣尽兴地"玩",对同一个选题作深入研究,不断充实材料,修正认识,如他考证了"祝英台"本是东吴末帝孙皓封禅所建的祭坛,先是认为"祝英台"之"英"与封禅制的"玉检"有关;后又从清徐于室、钮少雅的《南曲九宫正始》

中发现了一则有关"祝英台"的材料,其中谓"英台"为"古之英豪歃血会盟之所",通过对"祝英台"衍变过程的进一步研究,修正了前面的认识,认识到将"英"解释为"古之英豪"似更为合理。又如为了补充材料和验证自己的一些新见,他曾多次前往梁祝传说的发源地宜兴作田野调查。经过近二十年的精心打磨,今天宁邦将他的研究成果展示出来供大家"玩",我想读者一定能从他的这部论著中"玩"出新意来,对梁祝传说有一些全新的认识。

　　以上是我对宁邦从事梁祝传说这一课题的研究过程所作的总结,也以此作为本书的序言。

俞为民

癸卯中秋于温州大罗山麓五卯斋

序　二

在我国 1557 项国家级非物质文化遗产项目中,"梁山伯与祝英台"传说(简称"梁祝传说")应该是最有影响的项目之一。"梁祝传说"还拥有"中国古代民间四大爱情故事之首""唯一拥有世界性地位的中国民间传说"及"东方的罗密欧与朱丽叶"等崇高声誉。可以说,它与陈刚先生创作的小提琴协奏曲《梁祝》均为中国的文化经典。"碧草青青花盛开,彩蝶双双久徘徊,千古传颂深深爱,山伯永恋祝英台。""梁祝传说"中梁山伯与祝英台催人泪下的凄美爱情故事和乐音浸润过无数人的心田,打湿过无数人的衣襟。正因为如此,对"梁祝传说"的关注和研究也代不乏人。

"梁祝传说"相关信息最早出现于历史文献中,大约是在唐初,此后历宋、元、明、清均有不同记载。20 世纪 20 年代,始有以钱南扬先生等为代表的一批学者对梁祝故事开展调查与研究。20 世纪 50 年代,著名作家张恨水先生在创作长篇小说《梁山伯与祝英台》时,对"梁祝传说"及其起源地做了考证,发现存在浙江的宁波,江苏的宜兴、苏州、江都,安徽的舒城,河南的汝南,山东的曲阜、嘉祥,河北的河间,山西的蒲州,甘肃的清水等十余处。近些年,在全国各地非物质文化遗产等领域专家学者的调查考证下,"梁祝传说"存在着宁波、上虞、鄞州、杭州、宜兴、汝南、封丘、微山、诸城等多个版本;"梁祝故事"有 43 则流行于浙江、江苏、广西、福建、河南、山东等地的汉族、畲族、壮族、瑶族等民族中;形成的"梁祝歌谣"近万篇,几乎流传于全国各地,在全国保存的"梁祝古迹"有 30 处左右,包括梁山伯与祝英台读书台、梁祝故宅、梁祝故里、梁祝墓、祝陵、梁山伯庙以及碑刻等等。2004年前后,我和南京大学文化与自然遗产研究所的同志在主持宜兴市文化遗产调研课题时,也特别在宜兴一带调查过有关"梁祝传说"的遗迹并搜集过全国相关资料,但是当时感到"梁祝传说"的相关材料十分庞杂,一时很难理出头绪。

幸运的是,2008 年,王宁邦博士前来南京大学做博士后,其研究方向正是"梁祝传说",我作为他的合作导师,对他所从事的研究方向非常感兴趣,并希望他以"梁祝传说"这一"文化事象"研究为导向,把非物质文化遗产、考古学、历史学、民间文学等在方法论上打通,从学理上解决"梁祝传说"产生及其时空内涵等演化问题。宁邦在做博士后之前,已经以中国古典戏剧戏曲学为方向,先后师从厦门大学郑尚宪教授和南京大学俞为民教授,特别是俞为民教授,他是我国最早研究"梁祝传说"的著名专家之一钱南扬教授的弟子,他对宁邦从事"梁祝传说"研究给予了精心指导。2010年,宁邦以《梁祝传说考论》为论题完成了博士后出站研究报告。此后,他并未停止对"梁祝传说"的继续研究,我也会不时读到他新的相关成果,每次他来看望我时,交流话题最多的还是关于"梁祝传说"研究的方法论与他的新见解。

2024年底,宁邦给我送来了他最新完成的《梁祝传说源流研究》课题成果,近60万字的成果打印装订成厚厚两本,内容分为上、中、下编,上编是"梁祝传说起源考",中编是"梁祝传说变异特征论",下编是"梁祝传说文献斟评"。我在阅读中能够感觉到,就掌握资料的广度和研究深度而言,宁邦是目前国内研究"梁祝传说"少见的专家。近日,宁邦给我来电话,说成果的"上编"即将由中华书局予以出版,希望我能为之写一书序,其实,宁邦对"梁祝传说"的研究已达很高水平,我再写序已属多余,不过盛情之下加之师生之谊,只能略说一二,以表达对宁邦多年辛勤劳动所获成果的一份敬佩之意!

宁邦课题成果的上编是《梁祝传说起源考》,共分十八章,分别对"梁祝传说"中的关键人物,如祝英台、梁山伯、马文才;主要地点及重要遗迹,如祝英台读书处、祝英台故址、祝英台故宅及善权寺、碧鲜庵、梁山伯庙、梁祝墓、华山畿、梁祝传说起源地等;关键历史文献,如《金楼子》《十道志》、【祝英台近】词(曲)牌等以及"梁祝传说"作为文化事象的起源、发展、成熟历程进行了专题性考证。每个专题考证均搜集大量相关资料,并对资料中涉及的遗迹现场尽量做出田野考察,在此基础上做汇通式的考察源流,求索真相,其中新论迭出,开人耳目。如他考证发现"祝英台"最初竟然不是人名,而是三国时期孙吴末帝孙皓在阳羡(今江苏宜兴)离墨山附近所建的封禅祭台;梁山伯的原型,与南朝梁武帝萧衍有关,梁山伯庙原本是萧衍之祠庙;梁代佚书《金楼子》中实际并未载有梁祝传说;唐代《十道志》所录仅有涉及梁祝传说的少数地名,是后人对这些地名加入注解或补缀新的传说材料,遂导致人们认为"梁祝传说"最早是见于唐早期的《十道志》中等等。宁邦研究的最终结论是:"梁祝传说"的真正发源地是在今江苏宜兴,故事起源时间不早于公元 872 年。

其实,我对宁邦完成的课题成果之第三部分更有兴趣,因为这部分内容主要是有关"梁祝传说"的历代文献及其考论,总字数在 20 多万,所收文献来自 80 多部史书,上起《三国志·吴书》,下到晚清,让我们能够看到"梁祝传说"是如何一步步变得完整而丰富起来,正是依靠这些基础性资料及严密的考证研究,才使宁邦成果的"上编"相关论证得以成立和坚实。

读罢书稿,掩卷而思,让我突然想起著名历史学家顾颉刚先生。早年读过顾先生及罗根泽先生等所编著的《古史辨》多卷,对顾先生所提出的"层累地造成的古史"一说有所领会。顾先生对孟姜女故事、柳毅传说、嫦娥故事等也做过研究,特别是其所著《孟姜女故事研究》是我国学者首次对传说故事之起源、发展、演化等进行精深和系统的历史学考证,其中的方法论正是运用的"古史是层累地造成"的学说。我读宁邦对"梁祝传说"的研究成果并参读相关历史文献,感到"梁祝传说"从起源到不断丰富、完善之演化过程,同样符合顾先生的"古史是层累地造成"之学说。顾先生早年受学于胡适先生,与著名史家罗尔纲、傅斯年、唐德刚、季羡林诸先生为同门,其弟子中有谭其骧、童书业、杨向奎等史界名流,其学术传统及方法论硕果累累,值得敬重!宁邦在研究"梁祝传说"中使用的其实也是顾先生治学之理路,岂不宜哉!

当然,我们不能说宁邦的成果都可以视为定论,作为流传千年、内容广泛的"梁祝传说",其涉及的学术问题同样相当复杂,而且"传说"属于民间文学范畴,毕竟与历史学还有区别。由此而言,我是希望宁邦要在现在的学术成果基础上,继续努力,拓宽视野,深入挖掘更多材料,全面关注各地"梁祝传说"不同版本的起源、衍变之研究,理清它们的彼此关系,把中国这一具有世界性影响的非物质文化遗产奇葩之来龙去脉、演化谱系说清楚,如是,则功德莫大焉!

是为序!

贺云翔

2025 年 2 月 18 日于南京大学仙林校区大美楼

绪　论

作为我国流传最广的民间爱情故事之一,梁山伯与祝英台传说影响广泛久远,深受各族人民喜爱,几乎各种艺术形式都曾以此题材创作出脍炙人口的作品。千百年来,不同领域的梁祝文化创作与民间梁祝故事传达出的精神,已深深渗入民众生活,与相关的遗物遗迹、民俗遗风等,共同累积成深厚的梁祝文化宝库。

梁祝传说源远流长。学界普遍认为,传说相关的信息最早见载于唐地理志书《十道志》。宋以后,梁祝传说常见于方志、庙记、碑记、文人笔记、文艺作品等文献,戏曲作为传播梁祝故事的重要载体,对传说流布与变异产生了广泛影响。进入 20 世纪,广播、影视、网络等现代传媒手段的助推,不断赋予这个古老传说以新的时代内容。

梁祝传说起源地、起源时间及梁祝身份等命题,虽为不同时期的学者关注,然提出的观点较为粗浅。截至清代,系统的梁祝学术研究并未出现。

真正学术意义上的梁祝文化研究,起步于 20 世纪以后,伴随中国现代民俗学的兴起,才逐步进入学者视野。

近百年梁祝文化研究,其成果大致可归结为四个不同层面:

其一,追溯传说的渊源、阐述故事的发展历程。

其二,资料的收集与发掘。主要集中于历史文献、民间故事、歌谣、说唱与地方戏曲等梁祝传说作品的收集整理,考证源头。

其三,梁祝传说作品的本体研究。主要从文艺学角度切入,包括人物特征、艺术特点、创作成就、思想价值、审美情趣等。

其四,拓展性研究。从更广阔的知识视野挖掘梁祝传说的艺术价值与成就,如从民俗学、社会学、历史学、文化人类学等角度研究梁祝文化遗产,或借用相关学科理论与方法进行综合性研究等。

就 20 世纪以后的梁祝文化研究与创作而言,可分三个阶段。

第一阶段:"五四"运动时期至 20 世纪 40 年代。

20 世纪初,受"五四"新文化运动影响,平民文学研究之风渐开,民间文艺开始登上"大雅之堂"①。在钱南扬等学者倡导下,梁祝文艺作品的收集整理与文化研究迈入学术殿堂并逐渐展现光芒。1926 年 12 月,北大《国学门月刊》第 3 期发表钱南扬《梁山伯与祝英台的故事》、冯沅君《祝英台的歌》。与当时现代文艺学、民俗学与民间文学研究处于起步阶段的整体状况同步,梁祝文化研究聚焦于文献的搜集整理与传说起源的初步考证层面。

20 世纪 30 年代以后,梁祝文艺作品汇集、整理与故事源头考证等方面取得大量成果。1930 年 1 月,中山大学《民俗》周刊第 92 期发表钱南扬《关于收集祝英台故事的材料和征求》启示,得到学术界积极响应;1930 年 2 月《民俗》(第 93—95 期合刊)专题刊发"祝英台故事专号",含钱南扬《祝英台唱本叙录》(录唱本 21 种)等,计十六篇文章。1932 年,中央研究院历史语言研究所印订刘复、李家瑞等《中国俗曲总目稿》,收录一批梁祝曲艺及民间小戏作品。其他代表性文章有钱南扬《祝英台故事叙论》《宁波梁祝庙墓现状》《词曲中的祝英台牌名》《关于祝英台故事的戏曲》《祝英台故事的歌曲》《祝英台唱本叙录》、顾颉刚《华山畿与祝英台》、冯贞群《宁波历代志乘中之祝英台故事》、马太玄《宜兴志乘中的祝英台故事》《清水县志中的祝英台故事》、容肇祖《祝英台故事集序》、刘万章《海陆丰戏剧中的梁祝》、谢云声《祝英台非上虞人考》《闽南传说的梁山伯与祝英台》、张清水《梁山伯与祝英台》,以及林培庐《潮州梁祝故事的歌谣》《潮州民间传说的梁祝》等。继中山大学《民俗》周刊以后,北平《晨报》副刊《学园》、上海《时事新报》与《青年界》、《东南日报》副刊《民俗》与《民间》、杭州《民国日报》副刊《民俗周刊》与《妇女与儿童》月刊、宁波《民俗旬刊》、绍兴《民俗周刊》及河北《定县秧歌选》等,陆续刊登梁祝传说故事、歌谣、戏曲及理论研究文章,形成梁祝文化研究的第一次高潮。

第二阶段:20 世纪 50 年代。

尤其重视通俗文艺对民众的影响力,强调文艺作品的社会教化功能,属于俗文化范畴的梁祝传说备受关注,梁祝文化研究在当时的氛围下形成第二次高潮。

---

① 1918 年 2 月,北大校长蔡元培在《北京大学月刊》61 号,发表征集全国近世故事歌谣的《校长启事》,学者刘半农、钱玄同、沈兼士、沈尹默、周作人等联名发布《北京大学征集全国近世歌谣简章》,并成立北大"歌谣征集处";1920 年 12 月,"北京大学歌谣研究会"成立,创办《歌谣》周刊。

这一阶段，针对梁祝传说主题思想，出现不同观点。雨晨《对梁祝哀史的意见》（北京《新民报》，1950 年 9 月 8 日）、龚纯《对〈梁祝哀史〉的意见》（北京《新民报》副刊《新戏剧》，1950 年 9 月 18 日、25 日）等，对梁祝传说主题基本持否定态度。同时，亦有不同意见者，如何其芳《关于梁山伯与祝英台故事》（《人民日报》"人民文艺"第 92 期，1951 年 3 月 18 日），明确表达反对否定梁祝作品思想内容的观点。

1951 年 5 月，政务院发布《关于戏曲改革工作的指示》，要求各地广泛收集、记录、刊行地方戏及民间小戏的新旧剧本，以供研究改进。其后，梁祝素材被改编成 30 多个剧种的剧本，各地多见演出。1951 年 10 月，上海华东越剧实验剧团编排《梁祝哀史》赴京参加国庆会演。1952 年，文化部主办的第一届全国戏曲观摩会演上，同现越剧、川剧、京剧梁祝戏，产生较强烈反响。舒天一发表《应该严肃对待剧本改编和演出工作——评京剧〈梁山伯与祝英台〉》（北京《新民报》，1952 年 8 月 25 日），批判矛头直指改编京剧梁祝作品。随后，阿英《关于川剧〈柳荫记〉》（《光明日报》，1952 年 12 月 17 日）、马少波《论川剧〈柳荫记〉的现实主义精神》（《光明日报》，1952 年 12 月 23 日）、黄裳《梁祝杂记》（《西厢记与白蛇传》，平明出版社，1953）等，均对改编本梁祝剧目予以好评，"左"倾观再次遭遇质疑与批判。最终，肯定梁祝剧目艺术与思想成就的观点占据主导地位。

其时，众学者就梁祝传说历史渊源、发展轨迹及不同题材作品间的关系等作过探讨，有从作品思想内容、艺术创作等方面进行探讨、评价的，也有阐论梁祝传说渊源与传承的，较之于 20 世纪二三十年代的研究又见深入。代表性文章如张恨水《关于梁祝文字的来源》（《光明日报》，1952 年 12 月 17 日）、豪雨《话说梁祝故事》（《新民报晚刊》，1953 年 1 月 30 日、31 日）、尧公《梁祝故事的发生和演变》（《人民文学》，1953 年第 2 期）、严敦易《古典文学中的梁祝故事》（《人民文学》，1953 年第 12 期）等。

1953 年，上海电影制片厂出品桑弧、黄沙导演，袁雪芬、范瑞娟主演的中国第一部彩色越剧电影《梁山伯与祝英台》，影片上映后，不仅国内好评如潮，国外亦备受瞩目。

梁祝传说文本收集整理工作引起重视。路工《梁祝故事说唱集》（上海出版公司，1955）纵横追索，汇集诸多梁祝说唱艺术作品代表作；钱南扬《梁祝戏剧辑存》（上海古典文学出版社，1956）钩沉辑佚，收集整理一批元至清代古典梁祝戏曲剧目。

以梁祝传说为题材的文学与艺术创作成果颇丰。如张恨水《梁山伯与祝英台》(香港《大公报》1954年1月起连载)、赵清阁《梁山伯与祝英台》(上海文化出版社,1956)等;1959年,何占豪、陈刚创作了享誉全球的小提琴协奏曲《梁祝》。

第三阶段:20世纪80年代至21世纪初。

20世纪80年代之后,围绕梁祝传说申报世界文化遗产,各地掀起激烈的起源地论争,梁祝作品的收集整理、艺术创作与梁祝文化研究出现第三次高潮。

梁祝传说起源地点成为学者关注焦点,争议颇多,如浙江说(又分宁波、杭州、绍兴说)、江苏宜兴说、河南汝南说、山东济宁说等。

梁祝题材的作品收集整理及研究成果卓有成效。1984年,文化部、民族委员会、中国民协等发起编纂"中国民间文学集成"倡议,得到积极响应。通过全国范围的文化普查,诸多流散于民间的梁祝文艺作品得以发现。钟敬文主编《中国民间故事集成》收录大量梁祝传说作品,如《辽宁卷》(1994)收录《梁山伯为什么这么傻》;《浙江卷》(1997)收录《祝英台打赌》《梁祝结发》《三世不团圆》《蝴蝶勿采马兰花》《蝴蝶墓与蝴蝶碑》;《江苏卷》(1998)收录《梁山伯与祝英台》《蝴蝶不采马兰花》《英台化蚕》;《福建卷》(1998)收录《马文才与梁祝双状元》《梁山伯与祝英台》《杉木和合》《祝英台的红裙变映山红》;《安徽卷》(2008)收录《梁山伯与祝英台的传说》等。其后,梁祝文艺作品、史料汇编、学术成果等综合性图书不断涌现。如周静书主编《梁祝文化大观》(中华书局,1999—2000)、《梁祝文库》(中华书局,2007),涵盖面广,主题丰富。2003、2004年,宜兴市政协学习和文史委员会、宜兴市华夏梁祝文化研究会编辑出版《宜兴梁祝文化·史料与传说》《宜兴梁祝文化·论文集》,阐释传说与其地渊源;山东、河南等地相继发表系列文章,论证梁祝传说与其地有关;2006年,陶玮选编、钱南扬等著《名家谈梁山伯与祝英台》,选录一批梁祝文化研究成果。

以梁祝故事为题材的艺术创作再次成为热点。如顾志坤《梁山伯与祝英台》(南京出版社,1995),俞为民新编民间传说《梁山伯与祝英台》(江苏古籍出版社,2000),郑士有、胡蝶《梁祝传说》(中国社会出版社,2006)等。此外,梁祝戏曲、曲艺等艺术形式的新创作亦取得不菲成就。

　　值得一提的是,这一阶段,梁祝文化研究开始迈入新平台,学者研究视野从国内拓展到国外、从文艺本体拓展到多学科交叉,研究成果异彩纷呈。

　　从地域上说,既有对新挖掘的少数民族梁祝传说的考证研究,又有对境外梁祝文艺作品的介绍探讨。如赵景深《牯岭祝英台山歌》(《民间文学丛谈》,湖南人民出版社,1982)、王志冲《略论朝鲜梁山伯与祝英台故事》(《上海民研会年会论文选》,1984)、雷阵鸣《畲族叙事长歌〈仙伯英台〉刍议》(《浙江省民间文学上虞年会论文集》,1986)、刘保元《略论流传于瑶族民间的梁祝故事》(《江浙沪梁祝学术研讨会论文集》,1987)、佚名《梁山伯与祝英台》(《〔台湾〕电影欣赏》总第66期,1993)、过竹《独具特色的苗族梁祝传说》(《南方民族文化探幽》,广西人民出版社,1995)及孔远志《梁祝在印度尼西亚》(《中国印度尼西亚文化交流》,北京大学出版社,1999)等;境外梁祝题材与研究成果引起国内梁祝学者瞩目,如高丽释子山夹注、查屏球整理《夹注名贤十抄诗》(上海古籍出版社,2005)等,日本、韩国研究成果不时见于学术刊物或各类梁祝学术会议。

　　从内容来说,既见对梁祝故事发生、传播与流变的研究,又见从表演学、民俗学、社会学、文化学等视角的综合性探讨,拓增了梁祝文化研究理论深度。如陆全《梁祝故事探源》(《团结报》,1984年5月19日)、章立挥与高义龙《袁雪芬在电影〈梁祝〉中的表演艺术》(《袁雪芬的艺术道路》,上海文艺出版社,1984)、贺学军《论民间四大传说的总体特征》(《民间文艺季刊》,1984第4期)、定华《〈梁山伯与祝英台〉和双蝶节》(《风俗》创刊号,1985年6月)、诸焕灿《试谈梁祝故事的起源与变异》(《浙江省民间文学上虞年会论文集》,1986)、陈秋强《论"梁祝"其人其事的真伪》(《浙江省民间文学上虞年会论文》集,1986)、莫高《浙江梁祝传说流变考察记》(《江浙沪梁祝学术研讨会论文集》,1987)、罗永麟《梁祝故事构成的文化因素》(《民间文艺季刊》,1988年第2期)、谭先达《梁祝传说的渊源演变考》(《谭先达民间文学论文集》,中国友谊出版公司,1993)等。

　　各地申报世界文化遗产热潮激起梁祝传说起源地论争,促进梁祝文化内涵研究深入同时,也提升了多地旅游资源的开发热度。

　　以围绕"申遗"论争最为激烈的浙江宁波、江苏宜兴为例,两地关于梁祝起源地论争由来已久、长期持续且影响深远。浙江宁波:举办江、浙、沪梁祝学术研讨会、梁祝文化国际学术研讨会、梁祝文化遗产保护和申报研讨会；成立中国梁祝文化研究中心、中国梁祝文化研究会；开展梁祝文化节、中国梁祝婚俗节、梁祝爱情节、"梁祝杯"戏曲大奖赛、"梁祝万人相亲会"，举行"梁祝之夜""梁祝奔月"邮票、《梁祝文库》首发式等活动；参与越剧电视剧《梁祝》拍摄；开办"中国梁祝文化网"；与意大利罗密欧与朱丽叶俱乐部签订合作协议，邀请日本梁祝学者考察寻访，首发日文版《梁祝的传说》；建成中国梁祝文化博物馆，等等。江苏宜兴：修复英台书院、晋祝英台琴剑之家等梁祝文化遗址；拍摄"访英台故里""梁台故里情悠悠"等专题片；发行梁祝人物明信片、"观蝶"邮票与纪念封；成立华夏梁祝文化研究会；出版《宜兴民间文学大观》《梁山伯与祝英台》《四世奇缘》《宜兴梁祝文化·史料与传说》《宜兴梁祝文化·论文集》等；启动梁祝传说申报世界"非遗"，与多地达成联合"申遗"备忘录；梁祝传说列入国家第一批"非遗"名录；获得"中国梁山伯祝英台之乡"称号；建成华夏梁祝文化陈列馆，等等。

继昆曲、古琴等相继列入世界非物质文化遗产后，围绕梁祝文化"申遗"，多地在谁最具申报资格上展开争夺，各不相让。2003年10月，国家邮政总局在浙江宁波、杭州、绍兴，江苏宜兴，河南驻马店，山东济宁，同时举行梁祝邮票发行仪式。

据目前情势，就梁祝传说起源地论争影响而言，浙江宁波说排在首位，其次为江苏宜兴说，至于山东、河南等地说影响则相对较弱。可以说，较长时期内，在梁祝传说"申遗"工作中，浙江宁波一直在努力唱主角、挑大梁。

2006年5月，经国务院正式批准，梁祝传说以四省六地（江苏省宜兴市，浙江省宁波市、杭州市、绍兴市，山东省济宁市，河南省汝南县）合作申报方式，列入第一批国家级非物质文化遗产名录。

总体观照，20世纪以后，梁祝文化研究在占有新资料基础上，朝着综合性、系统性方向发展。梁祝传说文献收集与整理、故事发生与演变研究、民俗研究等诸方面均引起学者关注，钱南扬、顾颉刚、严敦易、路工等资深学者专题性研究产生过较深影响；各种纯文学本体性研究不乏筚路蓝缕与提纲挈领之作；作为梁祝文化研究不可或缺的梁祝戏曲研究，沿此轨迹逐步深入；与传说有关的梁祝墓冢、祝英台读书处、梁山伯庙、梁祝碑等证物征集与遗迹挖掘、梁祝身份考证等，取得丰硕成果。

研究表明，至迟不晚于南宋，梁祝传说已流传至海外。目前，梁祝传说不仅见于朝鲜、越南、印度尼西亚、新加坡、马来西亚等亚洲国家，在欧洲亦具知名度。

随着研究领域拓展与学术品位提升,梁祝文化研究方向与重点出现新变化。常见的区域性与跨国界学术交流,将梁祝文化研究推向更为广阔的国际视域。如今,国内各类梁祝文化研究学术交流会上,常见境外学者参与。

遗憾的是,到目前为止,梁祝传说究竟起源于何地尚无定论,梁祝传说起源于何时亦存在分歧;梁祝传说申报"世遗"目标尚未达成。

梁祝文化研究进行了上百年,为何最重要命题(传说起源时间与地点)仍未解决? 客观上讲,梁祝传说所涉文献十分庞杂,各类模糊不清甚至互相矛盾的线索比比皆是,增加了考证难度;主观上说,与众多学者对核心命题的分析研判出现偏差有关,主要表现在:一是将梁祝当作历史真实人物爬梳剔抉,苦苦探寻其出处与本源;二是混淆梁祝传说的源与流,或颠倒源流本末,试图通过方志、文人笔记、民间传说或梁祝文化遗迹的考古发掘寻求证据突破;三是带着先入为主的观点或进行功利性研究,片面强调对某地有利观点,对别地梁祝文化遗产视而不见;四是对史籍断章取义、错释谬判,误入旁途。

可以说,百年梁祝文化研究,在传说起源时间与地点命题上不能达成共识,根本原因在于未能找到真正的突破口,关键节点没有打通。

在前人研究成果基础上,笔者着重对梁祝传说起源命题展开系统研究,就梁祝传说相关人物、遗迹、故事起源地点与时间、重要情节的出现等,进行多方位考证,创新观点同时,注重学术纠偏:以祝英台考证为突破口,考证出其非人名而是地名后,对与之紧密关联的"碧鲜庵""祝英台读书处"等展开考证;还原梁山伯来由真相后,再揭示梁山伯庙、"祝英台故宅"、马文才等背后的秘密;探求梁祝同家、同学、化蝶等主要情节出现之本原及其对传说起源产生之影响;就学界争无定论的【祝英台近】词(曲)牌、"华山畿"故事、《金楼子》《十道志》是否关联传说起源等争议命题,提出全新观点,力图清扫学术障碍;揭秘与传说起源直接相关的"祝英台读书处"石刻,明确传说起源上限不早于公元872年;提出宜兴为梁祝传说真正发源地;对梁祝传说流变进行整体观照与梳理。

需要强调的是,笔者虽考证提出梁祝传说源于江苏宜兴,并不排斥他地对故事衍变发挥的作用与产生的影响。今后梁祝传说申请世界"非遗"过程中,笔者仍一贯倡导多方共同努力。

第一章 祝英台考

各地梁祝传说多以祝英台为核心，故追溯故事源头，可选择从解开祝英台身世之谜角度切入。揭开历史迷障，可知祝英台最初不是人名，而是三国时期东吴所立封禅祭坛。

第一节 对祝英台之疑惑

目前所见祝英台相关的可靠文字资料，最早为唐人记载，与江苏宜兴有关。关于祝英台，唐李蠙（生卒年不详）《题善权寺石壁》诗序曰：

> 常州离墨山善权寺始自齐。武帝赎祝英台产之所建[①]。至会昌以例毁废。唐咸通八年，凤翔府节度使李蠙闻奏天廷，自舍俸资重新建立。奉敕作十方禅刹，住持乃命门僧玄觉主焉。因作诗一首，示诸亲友而题于石壁云。[②]

《题善权寺石壁》诗并序作于唐咸通十三年（872）[③]，曾题刻于善权寺附近巨岩。李蠙，始名虬，字懿川，陇西人，青少年时寓居宜兴并借读于善权寺，后中进士且即高位。文字记录武帝"赎祝英台产"兴建了善权寺。在梁祝故事广为传颂的宜兴，多将"祝英台产"理解为女子祝英台的家产或宅第，然对某人家产或宅第用"某产"来表达，难免让人生疑。

宋代以降，祝英台相关记录大量出现。南宋史能之等《咸淳毗陵志》[④]云：

[①]"常州离墨山善权寺始自齐。武帝赎祝英台产之所建"，常被错误句读为"常州离墨山善权寺，始自齐武帝赎祝英台产之所建"（详见第八章《"祝英台故宅"并善权寺考》）。

[②]（明）方策辑《善权寺古今文录》卷六"唐诗"，清嘉庆九年（1804）抄本。

[③]拙文《祝英台考》（《江海学刊》2008年第4期），误以为李蠙《题善权寺石壁》诗并序作于咸通八年（867），今予纠正（可参见第十五章《梁祝传说起源时间考》）。

[④]史能之等《咸淳毗陵志》三十卷刊于宋咸淳四年（1268），元延祐四年（1317）重刊，明洪武十年（1377）、成化二十年（1484）补修，清嘉庆二十五年（1820）赵怀玉增补明刻本重刊，此书见多个抄本。目前所见最早《咸淳毗陵志》为日本静嘉堂藏宋本（残本），笔者比对发现，其（转下页注）

广教禅院。在善卷山。齐建元二年以祝英台故宅建。①

《咸淳毗陵志》为目前所见最早的常州方志,成书后经历多次重刊与补修。是志撰修之时,宜兴为毗陵(今常州)辖县。宋代,善权寺改称广教禅院。按志书所记,建元二年(480)祝英台已出现,"建元"为齐高帝萧道成年号。据常理,即便六朝时梁祝传说广为流传,也不至于强调寺院由一女子故宅改建而来。

又,明陆应旸辑、清蔡方炳增订地理著作《广舆记》云:

善卷洞。国山东南,即祝英台故宅也。周幽王时,洞忽自开,宽广可坐千人。②

善卷洞两千多年前已被发现,今为宜兴名胜。著名地理志书言及善卷洞方位,竟提到它靠近"祝英台故宅",表明"祝英台故宅"名气或在善卷洞之上。为何女子祝英台住宅名气如此之大,而其本人却不为正史所载呢?

今宜兴祝英台读书处景点,传为古代女子祝英台读书地,是说亦令人生疑。中国自古崇尚读书,各地遗有众多名人读书台或读书处,以称"读书台"者居多,如蔡伯喈读书台、周处读书台、梁武帝读书台、鲍照读书台、陈子昂读书台、韩愈读书台等;称"读书处"者亦不乏所见,如浙江桐乡市乌镇"昭明太子读书处"、福建省三明市泰宁县"李忠定公(李纲)读书处"等。众所周知,以上所说读书台(处)相关人物,皆为出类拔萃之历史名人,而"祝英台读书处"之"祝英台"作为人名,尤其女子之名,却不见正史,由是怀疑:祝英台读书处之"祝英台"或另有所指。

检阅宜兴方志发现,怀疑祝英台并非女子名之记录早已出现。如《咸淳毗陵志》云:

祝陵。在善权山岩前。有巨石刻,云祝英台读书处,号碧鲜庵。

(接上页注)残本内容与赵怀玉本几一致。史能之,字子善,四明(今浙江宁波)人,宋淳祐元年(1241)进士;咸淳二年(1266)任常州知府。史能之任前,与其共事并有修志共识的前任宋慈,曾收集当地旧图经、风土记及北宋淳熙间邹补之纂修《毗陵志》等文献,初启方志重修工作,惜启而未竟。史能之于常州知府任上两年,志书修成出版。

① (宋)史能之等《咸淳毗陵志》卷第二十五《仙释》"寺院·宜兴",中华书局,1990 年影印《宋元方志丛刊》,第 3186 页。

② (明)陆应旸辑、(清)蔡方炳增订《广舆记》卷之三《江南》"常州府",清康熙二十五年(1686)吴郡宝翰楼刊本,本卷第 37 页。

昔有诗云:"胡蝶满园飞,不见碧鲜空。"有读书坛。俗传英台本女子,幼与梁山伯共学,后化为蝶,其说类诞。然考寺记,谓齐武帝赎英台旧产建。意必有人第,恐非女子耳。[①]

志书撰者针对"祝英台读书处",引出当地流传的梁祝传说,并认为故事"类诞"。"意必有人第,恐非女子耳",意味善权寺建立前,其地已早见人工建筑,如此,则祝英台(英台)不应理解为女子。这段文字表述并不连贯,解释"祝陵"却出现"然考寺记,谓齐武帝赎英台旧产建"等文字。进而,包含宜兴在内的梁祝传说,多述说祝英台扮成男装外出求学,死后与同学梁山伯同冢并化蝶之传奇,然"祝陵"(民间传为祝英台埋骨之所)、"祝英台读书处"、"英台旧产"均集于善权寺附近,显然无法解释。又,中国古代为男权社会,家产多归男性所有,若将"祝英台产""英台旧产"之"英台"理解为女子之名,亦不合常理。

　　针对多地出现祝英台墓并祝英台传说,清著名藏书家吴骞曾提出质疑,并尝试解释。其《桃溪客语》云:

　　　　梁祝事见于前载者,凡数处。《宁波府志》云:梁山伯,字处仁,家会稽,出而游学,道逢上虞祝英台伪为男妆。梁与共学三载,一如好友。……事闻于朝,丞相谢安请封之曰义妇冢。蒋薰《留素堂集》:"清水县有祝英台墓,尝为诗以吊之。"又舒城县东门外亦有祝英台墓。今善权山下有祝陵,相传以为祝英台墓。何英台墓之多耶?然英台一女子,何得称陵,此尤可疑者也。……

　　　　祝陵虽以英台得名,而墓道则不知所在。民居阛阓颇稠密。……骞尝疑祝英台当亦尔时一重臣,死即葬宅旁,而墓或逾制,故称曰陵。碧鲜庵乃其平日读书之地,世以与伪妆化蝶者名氏偶符,遂相牵合,所谓俗语不实,流为丹青者欤。[②]

吴骞认为宜兴"碧鲜庵"乃祝英台旧日读书地,对浙江等地祝英台墓表示怀疑。同时,他认为"祝陵"并非女子祝英台墓,而是旧时与祝英台同名姓之重臣墓,因其与梁祝传说之祝英台"名氏偶符"才"遂相牵合",其墓超出常

---

①(宋)史能之等《咸淳毗陵志》卷第二十七《古迹》"宜兴",第 3196 页。
②(清)吴骞《桃溪客语》卷一"梁祝同学"、卷二"祝陵",清乾隆吴氏刻《拜经楼丛书》本,本卷第 19—20 页、本卷第 14 页。

制故得称陵。

吴骞于《尖阳丛笔》中,提出过类似疑问:"今宜兴善权山石室,相传为梁祝□①书处。岩侧又有碧鲜庵遗址,好事者往往留题石上,岂即当时□②学处邪?山南又有祝陵。俗谓即英台葬处,此尤不可解者。"③

中国有重史传之传统,倘祝英台果为重臣,就其墓见于多地并梁祝传说之影响看,理应于正史留下印记,然事实并非如此。再从古代取名方式看,"祝英台"作为女子姓名也不合常理。

稍作研究发现,若将早期文献所见"祝英台""英台"理解为地名,诸多疑惑豁然可解。

第二节　祝英台本地名

研读早期文献所见"祝英台""英台",发现其中之"台"字,多与"陵""坛"有关,均具备指向某一特殊地点之特征,即祝英台本地名而非人名。

检索文献可知,古籍凡提及"祝英台""英台",均作"祝英臺""英臺"。繁体字中"台"与"臺"字俱见。关于"臺"字本义,汉许慎《说文》曰"观四方而高者",汉刘熙《释名》谓:"臺者,持也。言筑土坚高,能自持也。"联系起来看,"臺"多指高出地面、坚实的四方土堆,字义与"坛""陵""冢"见相通处。而《说文》释"台"字义,云:"说也。从口目声。与之切。"可见,"臺"与"台"二字内涵不同(以下所及"台"字,均指由"臺"字简化而来之"台")。

文献早见各类"台"之记载。如《山海经传》云:"帝尧台、帝喾台、帝丹朱台、帝舜台,各二台。台四方,在昆仑东北(此盖天子巡狩所经过,夷狄慕圣人恩德,辄共为筑立台观,以标显其遗迹也)。"④《五经异义》曰:"天子有三台。灵台以观天文,时台以观四时施化,囿台以观鸟兽鱼鳖。汉宫殿名曰神明台,武帝造,高五丈,上有九室,今人谓之九天台。武帝求神仙,置九

①此处"□"疑为"读"字。
②此处"□"疑为"同"字。
③(清)吴骞《尖阳丛笔》卷之一,清抄本。
④(晋)郭璞注《山海经传》"海内北经第十二",上海商务印书馆二次印《四部丛刊》景明成化记刻本,1929年,本卷第2页。

天道士百余人。"①

历史上，各式台名层出不穷。如夏有钓台，商有鹿台、南单台，周有灵台、重璧台，春秋有越王台、姑苏台、章华台，秦有章台、凤皇台、望海台、琅邪台，汉有柏梁台、渐台、神明台、八风台，后汉有云台，魏有铜雀台、金台、冰井台、凌云台、九华台，吴有钓台，晋有崇天台、织室台，明有司马台、镇北台，清有瀛台、熙春台等。以上所及之台，或为帝王所建，或与帝王、诸侯、将相、名人相关。

古代帝王封禅，多选择于泰山及其周边小山完成祭祀天地仪式，至今尚见社首坛、封祀坛、朝觐坛、观礼台等遗迹。此外，泰山还见登封台、凤凰台、望仙台、舞鹤台等人工建筑古迹。

古人筑立台坛，多出乎五种原因：一是高出地平之台坛利于抵防洪涝等灾害；二是人处高台之上视野开阔，方便目标观测；三是于台上举办活动，可为更多人所见；四是台上所发信息易于传递；五是台威严庄重，离天更近，便利人与神灵沟通。

全国多地还见诸多名人读书台遗存，常见为高出平地之台形建筑，少量为房屋。考古表明，这类读书台多为后人附会。如位于南京江宁之"梁太子（昭明太子）读书台"，本商周时期台型文化遗址，历史远早于梁代。

此外，女子相关之台亦不在少数。如楚王会神女之"楚王台"、思妇盼夫归之"望夫台"、江苏宜兴之"祝英台梳妆台"、湖北宜昌之"王昭君梳妆台"等。这类台形建筑，如同内蒙古讹为王昭君陵墓之大青冢②，多出于附会。

值得重视的是，以上所及之台，无论真实抑或虚构，俱为地名，且其背后多关联一段传奇。

面对关于祝英台之大量疑惑，通过对文献解读，容易让人产生祝英台可能与地名"台""坛"牵关之联想。

事实上，古人亦见试图从地名角度解释"祝英台"者。如明徐于室辑、钮少雅订《汇纂元谱南曲九宫正始》，为引自元传奇《蔡伯喈》之【祝英台】曲作注，所加按语云：

①（隋）杜公瞻《编珠》卷二《居处部》"三台九室"，清康熙三十七年（1698）刻本，本卷第11页。
②笔者判为古代大型烽火台遗址。

　　《唐谱》置有《台城志》,曰:英台者,古之英豪歃血会盟之所,在汉
都之北。旷野之中,麓处有巨石如台。松苍怪石,如城郭之围;瑞气祥
烟,如丹青之彩。自纣敕建台殿为墅,命吏守之。一日,有一娇娃,夜
宿歧道,值吏醉归,见而逐之。妇告曰:"俺祝氏也,奉上帝命,收英台
木为用。"吏怒,系之而归。未抵于台,火焚林木,台殿已成灰烬。……
洪巨卿奏曰:"祝氏者,应是火神也。有此奇闻,则当省刑斋戒薄敛,禳
灾,庶几畿内恬宁。"……于是王心有悔,悯吏之死而释洪之罪。如洪
之言,为之设蘸毕。……符上有字曰:祝氏台,毋秽。上闻之,爰命诸
司重揣,祠而祝之,名其曰祝氏宗台。遂命百官作英台序,以纪其事
云。此见《商纣焚林纪异》。[1]

《唐谱》为记录唐代曲谱方面的文献,《商纣焚林纪异》不知何时之书,已佚。
撰者考释"祝英台",首先提及"英台",并将其理解为重要仪式举办地,"古
之英豪歃血会盟之所"。按语还见地名"英台"即"祝氏宗台",文字隐约透
露:"祝英台"即"英台";与举行重要仪式关联之"英台",虽与祝氏女子相
关,实为祭祀类台坛建筑。

　　进一步研究发现,直至清代,地名祝英台仍大量见于文献。

　　清沈谦《东江别集》,收录新翻曲【牡丹枝上祝英台】,从曲名看,祝英台
明显为地名。

　　清毛奇龄《西河集·陈翰林孺人储氏墓志铭》云:"遂于康熙十九年十
二月六日,终于阳羡私第。越某月日葬于某阡。祝英台畔、宜多佳妇之坟,
玉女潭边、即是其人之墓。"[2]"阳羡"为宜兴古称,"玉女潭"为地名,今为宜
兴旅游景点,墓志之"祝英台畔"与"玉女潭边"对应,可知前者乃指祝英台
旁侧;清蒋景祁《瑶华集》录宜兴人陈枋《清明雨伤逝》词,见"玉女潭边路,
祝英台畔人"[3],词中"祝英台"与地名"玉女潭"对应,无疑为地名;清姚燮
《疏影楼词》"鹊桥仙十咏·咏九"云:"霞觞醉后,华灯送后,值恁几回肠转。
但须佳约续初三,也抵得、十分圆满。蜡丸些点,相思封好,寄向祝英台畔。
琳窗梅萼染脂残,定无力、梳鬓一半。"[4]词中"祝英台畔"之"祝英台"亦为

①(明)徐于室辑,(明)钮少雅订《汇纂元谱南曲九宫正始》第七册,戏曲文献流通会,1936年影印。
②(清)毛奇龄《西河合集·墓志铭》卷七"陈翰林孺人储氏墓志铭",清康熙刻本,本卷第3—4页。
③(清)蒋景祁《瑶华集》卷十九,清康熙二十五年(1686)刻本,本卷第16页。
④(清)姚燮《疏影楼词》"画边琴趣下·前调咏九",浙江古籍出版社,1986年,第24页。

地名。

清乾隆间举人宜兴人朱受曾作《荆溪竹枝词》二首,其一谓:"丛筿秀木绿成围,零落妆楼委夕晖。生小祝英台下住,惯看蝴蝶作团飞。"[①]"荆溪"为宜兴古称。作者提到从小生活于祝英台下,足见"祝英台"为地名。[②]

2004年,笔者赴宜兴祝英台读书处景点调查,于善卷洞后洞附近发现大量摩崖。当地称之"飞来石"的大石表面,存旧刻多处。其中一处曰:"赣南黄辟疆[③]将军于民国二十八年驻军本山,抵抗敌人,浴血百战。公余督饬士兵,助地方展拓祝英台东潭,以点缀风景,并建亭其上适当胜处,里人美之曰黄公潭。他日追念,亦犹宜兴城南之有岳堤也。"从"助地方展拓祝英台东潭"看,石刻之"祝英台"显然为地名。

"飞来石"铭刻作于民国二十八年,即1939年。可见,当时"祝英台"作为地名还存留于当地民众记忆中。此后,地名"祝英台"渐渐淡出人们的视野。

不独宜兴,别地亦多见"祝英台"为地名者。

《(乾隆)天门县志》之"坛壝"条目云:"社稷坛。在邑北祝英台东。乾隆十三年,知县李泰来领帑鼎建。"[④]此处可见,天门县之"祝英台"为地名。

南京旧有祝英台寺,又称英台寺。明《(万历)江宁县志》云:"英台寺。在西善桥。《乾道志》:'在新林市。俗呼祝英台寺'。"[⑤]清《(乾隆)江宁新志》云:"英台寺。在南门外西善桥,明敕赐。《乾道志》云:'福安院在新林

---

① (清)唐仲冕修,(清)宁楷纂《(嘉庆)重刊荆溪县志》卷之四"艺文志·诗·五言绝",清嘉庆二年(1797)刻本,本卷第24页。

② (清)朱超纂修《(乾隆)清水县志》收录朱超《经祝英台故迹》诗"题沈理画蝶荚",云:"碧鲜庵内绿成围,不断生香欲染衣,生小祝英台畔住,惯看蝴蝶作团飞。"(《(乾隆)清水县志》卷之十四下《艺文》,清乾隆六十年[1795]抄本,本卷第18页)因《经祝英台故迹》诗与《荆溪竹枝词》内容相近,"碧鲜庵"为宜兴地名,笔者判断朱受、朱超或为同一人。

③ 黄辟疆(1898—1949),又名黄镇中、黄才梯,江西宁都人。1938年4月,黄镇中时任国民党陆军独立第33旅旅长,所部赴苏浙抗日前线,年底移安徽广德整训,1939年驻宜兴。1949年,国民党军败退前,委任黄镇中为豫章山区绥靖司令、江西省第八区行政督察专员暨保安司令(中将军衔)。其后,黄镇中网罗残部,在宁都翠微峰顽抗,被俘后经公审判处死刑。20世纪50年代影片《翠岗红旗》中反面人物萧镇魁,其主要原型即黄镇中。

④ (清)胡翼修,(清)章镳、章学诚纂《(乾隆)天门县志》卷之二《建置考》"坛壝",1922年石印本,本卷第8—9页。

⑤ (明)周诗修,(明)李登纂《(万历)江宁县志》卷之四"寺观",明万历二十六年(1598)刻本,本卷第35页。

市,俗呼祝英台寺,盖即此也'。"①从"祝英台寺""英台寺"之"祝英台""英台"看,它们均非人名:想必古人绝不会以一女子之名命名寺院。

今善卷洞景区英台阁前见一水潭,潭边立"英台观鱼"太湖石碑,从常理判断,"英台观鱼"之"英台",类西湖"花港观鱼"景点之"花港",作地名解似更合理。②

回看徐于室、钮少雅按语,注者释地名"英台",牵出火神③"祝氏女子"与"祝氏宗台",传递出"祝英台"与女子及地名皆相关之信息。因《商纣焚林纪异》已佚,原文如何描述无从知晓。不过,从"祝"字蕴含祈祷、祭祀之义、"祝氏"音谐"祝祀"角度揣度,可见注者试图将"英台"释成祭祀或举行重要仪式之场所,然苦于资料不足,释文不免牵强。

清常州人洪亮吉《醉歌》"时宿宜兴郭外"诗云:"又不见祝英台,台外三尺皆蒿莱,饮酒不乐令心哀。乌呼,嵩华烂沧溟枯,此时与君得见无。"④诗中"祝英台"无疑为地名。从"台外三尺皆蒿莱"判断,祝英台极有可能为一台型人工建筑。

清宜兴人潘允喆,考证梁祝传说来历,认为故事于传闻中出现谬误。其《长溪草堂文钞》曰:"吾邑祝英台事,传闻悠谬,世远年湮,莫由订正。兹取各说参定之,期归大雅。按:祝氏女名英,行九,住国山下。幼时与丹阳梁山伯同塾读书,两小无猜,情好笃至。"祝英死后,梁山伯造访,"梁诣坟奠祭,一恸而绝。以其有婚姻之约也,里人遂合葬焉";"即其读书处筑台,志之曰祝英台";"今寺毁于火近百年,台久倾圮"⑤。潘允喆认为久已倾圮的"祝英台",来由与女子"祝英"关联:"祝英台"乃后人为纪念"祝英"而堆垒的台型建筑。然祝英不过一普通女子,即便与梁山伯同葬一家,后人也不至建立读书台纪念她,故潘氏之说让人怀疑。追溯潘氏说之端由,当受明邹迪光《始青阁稿》之"游善权洞记"内容启发,其书云:"殿后有三生堂,出

①(清)袁枚《(乾隆)江宁新志》卷一一《古迹志》"寺观附",清乾隆十三年(1748)刻本,本卷第47页。
②经初步了解,此碑为后人建祝英台读书台景点时所立,是否沿袭旧碑未知。如此处"英台"作地名解,则知立碑时祝英台作为地名真相仍存民间。
③民间传说之火神祝融、罗宣等,多为男性,而《封神演义》之火灵圣母,为女性,死后封火府星。
④(清)洪亮吉《更生斋集》"诗续集"卷七,清《洪北江遗书》本,本卷第19页。
⑤(清)潘允喆《长溪草堂文钞》卷上"游碧藓岩和石刻谷公祠序",春晖堂藏板,清光绪丙戌(1886)重镌,本卷第18页。

堂后有祝英读书台,堂且垂朽,而台仅土壤。"①笔者判断,邹氏所谓"祝英读书台"乃"祝英台读书台"之误:《始青阁稿》传抄或刻印中,于"英"字后遗一"台"字。不可否认,潘氏考证,乃欲揭秘地名"祝英台"之来由。

以上可见,早至唐代、晚至民国,"祝英台"作为地名说一直存在。既然前文提到,文献所载知名之台多与帝王将相或名人相关,那么,"祝英台"是否亦属这类台呢?

徐于室、钮少雅考释"祝英台",指出与之相关的"英台"为举办重要仪式场所;再从"祝氏台,毋秽"看,"英台"当属关联民间禁忌的神圣地;"上闻之,爰命诸司重揣,祠而祝之""祝氏宗台",表明"英台"附近存有皇帝敕造的祭祀祠庙;"遂命百官作英台序",表明皇帝重视"英台"之建立,有大量官员参与了在"英台"举办的活动。

如此,不禁让人生出猜想:"英台"是否为某皇帝举办大型祭祀之祭台呢?

第三节　孙皓封禅立祭坛祝英台

从祝英台本地名视角出发,初步判断祝英台极有可能为某帝王的祭祀场所。既然祝英台位于宜兴离墨山附近,那么,可尝试从这里是否曾出现帝王参与的大型祭祀活动来探求真相。循此思路研究,发现祝英台本东吴末帝孙皓封禅所立祭坛。

一、极具影响的封禅大礼

封禅为古代帝王逢太平盛世或遇天降祥瑞时举行祭祀天地、极为隆重的大型典礼。"封"为祭天,"禅"为祭地。"每世之隆,则封禅答焉,及衰而息。"②据《史记》等文献可知,封禅之礼可溯至夏、商、周乃至更远。

古人认为,东部群山中,泰山最高,故帝王封禅多选择于泰山完成封天之祭(封仪),于泰山下的"梁父""云云""社首"等小山举行禅地之祀(禅仪)。清秦蕙田《五礼通考》云:"蕙田案:封禅之名,六经无之也。其事始于

---

① (明)邹迪光《始青阁稿》卷之十五"游善权洞记",明天启间刻本,本卷第40页。
② 《史记》卷二十八《封禅书第六》,中华书局,1982年第2版,第1355页。

秦始皇。太史公作封禅书。《正义》曰:'泰山上筑土为坛以祭天,报天之功,故曰封;泰山下小山上除地,报地之功,故曰禅。'言禅者,神之也,然则封禅者,不过礼天祭地焉耳。"①古来帝王封禅,多出于答谢上苍、祈祷天地神佑护,表明其受命于天、有能力完成治理乾坤之天降大任。

古人认为,贤明的帝王方可封禅。至于《史记·封禅书第六》谓古帝王封泰山而禅梁父者七十二家,则未必可信。

关于秦始皇封禅,《史记》《通典》等文献皆载之。如唐杜佑《通典》云:

> 秦始皇平天下,三年,东巡郡县,祠驺峄山,颂秦功业。于是征齐鲁儒生七十人,至于泰山下。诸儒或议曰:"古者封禅为蒲车,恶伤山之土石草木;扫地而祭,席用菹秸,言其易遵也。"始皇闻此议各乖异,难施用,由此黜儒生。而遂除车道,上自泰山阳,至巅,立石颂德。文曰:"事天以礼,立身以义;事父以孝,成人以仁。四守之内,莫不郡县,四属八蛮,咸来贡职。人庶蕃息,天禄永得,刻石改号。"有金册石函金泥玉检之事焉。从阴道下,禅梁甫。其礼颇采泰祝之祀雍上帝所用,而封藏皆秘之,固不得而记焉。②

秦始皇封禅前,先征求齐鲁之地儒生意见,然儒生意见不一且不现实,刚愎自用的秦始皇于是另起制度。

帝王封禅,其封礼、禅仪分开进行。以行禅仪为例,祭礼前,必事先于所禅地兴建祭坛与祠庙。如司马迁《史记·封禅书第六》载:

> 于是始皇遂东游海上,行礼祠名山大川及八神,求仙人羡门之属。八神将自古而有之,或曰太公以来作之。齐所以为齐,以天齐也。其祀绝莫知起时。八神:一曰天主,祠天齐。天齐渊水,居临菑南郊山下者。二曰地主,祠泰山梁父。盖天好阴,祠之必于高山之下,小山之上,命曰畤;地贵阳,祭之必于泽中圜丘云。三曰兵主,祠蚩尤。蚩尤在东平陆监乡,齐之西境也。四曰阴主,祠三山。五曰阳主,祠之罘。六曰月主,祠之莱山。皆在齐北,并渤海。七曰日主,祠成山。成山斗

---

① (清)秦蕙田《五礼通考》卷第四十九《吉礼四十九》"四望山川附封禅",清乾隆二十八年(1763)秦氏味经窝刻本,本卷第1页。
② (唐)杜佑撰,王文锦等点校《通典》卷五十四《礼十四·沿革十四·吉礼十三》"封禅",中华书局,1988年,第1508页。

入海,最居齐东北隅,以迎日出云。八曰四时主,祠琅邪。琅邪在齐东
方,盖岁之所始。皆各用一牢具祠,而巫祝所损益,珪币杂异焉。①

文字表明,祭祀典仪较为复杂。同时可见,与封禅相关的祠庙位于"高山之
下,小山之上"。

秦汉时期帝王封禅,其筑祭坛、立祠庙、勒石纪功、司仪并祝祀等均见
规制。史载,秦始皇于公元前 219 年登泰山行登封礼、立石颂德后,往泰山
下的"梁父"行禅仪;元封元年(前 110)三月,汉武帝率群臣至泰山,在岱顶
立石后东巡海上,四月返泰山,再于"梁父"礼祠地主神,在山下东方之封坛
瘗玉简文书后,登泰山行登封礼。

继秦皇汉武后,汉光武帝、吴末帝、唐高宗、唐玄宗、武则天、宋真宗等,
皆行过封禅仪。

帝王封禅虽多赴泰山,亦见选择他山者,如武则天曾封禅嵩山。

因封禅大量消耗财力、人力,且存在诸多限制,故帝王欲行封禅,常遭
遇有识之士劝阻。如梁武帝萧衍在位,"时有请封会稽、禅国山者","上命
诸儒草封禅仪,欲行之",著作郎许懋以为不可,"若圣主,不须封禅;若凡
主,不应封禅","秦始皇尝封太山,孙皓尝遣兼司空董朝至阳羡封禅国山,
皆非盛德之事,不足为法",萧衍从谏而止②。亦见臣僚劝帝王封禅,而帝
王不行者,如魏明帝、晋武帝、宋文帝、隋文帝等。

今泰山、嵩山等古代帝王封禅处,尚见祠庙、祭坛等祭祀建筑遗迹,是
皆研究古代封禅制度之重要证物。

二、孙皓封禅缘起

关于孙皓为何封禅宜兴,历来存众说。诸说中,以宜兴出现"大石自
立"异象与"石室"大瑞说较为合理。

孙皓(242—284),字符宗,小名彭祖,吴郡富春县(今属浙江杭州)人,
吴帝孙权之孙,废太子孙和之子,吴末代皇帝,公元 264—280 年在位。孙
皓称帝初期施行明政,威名曾令晋武帝司马炎惶怖,后期因沉湎酒色、嗜于

①《史记》卷二十八《封禅书第六》,第 1367—1368 页。
②《资治通鉴》卷第一百四十七《梁纪三·高祖武皇帝三》"武帝天监八年",中华书局,2012 年第 2
　版,第 4672、4673 页。

杀戮、昏庸暴虐而失民心。吴天纪四年(280),西晋破建康(今南京),孙皓归降,封"归命侯"。太康五年(284),孙皓在洛阳去世,葬邙山。

孙皓选择宜兴为封禅地,大有来历。《三国志·吴书》《晋书》《建康实录》《六朝事迹编类》《云麓漫钞》《郝氏续后汉书》《说郛》《谭菀醍醐》《天中记》《荆溪外纪》《(乾隆)江南通志》《六艺之一录》及宜兴历代方志等,均载孙皓封禅事。

对孙皓封禅之背景及缘起,《三国志·吴书》载之较详:

> 天玺元年,吴郡言临平湖自汉末草秽壅塞,今更开通。长老相传"此湖塞,天下乱;此湖开,天下平。"又于湖边得石函,中有小石,青白色,长四寸,广二寸余,刻"上作皇帝"字。于是改年,大赦。……秋八月,京下督孙楷降晋。鄱阳言历阳山石文理成字,凡二十,云:"楚九州渚,吴九州都,扬州士,作天子,四世治,太平始。"又吴兴阳羡山有空石,长十余丈,名曰石室,在所表为大瑞。乃遣兼司徒董朝、兼太常周处至阳羡县,封禅国山。明年改元,大赦,以协石文。①

上文可见,临平湖(在今浙江余杭)边出现"石函"并其中带吉语之"石印"不久,历阳县(今安徽和县)又见山石文理天成吉语文字,其后阳羡山出现"石室",孙皓遂遣官封禅阳羡,封禅地点在国山。"吴兴阳羡山",即今宜兴离墨山(善卷山)。

仅据《三国志·吴书》所录文字,难免对孙皓因"石室"出现而行封禅大礼疑惑不去。若结合唐许嵩《建康实录》记述,则事实明朗。《建康实录》谓:

> 时鄱阳历阳县有石山临水,高一百丈,其上四十丈,有土穿耕罗,穿中色黄赤,不与本体相似,俗谓之石印。相传云,石印封发,天下当太平。下有祠堂,巫言石印神有三郎。历阳县长表言石印文发。后主遣使以太牢祭历山。巫言,石印三郎言"天下方太平"。使者作高梯,上省其印文,诈以朱书二十字,云:"楚九州渚,吴九州都。扬州士,作天子,四世治,太平始。"遂还以奏,后主大喜曰:"吾当为九州都渚乎?从大皇逮朕四世,太平主非朕复谁!"遣使,以印绶拜石印三郎为王,又

---

① 《三国志》卷四十八《吴书三·三嗣主传第三》"孙皓",中华书局,1982 年第 2 版,第 1171 页。

刻石铭,褒咏灵德,以答休祥。又吴兴阳羡山有石室,长十余丈,在所表为大瑞。后主乃遣兼司空董朝、太常周处等往阳羡县,封禅国山。大赦。改元天纪元年,以协石文。①

原来,孙皓在帝位时,民间曾流传"石印封发,天下当太平"谶语。临平湖边出现小"石函"及"上作皇帝"小"石印"祥瑞后,被视为应谶。此后不久,历阳又见巨大"石印"(山石呈现大片似文字之"天书"),而阳羡奏报当地见"石室"大瑞,两事皆关联谶语:"石室"能成为大瑞,在于地方官员有意将它理解为历阳"石印"之"封函"(盛装石印的函套),意味"石印封发"谶语应验(石印之"封函"出现),从此"天下当太平",故不失时机上奏表瑞。如此看来,以民间谶语应验媚上,乃阳羡地方表瑞之初衷。

临平湖与阳羡山先后出现祥瑞,对孙皓而言,有不同寻常处。东吴甘露二年(266),孙皓改"乌程"(孙皓称帝前为乌程侯)作"吴兴",并设吴兴郡(取"吴国兴盛"吉意)。吴兴郡辖地涉今湖州、杭州、宜兴等地域。无论临平湖抑或阳羡山,时均属吴兴郡辖境,两地先后出现祥瑞,对推崇迷信的孙皓而言,无疑乃大吉之兆,遂赴吴兴封禅。

关于孙皓封禅缘起,还见别说:

其一,宜兴出现"大石自立"异象,引发孙皓封禅。

古人认为,"大石自立"异象出现,预示天下将遭遇大的变故。早在阳羡出现"大石自立"前,别地已见类似异象。如《汉书》记载泰山附近曾见"大石自立"异象:"(元凤)三年春正月,泰山有大石自起立,上林有柳树枯僵自起生。""孝昭元凤三年正月,泰山莱芜山南匈匈有数千人声。民视之,有大石自立,高丈五尺,大四十八围,入地深八尺,三石为足。石立处,有白乌数千集其旁。眭孟以为石阴类,下民象,泰山岱宗之岳,王者易姓告代之处,当有庶人为天子者。孟坐伏诛。京房《易传》曰:'《复》,崩来无咎。自上下者为崩,厥应泰山之石颠而下,圣人受命人君虏';又曰:'石立如人,庶士为天下雄。立于山,同姓;平地,异姓。立于水,圣人;于泽,小人。'"②《汉书》所载"大石自立"异象见于元凤三年(前78),异象出现后,术士京房

①(唐)许嵩撰,张忱石点校《建康实录》卷四《吴下》"后主皓",中华书局,1986年,第106—107页。
②《汉书》卷七《昭帝纪第七》、卷二十七中之上《五行志第七中之上》,中华书局,1962年,第228、1400页。

等据大石落地姿态与地势，理论天下情势。

晋干宝《搜神记》云："吴孙亮五凤二年五月，阳羡县离里山①大石自立。是时孙皓承废故之家，得复其位之应也。"②是书称阳羡吴五凤二年（255）之"大石自立"，为孙皓称帝预兆（孙皓264年称帝）。

其二，宜兴见"石裂""石裂成室"祥瑞，孙皓因而封禅。

明都穆《南岳铜棺二山记》谓："吴孙皓以阳羡山石裂为瑞，遣使封之，改曰国山。"③是说为明末龚黄《六岳登临志》等沿袭。

清《（康熙）江南通志》云："吴天玺元年，有石裂成室，孙皓遣官封禅，改曰国山，立石颂德。盖仿汉武移衡山之祭。"④

其三，宜兴出现"空石自立"祥瑞，孙皓因而封禅。

明章潢辑类书《图书编》称："寺（善权寺。笔者注）之西名国山。山巅有封禅碑，乃具孙浩（"浩"当作"皓"。笔者注）。天玺离墨山空石，石长十丈余，无故自立，因封禅之，侈以为瑞。"⑤吴骞《国山碑考》征引明慎蒙《名山记胜》，见类似记载。

其四，宜兴先见"大石自立"异象，再见"石室"大瑞，孙皓因使人封禅。

北宋仁宗赵祯《洪范政鉴》曰："吴孙亮五凤二年五月，阳羡离里山大石自立。干宝曰孙皓承废故家得位之应也，或曰孙休见立之祥。孙皓天玺元年，石印发。又阳羡山有石穴长十余丈。"⑥《咸淳毗陵志》载："吴五凤二年，阳羡离墨山大石自立。天玺元年，阳羡山有石裂十余丈，名曰石室。皓以为大瑞，遣司徒董朝等行封禅礼。"⑦

笔者以为，将孙皓封禅原因，归之于离墨山先见"大石自立"、再见"石室"大瑞，更为合理。

孙皓祖父孙权曾为阳羡长。公元258年，孙皓受封乌程侯，治所在今与宜兴毗邻的湖州吴兴区，故他对宜兴地理并不陌生。离墨山之"大石自

---

①离里山即离墨山。

②（晋）干宝撰，（明）胡震亨、毛晋同订《搜神记》卷六，明《津逮秘书》本，本卷第20页。

③（明）刘广生修，（明）唐鹤征纂《（万历）常州府志》卷之十八《文翰三》"碑记·山川·都穆《南岳铜棺二山记》"，明万历四十六年（1618）刻本，本卷第12页。

④（清）于成龙等修，（清）张九征、陈焯纂《（康熙）江南通志·舆地志》卷十三《山川二》"常州府"，清康熙二十三年（1684）江南通志局刻本，本卷第13页。

⑤（明）章潢辑《图书编》卷六十"善权洞"，广陵书社，2011年，第2164页下。

⑥（宋）赵祯《洪范政鉴》卷七上《金行上》"石祥"，宋淳熙内府写本。

⑦（宋）史能之等《咸淳毗陵志》卷第十五《山水》"山·宜兴"，第3083页。

立",预示其将来称帝;及其在位,离墨山又见"石室"大瑞,表明果为真命天子的他,能完成一统天下的祖上未尽大业并实现国泰民安之理想。进而,离墨山两次出现与孙皓牵关之祥瑞,表明其地关联孙吴国运(可从孙皓封离墨山为"国山"并行禅仪中察出端倪),故前者可视引发孙皓封禅宜兴之间接原因,而后者为直接原因。

至于"石裂""石裂成室""空石自立"引发孙皓封禅说,则属误解。稍作分析发现,这类说法乃出于对"大石自立""石室"说法之调和:阳羡古属吴方言区,其地"立""裂"发音不分,加上民间盛传善卷洞因"忽自裂"而被发现,"大石自立"以是讹为"大石自裂",其后方见"石裂为瑞"说讹出;"石裂成室"说,乃受"石裂"并"石室"说影响而生;至于"空石自立"说,显然荒谬,究其来由,乃是将"石室"讹成了"空石",且将其与早期所见"大石自立"祥瑞相混淆了。

阳羡奏报出现大瑞后,孙皓乘机顺水推舟,于历阳山刻石立铭后,又遣使赴阳羡"石室"附近封禅立碑,"以协石文",表明其对天下众瑞毕出,尤其是出现大瑞的积极回应。

然而,孙皓虽行封禅大仪,并未求得国运昌久,反落得国破身虏、为天下耻笑之下场。《梁书》云:"孙皓遣兼司空董朝、兼太常周处至阳羡封禅国山。此朝君子,有何功德? 不思古道而欲封禅,皆是主好名于上,臣阿旨于下也。"① 欧阳修《集古录跋尾》曰:"右吴国山碑者,孙皓天册元年禅于国山,改元天玺,因纪其所获瑞物刊石于山阴。是岁,晋咸宁元年。后五年,晋遂灭吴。以皓昏虐,其国将亡而众瑞并出不可胜数,后世之言祥瑞者,可以鉴矣。"② 吴骞《国山碑考》所录宜兴人史承豫《国山碑歌》谓:"历阳山石著文理,临平湖口开琅函。兹山石室本仙窟,表为人瑞殊堪惭。"③

顺及,欧阳修之"孙皓天册元年禅于国山,改元天玺"表述失当,此处"天玺"当为"天纪"。孙皓在位十六年,七次改元,其甘露、宝鼎、凤凰、天册、天玺、天纪年号由来,均与天下"祥瑞"出现相关,实属罕见。如《三国志·吴书三》载:"天册元年,吴郡言掘地得银,长一尺,广三分,刻上有年月

① 《梁书》卷四十《列传第三十四》"许懋",中华书局,1973年,第577页。
② (宋)欧阳修撰,朱槐庐校刊《集古录跋尾》卷四"吴国山碑天册元年·元第三百四",新文丰出版公司编辑部《石刻史料新编》第24册,(台湾)新文丰出版股份有限公司,1982年第2版,第17866页。
③ (清)吴骞《国山碑考》,商务印书馆据《拜经楼丛书》本排印,1936年,第40页。

字,于是大赦,改年。"①"天册"年号由"凤凰"改来,使用不过两年(275—276.6),临平湖出现"石函"与"石印"后,孙皓遂改"天册"年号为"天玺","天玺"仅使用六个月(276.7—276.12)。孙皓"刊石告禅于国山之阴"后的第二年,才改年号作"天纪",如欧阳棐《集古录目》云:"天册元年,得玉玺于吴兴,文曰吴真皇帝,遂改明年元为'天玺',刊石告禅于国山之阴,其所述瑞应凡千有二百余事。"②

既然孙皓在宜兴行过封禅大礼,而祝英台本地名,其本体为台型建筑,功能与帝王祭祀行为相关,那么,祝英台的出现,是否关联孙皓封禅呢?

三、祝英台为孙皓封禅祭坛

检阅古籍发现,文献对孙皓封禅事多载之不详,更不见祝英台事关封禅之记录。故欲弄清祝英台真相,可先从典籍中搜寻、梳理出线索,再加以考证。

关于孙皓封禅地点,文献多言及阳羡离墨山,至于祝英台位置,则云在古善权寺附近。从善权寺即坐落于离墨山看,祝英台与封禅祭坛具备关联之条件。

考虑到封禅仪典极为隆重,其场地选择相当考究。故不妨先考察古善权寺周边环境是否符合大型祭祀场地的要求。

自古有"欲界仙都""洞天福地"美誉的善卷洞,又名"龙岩",它由大、小水洞、干洞等天然溶洞组成。善卷洞后洞口,旧见由其洞地下暗河冲击而成的池泊并小洲;池泊与小洲西侧见大片空地,空地后方有一巨岩,当地谓"碧藓岩"。上古祭地,有"祀水泽于江洲"之传统;再据古代堪舆学理论可知,善卷洞后洞一带地理特征,类似老子《道德经》所谓"众妙之门"之"玄牝",是为理想的祭地场所。

古代帝王行禅仪地,一般处高山之下,小山之上,"祠之必于高山之下,小山之上,命曰畤"③。据文献、考古报告及对泰山周边祭坛调查信息可知,古人所谓"小山之上",非指小山之巅,而多为小山半山腰之平地。从大

---

①《三国志》卷四十八《吴书三·三嗣主传第三》"孙皓",中华书局,1982年第2版,第1171页。

②(宋)欧阳棐撰,(清)缪荃孙校辑《集古录目》卷三"吴·国山封禅碑",新文丰出版公司编辑部《石刻史料新编》第24册,(台湾)新文丰出版股份有限公司,1982年第2版,第17956页。

③《史记》卷二十八《封禅书第六》,第1367—1368页。

的方位看,今善卷洞后洞口南向,处离墨山支脉小山青龙山①之上的临水平地区域,符合古代高等级祭祀场地要求。

尤其值得关注的是,方志称由"祝英台故宅"改建而来的古善权寺,正位于善卷洞后洞口附近。

下面再从祝英台出现时间及缘起是否与孙皓封禅事契合角度,进一步探考。

唐李蠙《题善权寺石壁》诗序提到善权寺由祝英台产赎建而来,"常州离墨山善权寺始自齐。武帝赎祝英台产之所建"②。类似武帝赎"祝英台产""祝英台故宅""英台旧产"建善权寺说,还见于其他文献(可参见前文)。"祝英台产"既于南齐时改作善权寺,则祝英台必不晚于南齐出现。

今善权寺附近遗存诸多旧迹,如祝英台琴剑之冢、祝陵等。从名称看,它们俱与古祝英台关联。同样,"祝英台产""祝英台故宅""英台故宅"等名称之出现,无疑亦与地名祝英台有关。

善卷洞后洞口,古属偏僻之地,常见野兽出没。吴骞《国山碑考·序》称之"榛莽虎豹之区"③,并非妄言:据公开报道,1965 年,宜兴还有人在距离墨山不足十公里的龙池山打死过老虎。

古代帝王举行封禅仪式前,必立明堂与祭坛等祭祀类建筑。据对古代帝王封禅泰山遗迹的研究可知,明堂与祭坛通常为毗邻的组合建筑。同时,考虑到孙皓封禅必一定程度上循守旧制,故而判断:其所建明堂,应为东汉后流行、类似祠庙的建筑。

从目前所获信息看,南齐以前,祝英台相关史料几乎绝见。检索典籍,亦未见"祝英台产"出现前,该偏僻地存有任何重要的建筑。若将"祝英台产"之"产"理解为祝英台旁边之旧有建筑,联系前文考证看,"祝英台"极有可能为与旁边古建筑关联之台坛。

又,徐于室、钮少雅解释"英台"由来,提到它周边存在祠庙类建筑(见前引),而善权寺前身既出"祝英台故宅"(祝英台产)改建而来,表明后者与

---

① (清)施惠、钱志澄修,(清)吴景墙等纂《(光绪)宜兴荆溪县新志》云:"寺左侧有岗,曰青龙山,唐司空李蠙墓在焉。"(《(光绪)宜兴荆溪县新志》卷之一《疆土》"山记",清光绪八年[1882]刊本,本卷第 14 页)这里的"寺"指善权寺,其左侧小山岗古称青龙山。后人常将古善权寺座落处之青龙山与离墨山附近别处青龙山相混淆。

② (明)方策辑《善权寺古今文录》卷六"唐诗"。

③ (清)吴骞《国山碑考》,第 1 页。

祠庙建筑存在牵涉。如此,不妨再从古善权寺周边是否存在祭坛类建筑着手续探。

检索古籍,发现古善权寺后确见祭坛类建筑。如明邹迪光《游善权洞记》提到,善权寺大殿后,存在称"祝英读书台"的土台(见前引)。清陈维崧《迦陵词全集》曰:"善权寺相传为祝英台旧宅,寺后一台,云其读书处也。"①又,陈维崧《陈检讨集·蒋京少梧月词序》见注曰:"善卷洞即祝英台故宅,南有祝台,其读书处也。"②善权寺后"土台"既称"祝台",表明其功能与祭祀相关。进而,再结合"土台"与传说中的女子祝英台存有关联说法看,可基本确认此地之"土台""祝台",就是祭坛祝英台。

考证出祝英台位于善卷洞后洞口,再回顾徐于室、钮少雅对"祝英台"所作之注,则见注者参考、整合了诸多信息:注文称"英台"处"旷野之中,麓处有巨石如台"③,与今善权寺一带地貌相符(古善权寺后确见如台巨岩,可参见第二章《"碧鲜庵"考》);"瑞气祥烟,如丹青之彩",可结合当地曾出现"祥瑞"并引发孙皓封禅事来理解。看来,徐于室、钮少雅虽不明祝英台本孙皓封禅祭坛之真相,其释文字里行间却透露它实为帝王祭祀相关之大型祭坛。

古善权寺附近既见祭坛祝英台,而祭坛密切关联之建筑早于南齐时已出现,再结合孙皓曾于离墨山封禅、后人对祝英台内涵之理解并相关考证信息看,则知祭坛祝英台之建立,必与孙皓封禅大事相关。

四、祝英台及其异称来由

通过对古文献的研究发现,孙皓封禅祭坛除称"祝英台"外,还见"英台""祝台""土台""读书台""读书坛""碧藓坛""祝陵"等异称,这类称谓是如何出现的呢?

古地名常因蕴含其名称来由的信息,而为考古工作者关注。祝英台既为一古地名,也不当例外。虑及诸多称谓中,以"祝英台"最为常见,其他皆

① (清)陈维崧《迦陵词全集》卷九"祝英台近",清康熙二十八年(1689)陈宗石"患立堂"刻本,本卷第2页。
② (清)陈维崧撰,(清)程师恭注《陈检讨集》卷十《序》"蒋京少梧月词序",清康熙三十二年(1693)"有美堂"刻本,本卷第3页。
③ (明)徐于室辑,(明)钮少雅订《汇纂元谱南曲九宫正始》第七册。

与之相关,故先从"祝英台"构成词素分析。

《说文》释"祝"字义为"祭主赞词者",蕴含以言告神祈福之义,故"祝英台"之"祝",表明它关联祭祀。

"祝英台"三字中,重点落于"台"字上。因"台"多指高而平的建筑物,故封禅祭坛称"某台"者常见。如明汪子卿《泰山志》云:"登封台。有二,其一在岳顶,相传为古帝王登封所筑。今为玉帝观。台下小碣题曰古封禅坛。其一在日观峰,相传为宋筑,石函方丈许,亦题刻曰古封禅坛。盖古封坛,而并以禅言,误矣。俗曰'宝藏库',以所瘗金书玉简云。"①文中"登封台"即"古封禅坛"。"祝英台""英台""祝台""土台""读书台"中,均出现"台"字,乃指其外观呈台型之特征。

关于"祝英台"之"英"字来历,过去,笔者曾结合封禅制度与"英"字义作出解释:古代帝王构筑封禅祭坛,常于其地下室纳入精美玉器,这一古制称"玉检",因"英"有"似玉美石"之义,故判断"祝英台"之"英"来由与"玉检"制有关②。徐于室、钮少雅解释"祝英台",提到"英台"为"古之英豪歃血会盟之所",通过对祝英台变迁史的进一步研究,发现将"英"理解为"古之英豪"似更为可靠。进而判断,孙皓封禅祭坛称"祝英台",或出现于南北朝时期。③

以上可见,"祝英台"得名,或与其本封禅之祭坛及后来改作"英豪"的祭坛直接关联。

下面再对"祝英台"常见之"英台""祝台(坛)""土台""读书台(坛)""碧藓(鲜)台(坛)""祝陵"等异称来由稍作解释。④

其一,称之"英台",与祝英台曾被改作"古之英豪"的祭坛相关。徐于室、钮少雅解释"祝英台",视之与"英台"内涵一致。今扬州邗江区槐泗镇槐二村有一大土台,旧传为"隋炀帝陵",台前有清嘉庆间大学士阮元所立标示碑,清焦循《剧说》谓:"吾郡城北槐子河旁有高土,俗亦呼为祝英台坟,

---

① (明)汪子卿撰,周郢校证《泰山志校证》,黄山书社,2006年,第173、174页。

② 详见拙文《祝英台考》,《江海学刊》2008年第4期,第186页。

③ 孙皓封禅所立祭坛,功能曾多次发生变化,如南朝时,祝英台曾改作萧衍冢社之冢(详见第六章《梁山伯庙考》、第八章《"祝英台故宅"并善权寺考》),故祝英台之"英"之出现,或表明其功能发生了变化。今浙东等地流传的梁祝故事中,常见祝英台为南北朝人说而不见她为三国时人说,是为旁证。

④ 因后文诸多章节对祝英台异称有所涉及,本节不注明各类异称出处。

余入城必经此。或曰：'此隋炀帝墓，谬为英台也。'"①于此可见"祝英台""英台"内涵相通。

其二，称之"祝台（坛）"，表明它为祭祀类台坛。古代祭坛常见"祝台（坛）"称谓。如清《（同治）武陵县志》"社稷坛碑记"曰："内筑坛墠。左位社，右位稷。前祝台下拜。"②

其三，称之"土台"，实指祝英台为一台型夯土建筑。结合对诸多远古祭坛尤其泰山封禅祭坛的调查看，可大略知其面貌。

其四，称之"读书台"，出于祝英台外形类似古代名人读书台、其附近存在"祝英台读书处"六大字石刻（可参见第三章《"祝英台读书处"考》）。至于"读书坛"说，乃与祝英台本祭坛并民间流传"读书台"说有关。

其五，称之"碧藓坛"，与祝英台周边空气潮湿，其表面长年生长碧绿的苔藓有关。

其六，称之"祝陵"，关乎祝英台外型似古代陵墓。今善卷山风景区附近，有一村名"祝陵"，论及村名由来，当地多谓与女子祝英台墓相关。事实上，"祝陵"如同"祝台"，乃民间对祭坛祝英台之俗称，并非传说中的女子祝英台墓冢。

梁祝传说起源地论争中，几乎无人从祝英台本地名角度切入研究，对大量显而易见并非人名的祝英台信息，有的学者视而不见、避而不谈，更多则作出了误判。

第四节　孙皓封禅相关名物考

考证祝英台过程中，发现后人对关联孙皓封禅的"大石自立""石室""国山""南岳"等名物，存在大量误解。弄清祝英台真相后，稍作针对性研究，可还原部分真相。

一、大石自立考

"大石自立"本指大石从山上高处滚落而立于某地，本属不足为奇的自

---

① （清）焦循《剧说》卷二，《诵芬室读曲丛刊》本，本卷第 1—2 页。
② （清）恽世临修，（清）陈启迈纂《（同治）武陵县志》卷之四十七《艺文志第三》"社稷坛碑记"，清同治二年（1863）刻本，本卷第 1 页。

然现象，一般不会引起太多关注。而后人将东吴时期宜兴所见"大石自立"，与孙皓封禅大事关联并载之史册，表明背后一定有故事。自孙皓封禅至今，已历一千六百多年，渐渐淡隐的"大石自立"异象背后，究竟掩盖着哪些秘密？往昔之"自立大石"尚存否？带着疑问，笔者对"自立大石"进行了考证、调查，不仅有了新发现，还让这一知名巨石"重现"人间。

（一）"大石自立"与孙皓之关联

宜兴"大石自立"异象之较早记录，可见《搜神记》。其后，《宋书》《晋书》《咸淳毗陵志》《舆地纪胜》《舆地志》《明一统志》等皆见载。

在常人看来，"大石自立"意味山上之大石自行竖立，其实不然。前文论及孙皓封禅缘起，提到阳羡出现"大石自立"前，泰山已见此异象。

如前文所引，对泰山所见"大石自立"，时汉符节令眭孟以为，"泰山岱宗之岳，王者易姓告代之处，当有庶人为天子者"，于是上书请求汉昭帝禅位异姓，终以"妄设袄言惑众，大逆不道"罪伏诛。其后，术士京房据大石归落所呈姿态及周边地势，提出预测天下变故之理论。

自古以来，相比众山，泰山地位最高。故泰山"大石自立"容易引发关注。离墨山海拔并不高，在宜兴亦非最高山，此山所见"大石自立"，为何会关联孙皓称帝呢？

可以肯定，宜兴"大石自立"异象与孙皓称帝事关联，必发生于孙皓上位后。

经历眭孟遭诛事件后，即便异象预示东吴皇位仍在孙氏子孙间递传，聪明的人亦不会妄加点评：发布此信息不仅意义不大，还可能引火烧身；"大石自立"见于吴五凤二年（255），东吴第三代皇帝孙休即位于公元258年，而孙皓称帝于公元264年，故"大石自立"异象，更可能被视为孙休上位瑞兆，事实上也确见此说。如《宋书》谓："吴孙亮五凤二年五月，阳羡县离里山大石自立。按：京房《易传》曰：'庶士为天子之祥也。'其说曰：'石立于山，同姓。平地，异姓。'干宝以为孙皓承废故之家得位，其应也。或曰孙休见立之祥也。"[1]

六朝时期，社会动荡，迷信盛行，谶语迭出。"大石自立"出现于东吴孙亮在位期间。因权臣孙綝弄权，孙亮遭废黜，其同父异母兄弟孙休得

---

[1]《宋书》卷三十一《志第二十一·五行二》，中华书局，1974年，第925页。

以上位。从当时社会氛围看，难免有人将孙休称帝与"大石自立"关联。然孙休为人谦和、行事低调，即便有人借此瑞兆出阿献媚，想必其不会在意。又，"大石自立"见于孙亮在位时，若有人故意渲染此事，则必出于对孙亮不满。

孙休逝时，其子尚未成年，当时吴国面临较大内忧外患压力，"休薨，是时蜀初亡，而交阯携叛，国内震惧，贪得长君"（《三国志·吴书》），前废太子孙和之子、乌程侯孙皓因得帝位。与孙休不同的是，孙皓迷信天命，笃信谶纬之说，其在位时，曾多次因天见"祥瑞"而更年号，因"天发神谶"而立碑。由是判断，孙皓继位后，若有阿谀奉承者，称"大石自立"为其上位之瑞兆，孙皓必乐于接受。

对引起孙皓封禅之"谶语"应验，文献多见记载。如《三国志·吴书》先云临平湖开，带石函之吉语印章出现，再言历阳出现"石印"后，阳羡又见"石室"大瑞，而《建康实录》先谓民间流行"石印封发，天下太平"谶语，再称天下先后出现一小一大之"石印封"，其后引出孙皓封禅事（见前文）。"应谶"说最早见于临平湖，湖侧之临平山（海拔 217 米），距孙皓祖籍富阳不远，孙皓封禅为何不选临平，而偏相中"石印封"出现地阳羡，文献不见任何信息。若结合孙皓封禅阳羡缘起流行说法，大致判断他听信了"大石自立"异象为其上位之瑞兆诡言。再从孙皓行禅仪后，封离墨山为"国山"看，可进一步证实如上判断。

禅国山碑文，记录当时天下所见"石室""临平湖开"等大量祥兆，"石室山石阊，石印封启，九州吉发。显天谶彰，石镜光者弍十有弍"，"湖泽阊通，应谶合谣者五"，却未见述"大石自立"异象。关于这点，比较容易解释：孙休即位前已见"大石自立"异象，即便孙皓有意视之为己身上位吉兆，亦未便公之于世。

关于宜兴"自立大石"所呈姿态与所处地势，可据京房大石"立于山，同姓"说反推而出：孙皓既替代孙休称帝，可见"自立大石"坠立于山上而非山脚。

对"自立大石"规模，文献也见记录。宋乐史《太平寰宇记》云："吴五凤二年，其山堕大石自立。高九尺三寸，大十三围三寸。归命后又遣司空董朝、太常周处至阳羡封禅，为中岳，改名国山。明年改元为天纪，大赦，以叶石文。石今见存。"①文字表明，"自立大石"体积较大、挪动不易，宋代依然见存。

以上信息，为笔者考证并寻获"自立大石"提供了重要线索。

(二)"飞来石"即"自立大石"

关于"自立大石"具体位置，文献阙载。

有人认为，"自立大石"位于离墨山巅。如明陶汝鼐《荣木堂合集》谓："密庵氏曰：'义兴离里山。孙皓时山顶有大石自立，皓遣太常封为南岳。'"②《广舆记》《陈检讨四六》见类似说法。

对阳羡山水、古迹有浓厚兴趣的清人吴骞，曾关注并搜寻"自立大石"。其乾隆丙午年(1786)所刻《国山碑考》，录手绘离墨山地域图两页，中见"封禅碑"立于董山之上，碑附近位置标注"自立大石"；再，吴骞《拜经楼诗集》"偕燕亭春浦游善卷三洞，观国山新建石亭，寻吴时自立大石"诗，对"自立大石"作过描述："祝融峰头堆米廪，断鳌立极扶中台。瞥然大石踞其左，狻猊下攫龙虎哀"；"奸谀尚请颂功德，大书深刻层岩隈。一朝青盖东入洛，众瑞于我何有哉"③。吴骞将国山碑比作"米廪"，"瞥然大石踞其左"之"大石"即指"自立大石"；又，吴骞刊刻于嘉庆十二年(1807)之《愚谷文存》，复言及"自立大石"，"攀岭而登道善权之背，俯见平山迤逦，回环绵亘于双桥之浒，是曰董山，则封禅碑存焉。又东百武(古代六尺为"步"，半步为"武"。笔者注)，一童阜出没云松间，宛苍兕之蹲，当即《吴志》所云大石自立者。山之人谓石常有神，犯之不祥，故得免斤斧之伐。昔皓既封国山，而碑乃树于董山之表者，殆以大石自立在此山也"④。吴骞认为，国山碑之所以立于董山之表，乃与"自立大石"存在关联；因当地对"自立大石"有所敬畏，它才免遭采伐得以保留。

吴骞《愚谷文存续编》提及他在"国山碑碧鲜岩"侧，搜得东吴自立大石。其书谓："予生平于阳羡溪山探访殆遍，若善卷、龙池、张公、南岳、铜官、离里诸胜。而国山碑碧鲜岩侧，搜得东吴自立大石，埋没数百年无人知

①(宋)乐史《太平寰宇记》卷九十二《江南东道四》"常州·宜兴"，《景印文渊阁四库全书》第470册，台湾商务印书馆，2008年，第33页下。

②(明)陶汝鼐《荣木堂合集·嚏古集》卷一《广西涯乐府曰窳歌》"岱石立汉书"，清康熙刻世彩堂汇印本，本卷第5页。

③(清)吴骞《拜经楼诗集》卷八《论诗绝句十二首》，清嘉庆八年(1803)刻增修本，本卷第7页。

④(清)吴骞《愚谷文存》卷九"国山图说"，清嘉庆十二年(1807)刻本，本卷第13页。

者。亦屡经摩挲而题名石上。"①自认为寻获"东吴自立大石"后，吴骞刻铭石上。

今董山封禅碑之东不远处，见一外观呈"凹"字型连体巨岩，上篆"吴自立大石"五大字，前列"宜兴市文保单位"碑。此巨岩地理与吴骞记述相符，表明它即吴骞所谓"东吴自立大石"。今"东吴自立大石"大字刻痕右侧，见两排小字，内容漫漶不可全识，疑为吴骞旧刻。

前文提到，离墨山出现"大石自立"，术士既视为孙皓称帝瑞兆，则山石必从高处滚落而立于山上某地。现场调查看，董山之"东吴自立大石"，石根与山体相连，不仅不见从高处坠落之任何征象，且石之尺寸与文献记载不符，故此石绝非"自立大石"。吴骞所以出错，在于他果真将"大石自立"，理解成山上的大石自行竖立了。

从吴骞乐于对宜兴古迹作探访调查看，可判断其关于"自立大石"位于"碧鲜岩"侧之观点，乃从民间访得，是为笔者寻获真正"自立大石"提供了依据。

吴骞提到的"碧鲜岩"，一作"碧藓岩"，在当地专指刻有"祝英台读书处"之巨岩，其于方志中留有诸多记录。方志载，"碧鲜岩"位于古善权寺附近，即今善卷洞后洞口附近。通过田野调查，笔者寻获了碧鲜岩（可参见第二章《碧鲜庵考》、第三章《"祝英台读书处"考》）。其后，多次在碧鲜岩周边寻觅并实地测量，终于锁定一块疑为"自立大石"的巨石。

今善卷洞后洞口有一大石曰"飞来石"，突兀于离墨山之山腰。就"飞来石"来历，笔者曾请教善卷洞工作人员，一云与清早期善卷洞后洞坍塌有关，一云与民国时期储南强修整善卷洞时后洞塌方有关。从调查情况看，清早期善卷洞塌方位于其水洞，而民国时期善卷洞施工塌方，位于其后洞之中，均与洞外此石无关。不过，塌方说的存在，却表明此石乃从高处坠落。

从"飞来石"名称看，乃强调大石原从别处"飞"来。再从大石所呈姿态看，与古代术士视帝位易于同姓瑞兆之坠石特征相符。如此，初步推断"飞来石"极可能为东吴"自立大石"。

2021 年 7 月初，笔者再赴宜兴善卷洞景区调查。据现场考察，"飞来

① （清）吴骞《愚谷文存续编》卷二"张复乾元峻壁图跋"，清嘉庆十九年（1814）刻本，本卷第 23 页。

石"石面成色与周边之石稍见差异,表面生长绿苔,下部较为平整,触地处见大量层叠碎裂,上部不甚规整,后部截面与相邻山体之石面并不吻合。据此判断,大石的确符合从高处坠落之特征。粗略测量得知,大石围径约22米,底部距顶端不规整处约四米。

检索文献可知,宋人乐史较早记载了"自立大石"尺寸。其《太平寰宇记》谓,大石"高九尺三寸,大十三围三寸"①,《补三国疆域志》《三国志补注》《方舆考证》等所记与乐史说相符。比照今之度量,可知"自立大石"高近三米,约十三人合抱。考虑到成人臂展与身高大致相等,若当初身高约1.68米的人围测"飞来石",则"大十三围三寸"(围径十三人合抱余三寸),与笔者实测围径(约22米)基本一致。

回顾《汉书》所载泰山附近所见"大石自立"异象,"民视之,有大石自立,高丈五尺,大四十八围,入地深八尺,三石为足"②,其时之"自立大石"高一丈五尺,因从山上滚落,陷入地中八尺,若算上此石陷入地下部分,总高约二丈三尺。今善卷洞后洞口之"飞来石"底部已为硬质平面,周边明显见人为清理痕迹。试想,若当初此石从高处坠落于低处硬质地面,想必底部必然出现较大的残损。从今之大石底部较为平整判断,可揣测它当初坠落于较厚的泥土中。其后,历经一千多年的挤压抑或受后人整修善卷洞周边景点影响,大石本体下的泥土终流失殆尽。

从现场调查看,"飞来石"与古人记述"自立大石"高度不符。然乐史所记乃大石露出地表部分,并未记录其没于地下部分,若从乐史所记并未计算大石陷入地下一米多深角度考量,则知"飞来石"必东吴"自立大石"无疑!③

今"飞来石"上,不仅可见民国时期储南强所刻文字,布满苔藓的岩面,还依稀可见更为古老的刻痕,若仔细清理,或许会发现证明大石身份的更多信息。

考证出"飞来石"即东吴"自立大石",可进一步解释孙皓为何选择于善

---

① (宋)乐史《太平寰宇记》,卷九十二《江南东道四》"常州·宜兴",第33页下。
② 《汉书》卷二十七中之上《五行志第七中之上》,第1400页。
③ 乐史所记"自立大石"高度,是沿袭旧说抑或当时实测数据(测量时间越往后,则大石下端积淀土层越厚),无法得知。进而,今"飞来石"下端泥土已经清理,至于清理工作发生于20世纪二三十年代还是九十年代的善卷洞景点改造中,则不重要。

卷洞后洞口区域施行禅仪:"自立大石"坠落于善卷洞后洞附近,而"石室"大瑞位于不远处的善卷洞中,两种祥瑞同见一地,且其周边地理符合高等级祭祀之场地要求。

二、"石室"考

三国时,宜兴离墨山出现"石室",引发孙皓遣使封禅大事,故弄清"石室"位置,具有一定价值。

(一)"石室"位置之争议

长期以来,对孙皓封禅相关之"石室"位于善卷洞,后人看法大体一致。不过,因善卷山(离墨山)溶洞众多,"石室"具体位于何处却存有争议。

一谓"石室"位于善卷洞之干洞。

旧时善卷洞主要由干洞与大、小水洞构成,内部空间复杂。《咸淳毗陵志》称"石室"为干洞,"善权洞。……钟乳洞凡有三,曰干洞,乃石室;曰大、小水洞,泉深无底,虽旱不枯"①。民国时期,善卷洞开发成江南地区著名景观后,干洞成为善卷洞重要景点。

清《(光绪)宜兴荆溪县新志》亦谓"石室"位于善卷洞之干洞,"善卷山,一名龙岩,下有善卷洞,是产丹砂钟乳。洞名有三。孙吴时所开石室为干洞。有大水洞,在干洞下。又有小水洞"②。然干洞较大,对"石室"位于其中何处,方志未见交待。

一谓"石室"乃善卷洞之水洞。

宋赵彦卫《云麓漫钞》云:"《吴志》:天玺元年,吴兴阳羡山有空石,长十余丈,曰石室。郡表为瑞,遣兼司徒董朝、兼太常周处封禅国山。大赦,改明年为天纪。即前所云水洞是也。"③《云麓漫钞》为中国古代重要地理志书,初名《拥炉闲话》,因偏重名物考证而为后世所重。故赵氏之说,亦具影响。

(二)"石室"处善卷洞干洞中

今善卷洞主体景点含上洞、中洞、下洞及水洞四部分。对开发前的

①(宋)史能之等《咸淳毗陵志》卷第十五《山水》"洞·宜兴",第3088页。
②(清)施惠、钱志澄修,(清)吴景墙等纂《(光绪)宜兴荆溪县新志》卷一《疆土》"山记",本卷第13—14页。
③(宋)赵彦卫撰,傅根清点校《云麓漫钞》卷第七,中华书局,1996年,第116页。

善卷洞之干洞与水洞,吴骞《国山碑考》云:"下覆石室,是为干洞之口。洞穹窿若厦屋,中空可容千人坐,有玉柱亭亭。窈然深黝,非束蕴不能穷也,其下为大水洞。"[①]是书所录地图,标明了位于水洞之上的干洞位置。

善卷洞虽经整修,其水洞地下水长年流淌不息之状况却未改变。联系孙皓封禅缘起,"石室"既被视作盛装历阳山"石印"之封函而奏表为"大瑞",就不当理解为善卷洞之水洞,故赵彦卫说法不妥。

从善卷洞"石室"被视为历阳山所见"石印"之封函看,它当具备相对规整的较大空间。据《三国志·吴书》等记载,可知"石室"长十余丈,空间较大。实地调查表明,善卷洞符合"石室"特征的,唯干洞之大石厅。大石厅为天然生成之石窟,厅内面积约一千平方米,可容游客上千名。

作为孙皓封禅历史见证物,昔日位于善卷洞干洞之"石室"大瑞,已成洞内一大奇观。

(三)"石室"出现与地震无直接关联

在宜兴民间,长期流传地裂(地震)致善卷山出现"石室",引发孙皓封禅说,甚至误传孙皓封禅所立禅国山碑文字,载有当地发生地震的古老信息。

研究发现,"石室"大瑞关联地震说,多出于后人对宜兴方志等文献误记之再度误判。如《咸淳毗陵志》言及引发孙皓封禅之"石室",谓:"天玺元年,阳羡山有石裂十余丈,名曰石室。"[②]然《三国志》《建康实录》等均不见"石室"由"石裂"引发之说。笔者判断,宜兴民间"立""裂"二字发音难分,"石裂"说乃从"阳羡县离里山大石自立""吴兴阳羡山有空石,长十余丈,曰石室""大玺离墨山空石,石长十丈余,无故自立"等说法中调和而来(可参见前文对"空石自裂"说解释)。也即所谓天玺元年(276)阳羡发生地震说,纯属杜撰!

离墨山属江南宜溧山脉,地处地震带。诚然,这里存在发生较大地震的可能性。如20世纪,毗邻宜兴的溧阳先后于1974年发生5.5级、1979年发生6.0级两次地震,导致大量房屋倒塌与人员伤亡。然古往今来,地震多作为地质灾难而见载于史籍,故伴随它出现的异象,多为不祥之兆,岂

---

① (清)吴骞《国山碑考》,第8页。
② (宋)史能之等《咸淳毗陵志》卷第十五《山水》"山·宜兴",第3083页。

能视为祥瑞或大瑞！

禅国山碑记述吴国出现的诸多祥瑞,表述孙皓封禅之缘起,是碑文字今已泐损过半。然从文献所录碑文或早期拓本中,均不见"石室"出现与当地发生地震相关之任何信息。故若从是碑文字研究宜兴早期发生的地震,必入歧途！

进而,吴五凤二年(255),因宜兴出现"大石自立"现象,其地发生低等级地裂(地震)可能性倒是存在的。《义忠王庙记》文献记载祝英台与梁山伯同冢,出现令人费解的"地裂而埋璧"①之记述,表明祝英台墓冢出现与地裂存有关联。是故,若肯定"大石自立"涉关孙皓封禅宜兴、祝英台因孙皓封禅而立,则从"大石自立"出现年代,即吴五凤二年,来研究古代宜兴的地震史,倒具一定合理性。

以上可见,引发孙皓封禅的大瑞"石室",即今善卷洞干洞之大石厅,作为地质现象早就存在,其形成与地震无直接干系。

三、国山考

宜兴不同寻常之国山地名,源于孙皓封禅。随着时间流逝,真相缺失,后人对国山理解,出现了偏误。

晋陈寿《三国志》等,提到孙皓封禅国山事,"乃遣兼司徒董朝,兼太常周处至阳羡县,封禅国山。明年改元,大赦,以协石文"②,然关于国山具体位置,却无交待。

关于孙皓封禅之国山所指,目前见二说:

一曰董山即国山。按方志,"董山"得名于董朝受命封禅。吴骞《国山碑考》收录两首《上董山读孙氏古碑》同名诗,诗名之"孙氏古碑"即禅国山碑③;今董山之巅,禅国山碑所立处不远,见一较高石壁,上刻"国山"二大字,意味董山即国山。2009年,笔者赴离墨山下祝陵村走访,问及国山位置,当地百姓均手指董山。

①（清）汪源泽修,（清）闻性道纂《（康熙）鄞县志》卷九"庙祠·西鄙·义忠王庙",清康熙二十五年（1686）刻本,本卷第60页。
②《三国志》卷四十八《吴书三·三嗣主传第三》"孙皓",第1171页。
③一为长洲（今苏州）周砥（字履道）诗:"亦有文章效封禅,奈无功德济刑名。长江纵有看函险,终使秦人念子婴。"一为宜兴人马治（字孝常）诗:"青盖萧条向洛阳,历阳山色愧封王。如何囷石丛邱里,又有遗文载百祥。"（清吴骞《国山碑考》,第39页）

一曰国山为离墨山。这是较为通行的说法。离墨山又称离里山、善卷（权）山、九峰山、离昧山、吕母山、升山等,海拔 342.9 米。《咸淳毗陵志》云:"国山。在县西南五十里。延袤三十六里,高百二十五仞。一名离墨山。旧传仙人钟离墨得道于此。"[①]《明一统志》云:"国山。在宜兴县西南五十里。本名离里山,有九岭相连,亦名升山。相传吴王皓时,山大石自立,皓遣司空董朝、太常周处封为南岳,故今名。"[②]

事实上,国山即离墨山说才是合理的。联系孙皓封禅史实并古代封禅制度看,称离墨山为国山,乃因此山关乎孙吴之国运。董山不过离墨山支脉之小山,它哪里具备称国山之资格呢?

今禅国山碑矗立处附近,有景点指示碑牌。碑文称:"国山碑,在宜兴张渚镇善卷洞西南国山顶上,立于三国吴天玺元年(276)。国山,原名离墨山。276 年,阳羡发生地震,离墨山突然出现有十丈长的'石室',东吴末帝以为祥瑞,乃封此山为国山,遣司徒董朝来阳羡举行封禅大典,并刻石以志,是为国山碑。"碑铭既云国山碑立于国山顶上(这里无疑指董山之巅),又谓国山为离墨山,不免混淆。

若追溯将董山误作国山之根源,则不得不提及禅国山碑。

禅国山碑为孙皓封禅所立禅碑,又称封禅碑、国山碑、囤碑等。古代帝王封禅,多在泰山顶完成封仪,而在泰山下之"梁父""云云"等小山完成禅礼。复杂的封禅仪制中,常见刊石立碑纪功环节。如秦始皇封泰山禅梁父,曾刻石颂秦德,此后,刊石成为封禅常制之一,"然则元功懿德,不刊梁山之石,无以显帝王之功,示兆庶不朽之观也"[③]。封禅所刊碑文,多见歌功颂德之辞,金石界称"石颂"。故云,孙皓行禅礼,选择离墨山卜小山董山立碑,乃循秦始皇、汉武帝行禅礼之旧制。

国山碑文提到了孙皓封禅,"率案典籑,宜先行禅礼,纪勒天命"。此处"禅礼"前出现"先"字不同寻常,表明孙皓虽封离墨山为国山,却仅施行了禅礼。昔帝王封禅,多先行封仪再施禅礼,但也有例外,如汉武帝曾先于"梁父"行禅礼,再往泰山行封仪。对于隆重的封禅大典,孙皓并未亲赴现

①(宋)史能之等《咸淳毗陵志》卷第十五"山水·山·宜兴",第 3083 页。

②(明)李贤等奉敕撰《明一统志》卷十"常州府",《景印文渊阁四库全书》第 472 册,台湾商务印书馆,2008 年,第 248 页上。

③《晋书》卷二十一《志第十一·礼下》,中华书局,1974 年,第 654 页。

场,难免让人意外(若从古代帝王封禅常自订不同仪制角度看,倒也可以理解)。据目前所知信息判断,孙皓虽称封禅,却未必行过封仪。究其原因,或为:孙皓自以为得天命,意欲一统天下后,再亲自参与在离墨山或他山举行的封仪。

后人误将董山作国山,还受禅国山碑文影响。禅国山碑文见"遂于吴兴国山之阴,告祭刊石",此处"国山"本指离墨山,因禅碑立于董山,后人不知董山本与离墨山相连(因当地采石终致二者割断联系),才误称董山为国山。

2006年12月,笔者专门赴宜兴调查禅国山碑。当时,沿祝陵村边小路而上,及至山顶,见到了这块外形怪异的禅碑:碑高两米以上,圆径近两人合抱,碑顶溜圆,上处见一裂痕。禅碑外型似旧时民间的粮囤,故当地有"囤碑"俗称。

禅国山碑文字似篆似隶,与同期"天发神谶碑"各成其趣,均为中国书法由篆至隶变迁的国宝级证物。该碑初刻1200多字,现易识辨者大抵四五百字,碑身另见诸多无知者所刻人名或"某某到此一游"等乱文。

综上,宜兴之国山,本指离墨山。后人将离墨山支脉董山误作国山,实出于对古代封禅制度之乏解。

四、南岳考

文献多见孙皓曾于宜兴封南岳说。就当地"南岳"之所指,一云离墨山,一云南岳山。孰对孰错,至今未有定论。

(一)离墨山受封南岳说

因孙皓选择离墨山为封禅地,故常见离墨山受封南岳说。[①]

关于孙皓封南岳,明陆应旸辑、清蔡方炳增订《广舆记》云:"国山。宜兴旧名离里山。吴主皓时,山顶一大石自立。皓遣太常周处封为南岳,改今名。"[②]撰者谓离墨山得称南岳,与孙皓遣太常周处封禅宜兴事关联。顺及,文中所谓"吴主皓时,山顶一大石自立"有误:"大石自立"见于吴五凤二年(255),其时不用说孙皓,即便吴景帝孙休亦尚未即位。

---

① 另见孙皓封阳羡之山为中岳,改名国山者说,如清许鸿磐《方舆考证》等,此处不作讨论。
② (明)陆应旸辑、(清)蔡方炳增订《广舆记》卷之三《江南》"常州府",清康熙二十五年(1686)吴郡宝翰楼刊本,本卷第36页。

又，明末龚黄《六岳登临志》云："如《三国志》，孙皓以阳羡山石裂为瑞，立庙祀南岳也。"①龚黄称其说法乃据《三国志》而来。不过，今各本《三国志》，均不见龚氏之说。

孙皓封离墨山为南岳事，还见明何乔远《名山藏》、宜兴方志等，不再例举。

（二）南岳山乃孙皓禅地说

南岳山为铜官山（又作铜棺山）支脉。铜官山海拔 521 米，为宜兴境内最高山。言及"南岳山"称谓来由，常见有人将其与孙皓封禅关联。

明都穆认为，孙皓举行封禅礼，封国山后，于南岳山行禅礼，乃行效汉武帝。其《南岳铜棺二山记》云："按：南岳本衡州之衡山，吴孙皓以阳羡山石裂为瑞，遣使封之，改曰国山，遂禅此为南岳。盖汉武尝移衡山之祭于灊霍，皓窃其义耳。南岳寺在山之麓，因山以名。"②"汉武尝移衡山之祭于灊霍"，意谓汉武帝曾将今安徽之天柱山视同南岳而行祭礼。

再，明陈仁锡《无梦园初集》云："南岳山（县西南十五里）。孙皓既封国山，遂禅此山为南岳，取汉武移衡祭灊霍之义，即古阳羡采茶处。循南岳而上十余里，为铜棺山，即君山，袁府君天降铜棺处也。一曰山产铜，曰铜官。"③陈仁锡观点，似与都穆之说承于一脉④。类似看法还见《明一统志》《读史方舆纪要》《（乾隆）江南通志》及宜兴方志等。

又，还见孙皓封铜官山为南岳说者。如清《通鉴辑览》，其书云："南山即荆南山，孙皓封为南岳，在今常州府荆溪县南。"⑤

更见同一书中出现不同说法者。如《咸淳毗陵志》云："南岳山。在县西南二十里，君山之北麓，有胜果寺（孙皓既封禅国山，遂禅北山为南岳。汉武移衡山之祭于蠚霍，皓取其义）。"⑥"君山"即铜官山，据原书排版可知，"孙皓既封禅国山"等文字为修志者注。颇为奇怪的是，其书又谓："囷

---

① （明）龚黄《六岳登临志》卷之五"恒之艺文·诗·陈文烛二段"，明抄本。

② （明）刘广生修、（明）唐鹤征纂《（万历）常州府志》卷之十八《文翰三》"碑记·山川·都穆《南岳铜棺二山记》"，本卷第 12 页。

③ （明）陈仁锡《无梦园初集》江二"说山水"，明崇祯六年（1633）张一鸣刻本，本卷第 13 页。

④ 若追溯都穆、陈仁锡之说渊源，最早见《咸淳毗陵志》，而《咸淳毗陵志》之说，乃受宋赵彦卫《云麓漫钞》影响。

⑤ （清）傅恒等奉敕撰《御批历代通鉴辑览》，《景印文渊阁四库全书》第 336 册，台湾商务印书馆，2008 年，第 65 页下。

⑥ （宋）史能之等《咸淳毗陵志》卷第十五"山水·山·宜兴"，第 3084 页。

山碑在南岳山,吴孙皓时立。"①"囷山碑"即禅国山碑,故此处"南岳山"指离墨山。同一志书出现相互矛盾之记述,与其递修经历有关。

(三)孙皓封南岳说实属无稽

文献所见孙皓于宜兴封南岳事,历来疑点重重且存有争议。事实上,孙皓封南岳说并不可信。

《三国志》《建康实录》及禅国山碑等,见载孙皓封国山事。若孙皓果真曾封南岳,亦为大事,正史不当无载。

可以明确,宜兴"南岳山"称谓来历,与孙皓无直接关联。孙皓当初封离墨山为国山,在于认可此山关乎国运。铜官山虽为宜兴最高山,然无关孙皓封禅事,自然不会受封南岳。至于都穆、陈仁锡称孙皓既封国山,复禅此山为南岳说,则无道理:其一,孙皓行禅礼处在离墨山之小山,并不在今南岳山;其二,古代帝王行禅礼处,均为某岳之下小山,岂有"禅某山为某岳"之理!最具说服力的证据是,禅国山碑文字中,不见孙皓封南岳事,若果有其事,则碑文不当阙记。

同样可以明确,离墨山不大可能受封南岳。从国山与南岳之地位看,前者显然高于后者:泰山位列五岳之首,有"五岳独尊"之称,仍不免与他岳并列;古代帝王封禅泰山,虽将泰山视同"国山",却从未见某帝王封其"国山"者;离墨山受封国山后,便从天下众山中脱颖而出,具备了显赫身份。如此,离墨山既受封"国山",岂会再封"南岳"!

文献除见孙皓封离墨山为南岳,还见封之为中岳说。如宋乐史《太平寰宇记》云:"归命侯又遣司空董朝、太常周处至阳羡封禅为中岳,改名国山。"②离墨山受封中岳说同样毫无依据。进而,若孙皓果真曾封离墨山为南岳或中岳,为何离墨山之东部又见南岳山呢?

(四)孙皓封禅南岳说误解之由来

既然孙皓从未封过南岳,那么,离墨山受封南岳,与南岳山乃孙皓禅地的说法,是如何产生的呢?

追根溯源,离墨山受封南岳说,乃受古帝王封禅例制影响而出。如多次封东岳的汉武帝,于元封五年(前106)登礼灊之天柱山,此山因具"南

---

① (宋)史能之等《咸淳毗陵志》卷第二十九"碑碣·宜兴",第3206页。
② (宋)乐史《太平寰宇记》卷九十二《江南东道四》"常州宜兴",第33页下。

岳"之号，"上巡南郡，至江陵而东，登礼潚之天柱山，号曰南岳"（《汉书·祀志下》）。离墨山位于东吴都城建康（南京）之东南，在江南地区堪称高山，孙皓前往封禅，易让人产生离墨山曾封南岳之联想。当然，也不排除孙皓封禅前，曾议封离墨山为南岳或中岳事，并由此生出传言。

"南岳山乃孙皓之禅地说"讹出，肇始于孙皓曾封离墨山为南岳之臆测，再经历将所谓南岳（离墨山）与铜官山之南岳山等相淆之变，故是说可谓滑稽。

（五）南岳山称谓之讹出

宜兴"南岳山"名称始出，无疑牵连铜官山。

若从铜官山角度看，它当具备称"南岳"之条件。其一，铜官山乃宜兴最高山，在常人看来，孙皓既封禅宜兴，铜官山当为首选；其二，铜官山又名君山、南山、荆南山等，其君山①别称尤其易生发与孙皓封禅之关联。不过，古代帝王封禅，多选择于"高山之下"筑坛祭天，而南岳山仅铜官山支脉，并不具备称南岳之条件。故单纯从孙皓封禅关联角度，铜官山难以与"南岳山"称谓来由牵涉。

今南岳山有南岳禅寺（一曰南岳寺），当地将其历史并寺额溯至南齐。果真如此，则南岳山之得名必由来已久。

今南岳寺内见一竖碑。碑文谓："南岳禅寺，位于宜兴县城西南七公里之南岳山，座落于群山环抱之中。南岳古称'南涧'，三国时吴主孙皓封南涧为南岳。南岳禅寺始建于齐永明二年（四八四年），为江南名刹古寺之一。唐天宝年间，浙江桐庐稠锡禅师主持其寺。宋时南岳禅寺改为'果胜禅院'，绍定间重建法堂。明代洪武二十四年（一三九一年）仍改今额。"事实上，碑文"孙皓封南涧为南岳"事不见于正史，难以为据。"仍改今额"，似

---

① 关于南岳山为何称"君山"，见汉代刘妃之"棺已成冢""天降铜棺"说。晋干宝《搜神记》云："汉阳羡长刘妃尝言：'我死当为神。'一夕饮醉，无病而卒，风雨失其柩。夜闻荆山有数千人唉声，乡民往视之，则棺已成冢。遂改为君山。因立祠祀之。"（干宝《搜神记》卷六，明《津逮秘书》本，本卷第10页）宋陈葆光《三洞群仙录》云："《君祠堂记》云：'府君，后汉人也。'按：北齐《修文殿御览》云：'阳羡初立县时，会稽袁妃生有神异，而始为令于此。逆知水旱，自言死当为神，或寝息继日，梦与神会也。一旦，无疾暴亡。殡后因风雨晦冥，忽失柩所在。有民夜闻荆南山若数千人声最，往视之，而柩在焉，亟抵县白之。吏民驰至，柩已神藏，止见石坛石冢而已。于是改荆南山为君山，至今俗呼为铜棺山，以谓府君亡时，天降铜棺，如王乔为叶令天降玉棺类也。'"（陈葆光《三洞群仙录》卷十二，明正统道藏本）考虑到《搜神记》等文献流传中经后人多次整理，"君山"之名是否见于汉代，尚存疑问。从荆南山称"贡山"、"贡山"得名与当地茶叶列为贡品关联看，"君山"得名乃与当地出产可供君王品鉴之茶叶相关。

指寺院恢复齐时"南岳禅寺"寺额,然齐永明二年,禅宗尚未确立,自然不该出现"南岳禅寺"寺名,至于宋代是否已见"南岳禅寺"寺额,尚不明确①。在笔者看来,"南岳禅寺"寺额见于"明代洪武二十四年"说,倒具一定可信度。进而,至迟不晚于明洪武二十四年(1391),"南岳山"称谓已在当地流行。

宜兴"南岳"称谓始出,较早见宋赵彦卫《云麓漫钞》。其书谓:"南岳有三:衡山,一也。汉武帝南狩舒之潜山,望祀,后人目潜为南岳,二也;常之宜兴有南岳,产茶,云以吴孙皓时得名。"②对文中之"南岳",具体指离墨山抑或南岳山,撰者没有明确。仅从"南岳"与"产茶"关联信息,亦不能确定其所指向(离墨山与南岳山均产茶)。若从诸山称岳多与帝王事迹关联、孙皓曾封禅离墨山角度揣思,则可判断赵氏所云"宜兴之南岳",当指离墨山而非南岳山。

南宋王象之《舆地纪胜》为记录南宋疆域历史沿革、风土故迹等掌故的大型地理书。关于南岳与南岳山,其书云:"国山。同上云。在宜兴县南五十里。《舆地志》云,本名离里山,山有九岭相连,亦名升山。吴五凤二年,其山有大石自立。孙皓遣司空董朝、太常周处至阳羡,封为南岳,改名国山。……南岳。《云麓漫钞》云:南岳有三。衡山也。汉武南狩舒之潜山望祀,后人因目潜为南岳,二也。常之宜兴有南岳,产茶。云以吴孙皓时得名。"③王象之提到,"国山"之名由"南岳"改来,同时又将曾"封为南岳"之"国山"与"南岳"分列,矛盾之说同见一处,让人纳闷。若溯王说之源,可知其受赵彦卫说影响:显然王象之将赵彦卫所云之南岳(指离墨山)误解成今之南岳山了。

又,清《(康熙)常州府志》云:"南岳山。在县西南一十五里山亭乡,即君山之北麓。孙皓既封国山,遂禅此山为南岳,盖取汉武帝移衡祭于灊霍之义。山麓有禅寺。盖其地即古之阳羡产茶处。每岁季春,县官亲往祭

---

① (宋)史能之等《咸淳毗陵志》虽收录北宋郭三益《题南岳寺》诗作,但不能作为判断宜兴"南岳寺"名称出现之依据(诗作《题南岳寺》之"南岳寺",当指湖南之南岳寺)。笔者判断,今宜兴"南岳寺"额最早以"果胜寺"出现为可靠。若再深究,可见"果胜寺"与建康(南京)之"国胜寺"(一作南涧寺)存在渊源,真相或为:北宋晚期,南京遭难,国胜寺僧因避于南岳山旧庵,遂将易地重建之寺名更为"果胜寺"。事实如何,有待进一步考证。

② (宋)赵彦卫撰,傅根清点校《云麓漫钞》卷第五,第88页。

③ (宋)王象之《舆地纪胜》卷第六《两浙西路》"常州·景物上",清影宋钞本,本卷第7页。

省,然后采以入贡。"①言及南岳山来由,志撰者认为与孙皓封禅关联,同时提到此山出产贡茶。是志对南岳山之解释,显然受《咸淳毗陵志》影响,若再追溯《咸淳毗陵志》矛盾说法来由,可知其受王象之说影响。

《舆地纪胜》约于宋宝庆三年(1227)成书,故"南岳山"名之讹出,大致可以公元1227年为上限。至于"南岳山"称谓在宜兴流行并终成事实,则受《咸淳毗陵志》流布、尤其明洪武间"果胜禅院"改称"南岳禅寺(南岳寺)"陶染。

小结:梁祝传说中的主角祝英台最早见于宜兴,它本为东吴末帝孙皓封禅所建祭坛,还原祝英台来由真相,不仅可解决诸多悬疑,还为梁祝传说源头研究另辟了新路径。

①(清)于琨修,(清)陈玉璂纂《(康熙)常州府志》卷之四"宜兴",清康熙三十四年(1695)刻本,本卷第17页。

附:祝英台考证思维导图

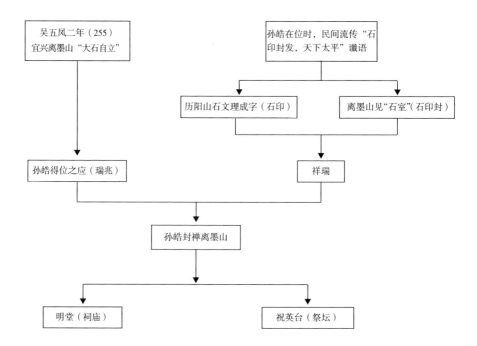

第二章 "碧鲜庵"考

宜兴民间长期流传"碧鲜庵"为古代女子祝英台读书处之说。考证表明,"碧鲜庵"本指刻有"祝英台读书处"之巨岩"碧藓岩";"碧藓岩"变称"碧鲜庵"经历特殊;今"碧鲜庵"三字碑刻立于清初,本指引识读"碧藓岩"之地标。

第一节 "碧鲜庵"之初识

在宜兴,人们多以为"碧鲜庵"乃古代女子祝英台读书的宅堂,而今"碧鲜庵"三字碑(当地多称"碧鲜庵碑")为唐碑。梁祝传说起源地论争中,宜兴学者将"碧鲜庵"三字碑,视为梁祝传说起源的重要物证[1]。1996年,是碑列为宜兴市级文保单位。

一、"碧鲜庵"见多种异体

研究发现,宜兴方志或相关文献提到"碧鲜庵",又作"碧藓(鲜)蓭""碧藓(鲜)菴""碧藓庵"等,几者内涵并无差别。"蓭""菴"虽为"庵"字异体,因关联考证,本章下文涉引古文献所见这类字,取其原版字型。

"碧鲜庵"之最早记录,见南宋《咸淳毗陵志》。其书云:"祝陵。在善权山岩前。有巨石刻,云祝英台读书处,号碧鲜菴。"该书还出现"碧藓蓭"记述:"碧藓蓭字。在善权寺方丈石上。"[2]比较发现,书中"碧藓蓭"与"碧鲜菴"表达内容相同。"有巨石刻云祝英台读书处,号碧鲜菴"乃阐释前文"岩前"之"岩",疑为志书继修者所补。再从《(成化)重修毗陵志》《(万历)重修

---

① 陈苪生、路晓龙《碧鲜庵碑考》谓:"碧鲜庵碑——国内现存最早的'梁祝'爱情历史文物。""据宜兴史志载碧鲜庵碑'谓是唐刻',这是不争的事实。"(宜兴市政协学习和文史委员会、宜兴市华夏梁祝文化研究会编《宜兴梁祝文化·论文集》,方志出版社,2004年,第306页)
② (宋)史能之等《咸淳毗陵志》卷第二十七"古迹·宜兴",中华书局,1990年影印《宋元方志丛刊》,第3196页。

宜兴县志》《（康熙）重修宜兴县志》等记述看，凡言及"碧藓（鲜）庵（菴、菴）"，皆与"祝英台读书处"相关。

　　古善权寺后，刻有"祝英台读书处"的巨岩，其岩面常为苔藓覆盖。如清陈维崧《迦陵词全集》云："善权寺相传为祝英台旧宅，寺后一台，云其读书处也。壁间旧有谷令君一词，春日与云臣远公披藓读之，共和其韵。"①清史承豫《游善卷洞记》云："稍上有善卷寺，寺即古碧鲜庵古址。……寺后傍碧鲜岩，相传为祝英台读书处，石上镌明谷令君兰宗一词，甚工。披藓读之，共为咨赏。"②陈维崧、史承豫皆宜兴人，两处记述均关联"祝英台读书处"，"披藓读之"乃指欲读取岩面文字，需除去字面覆盖的苔藓。

　　古文献常见"藓""鲜"通用。如明嘉靖《范县志》录李寿《龙潭烟雨》诗，云"断碑无字封苔鲜，横枕夕阳卧彩虹"③，诗句中"苔鲜"之"鲜"通"藓"；明龚黄《六岳登临志》谓："欧阳永叔游嵩山。日暮于壁上见苔鲜成文，云'神清之洞'四字。明日复寻不见。"④文中"苔鲜"之"鲜"亦通"藓"。以上可对"碧藓菴（菴、庵）"之"藓"常作"鲜"予以解释。

　　值得注意的是，清康熙以后，方志提到"祝英台读书处"，已鲜见"碧藓（鲜）菴（菴）""碧藓庵"提法。至清嘉庆后，方志唯见"碧鲜庵"称谓。

二、"碧鲜庵"与今"碧鲜庵"三字碑指向不同

　　欲揭示"碧鲜庵"真相，当先弄清"碧鲜庵"与今"碧鲜庵"三字碑之内涵。

　　宋以后宜兴方志，均记载善权寺后巨岩存有石刻。"碧藓菴字。在善权寺方丈石上"，"祝陵。在善权山岩前。有巨石刻云祝英台读书处，号碧鲜菴"⑤，从中不难看出，刻有"祝英台读书处"等文字的巨岩（方丈石）即碧藓（鲜）菴（菴、庵）。

　　今"碧鲜庵"三字碑，高约 2.2 米，规模远称不上"方丈石"。故判定"碧

————————

①（清）陈维崧《迦陵词全集》卷九"祝英台近"，清康熙二十八年（1689）陈宗石患立堂刻本，本卷第
　　2页。
②（清）沈粹芬、黄人《国朝文汇·乙集》卷三十一"史承豫《游善卷洞记》"，清宣统元年（1909）上海
　　国学扶轮社石印本，本卷第4页。
③（明）东时泰纂修《（嘉靖）范县志》卷之六，明嘉靖十四年（1535）刻本，本卷第7页。
④（明）龚黄《六岳登临志》卷之三，明钞本，本卷第57页。
⑤（宋）史能之等《咸淳毗陵志》卷第二十七"古迹·宜兴"，第3196页。

鲜庵"三字碑与"碧藓(鲜)菴(菴、庵)"指向不同。

清宜兴人陈经《墨庄杂著》云:"碧鲜庵右碑。高五尺四寸,广二尺三寸,正书,字大,周三尺有奇。传是唐刻,观其笔意,极似东坡。"[1]此处可见,"碧鲜庵右碑"即今"碧鲜庵"三字碑,它原立于"碧鲜庵"右侧,其内涵与"碧鲜庵"不同;对并无款识之"碧鲜庵"三字碑传为唐碑说,陈经并不认同。

1921年,储南强开发善卷洞,将"碧鲜庵"三字碑移至善卷洞后洞口、今祝英台读书处景点附近位置。是碑扰动后,"碧鲜庵"真相更加迷离。

三、"碧鲜庵"乃女子祝英台读书地说

宜兴当地称碧藓(鲜)菴(菴、庵)为古代女子祝英台读书地,由来已久,影响深远。

明沈周《碧鲜菴》诗,前有引曰:"在善权三生堂西北石壁,旧传祝英台读书之处,唐李丞相亦藏修于此。"[2]诗引交待碧鲜菴方位,指出它乃女子祝英台读书旧地,唐丞相李蟾曾在此修读。[3]

清徐喈凤《祝英台碧藓菴》诗云:"汉代有佳人,读书附儒流。"[4]诗中"佳人"指女子祝英台,作者视其为汉代人。诗题之"碧藓菴",显然被作者认作女子祝英台读书地。

宜兴籍学者冯其庸认为"碧鲜庵"就是女子祝英台读书地,其《宜兴梁祝文化·论文集》序谓:"事先我并不知道'碧鲜庵'的来历,经乡人介绍才知道这就是祝英台的读书处,这是我第一次知道祝英台是实有其人实有其事实有其地的。"[5]

然而,若从祝英台本地名视角看,碧鲜(藓)菴(菴、庵)必然与女子祝英台无关。

---

①(清)陈经《墨庄杂著》"荆南石刻",清光绪丙戌(1886)春晖堂刻本。

②(明)沈敕《荆溪外纪》卷之二《五言绝句》,明嘉靖二十四年(1545)刻本,本卷第4页。

③沈周称李蟾为丞相有误:唐丞相官职仅见唐玄宗开元元年(713),朝廷改尚书左右仆射为左右丞相,唐宰相序列不见李蟾人名。

④(清)卢文弨辑《常郡八邑艺文志》卷九"国朝五言古",清光绪十六年(1890)刻本,本卷第141页。

⑤冯其庸《长了金翅的理想》,见宜兴市政协学习和文史委员会、宜兴市华夏梁祝文化研究会编《宜兴梁祝文化·论文集》,方志出版社,2004年,第1—2页。笔者按:事实上,祝英台本为地名,女子祝英台读书之说纯属讹传,冯其庸关于祝英台"实有其地"不经意语误反倒是正确的。

第二节　"碧鲜庵"即"碧藓岩"

文献记载,古善权寺后刻有"祝英台读书处"的巨岩称"碧藓岩","碧鲜庵"即"碧藓岩"。

一、刻有"祝英台读书处"之巨岩旧称"碧藓岩"

"碧藓岩"又作"碧鲜岩"。从前文所及"碧藓"与"碧鲜"内涵常见相通看,并不难理解。若再检阅方志、文献中相关记录,也不难得出这一结论。

从字面意思看,"碧藓岩"即覆满苔藓的岩石。如清嘉庆举人黄本骐《衡山县》诗云:"墨花飞动影巉巉,浣笔高题碧藓岩。拱岳峰峦低万笏,围城波浪插千帆。藤缠塔顶寒烟合,树隐楼檐落日衔。头上忽看云片黑,江风吹雨湿青衫。"[①]诗中"浣笔高题碧藓岩"之"碧藓岩",指位于衡山、长满苔藓的岩石。

今宜兴善卷洞后洞口,布满苔藓的大小岩石随处可见。从常理上说,这类岩石均可称"碧藓岩"。然而,若观照方志所载"碧藓(鲜)岩",则发现它均特指刻有"祝英台读书处"之巨岩。明华察《游善权碧鲜岩诗》、清张衢《瑱为过访同游善卷洞、碧藓岩各赋一诗》、清张起《游国山龙岩憩善卷寺访碧藓岩故址》诗,凡提及"碧藓(鲜)岩",均为特指。

2006年12月中旬,笔者赴宜兴善权寺、英台阁、国山碑等古迹寻访,找到了久已湮没的"碧藓岩"(可参见第三章《"祝英台读书处"考》)。当时虽已入冬,仍见巨岩表面生长一团团碧绿的苔藓,称之"碧藓岩",名副其实。

二、"碧藓岩"引起后人关注

毫无疑问,"碧藓岩"之所以引起后人关注,出于其表面存在文字铭刻。

研读宜兴方志,可知"碧藓岩"表面摩崖,最早为唐李蠙所刻,计约千字,含其奏疏并唐懿宗批复、诗并序(以上均为小字)及"祝英台读书处"六大字等。因摩崖文字牵涉李蠙"收赎"善权寺争议,较长时期内,它一直为

后人关注(可参见第十五章《梁祝传说起源时间考》)。清齐学裘《见闻续笔》言及与友人赴善权寺附近游览,观摩"碧藓岩"石刻,"观六朝石幢、唐宋古柏、碧藓岩碣、祝英台近词碑,饮泉食瓜。寻九斗洞、仙李岩孔……。祝英台近词逼宋,碧藓岩碣书追唐"①。"祝英台近词逼宋",乃夸赞明人谷兰宗所填【祝英台近】词可媲美宋人词作;"碧藓岩碣书追唐",指"碧藓岩"所刻"祝英台读书处"等古老文字历史可溯至唐代。

研究发现,"碧藓岩"最初之所以引起民众关注,并非其上所刻"祝英台读书处"六大字,而是位于大字旁的近千小字。经年累月,随着"碧藓岩"表面唐人摩崖逐渐消逝,李蟠刻石引发争议渐归平淡,小字磨灭处才加刻其他文字。从此,后人关注重点,才转向"祝英台读书处"六大字。

明以后,人们多从"碧藓岩"与女子祝英台关联角度,寻访"祝英台读书处"六大字所在,并将巨岩周边建筑误作女子祝英台读书旧地。

三、"碧藓岩"之湮没

唐以后较长时间内,因"碧藓岩"摩崖一直为人关注,以至成为善权寺周边知名景点。至于晚清,后人对"碧藓岩"关注力度大大减弱。及至民国时期,已鲜见有人提及此岩。

"碧藓岩"表面长年生长苔藓,故其上文字腐蚀较快。尽管后人采取了挽救措施,终未能改变其湮灭之命运。

伴随"碧藓岩"摩崖慢慢消失的,还有其背后的真相。对此,后人不免生出诸多感慨。如明汤聘《游善权》诗云:"玉带桥头丞相祠,涌金亭上漫题诗。坐来幽鸟亦自适,老去看山未是迟。古洞丹青深岁月,石田黄白幻雄雌。江南往事随流水,无数苍苔没旧碑。"②"江南往事随流水,无数苍苔没旧碑"乃指"碧藓岩"布满苔藓,其上文字不为游人所见,许多历史真相亦渐渐湮没了;清任映垣《祝英台读书台》诗云:"红紫秋花泡露开,读书台畔一徘徊。早逢木叶潇潇下,何处吟魂冉冉来。粉蝶双飞还似舞,罗裙五色未

---

① (清)齐学裘《见闻续笔》卷十《阳羡绥安诗下》"善权纪游歌(有序)",清光绪二年(1876)天空海阔之居刻本,本卷第7—8页。
② (明)沈敕《荆溪外纪》卷之七《七言八句》,本卷第41页。

全灰。壁间剩有相思句,拂薛搜寻那忍回。"①面对"祝英台读书台",作者沉吟感慨,拂去岩面苔藓,搜寻旧刻,不忍离去。看来,作者果真将此地视作女子祝英台读书旧地。

因古人常称铭刻文字之石质载体为"碑""碣",故"碧藓岩"还见"碧藓岩碣""藓碑"称谓。如清初徐喈凤《祝英台碧藓菴》诗云:"遗迹在碧藓,古佛同千秋。苔封碣半露,姓氏篆如虬。"②诗中"遗迹",即"祝英台读书处"石刻,"苔封碣半露,姓氏篆如虬"指半为苔藓覆盖的"碧藓岩"碣面,尚见"祝英台读书处"字体特征;清齐学裘《见闻续笔》所见"碧鲜岩碣"即"碧藓岩"(见前文所引);潘允喆《长溪草堂集·词钞》"百字令·蝶"曰:"团团金粉,是花间、文采风流之士。曾抱芳心,来上苑、九十春光残已。纸化钱飞,种传凤孕,穿尽篱根翠。双双低认、祝英台藓碑字。"③词中"祝英台藓碑",即指祭坛祝英台附近的"碧藓岩"。

受环境影响,"碧藓岩"文字易于侵蚀,为挽救"碧藓岩"摩崖,后人曾清理岩面苔藓,重新剗洗岩面文字。晚明安世凤《墨林快事》谓:"此唐李使所题,虽不过纪其复寺之勤而已。其字已经宋僧两度重立,不知仍唐日之旧以否,本无足存。……天启乙丑正之六日。"④"李使"指唐人李蠙。"碧藓岩"摩崖见于晚唐,宋时寺僧曾两度剗洗,至"天启乙丑正"(1625),世人尚见摩崖文字(可参见第十五章《梁祝传说起源时间考》)。历史上,善权寺经历坎坷,灾变期间,终因无人打理,"碧藓岩"表面文字腐蚀殆尽。

按宜兴方志记载,至清嘉庆时,"碧藓岩"表面"祝英台读书处"六大字已模糊。往后,甚至连六大字刻于其石何处,也鲜见有人说得清了。

四、"碧鲜菴"即"碧藓岩"

通过对文献解读,可见"碧藓岩"有"碧鲜菴"别称。

晚唐往后,"碧藓岩"一度成为善权寺附属景点。通常而言,只要善权寺香火不息、寺僧长驻并勤于打理,游人观瞻"碧藓岩"景点并不存在障碍。不

---

① (清)唐仲冕修,(清)宁楷纂《(嘉庆)重刊荆溪县志》卷之四"艺文志·诗·七言律",清嘉庆二年(1797)刻本,本卷第 23 页。
② (清)卢文弨辑《常郡八邑艺文志》卷九"国朝五言古",清光绪十六年(1890)刻本,本卷第 71 页。
③ (清)潘允喆《长溪草堂集·词钞》之"百字令·蝶",春晖堂藏板,清光绪丙戌(1886)重镌。
④ (明)安世凤《墨林快事》卷之六"善权寺诗",清抄本,本卷第 21 页。

过,由于苔藓对"碧藓岩"摩崖的腐蚀,其上石刻小字慢慢泐损,加上善权寺多次出现变故,"碧藓岩"面缺少管照,在其方位变得模糊的背景下,好事者便在"碧藓岩"题刻了标识,此举将其与周边众多覆满苔藓的巨岩区别开来。

晚明时期,"碧藓岩"表面曾刻下"碧鲜岩"三字。如吴骞《桃溪客语》云:"善权寺大殿及藏经阁俱毁于火。……旁倚石台,台高一丈余。其上又有明邑令谷兰宗题【祝英台近】词石刻。……石刻上有横额,题碧鲜岩三字。"①谷兰宗一名谷继宗,明嘉靖丙戌(1526)进士,曾任宜兴县令。引文可见,古善权寺大殿后高一丈余的石台即"碧藓岩",其上刻有"碧鲜岩"三字。"碧鲜岩"三大字既题于谷兰宗词作之上,且为横刻,可知其并非谷兰宗【祝英台近】词题名,而是"碧藓岩"之标识。

关于岩面"碧鲜岩"三字标识出自何人之手,清陈经《墨庄杂著》云:"岩下石台高寻丈,横广倍之,传为祝英台读书遗址。台上明邑令谷兰宗题碧鲜岩字,下书【祝英台近】词,甚工。"②有据陈经说者,将"碧鲜岩"三字认作谷兰宗所刻,其实有误。清潘允喆认为,"碧鲜岩"三字为谷春所书,其《长溪草堂文钞》云:"明嘉靖间,邑令谷兰宗先生赋词。镌石其字为哲嗣春所书,又书碧鲜岩三大字于壁。"③"哲嗣春"指谷兰宗之子谷春。笔者认为,潘允喆之说有理。

研究发现,"碧藓岩"铭刻"碧鲜岩"三字标识前,其表面还见更早类似标识。如明都穆《游善权洞记》提到,"岁癸亥夏四月,予始至义兴,欲为三洞之游","右偏石室刻碧鲜菴三大字,即祝英台读书处"④,都穆游记作于明弘治十六年(1503),结合潘允喆《长溪草堂集》所载信息,可知晚明所刻"碧鲜岩"三字,相距都穆所见"碧鲜菴"三字已历五十余年⑤,谷春所以复

---

① (清)吴骞《桃溪客语》卷一"碧鲜庵",清乾隆吴氏刻《拜经楼丛书》本,本卷第12—13页。

② (清)陈经《墨庄杂著》"荆南小志"。

③ (清)潘允喆《长溪草堂文钞》卷上"游碧藓岩和石刻谷公词序",本卷第18页。

④ (明)何镗《古今游名山记》卷之四上《齐云山》"都穆游善卷洞记",明嘉靖四十四年(1565)庐陵吴炳刻本,本卷第21—22页。

⑤ 潘允喆认为,"碧鲜岩"三字为谷兰宗之子谷春手书,陈经等人据谷兰宗【祝英台近】词前小序之"因题其崖,复作词一阕",认为"碧藓岩"表面【祝英台近】词并碧鲜岩三字为谷兰宗题刻,相比而言,潘氏之说有理。据清《(道光)济南府志》记载,谷兰宗乃"嘉靖五年成进士,终宜兴知县";再据谷兰宗《陵县重修庙学记》可知,嘉靖三十三年(1554),他仍在宜兴任上。([清]成瓘《[道光]济南府志》卷六十八《艺文四》"陵县",清道光二十年[1840]刻本,本卷第29—30页)按常理,谷氏任上,其子不当题其词作于石上。至于是否谷春对其父早年刻于岩面、后来漫灭的文字进行了剔洗或重刻,则可能性不大。

刻,当出于前刻已风化不见。

同一"碧藓岩"表面,前后被人刻上"碧鲜菴"与"碧鲜岩",表明"碧鲜菴"与"碧鲜岩"指向一致:两者均为"碧藓岩"之指示标识。

认定"碧鲜庵"即"碧藓(鲜)岩",还可从宜兴方志中找出证据。如清《(嘉庆)增修宜兴县旧志》谓:"碧鲜庵。一名碧鲜岩。今石刻六字已亡。"[①]再如,清《(道光)重刊续纂宜荆县志》收录黄中理《碧鲜庵》诗,云:"碧鲜岩似染,苔绿隐花枝。仙子读书处,残碑绝妙词。"[②]"碧鲜岩似染"指刻有"祝英台读书处"之巨岩表面长满绿苔,此处"碧鲜庵"即"碧鲜岩"。又,号称清"毗陵七子"之一的赵怀玉,其《亦有生斋集》"游善卷二首"诗云:"维舟竹林村,投足善权路。落叶碎有声,秋阴晓如雾。二里得招提,入门径时误。雷收劫后书,柏剩焚余树。难求林立碣,但有欹斜柱。伤行满荒榛,滑屐尽浓露。茫茫碧鲜庵,犹镌读书处。经始溯建元,大中力斯裕。年逾千百更,灾免兵燹遇。如何按纪载,忽尽失其故。"[③]作者提到"碧鲜庵"刻有"祝英台读书处"六字,可知"碧鲜庵"即"碧藓岩"。

弄清"碧鲜庵"乃"碧藓(鲜)岩"真相,则不难判断:今善卷洞后洞口之"碧鲜庵"三字碑,乃后人所立"碧藓岩"之指示标识。

第三节　"碧藓岩"异称之由来

"碧藓(鲜)岩"变身为看似毫无关联之"碧藓(鲜)庵(菴)"[④],存在隐性原因。

千百年中,"碧藓岩"之所以引起关注,主要在于其表面存在大量古老文字。基于这种认识,首先产生"碧藓岩"异名,与其表面文字内容有关之联想。

古善卷寺附近旧存封禅祭坛等遗迹,然孙皓封禅虽见刊石,其文字载

---

①(清)李先荣原修,(清)阮升基、唐仲冕等增修,(清)宁楷等增纂《(嘉庆)增修宜兴县旧志》卷九《古迹志》"遗址·碧鲜庵",清嘉庆二年(1797)刻本,本卷第6页。

②(清)顾名、龚润森同修,(清)吴德旋纂《(道光)重刊续纂宜荆县志》卷九之二《宜兴荆溪艺文合志》"辞翰·诗",清道光二十年(1840)刻本,本卷第23页。

③(清)赵怀玉《亦有生斋集·诗》卷八《古今体诗》"游善卷二首",清道光元年(1821)刻本,本卷第14页。

④此处笔者用菴(菴)而不用"庵(菴、庵)",乃虑及明代及以前未见"碧鲜庵"写法。

体为禅国山碑而非"碧藓岩",是可排除"碧藓岩"异称来源与孙皓封禅事关联。

在宜兴民间,一直流传"碧藓岩"乃女子祝英台读书地,其读书处称"碧鲜庵"说。不过,因是说纯属讹传,故不宜再从这一角度挖掘。

据方志载,善权寺历史可溯至南齐。唐会昌灭佛运动后,善权寺废产为钟离简之所得。晚唐时期,李蠙谋得善权寺产,在"碧藓岩"刻下"收赎"寺产相关的近千文字,引出一桩"公案","碧藓岩"因此引发后人关注(可参见第十五章《梁祝传说起源时间考》)。然循此思路,再三梳理"碧藓岩"与"碧鲜庵"之联系,依然无获。

既按常规方法无法打通思路,不得已只能再从"碧藓(鲜)岩""碧藓(鲜)庵(菴)"关联视角尝试突破。

一般而言,某个专有名词转变为内涵相同或近似的其他名词,二者常见同义或同音成分。如"碧藓岩"变身为"碧鲜岩",受"藓"与"鲜"字义相通影响。

比较"碧藓(鲜)岩"与"碧藓(鲜)庵(菴)",发现仅前者之"岩"字,为后者之"庵(菴)"字替换。再比较"岩"与"庵(菴)",几乎不见两者间存在字义关联。其后,试从"岩"与"庵(菴)"发音相近,古"岩"字繁体字形"巖(巌)"与"庵(菴)"近似角度考量,终于豁然开朗。

其一,"碧鲜庵(菴)"称谓出现,受"岩"与"庵(菴)"发音及后者字义影响。

现代汉语中,"岩"与"庵(菴)"字音差异较大,而宜兴属吴方言区,其地"岩"与"庵(菴)"发音均作"ān"。研究古汉语中"庵(菴)"发音,可知其 作"ān",一作"yǎn"。"庵(菴)"发音"yǎn"时,作"植物茂密"解,如"菴简""菴蔼"均指植物茂盛状。如此可见,"碧鲜庵(菴)"与"碧藓岩"均指苔藓茂盛之巨岩。

当然,也可能出于如下情况:因"碧藓(鲜)岩"之"岩",于当地方言发音近似"ān",不知真相者,将"碧藓(鲜)岩"记录成"碧鲜庵(菴)";"碧藓(鲜)岩"与"碧鲜庵(菴)",均蕴含苔藓茂盛义,具备一定文化修养之好事者,有意改称"碧鲜岩"为"碧鲜庵(菴)"。

其二,"碧鲜庵(菴)"称谓之出现,受"岩"字繁体"巖(巌)"与"庵(菴)"字形及发音相近影响。"碧藓岩"表面为人刻上"碧藓(鲜)巖(巌)"三字标识后,在岩面文字部分经受腐蚀或为苔藓覆盖前提下,受巖(巖)与"菴(蓭)"字形相近、当地"岩"字发音近"菴(蓭)"影响,外地人(如都穆)才误将"碧鲜巖(巖)"认作"碧鲜菴(蓭)",终促成"碧鲜巖(巖)"向"碧鲜庵(蓭)"的"华丽"转身。进而,谷春所刻"碧鲜巖(巖)"三字,极有可能为对原刻痕迹(都穆所见标识)之剜洗。

以上可见,"碧鲜菴(蓭)"称谓之出现,早期不仅没有让人们对"碧藓岩"内涵理解产生歧义,而且还让它从当地众多覆满苔藓的巨岩中脱颖而出。

进一步研究表明,"碧鲜庵"由来,经历碧藓(鲜)岩——碧藓(鲜)菴(蓭)——碧鲜庵之过程;"碧藓(鲜)菴(蓭)"称谓不晚于明早期已出现,至于"碧鲜庵"称谓出现,则相对较晚(后及)。

第四节　"碧鲜庵"之异化

伴随"碧藓岩"摩崖渐渐消逝,后人对"碧鲜庵"本指"碧藓岩"真相的理解也渐渐缺失。"碧鲜庵"内涵之异化,与梁祝传说的流行不无关联。

一、"碧鲜庵"之误解

从目前获知信息看,宜兴当地对"碧鲜庵"所指,存在四种认识:

其一,"碧鲜庵"之"碧鲜"为竹名。如清《(嘉庆)增修宜兴县旧志》云:"化蝶事有无不可知。碧鲜本竹名,碑刻现在无作藓者。《王志》(明陈遴玮修、王升纂《(万历)重修宜兴县志》。笔者注)误作藓,诗句平仄失粘,不可读矣。"[1]志撰者将"碧鲜"释读成竹名[2],认为"碧鲜庵"之"碧鲜"不当作"碧藓";清陈经亦认为"碧藓"乃"碧鲜"之误,其《墨庄杂著》云:"按:碧鲜字见《左思赋》,而《外纪》(《荆溪外纪》。笔者注)与邑志多误作藓。"[3]"碑刻现在无作藓者"等说法出现,表明当地对"碧鲜庵"内涵理解,发生了质变。

其二,"碧鲜庵"为"祝英台故宅"。清孙原湘《天真阁集》所录"碧鲜岩

---

①(清)李先荣原修,(清)阮升基、唐仲冕等增修,(清)宁楷等增纂《(嘉庆)增修宜兴县旧志》卷九《古迹志》"遗址·碧鲜庵",本卷第6页。

②笔者判断,"碧鲜竹"得名与当地竹叶碧绿、竹笋鲜嫩有关。

③(清)陈经《墨庄杂著》"荆南小志"。

(在善卷寺右,旧有碧鲜庵,相传祝英台故宅,今废)"诗云:"一径踏残瓦,寒云落叶边。梵宫犹若此,华屋更何年。石色碧于树,草痕轻似烟。不知何与我,摩碣为凄然。"①诗前小引释"碧鲜岩"与"祝英台故宅"相关。"草痕轻似烟"指"碧藓岩"被苔藓与杂草覆盖的文字刻痕轻淡如烟,"摩碣为凄然"之"碣",即"碧藓岩"。受梁祝故事感染,作者误以为"碧鲜庵"乃女子祝英台旧居。

其三,"碧鲜庵"与"碧鲜岩"为不同地名。清史承豫《游善卷洞记》云:"稍上有善卷寺,寺即古碧鲜庵故趾,创自唐大中年间。国初毁于火,今惟山门尚存。寺后傍碧鲜岩,相传为祝英台读书处。"②作者先言"寺即古碧鲜庵故址",再云"寺后傍碧鲜岩,相传为祝英台读书处",实不知"碧鲜庵"与"碧鲜岩"同为一物。

其四,"碧鲜庵"为女子祝英台读书地。如吴骞《尖阳丛笔》云:"岩侧又有碧鲜庵遗址,好事者往往留题石上,岂即当时□学处邪?"③吴骞认为"碧鲜庵"乃女子祝英台与梁山伯共同读书之地,其读书地遗址在"碧鲜岩"侧。又,清金武祥《粟香随笔》云:"有司为立庙于鄞,合祀梁祝。其读书宅称碧鲜庵,齐建元间改为善权寺。今寺后有石刻大书祝英台读书处。"④金武祥误以为"碧鲜庵"乃女子祝英台之读书宅。

以上还表明,"碧鲜庵"内涵异化过程中,梁祝传说之影响不容忽视。

二、"碧鲜庵"与女子祝英台读书处之附会

"碧鲜庵"附会成祝英台读书处,与当地女子祝英台读书故事讹出,及"碧鲜庵"之"庵"字为人讹解等有关。

"碧鲜庵"讹为女子祝英台读书处,与碧藓岩面存在"祝英台读书处"及周边存在人工建筑紧密关联。祝英台本孙皓封禅祭坛,其旁旧见祠庙建筑(祝英台故宅),祝英台讹为女子后,祠庙建筑因之讹为女子祝英台的故宅(可参第八章《"祝英台故宅"并善权寺考》等章节)。至于"碧鲜庵"附会成

---

①(清)孙原湘《天真阁集》卷十三《诗十三》,清嘉庆五年(1800)增修刻本,本卷第5页。

②(清)沈粹芬、(清)黄人《国朝文汇·乙集》卷三十一"史承豫《游善卷洞记》",清宣统元年(1909)上海国学扶轮社石印本,本卷4页。

③(清)吴骞《尖阳丛笔》卷之一,清抄本。

④(清)金武祥《粟香随笔》卷二,清光绪刻本,本卷第35—36页。

女子祝英台读书地（读书宅），则出于后人对"碧鲜庵"之"庵"字内涵理解之误。

"庵（蓭、菴）"为多音字，作"ān"发音时，一指与佛教有关的建筑，尤指女性佛家弟子修行之地，如庵（蓭、菴）堂、尼姑庵（蓭、菴）等；一指宅堂、居所或书斋等，如"编草结菴，不违凉暑"①之"菴"，宋米芾书斋称"米老菴（庵）"、陆游书斋称"老学菴（庵）"等。

正出于"庵"字义可指居所、庵堂或书斋等，受梁祝传说陶冶，"碧鲜庵（菴）"终被讹为女子祝英台读书处。如明邵贤《游善权》云："十里松涛响入空，禅林深隐翠微中。碧鲜旧宅名犹在，玉柱灵根句亦工。山列九峰千古秀，水分双洞一溪通。三生宰相今何许，抚景长吟思不穷。"②诗中"碧鲜旧宅"即指碧鲜菴，作者将"菴"理解为"宅堂"类建筑；清《（嘉庆）增修宜兴县旧志》收录明许岂凡《祝英台碧鲜庵》诗，云："当年梳妆台，即汉风雨坛""嵯峨石壁下，遗庵为碧鲜。"③受"祝英台读书处"石刻附近存在祠庙建筑影响，作者将"碧鲜庵"理解成了祝英台读书地；此处"梳妆台"，即民间所谓"祝英台梳妆台"（实指"巨石如台"的"碧藓岩"）；"即汉风雨坛"指碧藓岩靠近汉代的风雨坛（实为孙皓封禅所立祭坛祝英台）。

因宜兴存在大量与梁祝传说附会且含糊不清之线索，对当地流传的梁祝故事，早见质疑之声。如《咸淳毗陵志》记述梁祝故事，谓"其说类诞"④。宋以后，对女子祝英台读书说质疑声不断，有人甚至直接命中要害。如清汤思孝《碧藓岩》诗云："故址是耶非，芳魂来此不。"⑤对女子祝英台曾在碧藓岩读书提出疑问；清张起《游国山龙岩憩善卷寺访碧鲜岩故址》诗云："金泥玉简销沉尽，那得裙钗骨未灰。"⑥暗指祝英台本为埋有"金泥玉简"之祭坛，从源头上否定女子祝英台在碧鲜岩读书之说。再如，清浙江籍文人陈文述《颐道堂诗选》"碧藓庵相传是祝英台读书处"诗，云："清泉漱奇石，幽

---

①《南齐书》卷四十《列传第二十一·武十七王》"竟陵文宣王子良"，中华书局，1972年，第697页。

②（明）沈敕《荆溪外纪》卷之七《七言八句》，本卷第37页。

③（清）李先荣原修，（清）阮升基、唐仲冕等增修，（清）宁楷等增纂《（嘉庆）增修宜兴县旧志》卷十《艺文志》"五言古诗"，本卷第101页。

④（宋）史能之等《咸淳毗陵志》，第3196页。

⑤（清）李先荣、徐喈凤纂修《（康熙）重修宜兴县志》卷之九《艺文志》"诗·五言古风"，清康熙二十五年（1686）刻本，本卷第12—13页。

⑥（清）顾名、龚润森同修，（清）吴德旋纂《（道光）重刊续纂宜荆县志》卷九之二《宜兴荆溪艺文合志》"辞翰·诗"，本卷第21—22页。

篁隐深树。千年寒藓作深碧,传是英台读书处。祝英台是否山中女,生何年家何所。与梁同学读何书,曾否目成与心许。何事信若华山畿,青山同穴埋罗衣。罗衣风吹作蝴蝶,至今对对花前飞。男女死生情若此,太行之山沧海水。千秋岂独青陵台,青琴一曲鸳鸯死。"①从诗名与内容可见,作者对宜兴的梁祝传说持怀疑态度。"碧藓庵相传是祝英台读书处"说法,还传达出"碧藓庵"本指"碧藓岩"真相已渐模糊之讯息。进而,若将"碧藓庵相传是祝英台读书处"之"祝英台"理解为女子,误解就产生了。

看来,"碧鲜庵"内涵之所以异化,根源在于,后人误将地名祝英台理解成了人名。

第五节 "碧鲜庵"三字碑刻立时间

"碧鲜庵"三字碑本无款识。考虑到宜兴梁祝学者多视它为梁祝传说起源的最重要证物之一,下面再尝试对此碑刻立时间作些研探。

宜兴地方所辑《宜兴梁祝文化·史料与传说》正文前插录"碧鲜庵"彩图,下注"碧鲜庵李蟠手书唐碑(梁山伯与祝英台原读书处)",该书《综述》谓:"现存的《碧鲜庵》唐刻,一说是李蟠将祝英台手书命人刻石而成,一说系李蟠手书。"②文中"《碧鲜庵》唐刻",即笔者所谓"碧鲜庵"三字碑。

称"碧鲜庵"三字碑为唐刻说,出于后人对清《(嘉庆)增修宜兴县旧志》记录信息之误解。其志云:"今石刻六字已亡。惟碧鲜庵长碑三大字,字形瑰玮。谓是唐刻。"③"今石刻六字已亡",指"祝英台读书处"六字铭刻已不知所在;"谓是唐刻",联系上下文信息看,乃指"碧鲜岩"表面"祝英台读书处"六字为唐刻,而非指"碧鲜庵长碑"(即"碧鲜庵"三字碑)为唐碑。

清吴式芬将"碧鲜庵"三字碑列入宋碑名目。其《金石汇目分编》谓:"宋碧鲜庵三大字。正书,无年月,善权寺。"④清缪荃孙亦将是碑列入南宋碑刻条目,其《艺风堂金石文字目》云:"碧鲜庵三大字。正书,在江苏宜兴

①(清)陈文述《颐道堂诗选》卷七《古今体诗》,清嘉庆十二年(1807)刻道光增修本,本卷第4页。
②宜兴市政协学习和文史委员会、宜兴市华夏梁祝文化研究会编《宜兴梁祝文化·史料与传说》,方志出版社,2003年,第4页。
③(清)李先荣原修,(清)阮升基、唐仲冕等增修,(清)宁楷等增纂《(嘉庆)增修宜兴县旧志》卷九《古迹志》"遗址·碧鲜庵",本卷第6页。
④(清)吴式芬《金石汇目分编》卷四补遗"常州府·宜兴县",清文禄堂刻本,本卷第14页。

善权寺。"①从笔者掌握资料看,明以前文献凡言及"碧藓岩",多作"碧藓(鲜)葊(菴)",与今"碧鲜庵"三字碑表面文字写法有异。进而,"碧鲜庵"三字碑立于"碧藓岩"前,字径过尺,位置显眼,若宋时它已成刻,则于宋后之元、明文献中不当不见只言片语。故称"碧鲜庵"三字碑为宋碑说不妥。

又,明《(成化)重修毗陵志》《(万历)常州府志》等,均提到"碧藓岩"石壁存在"碧藓(鲜)葊(菴)"三大字。明王圻、王思懿编著《三才图会·地理》云:"右偏石室刻壁仙庵三大字,李曾伯所书,乃祝英台读书处,与梁山伯同事笔砚者。"②据都穆《游善权洞记》等文献可知,李曾伯所书为牌匾而非巨岩表面文字,文中"壁仙庵"乃"碧藓菴"之误③。如此,可明确排除"碧鲜庵"三字碑为宋碑说。

前文考证表明,不晚于明代早期,"碧藓岩"表面已见"碧鲜巖(巌)"或"碧鲜葊(菴)"标识④,明嘉靖以后,岩面重刻"碧鲜巖"三字。笔者判断,因明人所刻"碧鲜巖"标识文字再度风化,或遭其他变故,后人才在"碧藓岩"右侧,立"碧鲜庵"三字碑为地标。

明以前文献,均不见"碧藓岩"前存在"碧鲜庵"三字碑任何记录。都穆游记,仅云及"碧藓岩"面存在"碧鲜菴"三大字,而"碧鲜庵"三字碑为一"巨碑",明人却无一提及,无疑表明是碑为明以后所立。进而,既考证认定都穆所云"碧鲜菴"及明嘉靖间所刻"碧鲜巖"三大字,均为"碧藓岩"之标识,若前两者尚未漫灭,同样作为标识的"碧鲜庵"巨碑,则无必要树立。

值得重视的是,明代文献提到"碧藓岩",多作"碧藓(鲜)葊(菴)"等,罕见"碧鲜庵"三字碑文字写法。而《(康熙)重修宜兴县志》《(乾隆)江南通志》《(嘉庆)增修宜兴县旧志》所录文献,同样语境出现"碧藓岩"相关信息,"碧鲜庵"三字写法多与今"碧鲜庵"三字碑文相同;吴骞《桃溪客语》《尖阳

---

① (清)缪荃孙《艺风堂金石文字目》卷十二《南宋》,清光绪二十三年(1897)稿本,本卷第35页。

② (明)王圻、王思义辑《三才图会·地理》卷七"善卷洞图",明万历三十五年(1607)刻本,本卷第30页。

③ 如明代何镗《古今游名山记》所录都穆《游善权洞记》云:"入三生堂,观李曾伯书匾。右偏石室(此处"室"字,疑作"壁"。笔者注)刻碧藓(明万历《常州府志》作"鲜")菴三大字,即祝英台读书处,而李司空亦藏修于是。"(何镗《古今游名山记》卷之四,明嘉靖四十四年(1565)庐陵吴炳刻本,本卷第22页)

④ 《咸淳毗陵志》中"碧藓(鲜)葊(菴)"不同写法,与是志多次重修有关。笔者所见日本静嘉堂藏宋《咸淳毗陵志》残本,其中"碧藓(鲜)葊(菴)"记录已佚。

丛笔》、唐仲冕《陶山诗前录》等清康熙后文献所见"碧鲜庵"写法,亦多与今"碧鲜庵"三字碑上文字相同。也就是说,"碧鲜庵"三字渐渐固化并被普遍认同,大致出现于清康熙以后。若将这一现象单纯视为民间对"碧鲜庵"内涵理解之变化,并不能作出完美解释。

立于人气旺盛的善权寺之"碧鲜庵"三字碑为一巨碑,如清康熙前已存在,理应会于文献存留记录。同时,虑及此碑成刻后,必定会对后人指认"碧藓岩"并"碧鲜庵"说法固化产生影响,那么,结合前文考证判断:"碧鲜庵"三字碑出现时间,当以清康熙时期为节点。

与昔直接在"碧藓岩"表面加刻指示标识不同的是,其岩前突然增立新标识,这是否出于善权寺遭遇什么大的变故呢?研究发现,清康熙时期,善权寺确实再历大难。

康熙十二年(1673),僧人白松取代寒松为善权寺主持。因白松欲占寺侧之"陈家祠堂",引起陈氏家族公愤,并由此生发善权寺毁灭劫难。

康熙十三年(1674)农历九月十九,白松与陈氏家族矛盾激化,陈氏家族打死寺僧,火焚善权寺,是为该寺又一大浩劫。焚寺事件发生后,宜兴名望陈维崧专门撰文凭吊,其《迦陵词全集》所录"倾杯乐·善权寺火(甲寅九月十九日事)"云:"玉窦琼扉,琳宫绀宇,层崖染茜。嵌峭壁、三生堂后,梳妆台左,李唐遗殿。黑摧秃柏苍皮偃。雨淋浪、藓崩剥,坏梁雷篆。昨春野寺,记著青鞋踏遍。陆浑火、烧残赤县。焚玉石、余灰延鹿苑。叹一夜、猿狖悲号,千年龙鬼糜烂。化断井、颓垣一片。剩落落、长松谁伴。想月夜,古洞里、仙灵浩叹。"[1]善权寺焚后,陈维崧曾联名邀僧入驻,意图恢复。其《公请灵机和尚住善权启》云:"三生堂上便成糜烂之邦,碧藓庵中即是省冤之谷。"[2]从中还见,原善权寺后之"碧藓庵"及毗邻建筑"三生堂",皆受此次火灾波及;同时可见,至陈维崧邀请灵机和尚之时(具体岁月不详),仍未见"碧鲜庵"与法流行。

善权寺毁后,恢复重建非短期可就(劫后之善权寺至今不见盛时风采),香客与游人锐减,使得"碧藓岩"更少有人问津。笔者判断,作为善权寺附近易于恢复景点,为方便后人搜寻,有人便在"碧藓岩"前立下标识,即

①(清)陈维崧《迦陵词全集》卷二十三"倾杯乐·善权寺火",本卷第7页。
②(清)陈维崧《迦陵词全集》卷四《启》,本卷第10页。

今人所见"碧鲜庵"三字碑。至于为何不将"碧鲜庵"三字刻于"碧藓岩"表面,原因或有二:其一,善权寺遭焚后,因"碧藓岩"表面无人打理,岩面已生长较多杂树、乱草、苔藓,刻字不便;其二,为维持岩面原貌,以待日后剃洗。至于为何将标识题作"碧鲜庵"而非"碧藓庵""碧鲜萢"等,除出于"藓"与"鲜"、"萢"与"庵"存在相通外,不用"艹"部首,或许可以理解为题字者不冀"碧藓岩"面苔藓、杂草太多之故。

　　善权寺复毁于公元 1674 年,而"碧鲜庵"三字碑碑文写法最早见《康熙重修宜兴县志》,是志成刻于康熙二十五年(1686)。由是判断,"碧鲜庵"三字碑成刻时间当在 1674—1686 年间。[①]

　　顺便提及,善权寺毁后,陈维崧热心于寺院的恢复重建,作为地方名士,"碧鲜庵"三字是否出自其手笔,值得研究。[②]

　　小结:与梁祝传说有关的"碧鲜庵",乃"碧藓岩"之异称;今"碧鲜庵"三字碑为清人所立,本指识"碧藓岩"之标志;弄清"碧鲜庵"内涵,对梁祝传说起源的研究具有参考价值。

[①] 清《(乾隆)江南通志》所录明都穆《游善权洞记》,见"碧鲜庵"写法,考虑是志乃在《(康熙)江南通志》(康熙二十三年[1684]初版)基础上修订而成,若后者见"碧鲜庵"写法,则可认定"碧鲜庵"三字碑成刻于 1674—1684 年间。不过,因笔者未见《(康熙)江南通志》初刻,尚无法确定。

[②] 拙文《碧鲜庵考》(《东南文化》2012 年第 3 期,第 105—109 页),提出"碧鲜庵"三字碑碑文,为明代王慎中所书,观点有误。

附:"碧鲜庵"考证思维导图

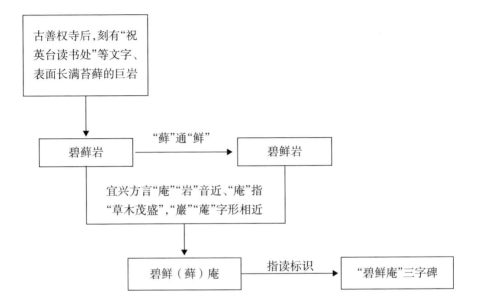

第三章 "祝英台读书处"考

全国多地遗存有"祝英台读书处"古迹,传为昔日女子祝英台读书之地。因"祝英台读书处"关联梁祝传说起源,故作专门考证。

第一节 "祝英台读书处"蕴有玄机

今浙江杭州、江苏宜兴、山东曲阜、四川合川、河南汝南等多地,均见"祝英台读书处"或"梁祝读书处"古迹,最著名者莫过宜兴的"祝英台读书处"。

纵观近百年梁祝文化研究,可见较早关注"梁祝读书处"价值的学者为钱南扬。其《关于收集祝英台故事材料的报告和征求》谓:"关于梁祝的读书处,普通都说在杭州,然而我寓杭数载,没有听到过那里有读书处的遗迹。而在宜兴的志乘中,却说善权山的碧鲜岩为祝英台读书处,明清的文人都有题咏,这是读书处中最著名的一处。此外明张岱《陶庵梦忆》说曲阜孔庙也有梁祝读书处。我们要征求关于各地读书处的遗迹。"[①]遗憾的是,后来未见其所辑"梁祝读书处"相关文献付梓。

相比各地"梁祝读书处","祝英台读书处"更为常见,应当不是偶然。对"祝英台读书处"研究难点在于:各类文献记载、民间传说错综复杂且矛盾重重,一时真伪莫辨。

关于"祝英台读书处"可靠的最早记录,见宜兴相关方志《咸淳毗陵志》,其书云:"祝陵。在善权山岩前。有巨石刻,云祝英台读书处。"[②]故笔者考证"祝英台读书处"来历,选择从宜兴有关信息着手。

今宜兴善卷洞风景旅游区,尚见大量梁祝传说遗迹,如祝英台读书处、

---

①钱南扬《关于收集祝英台故事材料的报告和征求》,见钱南扬《梁祝戏剧辑存》,中华书局,2009年,第250页。

②(宋)史能之等《咸淳毗陵志》卷第二十七"古迹·宜兴",中华书局,1990年影印《宋元方志丛刊》,第3196页。

碧鲜庵、祝陵等。当地人多认为,"祝英台读书处"乃古代女子祝英台读书之地,梁祝二人在古善权寺附近读书并从此揭开爱的序幕。

据方志记载,古善权寺后原有一台形遗址,民间称"祝台""读书台(坛)""祝英台(祝英)读书台"等,传说它即女子祝英台旧日读书地。然而,若从祝英台本地名而非人名角度检视,是说必出于讹传。

中国自古崇尚读书,各地常见古代名人读书地遗存。这类遗址常称"某某读书台",而称"某某读书处"者较为少见。

历史上遗存至今之读书台,如陈子昂读书台、李忠定(纲)读书台等,多为名人曾经读书或生活地,抑或其地曾流传该名人传说。对比"祝英台读书处"与各地的名人读书台,发现明显差异:各地名人读书台,多为"名人+地名"模式,而宜兴"祝英台读书处"不同,为异乎寻常之"地名+地名"特殊样式。

研究还见,"名人+读书台"模式,多强调历史名人与某台型遗址有关,而宜兴的"祝英台读书处",似更为突出并强调地名祝英台。

从调查情况看,古代名人读书台附近,多伴有一台型遗址。宜兴的祝英台最初亦为一人工台型建筑,而相邻的"碧藓岩"表面刻有"祝英台读书处"六大字,容易让人联想到祝英台曾为古代名人读书处。

基于以上认识,下面先尝试从是否有古代名人在祭坛祝英台附近读书角度,来探索"祝英台读书处"与之关联的真相。

第二节　"祝英台读书处"关联者初探

宜兴文化积淀深厚,历史上出现过大量爱读书的名人,诸多非宜兴籍的文化名人亦在当地留下读书佳话。按理说,只要弄清"祝英台读书处"与哪位名人读书经历相关,便可判定其出现之时间上限。考虑到祝英台所在地古迹与名人传说众多,故笔者先选择与祝英台或周边关系密切的重要人物展开研究。

古人相信地灵出人杰,故科举时代,学子对读书地选择有所讲究。古代学子择于寺院苦读,一为其地较为清静,二来希冀汲取宝地之灵气,以图功名鸿志。如明代16岁中秀才的焦竑,曾居天界寺、报恩寺埋头苦读,于万历十七年(1589)中状元。元孔齐《静斋至正直记》云:"荆溪善权寺,地势甚妙。……寺有前贤读书台。寺之地势结穴为三,天地人也。寺得其地尚存天人耳。西印与予旧尝言,金陵蒋山寺之巅,可望西江远来之水,岂云小哉！又言前辈士人多就名山妙处读书,盖借取其王气而为灵变也。是以往往名山多名公读书处。"①民间盛传善权寺地处"龙脉",故斯地亦为理想之读书场所。

若从祝英台本地名角度考虑,"祝英台读书处"之出现必迟于祝英台。故研究祝英台读书处与哪位名人相关,当先考察哪些历史名人可能与祝英台存在牵联为宜。

论及祝英台,孙皓与其关系不可不谓密切。孙皓祖父孙权曾任阳羡(宜兴)长,然孙皓并未亲赴阳羡封禅,且作为东吴末帝并无令名,故排除"祝英台读书处"得名与其相关。

"祝英台读书处"亦非宜兴名人周处之读书台。文献记载,周处年轻时,品行不端,得知自己乃当地"三害"之一后,方幡然悔悟而归入正途,终成显赫人物。传周处曾集撰吴国史志,有《默语》及《风土记》传世,今南京城南尚存"周处读书台"遗址。然而,倘周处真在家乡有读书台,当称"周处读书台"而非"祝英台读书处"。

梁武帝萧衍爱读书,多次与宜兴结缘。萧衍称帝后的第二年(503),在建康蒋山(今南京紫金山)祈雨不成,依梦所托,遣使赴宜兴祈雨成功。萧衍是否去过祝英台附近,不见经传。然当地若真有意牵联萧衍,凭九五之尊地位,其读书处当称"梁武帝读书台(处)"。

萧衍手下大将陈庆之,宜兴人氏,少年随萧衍南征北战,虽为一代名将,却是文行出身。不过,搜检古籍,不见"祝英台读书处"与其关联之丝毫信息。

进而,"祝英台读书处"未成为周处、萧衍、陈庆之等与宜兴相关的名人读书台,未采取"人名＋读书台"之"人名＋地名"常见模式,一定有其原因。

探考善权寺历史,发现名望较高的唐人李蟠、宋人李纲与李曾伯,或居此读书,或借寺榻静修,或有功德于寺,"祝英台读书处"与其中一位关联之可能性极大。

据零星资料可知,李蟠年轻时曾借读于善权寺,后履职户部侍郎、京兆

---

①(元)孔齐《静斋至正直记》卷一"善权寺地势",清毛氏抄本。

尹、礼部尚书、昭义节度使、凤翔节度使、检校工部尚书兼御史大夫、司空等职①。唐"会昌灭佛"运动中,善权寺废。咸通间,李蠙上奏请用己奉赎回寺产,最终获准。辞官后,李蠙居善权寺养老,殁葬善权寺附近。

李纲,字伯纪,号梁溪先生,祖籍福建,祖父辈迁居常州,为抗金名臣。宋政和二年(1112),李纲登进士第,宋高宗时官至丞相。按方志,李纲登科前,曾居善权寺读书,功成名就后,曾小驻于该寺。

李曾伯,字长孺,号可斋,祖籍河南。宋室南渡后,寓居嘉兴。宝祐四年(1256),身为大学士的李曾伯奏请整修善权寺,获宋理宗准并赐"报忠寺"额匾。李曾伯退官后,曾留居善权寺,有《善卷禅堂碑记》等传世。《(成化)重修毗陵志》《(嘉庆)增修宜兴县旧志》等,将其列入地方寓贤名人目。

李蠙、李纲、李曾伯同为李姓,均与善权寺结缘,皆第进士并就高位,传元代时,后人曾于善权寺宝殿后建"三生堂"并塑三人像以示纪念。《(乾隆)江南通志》云:"寺有三生堂,乃唐司空李蠙、宋宰相李纲、学士李曾伯祠。柱联云:'一姓转身三宰相,三生造寺一因缘。'"②

"一姓转身三宰相,三生造寺一因缘",出自明沈周《三生堂》诗。诗云:"唐颜书匾凤鸾骞,云木阴阴宝地偏。一姓转身三宰相,三生完寺一因缘。阗蓝刊誓瞻遗石,禄米推恩感赎田。尽有人寻读书处,惟于忠定作潸然。"③诗中"阗蓝刊誓瞻遗石",涉李蠙收赎善权寺并题铭"碧藓岩"旧事;"禄米推恩感赎田"与李曾伯奏请将善权寺改为功德院,以减轻其税赋有关;"忠定"指李纲(李纲谥忠定)。顺及,李蠙、李曾伯并未就宰相位,李纲亦未见曾修缮善权寺,故曰"一姓转身三宰相,三生造寺一因缘"表述失当。

李蠙、李纲、李曾伯三权贵均曾与善权寺结缘,那么,"祝英台读书处"来历,会不会与"三李"中的某一位相关呢?

---

① 《太平广记》云:"唐司空李蠙,始名虬。赴举之秋,偶自题名于屋壁。经宵,忽睹名上为人添一画,乃成虬字矣!蠙曰:'虬者,蠙也',遂改名蠙,明年果登第(出《南楚新闻》)。"(宋李昉等《太平广记》卷第一百三十八,中华书局,1961年新1版,第993页)又,《咸淳毗陵志》云:"李蠙尝于广教禅院肄业,后以梦虬易名登第。"(宋史能之等《咸淳毗陵志》卷十八"人物三",第3122页)
② (清)尹继善等修、(清)黄之隽等纂《(乾隆)江南通志》卷四十五《舆地志·寺观三》"常州府",清乾隆元年(1736)刻本,本卷第19—20页。
③ (明)沈敕《荆溪外纪》卷之七《七言八句》,明嘉靖二十四年(1545)刻本,本卷第30—31页。

第三节 "祝英台读书处"与李蟾关联

既将李蟾、李纲、李曾伯列为与"祝英台读书处"关联之重点人物,下面再沿此思路继续考证。

李纲与善权寺渊源可见其《善权即事十首》,诗句"赖有僧房容假榻,未应尘迹叹飘蓬",表明他曾借榻于善权寺。不过,官居高位后,几乎再不见他与善权寺关联之线索。今福州"李忠定公读书台"遗迹,传为李纲旧日读书处[①]。进而,宜兴方志虽见李纲居留善权寺之零星记载,却未见其曾在寺院读书之记述。更为重要的是,北宋大观元年(1107)李茂诚作《义忠王庙记》时,民间已见梁祝故事流传,此时李纲方 24 岁。考虑到梁祝传说源出于后人对"祝英台读书处"之误解(可参见第十五章《梁祝传说起源时间考》)、该故事从萌芽发展到公众大致认同,会经历较长时间,据此可排除李纲与"祝英台读书处"来由相关。

鉴于同样原由,晚于李纲出生的李曾伯,更不大会与"祝英台读书处"来由关联。

相比前两者,李蟾不仅在善权寺读过书,退官前还赎得善权寺产用于养老,死后长眠于寺侧,他与善权寺关系最为密切,故"祝英台读书处"来历与其相关之可能性最大。

"祝英台读书处"刻于善权寺后的"碧藓岩",方志明确提到李蟾曾刻字于"碧藓岩"。如《咸淳毗陵志》云:"至大和中,李司空蟾于此借榻肄业,后第进士。咸通间赎以私财重建,刻奏疏于石。"[②]事实上,李蟾刻于"碧藓岩"的不仅有奏疏,还有皇帝批复并其诗作等,计约千字。将如此多文字刻于善权寺附近,尤其加刻皇帝批复等,确实蹊跷!

其后研究表明,"祝英台读书处"六大字确为李蟾所刻,李蟾之所以刻石于"碧藓岩",有其不可告人之目的。考虑到"碧藓岩"表面摩崖成刻原因及刻立时间考证较为复杂,笔者安排专门章节论述(见第十五章《梁祝传说起源时间考》)。

---

① 李纲殁后追谥"忠定",家乡人为缅怀其功绩,于福州泰宁瑞丰岩寺建"李忠定公读书台"。
② (宋)史能之等《咸淳毗陵志》卷第二十五"仙释·寺院·宜兴",第 3186 页。

第四节 "祝英台读书处"刻石调查

"碧藓岩"刻有"祝英台读书处"六大字,与梁祝传说起源存在重大关联。为弄清"碧藓岩"真相,在充分收集资料并考证基础上,笔者对善卷洞后洞口周边展开详细调查,找到了这块著名的巨岩。

"祝英台读书处"成刻后,长期为后人关注。宋至清乾隆时期,有关它的记录从未断绝。不过,至清嘉庆时期,随着"石刻六字已亡"①,甚至连"碧藓岩"究竟在哪里,也少见有人能说清了。

清康熙间,善权寺遭人为火焚劫难,旧日光辉不复存在。其后,"碧藓岩"因无人清理维护,石面摩崖终风化殆尽。清乾隆至嘉庆间,善权寺一带未见大规模人工采石记录,如此知名的"碧藓岩"怎会凭空消失了呢?

清乾隆五十八年(1793),善卷洞之水洞发生过部分塌崩。吴骞《尖阳丛笔》云:"乾隆癸丑正月元日昧爽,小水洞忽崩塌,声若震雷,数十里内鸡犬皆惊。迄今仅存峭壁,而泉亦几埋,昔人题字无一存者,亦异事也。"②然检索文献,未见"碧藓岩"毁于塌崩的只言片语。事实上,所谓"昔人题字无一存者",乃指小水洞塌崩处的石刻文字不复存在,而"碧藓岩"位于古善权寺后,相距塌崩处超过百米,理应不受影响。

吴骞《愚谷文存·国山图说》云:"寺后为碧鲜岩,岩左石台荒藓凝渍,疑即碧鲜庵之故址。巨刻犹存。里俗承传以为祝英台洗妆所矣。"③吴骞生于清雍正十一年(1733),嘉庆十八年(1813)卒,《愚谷文存》刊于清嘉庆十二年(1807),可见,吴骞生活时代,"碧藓岩"未受乾隆时塌崩影响。"碧藓岩"未受善卷洞塌崩影响,还可举赵怀玉《亦有生斋集》"游善卷二首"诗为证,诗句"茫茫碧鲜庵,犹镌读书处"④,表明赵氏生活时代,"祝英台读书处"六字刻痕尚依稀可见。

看来,所谓"碧藓岩"表面"石刻六字已亡",当理解为:伴随摩崖渐渐泐

---

① (清)李先荣原修,(清)阮升基、唐仲冕等增修,(清)宁楷等增纂《(嘉庆)增修宜兴县旧志》卷九《古迹志》"遗址·碧鲜庵",清嘉庆二年(1797)刻本,本卷第 6 页。

② (清)吴骞《尖阳丛笔》卷八,清抄本。

③ (清)吴骞《愚谷文存》卷九"国山图说",清嘉庆十二年(1807)刻本,本卷第 13 页。

④ (清)赵怀玉《亦有生斋集·诗》卷八《古今体诗》"游善卷二首",清道光元年(1821)刻本,本卷第 14 页。

尽及刻石真相的消隐,久为苔藓或杂草、野树覆盖的"碧藓岩",长期不为关注后,方见"不知所踪"说。

2006年12月中旬,笔者邀著名学者、南京大学文学院俞为民教授(钱南扬弟子,曾从事梁祝文化研究),在宜兴人吴卫星(南京大学法学硕士,对梁祝文化有浓厚兴趣)陪同下,赴善权寺、"祝英台读书处"等古迹实地调查,重点搜寻久已湮没的"碧藓岩"。

据明都穆《游善权洞记》"右偏石室刻碧鲜庵三大字,即祝英台读书处"、明沈周《碧鲜庵》诗前引(碧鲜庵)"在善权三生堂西北石壁"两条线索,结合对古善权寺兴废之考证认知,按图索骥,笔者直接在今英台阁景点右后方,寻找"碧藓岩",几乎不费气力就找到一块约六七米宽,三四米高的巨岩。巨岩表面古藤野树密匝、碧藓团团,其东面不远处,见宜兴乡贤储南强墓葬。

笔者用就地捡拾的树枝,小心拂去巨岩东侧几处枯枝败叶后,发现竖刻大字痕迹:布满苔藓的岩面左侧,依稀可辨一巨大"祝"字,"英"字尚见一半,文字笔划粗实,端庄古朴,刻痕内外苔藓累累。无疑,这块巨岩就是"碧藓岩"!因揭露处千足虫等杂虫较多,令人作呕,加上未备工具,更担心文物有损,笔者未再作深度清理。

从揭露部分看,"碧藓岩"岩面遭苔藓、野树杂草侵蚀严重,文字痕迹泐损严重。笔者当时作了拍照记录。

2008年至2012年间,笔者又两次赴"碧藓岩"调查。后次调查中,笔者进行了更大范围的清理,在"祝""英"大字刻痕西面,发现了少许人工凿刻的小字痕迹。其时,笔者敏锐意识到,"祝英台读书处"六字成刻当有其特殊原因,而真相就隐藏于右侧的石刻小字中。至此,笔者开始怀疑早期对"祝英台读书处"石刻来由认识之合理性。[①]

小结:"祝英台读书处"来历与唐人李蠙关联;作为见证梁祝传说起源的重要遗迹,久已湮没、刻有"祝英台读书处"的"碧藓岩"为笔者重新搜获,可谓梁祝传说起源研究之重大发现。

[①]关于"祝英台读书处"指向,笔者曾以为它是指读禅国山碑文之标识,后又判断它乃指读善权寺传奇"雷书(雷篆)"之标识,进一步研究发现,两种认识均有误。

附："祝英台读书处"考证思维导图

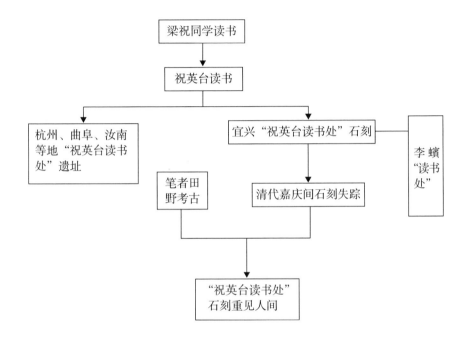

第四章　祝英台故址考

孙皓封禅宜兴,曾循依古制,构筑为后人称作"祝英台"的大型祭坛。其后,即便梁祝传说已广泛流传,祝英台作为地名仍为后人关注。及至祝英台遭遇毁难后,其乃地名之真相才渐渐湮没。依据考证成果并结合田野调查,基本明确了祝英台遗址方位。

第一节　九斗坛非建于祝英台故址

按宜兴方志记载,祝英台位于善卷洞后洞口附近。今善卷洞附近有南朝九斗坛遗址,考虑到古代旧有祭祀建筑改为新用者常见,而九斗坛靠近善卷洞,故笔者先考察九斗坛是否由祭坛祝英台改建而来。

梁天监二年(503),梁武帝在紫金山求雨不成,梦高人指点,赴宜兴祈雨成功,其祈雨坛曰"九斗坛"。《咸淳毗陵志》云:"梁天监中,祷雨蒋山未应。神见梦于武帝,曰:'阳羡九斗山(离墨山有九峰。笔者注)有神,号张水曹,能具云雨。'帝如其言,遣使致祭雨,随至。今间以旱告辄验。"[1]《请自出俸钱收赎善权寺事奏》《太平寰宇记》《云麓漫钞》《文忠集》《说郛》《江南通志》《御定佩文韵府》《北上集》以及宜兴方志等,均记载梁武帝于宜兴祈雨事。

今宜兴离墨山"拜斗坛"景点,立有张渤塑像。塑像下指示碑牌谓:"拜斗坛。梁武帝因天旱,到蒋山去祷雨。山神托梦指点他九峰山张水神(张渤)能致雨。梁武帝便遣使在九峰山头立坛求雨,果然有灵应。后来每逢天旱,都有求必应。"从碑文介绍看,"拜斗坛"即九斗坛。"水曹"乃古代主管水利之机构,故"张水曹"当理解为主管水利的张姓官员。不过,将张水曹视作张渤却无道理。且不论张渤生活时代之争议,最令人不解的是,张

---

[1]（宋）史能之等《咸淳毗陵志》卷第二十七"古迹·宜兴",中华书局,1990年影印《宋元方志丛刊》,第3198页。

渤乃传说中治理水患的能人,而祈雨是天下大旱才出现的祭祀行为,故二者不当关联一处。考虑到梁武帝求雨离墨山乃受神托梦、古代僧道常参与求雨仪式,再联系旧称"五斗米道"的道教与"九斗山"得名似存关联来看,"张水曹"或虚指某位道人"张天师"。

关于九斗坛与祭坛祝英台之关联,明江苏吴县人姚希孟《循沧集》云:"近山者有祝英台读书台,后即其基为九斗坛①。今台坛俱废,鞠为荒楚矣。"②文中"祝英台读书台"指祭坛祝英台遗址,后讹为女子祝英台之读书处;"后即其基为九斗坛",让人产生九斗坛乃利用祝英台基础而建之联想(后及)。"台坛俱废"指祝英台读书台(实为祭坛祝英台)与九斗坛均已废弃。

更多文献表明,祝英台与九斗坛并非同一处。如宋赵彦卫《云麓漫钞》云:"常州宜兴县之善拳寺,唐李蟠旧宅。山上有九斗坛,下有干水二洞。"③"善拳寺"即善权寺。按此记载,善权洞位于九斗坛之下,与祝英台有一段距离。又,明何镗《古今游名山记》云:"寺后东北上山里许,经九斗坛,昔梁武帝尝于此祷雨。五代时为道士所据,僧争之。至闻于江南后主,遂复为其有。西北循石磴而下,至干洞。右崖有刻字,曰仙李岩。下小洞如瓮,觇之无所见,洞左峭壁百尺。"④文字表明,距善权寺有里许路程的九斗坛大致位于善卷洞之上。今九斗坛景点遗址区域,直线相距重建之善权寺约二三百米(不考虑山高因素),若从寺后东北上山行至九斗坛,确有里许路程。

今善卷洞上方仍见九斗坛遗迹。按文献记载,九斗坛尺寸并不大。如《咸淳毗陵志》云:"九斗坛。在善权山下,高三尺,周广十三步。"⑤宋代一尺不足今 32 厘米,若按每步 60 厘米计算,九斗坛大约为高不足 1 米、直径约 2.5 米的小型堆土建筑。而祝英台乃封禅祭坛,其规模无疑要大出

---

① "近山者有祝英台读书台,后即其基为九斗坛",不应句读成"近山者有祝英台,读书台后即其基,为九斗坛"。
② (明)姚希孟《循沧集》卷之二"游善卷洞小记",明崇祯张叔籁陶兰台刻《清閟全集》本,本卷第 18 页。
③ (宋)赵彦卫撰,傅根清点校《云麓漫钞》卷第一,中华书局,1996 年,第 1 页。
④ (明)何镗《古今游名山记》卷之四上《齐云山》"都穆游善卷洞记",明嘉靖四十四年(1565)庐陵吴炳刻本,本卷第 22 页。
⑤ (宋)史能之等《咸淳毗陵志》卷第二十七"古迹·宜兴",第 3198 页。

许多。

　　另外,从功能与地理位置看,九斗坛与祭坛祝英台也不当位于同一处:九斗坛为祈雨之坛,功能在祭天,立于今离墨山半山腰位置比较合适(即"高山之下");而祝英台乃禅台,即祭地之坛,当位于离墨山下的"小山之上"(可参见第一章《祝英台考》)。

　　回顾前文,姚希孟既提及"近山者有祝英台读书台,后即其基为九斗坛",表明祝英台读书台(祝英台)与萧衍祈雨事存在关联。按宋乐史《太平寰宇记》记载,梁武帝祈雨曾立坛(九斗坛)并在祠庙中完成祭仪,"九斗坛。在县西南五十里,高二丈,在国山东。梁武帝时为天旱求雨于蒋山,神感梦于武帝,云:'九斗山张水曹神能致雨。'帝乃遣使立坛祠之,响应自此"①。九斗坛既与祭坛祝英台非同一址,而古祝英台旁边存在祠庙建筑,那么,"后即其基为九斗坛"当理解为在古祝英台旁边的祠庙建筑旁边构筑了九斗坛,也就是说,姚希孟所谓"后即其基为九斗坛"之"基",并非指祝英台基,而是指祝英台旁边、古称祝英台宅基②的祠庙建筑:因祈雨部分仪式需在祠庙中完成,而修祠建庙周期较长、祈雨时间又紧,故当时曾将祝英台旁边前身为孙皓封禅明堂的建筑③,临时改成了萧衍祈雨祠庙。

　　以上,排除祝英台与九斗坛同址说的同时,还见梁武帝祈雨祠庙与孙皓封禅所立明堂建筑之关联。

第二节　祝英台方位考探

　　中国自古敬畏神祇,故民众对祭祀场所多会心存忌惮。如此,作为祭坛的祝英台得以长期保留。祝英台为外观似陵的土筑建筑,文献又多见其遗址之记录,是可作为寻找其方位之线索。

---

① (宋)乐史《太平寰宇记》卷九十二《江南东道四》"常州·宜兴",《景印文渊阁四库全书》第470册,台湾商务印书馆,2008年,第35页上。

②《(嘉庆)增修宜兴县旧志》谓:"明邑令谷兰宗【祝英台近】词(并序):'阳羡善权禅寺,相传为祝英台宅基。而碧鲜岩者,乃与梁山伯读书之处也。'"(《(嘉庆)增修宜兴县旧志》卷九"遗址",清嘉庆二年[1797]刻本,本卷第5页)

③ 从后文考证可知,此处祠庙建筑即祝英台故宅(善权寺前身),祈雨仪式举行前,它已改为萧衍家社之社(祠庙)。可参见第八章《"祝英台故宅"并善权寺考》。

一、祝英台位于善卷洞后洞口之南、古善权寺后

关于祝英台之方位,文献记载信息颇多。

明《(万历)常州府志》收录周忱《李相书堂》诗,云:"丞相当年未第时,读书曾向此栖迟。水边行径空遗迹,竹外荒台有古基。老忆家山诗尚在,梦尝丹奈事尤奇。老僧知我怀贤意,相引凭高慰所思。"[①]诗中"李相""丞相"指唐人李蠙(李蠙从未担任丞相。笔者注);"竹外荒台有古基"之"荒台",乃指古祝英台遗址,"有古基"表明古代夯筑之基础依旧可见。明李流芳《潘克家蒋韶宾邀游善卷寺酒后偶成》诗,云:"君不见、祝娘遗迹今荒台,当年读书安在哉(寺相传为祝英台读书处,今有台尚存)?三生因果亦茫渺,虚堂寂历松风哀。"[②]诗中"祝娘遗迹",即传说中的女子祝英台读书处遗迹,"荒台"即指被讹为女子祝英台读书处的祭坛祝英台。不过,从以上二诗中,看不出祝英台具体位置。

千百年来,善卷洞后洞口周边环境发生了极大变化。故欲搜寻祝英台遗址,可考虑选取古老的自然标志物或人工建筑遗存为参照物。

考虑到孙皓封禅处之善卷洞后洞口位置亘古不变,故它可选作参照物。

清陈维崧《蒋京少梧月词序》注云:"善卷洞即祝英台故宅,南有祝台。"[③]"祝台"为民间对祝英台之别称。由此可见,祝英台位于善卷洞后洞口之南。然善卷洞后洞口区域范围甚广,仅取其为参照物显然难以明确祝英台方位。

孙皓封禅,除构筑祭坛外,还兴建了祠庙建筑,方志文献多称后者为"祝英台产""英台旧产""祝英台故宅",并提到它后来改作了善权寺[④]。虑及古代封禅祭坛与明堂通常为毗邻建筑,故可选古善权寺为参照物。

① (明)刘广生修,(明)唐鹤征纂《(万历)常州府志》卷之十七《词翰二·诗》,明万历四十六年(1618)刻本,本卷第89页。

② (明)李流芳《檀园集》卷二《七言古诗》,《景印文渊阁四库全书》第1295册,台湾商务印书馆,2008年,第315页下。

③ (清)陈维崧撰,(清)程师恭注《陈检讨集》卷十《序》"蒋京少梧月词序",清康熙三十二年(1693)有美堂刻本,本卷第3页。

④ (宋)史能之等《咸淳毗陵志》云:"然考寺记谓齐。武帝赎英台旧产建。"《(光绪)宜兴荆溪县新志》卷之一云:"山有碧鲜岩,为祝英台故宅,后改为寺,俗称善权寺。"[清]施惠、钱志澄修,[清]吴景墙等纂《[光绪]宜兴荆溪县新志》卷之一《疆土》"山记",清光绪八年[1882]刻本,本卷第14页)

明万表《玩鹿亭稿》之《宿善卷寺碧藓台旧处》诗云："古台依阁薜萝深，榻闭寒云此再临。"①结合对祝英台的考证，可知诗中"古台"即祝英台遗址，诗题之"碧藓台"乃指表面生长苔藓的祭坛祝英台而非指"碧藓岩"。进而可知，祝英台靠近古善权寺。

陈维崧《迦陵词全集》所录【祝英台近】词作亦提及祝英台等，曰："善权寺相传为祝英台旧宅，寺后一台，云其读书处也。壁间旧有谷令君一词，春日与云臣远公披薜读之，共和其韵。傍东风，寻旧事，愁脸界红箸。任是年深，也有系人处。可怜黄土苔封，绿罗裙坏，只一缕、春魂抛与。为他虑，还虑化蝶归来，应同鹤能语。赢得无聊，呆把断垣觑。那堪古寺莺啼，乱山花落，惆怅煞、台空人去。"②词前小序中"寺后一台，云其读书处也"，即指善权寺后祝英台遗址，民间传其为女子祝英台之读书处；"黄土苔封"指黄土堆筑的祝英台长有苔藓，"台空人去"指传说中的女子祝英台早已逝去，仅留下空空的读书处。由此可见祝英台位于古善权寺后。

明邹迪光《始青阁稿》之"游善权洞记"提到，善权寺殿后有三生堂，垂朽的三生堂后有祝英读书台，"而台仅土壤"。游记所云"祝英读书台"，即古善权寺后之土筑祭坛祝英台。又，明王世贞《游善权洞记》云："入寺门百步，有穹阁曰圆通，下多古碑刻，中庭多古松柏。殿曰释迦文殿，唐大中初创，甚瑰伟。大柱三，有雷火书，云摹佩之可以已疣。僧为导入别室，出茶笋，啖之。良久，导至三生堂，观祝英台读书处。已复，折而东北出。"③游记记述"祝英台读书处"古迹毗邻善权寺后之三生堂。

以上信息表明，祝英台位处善卷洞后洞口之南，古善权寺附近。历史上，善权寺屡遭劫难，清康熙间彻底焚毁。因此，欲搜寻祝英台遗址，当明确古善权寺位置。

今善权寺为后人重建，规模与其兴盛时期比，不可同日而语。遗憾的是，笔者多次田野调查，并未发现今善权寺周边存在任何类似古代祭坛的建筑。看来，有必要寻找更为精准的可靠参照物。

---

① (明)万表《玩鹿亭稿》卷一"诗"，明万历万邦孚刻本，本卷第12—13页。
② (清)陈维崧《迦陵词全集》卷九"祝英台近"，清康熙二十八年(1689)陈宗石患立堂刻本，本卷第2页。
③ (明)王世贞《弇州四部稿》卷七十二《文部》"记八首"，明万历刻本，本卷第7页。

二、祝英台位于"碧藓岩"前

祝英台作为江南地区罕见的封禅建筑,于文献中留有较多印记。进一步研究发现,祝英台位于善卷洞后洞口之"碧藓岩"前。

明杨守阯《碧藓坛》诗,前小引云:"即碧藓庵,相传祝英台读书处。"①诗题之"碧藓坛",实指祝英台(祝英台上长有苔藓);小引中"即"作靠近解,意味碧藓坛(祝英台)位于碧藓庵附近。②

明沈周《碧鲜庵》诗前见引文,谓:"碧鲜菴在善权三生堂西北石壁,旧传祝英台读书之处。"③此处可见"碧鲜庵"毗邻三生堂。从前文考证可知,三生堂位于古善权寺后,再联系祭坛祝英台在当地被讹为女子祝英台之读书台看,可知祝英台邻近三生堂与碧藓岩。

祝英台本土筑建筑,因与祭祀相关,当地称之"祝陵"。关于祝陵方位,《咸淳毗陵志》曰:"祝陵。在善权山岩前。有巨石刻云祝英台读书处,号碧鲜庵。"④如此,祝英台当位于刻有"祝英台读书处"、号称"碧鲜庵"的巨岩前。前面章节,笔者既考证认定"碧鲜庵"即"碧藓岩",则知祝英台即位于"碧藓岩"前。

关于"祝陵",宜兴民间故事《祝陵的传说》提到:"祝英台死后就被埋葬在碧鲜庵旁青龙山的山坡上。""为了纪念她,便把墓附近的村名改为'祝陵村',一直沿袭至今。"⑤又,宜兴民间故事《琴剑冢的由来》,讲述祝英台死后,"(祝员外)把祝英台尸体葬在村外,好心的银心见到琴剑,就包起来,埋在书院附近,纪念梁祝读书相处的日子。后人在此竖立了一块墓碑上书'晋祝英台琴剑之冢',这就是琴剑冢的来历"⑥。考虑到宜兴民间认同"祝陵"即女子祝英台墓,再虑及民间传说多有其来历,故从两则传说中,可归识出如下信息:祝陵(祝英台)位于"碧鲜庵"旁的山坡上,与琴剑冢并非同一处;琴剑冢离传说中的女子祝英台读书地及祝英台葬所(祝陵)不远。

---

① (明)沈敕《荆溪外纪》卷四《五言古风》,明嘉靖二十四年(1545)刻本,本卷第28页。
② (清)卢文弨辑《常郡八邑艺文志》卷九"明五言古诗·杨守阯《碧藓坛》",本卷第55页。
③ (明)沈敕《荆溪外纪》卷之二《五言绝句》,本卷第4页。
④ (宋)史能之等《咸淳毗陵志》卷第二十七"古迹·宜兴",第3196页。
⑤ 宜兴市政协学习和文史委员会、宜兴市华夏梁祝文化研究会编《宜兴梁祝文化·史料与传说》,方志出版社,2003年,第276页。
⑥ 同上,第282页。

今善权寺为 1992 年重建,是否建于原址暂不明确,而"晋祝英台琴剑之冢"碑为 2003 年重立,是否立于原址亦未明朗。如此表明,一旦"碧藓岩"位置确定,再搜寻祝英台遗址就相对容易了。

2006 年,笔者赴宜兴调查,在祝英台读书处景点后方找到了"碧藓岩",因当时并无寻找祝英台遗址之念想,2017 年,笔者再赴实地调查。发现"碧藓岩"水平位置高出今善权寺地平许多,"碧藓岩"北面为向上延伸的山脊,较大范围内不见平坦空地,故可排除祝英台位于其北方位之可能性;"碧藓岩"西面为大片斜坡地,同样不具备构筑祭坛条件。

"碧藓岩"稍东平坦地块,为宜兴近代名人储南强葬所。储南强生前热心公益事业,有过诸多善举,如曾筹资开发善卷洞、张公洞资源等。其墓背倚青龙山脊,面朝活水,属"前有照、后有靠"之风水佳地,惜乎稍显局促:墓圹后部几抵青龙山脊,前面空间不大,不具备构筑大型祭坛条件,故可排除墓地为祝英台遗址所在。

储南强墓再往东,整体地势较为平坦,不远处见"晋祝英台琴剑之冢"篆文碑及一大土冢。文献记载,唐代李蠙、宋代傅楫等名人逝后,均葬于善权寺左侧青龙山岗,笔者初步判断两人墓葬均位于"琴剑冢"附近[1]。篆文碑及大土冢北面为缓坡,同样无空间。进而判断,大土冢乃旧时坟地,或为附会梁祝故事而建,非祝英台遗址所在。

既然"碧藓岩"东、西与北面俱不可能为祝英台遗址,那么,遗址仅可能位于其南方。

清宜兴人张起寻访"碧鲜岩",作《游国山龙岩憩善卷寺访碧鲜岩故址》诗,其中诗句"祝陵遗址见荒台,玉虎无人汲井回"[2],意谓荒废的祝英台遗址尚存,结合诗题可见,遗址位于古善卷(权)寺与"碧鲜岩"附近。

---

[1]《(光绪)宜兴荆溪县新志》谓:"寺左侧有岗,曰青龙山,唐司空李蠙墓在焉。"([清]施惠、钱志澄修,[清]吴景墙等纂《(光绪)宜兴荆溪县新志》卷之一《疆土》"山记",本卷第 14 页)《(万历)重修宜兴县志》曰:"宋崇宁中,傅待制楫以徽宗潜邸恩,请为坟刹。"([明]刘广生修,[明]唐鹤征纂《(万历)常州府志》卷之三《宜兴县境图说》"善卷禅寺",明万历四十六年[1618]刻本,本卷第 15 页)抗战期间,储南强次子被日军飞机炸死,他将儿子草草埋葬于善权寺边之卧龙岗。笔者判断,储南强次子葬所位置在今"晋祝英台琴剑之冢"立碑处附近。顺便提及,及至清末,宜兴方志均未见载晋祝英台琴剑之冢古迹。初步考证发现,"晋祝英台琴剑之冢"碑最初乃储南强所立。

[2](清)顾名、龚润森同修,(清)吴德旋纂《(道光)重刊续纂宜荆县志》卷九之二《宜兴荆溪艺文合志》"辞翰·诗",清道光二十年(1840)刻本,本卷第 22 页。

古善权寺山门朝南,而今重建之善权寺,规模极小,唯一的殿宇建筑大门东向。如此判断,祝英台遗址绝不在今善权寺之后。

综合以上信息,可知祝英台遗址处善卷洞后洞口附近、古善权寺遗址后、"碧藓岩"南,毗邻今"晋祝英台琴剑之冢"碑。

三、祝英台原址之认定

祝英台作为知名古迹,常见于明代文人题咏。至于晚清,祝英台遗址依旧存在并常为人提起。民国时期,地名祝英台于民间尚为人所知。基于前文考证,祝英台遗址方位渐渐明朗。按理说,找出其遗址位置并非难事。

依据考证线索,笔者曾去善卷洞后洞口附近搜寻祝英台遗迹。令人费解的是,尽管笔者搜遍今善权寺与"碧藓岩"区域,仍不见任何类似祭坛的古建筑。

历史上,与祝英台毗邻的善权寺屡经毁兴。不过,即便寺院主体建筑遭毁,荒废的祝英台土台,也不至于彻底不见遗迹。那么,是否随着时间推移,祝英台因渐渐下沉,以至于湮没,才不易被发现呢?

关于祝英台形制与规模,文献不见任何信息。考虑到孙皓封禅必一定程度因循旧制,故不妨以前朝封禅坛为参照,作出一些推测。

《史记·封禅书第六》载有汉武帝封禅事,从中可见当时祭坛信息:"封泰山下东方,如郊祠太一之礼。封广丈二尺,高九尺,其下则有玉牒书,书秘。……五色土益杂封。"[1]又,《后汉书志》云:"东北百余步,得封所。始皇立石及阙在南方,汉武在其北。二十余步得北垂圆台,高九尺,方圆三丈所,有两陛。人不得从,上从东陛上。台上有坛,方一丈二尺所,上有方石,四维有距石,四面有阙。"[2]汉代一尺约相当今之 23 厘米。如此,比照判断,祝英台当为规模较大的夯土建筑:祭坛下有一基座,基座方圆约 7 米,高约 2.1 米;基座上的禅坛方圆约 2.8 米,高约 2.1 米[3]。

历经一千六百多年自然侵蚀,祝英台沉降在所难免。即便如此,它也当容易被寻获,然而,所有搜索工作均为徒劳。

---

① 《史记》卷二十八《封禅书第六》,中华书局,1982 年第 2 版,第 1398 页。

② (晋)司马彪撰,(梁)刘昭注补《后汉书志》第七《祭祀上》"封禅",中华书局,1997 年,第 817 页下。

③ 因历代帝王封禅祭坛规模、形制差距较大,孙皓封禅祭坛信息不见正史,故笔者不得已选择距祭坛祝英台建立时间最近的汉武帝封禅坛为参照。

孙皓封禅之时,祝英台与明堂建筑同时建立。按旧制,祝英台当位于临近明堂后方之位置。因古善权寺始建于祝英台相关的"祝英台故宅",故不妨再从古善权寺相关信息找寻祝英台原址的明确位置。

因笔者选取的参照物善卷洞后洞、"碧藓岩"位置千古未变,据上文考证线索可知,古善权寺当位于今"碧藓岩"前、善卷洞后洞口之祝英台读书处景点区域附近。这一认知,亦与笔者于当地走访所获信息相符。然今重建之善权寺距祝英台读书处景点约七十米路程。由是判断,今重建之善权寺不仅朝向发生了变化,而且亦非建于旧址。也就是说,今善权寺位置不便作为搜寻祝英台方位之参照物。

2019年9月,笔者再赴宜兴善卷洞后洞口地域调查,基本明确了祝英台遗址位置:今善卷洞后洞口附近、"碧藓岩"东南、祝英台读书处景点之英台阁一带。

第三节　祝英台瘗有金泥玉简

自古以来,宜兴民间一直流传孙皓封禅地埋有宝物,文献亦见祝英台下瘗埋金泥玉简之记录。

祭坛中纳入精美玉器自古常见。从考古资料看,全国多地台型遗址,如牛河梁红山文化、三星堆文化遗址等,均出土诸多祭礼相关的玉器。良渚文化时期的祭坛已发现多处,其中一些出土过大量精美玉器。[①]

古代帝王封禅地构筑祭坛,坛中常纳入玉制泥金文书,即玉牒文书或玉简,这一礼制称"玉检"。如唐杜佑《通典》云:

> 大唐贞观十一年,左仆射房玄龄等议:"……又按梁甫是谓梁阴,近代设礼坛于山上,乃乖处阴之义。今定坛位于山北。"……又议泰山上圆坛:"广五丈,高九尺,用五色土加之。四面各设一陛。御位在坛

---

① 1987年,浙江考古所发掘了瑶山祭坛,祭坛为色彩斑斓的三重土坛,外围边长约20米,坛面有墓葬,出土2000多件文物,玉器达九成;1991年,浙江余杭汇观山考古发掘了更为大型的台坛,呈覆斗形,台坛东西长约45米,南北宽约33米,台坛平面与底部落差约2.2米,中间为灰土,东西宽约7.5米,南北长约9.5米,中间灰土框外侧有宽2.2—2.5米的围沟,土色分三重,出土大量玉器、石器,玉器主要有玉琮、玉璧;1992—1993年,浙江余杭莫角山发掘出一大型人工堆筑的土台,面积逾3万平方米,台面上数排大型柱坑(最大直径90厘米),表明其上曾有重要建筑,当地农民曾在遗址地域掘出玉璧等玉石器。

南,升自南陛,而就上封玉牒。"又议圆坛上土封曰:"凡言封者,皆是积土之名。今请于圆坛上,安方石,玺缄既毕,加土筑以为封。高丈二尺,而广二丈,以五色土益封,玉牒书藏其内。祀禅之所,土封制亦同此。"又议玉玺曰:"详前载方石缄封,玉检金泥,必资印玺,以为秘固……。"①

相比汉武帝封禅坛,秦始皇封禅祭坛规模更大。按礼制,祭坛地下室置入玉牒等祭器后,其上再以方石缄封。因地下室埋有"宝物",民间称之"宝藏库"。

又,南朝宋范晔《后汉书》云:

> 上许梁松等奏,乃求元封时封禅故事,议封禅所施用。有司奏当用方石再累置坛中,皆方五尺,厚一尺,用玉牒书藏方石。牒厚五寸,长尺三寸,广五寸,有玉检。……检用金缕五周,以水银和金以为泥。玉玺一方寸二分,一枚方五寸。方石四角又有距石,皆再累。枚长一丈,厚一尺。广二尺,皆在圆坛上。②

引文可见汉武帝封禅坛曾瘗玉牒书、玉玺等宝物。

今台北故宫博物院藏有唐玄宗李隆基与宋真宗赵恒所制玉册,传民国时期出土,均为帝王封禅泰山所瘗。唐玄宗封禅玉册为白玉质地,仿古代竹木简样式,玉简上下两端见穿系孔,计 15 片,每片长约 29.5 厘米,宽约 3 厘米,厚约 1 厘米,共 135 个文字,泥金隶书传为唐玄宗所书;宋真宗封禅玉册亦为白玉质地,计 16 片,每片长约 29.5 厘米,宽约 2 厘米,厚约 0.75 厘米,共 227 个文字,泥金楷书传乃宋真宗手笔。据这类文物可知,古代封禅所用"金泥玉简"之制属实。

文献记载孙皓所禅地埋有祭祀之礼器。如宋乐史《太平寰宇记》云:"陈暄《国山记》云:土人皆传碣下埋金银函、玉璧、银龙、铜马之属。孙皓疑有王气,故以此物镇山。东北有两重石洞,土人呼为石室。"③文中之"碣"指国山碑。笔者判断,民间认定碑下埋有宝物,或受祝英台下埋宝说影响。

---

① (唐)杜佑撰,王文锦等点校《通典》卷五十四《礼十四·沿革十四·吉礼十三》"封禅",中华书局,1988 年,第 1514—1515 页。

②《后汉书》志第七《祭祀上》"封禅",中华书局,1965 年,第 3164 页。

③ (宋)乐史《太平寰宇记》卷九十二《江南东道四》"常州·宜兴",第 33 页下。

至于认为孙皓埋碑以镇王气,则属误解。

再如,《咸淳毗陵志》云:"《吴志》载:遣司徒董朝、兼太常周处至阳羡封禅国山,刻石颂德。圚碑犹存,其形如鼓,俗呼囷碑。又瘗玉璧、银龙、铜马于碑下,字浸漫灭不可读。"[1]志撰者亦认定国山碑下埋有礼器。民国时期,国山碑曾遭扰动,不知是否受民间埋宝说蛊惑。

对祝英台下是否埋有玉简等礼器,清张起《游国山龙岩憩善权寺访碧鲜岩故址》诗云"金泥玉简销沉尽,那得裙钗骨未灰"(《(道光)重刊续纂宜荆志》卷九之二《宜兴荆溪艺文合志》"辞翰·诗"),意谓因岁月流逝,毗邻"碧鲜岩"的祝英台所瘗金泥玉简,早已化作了尘土,哪里存在埋葬女子祝英台之墓穴!

看来,祝英台下瘗有金泥玉简等宝物说并非凭空捏造。

第四节　祝英台原址已毁

祝英台为孙皓封禅与梁祝传说起源的重要见证,金泥玉简为等级极高的文物,故祝英台遗址具有重要的历史与文化价值。然而,笔者多次赴善权寺一带调查,始终无获。其后研究发现,祝英台原址确已不复存在。

清常州人洪亮吉《卷施阁集》之《善权寺访祝英台读书处及三生堂故址》诗,云:"百折溪流断,蓝舆束急装。碧山迎客远,红树导人忙。道炅侵官柳,台荒倚女桑。三生益何渺,茶话此闲堂。"[2]可见,洪亮吉生活时代,久已荒废的祝英台遗址依然存在,其上长有桑树。

清以前文献,不见祝英台遭毁之任何信息。

联系善卷洞口"飞来石"铭刻文字,可见直到 1939 年,祝英台作为地名信息尚存留于民间(可参见第一章《祝英台考》)。

民国时期,宜兴名士储南强对善权寺区域部分景观进行过整修,祝英台作为知名历史遗迹理应为其关注。然从笔者所掌握之信息看,关于祝英台的并不多。

储南强,字铸农,别号简翁,生于清末,1911 年任宜兴县民政长,

---

①(宋)史能之等《咸淳毗陵志》卷十五"山水",第 3083 页。
②(清)洪亮吉《卷施阁集·诗》卷十九《全家南下集古今体诗一百十八首》,清光绪三年(1877)洪氏授经堂刻《洪北江全集》增修本,本卷第 7 页。

1913—1914年两任南通县知事,1921年整修善卷、张公两洞,1925年任宜兴县知事,1934年举办两洞开放典礼,1950年,将两洞献于地方政府,1952年上捐30多件文物,1953年受聘江苏文史馆员,1959年去世,葬于善卷洞后洞口附近①。

战火纷飞的乱世,储南强担任过宜兴地方官,接触过各色人等,有过大量善举。无论官方还是民间,均对他有较高评价。宜兴人眼中,储南强是位知书达理、富有远见的睿智实干家,亦为具备民族气节、爱国爱乡的名士。古人云"识时务者为俊杰",从储南强人生经历看,他可谓这样的俊杰。

《宜兴旅游事业的开拓者——储南强》书中,收录郑逸梅所撰《宜兴双洞与储南强》《我和储南强》两文。前文提到储南强赠其俞曲园遗印、明代象牙章、郑板桥奏刀竹根印等厚礼,还提及储南强逝后,"得其与直公的信一大束,约二三十通。这位直公,老人有时称他为直支,不知为谁,信件内容,都是和直公商榷当时如何修葺二洞,有详细的设想计划,这对研究地方史、建筑史等方面都是很好的参考资料","南强作书很草,有些字迹不易辨认"②;后文再次提及储南强赠其礼物事,并谓信函得于古玩市场,后装裱为活页,可惜20世纪六七十年代因个人受冲击资料遗失,篇末又提"且这直公,一号直髯,究不知为何许人,尚希知者见告"③。

郑逸梅《宜兴双洞与储南强》文中,摘录储南强与直支通信文字易识者十一则,内容涉及善卷洞修葺方案与构想等,对善卷洞建筑史研究具有一定价值。

考探发现,郑逸梅很想弄清的那位"直公""直支""直髯",乃储南强生前好友凌文渊。

凌文渊(1876—1944),名庠,字文渊,号植之、直之,江苏泰县(今姜堰)人,清宣统元年(1909)为江苏省谘议院议员,1912年当选南京临时参议院议员,1913年当选国会众议院议员,1917年任财政部参事,1922年任财政部常务次长、兼任全国财政讨论委员会委员,先后两次代理财政总长。凌

---

①储南强生平见宜兴市旅游园林管理局编《宜兴旅游事业的开拓者——储南强》之"储南强先生年表",方志出版社,2006年,第160—163页。

②宜兴市旅游园林管理局编《宜兴旅游事业的开拓者——储南强》,第16页。

③同上,第74页。

文渊善书画，与齐白石、陈半丁、陈师曾齐名，时称"京师四大画家"，梅兰芳曾拜其门下成为画梅弟子，著作见《中国经济学》《财政金融学》《我的美感》等。宜兴市风景园林管理处编印的《善卷洞诗文选粹》录其《善卷洞五古一首》，书中述及他与储南强关系密切，称其为寓居上海的前清遗老。

从信件行文语气看，储南强对通信人极为视重。如某信函云："水洞石松下，拟塑水泥善卷之像，狮子窟上拟塑善卷六友之像。公能为一状古人形貌，使工人有所依本否？"[1]表明受信人擅长绘画，与凌文渊身份相符；因凌文渊别号"直之"，喜蓄长须，储南强称其"直公""直髯"，乃出于尊重。

凌文渊较储南强晚两年入江苏省谘议院，生前与储南强好友张謇（凌文渊曾与张謇等发起立宪运动）交好。1934 年，善卷洞建成开放前，储南强曾邀其现场观摩并指导，可想二人交情不一般。凌文渊多年在财政系统工作，储南强不停写信通报修洞进度，无疑希望得到他或其朋友圈的资金支持。

笔者所以破费如此多笔墨，乃为引出储南强于两洞整修基本完工后，致"直公"的一封长函：

> 开幕期大约九月十五日，一切舟车食宿，粗有计划，先十日登申、新两报，所添工程可奉告者：一、善卷得一新路，在山北，此六朝唐宋所未经走者，确为山之正路。……七、善卷寺后群树间，为祝英台之碧鲜庵，碑砌坛以位于树荫下，有绿天之趣，亦不弱也，此于旅中撰成二洞志一部，未及请教也。[2]

善卷洞于 1934 年 11 月对外开放，比储南强原定计划推迟两月，故此信函作于 1934 年。储南强写信多不加标点，信函中"为祝英台之碧鲜庵，碑砌坛以位于树荫下"，当作"为祝英台之碧鲜庵碑，砌坛以位于树荫下"，否则句意不通，意谓：剜刻祝英台旁边的"碧鲜庵"碑，同时在善卷寺后群树间砌坛。

1921 年始，储南强对所购善卷洞、庚桑洞（张公洞）进行开发。当时令

---

①宜兴市旅游园林管理局编《宜兴旅游事业的开拓者——储南强》，第 17 页。
②同上，第 18—19 页。

人在善卷寺之后深挖，传于地下一米多深处发现"碧鲜庵"三字碑①。是碑原立于刻有"祝英台读书处"的"碧藓岩"右前方，本为指示"碧藓岩"标识，后储南强在碑身加刻"民国十年始出碧鲜庵碑于寺后土中，建碑亭"文字，并将碑东移三四十米后，重新树立于平日长满苔藓的"飞来石"右前方不远处。因"碧鲜庵"三字碑至今犹存，可知储南强"为祝英台之碧鲜庵碑"非指今"碧鲜庵"三字碑。

"碧藓岩"表面因曾铭刻"祝英台读书处"六大字及近千小字，一直为后人关注，至清嘉庆时，岩面文字基本蚀尽。故储南强"为祝英台之碧鲜庵碑"之"碧鲜庵碑"，实指碧藓岩摩崖。看来他是意欲清理"碧藓岩"面后，于其上重新镌刻"祝英台读书处"等文字。

至于储南强信中"砌坛以位于树荫下"，则存隐情。祭坛祝英台遗址位于"碧藓岩"前的善权寺后，而储南强欲重新砌坛，表明祝英台遗址已不复存在。

储南强整修善卷洞，为何选择善权寺遗址后地下作挖掘呢？有人著文提到：据储南强女儿储烟水回忆，其父深挖地下是为探寻寺庙的地下室之秘。②

历史上，善权寺多由高僧住持，清康熙初年，因寺主持白松和尚与当地陈氏家族发生矛盾并激化，善权寺终被付之一炬，白松烧死于寺中。从此，善权寺几乎荒废。传这段故事后被敷演成戏剧舞台之"火烧红莲寺"剧目。按常理，若古善权寺建筑本体之下真有地下室，寺庙被焚后，其藏匿秘密必定会被发现并作处理，然从后人所载寺庙被焚信息看，从未提及地下室及宝藏等事。

再据文献并前文考证可知，古善权寺后原有三生堂，而祝英台位于三生堂后、"碧藓岩"前。储南强寻找善权寺之地下室，却挖到距善权寺后稍有距离的"碧鲜庵"三字碑原蠹立处，确实蹊跷！不知储烟水所云地下室是否即祝英台下之地下室。

---

① 据陈茆生、路晓龙《碧藓庵碑考》记述，储南强在现碧鲜庵碑亭西土中一米多深处挖掘出今碧鲜庵碑（宜兴市政协学习和文史委员会、宜兴市华夏梁祝文化研究会编《宜兴梁祝文化·论文集》，第302页）。此说令人疑惑，一直为后人关注、立于"碧藓岩"前的"碧鲜庵"三字巨碑，如何会沉入一米多深的地下呢？

② 宜兴市政协学习和文史委员会、宜兴市华夏梁祝文化研究会编《宜兴梁祝文化·论文集》，第302页。

位于古善权寺与"碧藓岩"之间的祝英台遗址,具备一定规模,较为显眼,其地下室埋有金泥玉简等礼器。作为当地有较高文化修养的知名人士,储南强对祝英台来历当或多或少知晓一些信息,对其位置显然清楚:善卷洞口"飞来石"铭刻有关地名祝英台的相关文字,即出于储南强之手。

储南强对家乡的山水人文富有情感,于金石诗词有较高修养,生前喜爱收藏,曾将多件藏品捐给国家,令人尊敬。尽管笔者认为当初储南强挖地三尺的目的,不定为获得祝英台地下室信息,亦知当为尊者、逝者讳,思索再三,还是将想法写出。

《宜兴旅游事业的开拓者——储南强》录有《储南强先生年表》,从行文风格看,颇似对储南强自作简历之整理[①]。其中有一条:

> 1921年(46岁)宜兴徐舍地区遭洪涝灾害,简翁向无锡荣德生募捐大米60石,面粉150袋,赈济重灾区万亩圩农民。并着手开发善卷、张公两洞。在善卷寺后土中挖出"碧鲜庵"石碑,并作碑亭保护。[②]

储南强将于1921年挖动的"碧鲜庵"三字碑,作为人生重要大事录出,表明他对此事之重视。"简翁"为储南强自称号,他生前喜欢并乐见交往中别人用"简翁"称之。[③]

储南强自号"简翁",其好友凌文渊画室号"简庐",于此可见两人之缘分深厚。又,储南强修建善卷洞配套景点时,除东移过"碧鲜庵"三字碑外,还曾建过英台阁,它位于今英台阁景点之东南临水高处,相距"碧藓岩"、今祝英台读书处景点较远。

检阅后人关于储南强整修善卷洞方面的回忆录,可知"碧鲜庵"石碑扰动与古善权寺遗址后之地下室发掘均发生于1921年。

还有两事颇耐人寻味。

其一,善卷洞修缮初成之时,姚劲秋(名洪淦,字涤源、心僧,浙江吴兴

---

①储南强后人储传能《善卷沧桑》提到:"荣先生(荣德生。笔者注)曾赞助两洞的开发,在螺岩山购地6000亩(400公顷)相赠,免得祖父年年要交租金。不过,受之有愧,却之为恭,就把所赠山地记在善卷寺名下,后来才发现祖父再次重建善卷寺的善举。"(宜兴市旅游园林管理局编《宜兴旅游事业的开拓者——储南强》,第13页)此事于《储南强先生年表》未见著录。

②宜兴市旅游园林管理局编《宜兴旅游事业的开拓者——储南强》,第161页。

③沈芸《储南强回来了》文中,曾引用储南强之女一段话,其中见"父亲60岁时号简翁,提出生活一切从简"说(宜兴市旅游园林管理局编《宜兴旅游事业的开拓者——储南强》,第127页),若按此说,储南强则当于1935年开始使用"简翁"号。

人,清光绪辛卯年[1891]举人,喜作灯谜)受储南强之邀游观,曾赋《善卷洞五古·次凌直支先生原韵》长诗,其中见诗句:"题字碧鲜庵,摩挲互研究。英台遗址留,确否疑谁剖。"①"凌直支"即凌文渊。据宜兴知情者回忆文章,姚劲秋诗作曾当面引起储南强十分不悦。"英台遗址留,确否疑谁剖"是否意味当地传扬祝英台遗址遭毁的流言已为姚劲秋所获呢?

其二,《祝英台考》章节,笔者提到"飞来石"大石表面存旧刻多处。其中一处提到黄辟疆于民国二十八年驻军离墨山,"公余督饬士兵,助地方展拓祝英台东潭,以点缀风景",这几乎是清以后关于祝英台为地名的最后记录,此时相距祝英台遭毁已历十八年,不知储南强为何以这种方式提到祝英台?

历史上,善权寺经多次毁而复建,较晚一次劫难发生于1938年(遭日军焚毁)。储南强退官后,花费精力修建善卷洞、张公洞景观同时,恢复重建了部分寺院建筑。古代宜兴,祝英台几乎与善卷洞、善权寺齐名,储南强修洞建寺之时,理应关注祝英台。两洞工程完成后,他还欲"为祝英台之碧鲜庵碑,砌坛以位于树荫下",当出于祝英台已毁,他心怀梗阻,而欲重新恢复这一古迹。②

2012年,笔者赴善权寺周边调查,发现善权寺前广场东侧堆有不少古代石质建材,其中一块约一米见方的青石,从形制看,不像柱础之类的建筑构件。初步了解,此石原不在此地。联想到古代封禅坛地下室置入金泥玉简等礼器后,其上会用方石缄封,不知遗存的方石是否古老祝英台建筑之旧物。

古祝英台为夯土建筑,其周边旧存祭祀类祠庙建筑,假如遗址未被彻底毁坏,若在今祝英台读书处景点附近进行考古勘探,必会于地下发现东吴封禅建筑遗迹。

小结:祝英台原址位于宜兴善卷洞景区之祝英台读书处中的英台阁景点附近,其本体已遭毁难;明确祝英台原址的方位,对梁祝传说起源及古代封禅制度的研究均具有重要意义。

---

① 宜兴市风景园林管理处编印《善卷洞诗文选粹》,1994年内部发行,第227页。
② 直到储南强去世,其"为祝英台之碧鲜庵碑,砌坛以位于树荫下"心愿并未完成。

附:祝英台故址方位指示图

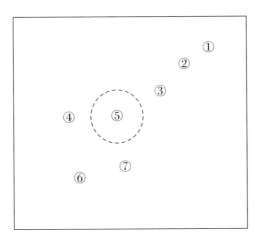

注:①善卷洞后洞口位置。

②"飞来石"(笔者考证为东吴"自立大石")位置。

③"碧鲜庵"三字碑位置。

④刻有"祝英台读书处"六大字之碧藓岩位置。

⑤古祝英台遗址位置(虚线圆圈内为古祝英台遗址所在,它位于今"祝英台读书处"
　景点内)。

⑥今恢复重建之善权寺位置。

⑦原孙皓封禅所建明堂(梁武帝在位间改为善权寺)之位置。

第五章 【祝英台近】词(曲)牌考

【祝英台近】为常见词(曲)牌,一般认为,其最初来源与梁祝故事有关;关于【祝英台近】是慢词(曲)还是近词(曲),学界争论已久、分歧较大,成为至今未有定论之"悬案"。对【祝英台近】本词格律,学术界亦见不同观点。研究表明,【祝英台近】与梁祝故事并无关联,【祝英台近】之"近"乃"接近""临近"之义,而非"近词"与"慢词"之"近";苏轼最早作【祝英台近】,探讨【祝英台近】本词格律当以之为范。

第一节 困惑已久的【祝英台近】

词(曲)调中有近词(曲)、慢词(曲)之分。长期以来,曲界多将【祝英台近】当作近词。这一理解貌似合理,不过与之相关的困惑却挥之不去,即为何该用"慢词"的地方出现【祝英台近】? 明代以降,不断有曲家尝试给出新解释,但往往是越解释越让人困惑,直到今天,依旧未见广泛认同的答案。

有学者认为,【祝英台近】当作【祝英台慢】。明沈璟编《南九宫十三调曲谱》越调引子【祝英台近】条目,见注云:

> 凡引子皆曰慢词,凡过曲皆曰近词,此当作【祝英台慢】。但此调出自诗余,元作【祝英台近】,不敢改也。[①]

沈璟精通曲律,依据"凡引子皆曰慢词"曲律,认为【祝英台近】既作为引子出现,当为慢词,词调名应作【祝英台慢】。显然,沈璟将【祝英台近】之"近"理解为近词之"近"。

再如,明末徐于室辑、清初钮少雅编订《汇纂元谱南曲九宫正始》,收录出自元传奇《蔡伯喈》的越调引子【祝英台近】,注云:

> 按《词谱》,凡引子皆曰慢词,凡过曲皆曰近词,全此本引当作【祝

---

① 王秋桂编《善本戏曲丛刊》第廿八册,《增订南九宫曲谱》,台湾学生书局,1984年,第496页。

英台慢】可矣。但此调出自诗余,元做【祝英台近】,不敢改也。①

注者亦将【祝英台近】当成"近词"来理解,与沈璟看法一致。同样因事实与理论相左,他们均表现出欲改而"不敢改也"的困惑。

清王奕清《钦定曲谱》对出自《琵琶记》的【祝英台近】"绿成阴"提出类似疑问:

> 引子有慢词,过曲有近词,此当作【祝英台慢】。但此调出自诗余,本作近字,姑仍不改。②

王奕清看法与沈璟及徐于室、钮少雅一致,从"姑仍不改"态度看,他尊重古人但又认定古人在此出错。王奕清奉敕编撰的《钦定曲谱》,为中国古代曲谱类书权威,故此说对后世影响不小。

以上诸家俱认为【祝英台近】当作【祝英台慢】,倘按其解释,理应有【祝英台慢】词(曲)牌名存在。不过,从唐圭璋编录《全宋词》看,其中见大量【祝英台近】,个别【祝英台】与【祝英台令】等,却未见一首【祝英台慢】,这当如何解释?

钱南扬《词曲中的祝英台牌名》文章,亦对【祝英台近】词(曲)牌表示出疑问。为解决疑问,他专门请教其老师、北京大学文学院刘毓盘教授。针对钱南扬疑问,刘毓盘回复:

> ……《祝英台》本系近词,犹之《长亭怨》本系慢词,《千秋岁》本系引词也,故"近""引""慢"等有亦可,无亦可,不比《木花兰》《丑奴儿》本系小令,改为慢词,不能不别之曰"木兰花慢""丑奴儿慢"也。唐人止有小令,渐改而为引词,一亦曰近词,俗则曰中调,又改而为慢词,俗则曰长调,其实细按之,音节有别。如《六么令》九十四字,明是慢词而曰令者,其音节确是小令,不能曼声而读,无论曼声而歌矣。又,《念奴娇》,一名《百字令》,盖念奴在唐明皇宫中所歌者,其时但有小令,宋人改为慢词,不能以后人之名,强古人以从我也。又,词自周邦彦在大晟府改订后,以前之词皆废,不必举《宋史·乐志》所列之词也。即柳七各调亦无从之者,故鄙论以为今皆周后之词也,然否?《月底修箫》之

---

① (明)徐于室辑,(明)钮少雅订《汇纂元谱南曲九宫正始》第七册,戏曲文献流通会,1936 年影印。
② (清)王奕清等编《钦定曲谱》,岳麓书社,2000 年,第 305 页。

始改名者，遍考不得。……①

刘毓盘认为，《祝英台》本系近词，后来改作了慢词，他还列举许多例子来阐明观点。钱南扬《宋元南戏总说》曰：

> 因为〔破阵子〕与〔祝英台近〕大概在南戏中本是正曲，〔破阵子〕且不论，只要看〔祝英台近〕，即名曰"近"，则为正曲甚明。后来经过一度变更，始降而为引子。沈璟也曾疑心到这一层，所以在他的《南九官十三调谱》〔祝英台近〕下注云……（同前引。笔者注）其实正曲降为引子的很多，不过此曲有个"近"字，比较容易看得出罢了。②

钱南扬认同沈璟观点，进一步提出【祝英台近】经历由正曲到引子之变更，即【祝英台近】从"正曲降为引子"，故没按"引子皆曰慢词"规则改为【祝英台慢】，沿用原曲牌名，让人容易看出它是由正曲降为引子的。

沈璟等曲家欲将【祝英台近】改作【祝英台慢】，多考虑元明曲中【祝英台】曲牌常见、【祝英台近】之"近"乃后人错加，故认定【祝英台近】当作【祝英台慢】。那么，为何宋词见大量【祝英台近】而几乎不见【祝英台慢】？是否所有【祝英台近】均由【祝英台】"始降而为引子"而来？

徐于室辑、钮少雅订《汇纂元谱南曲九官正始》，在为引自元传奇《蔡伯喈》中【祝英台】曲所加按语云："《唐谱》置有《台城志》，曰：'英台者，古之英豪歃血会盟之所。'""上闻之，爰命诸司重揣祠而祝之，名其曰祝氏宗台，遂命百官作英台序，以纪其事云。此见《商纣焚林纪异》。"③按语提到"英台"乃举行重要仪式之地，与重大祭祀活动存有关联，惜乎撰者未从祝英台为地名角度深入阐释。

《祝英台考》章节，笔者提出祝英台本地名而非人名。若从祝英台乃地名视角考量，是否对【祝英台近】真相研究有所启发呢？

第二节　【祝英台近】之"近"本义

词曲界普遍认为，苏轼最早作【祝英台近】，词（曲）调来由与梁祝传说

---

①钱南扬《词曲中的祝英台牌名》，见钱南扬《梁祝戏剧辑存》，中华书局，2009年，第295—296页。
②钱南扬《汉上宧文存续编》，中华书局，2009年，第39页。
③（明）徐于室辑，（明）钮少雅订《汇纂元谱南曲九宫正始》第七册。

关联,显然将【祝英台近】之"祝英台"当作了人名来理解。事实上,祝英台本地名;【祝英台近】之"近",本"接近""临近"之义。

杨文生《词谱简编》谓:"《祝英台近》最早见于《东坡乐府》,解释词名出处引述梁祝故事,词名本此。"①严建文《词牌释例》称《祝英台近》:"又名《月底修箫谱》、《宝钗分》、《燕莺语》、《寒食词》。此调始见宋苏轼《东坡词》。以梁山伯、祝英台故事为词调名。"②

检阅《全宋词》《苏轼全集》等,仅见苏轼【祝英台近】一首:

> 挂轻帆,飞急桨,还过钓台路。酒病无聊,欹枕听鸣舻。断肠簇簇云山,重重烟树,回首望、孤城何处?
>
> 间离阻。谁念萦损襄王,何曾梦云雨。旧恨前欢,心事两无据。要知欲见无由,痴心犹自,倩人道、一声传语。③

【祝英台近】"挂轻帆"首创于宜兴。词作顿挫沉郁,上阕写离故城渐行渐远,羁旅孤寂凄清之状;下阕流露出他仕途坎坷,命运多舛,但报国情怀不改之心境。苏轼曾在杭州、湖州为官,两地距宜兴不远。当时的苏轼,宦途遇挫,忧国济世之情萦胸绕怀,徘徊于仕途引退与进取间,心情异常矛盾。

陶醉于宜兴山水的苏轼,心情激动地赶往祝英台,不仅出于祝英台本身为一古迹,其周边有风光旖旎的善卷美景、雄浑古拙的国山碑(传苏轼曾作《念奴娇·阳羡国山碑怀古》),而且出于其地更能寄托他独善其身的钓台理想。"挂轻帆,飞急桨",表现苏轼急忙赶路心情,目的地即祝英台。因离祝英台越来越近,他禁不住赋词抒发心情,名其词牌曰【祝英台近】,与词作内容相关。

苏轼一生与宜兴结下不解之缘。宋元丰七年(1084),苏轼结束黄州贬谪生涯,过金陵拜会王安石,二人均经历政坛沉浮,相谈甚欢,相约比邻而居。当年,苏轼在宜兴置地颐养天年之请求得到宋皇批准。其《菩萨蛮》云:"买田阳羡吾将老,从来只为溪山好。来往一虚舟,聊随物外游。有书仍懒著,水调歌归去。筋力不辞诗,要须风雨时。"④《浣溪沙·送叶淳老》

---

①杨文生《词谱简编》,四川人民出版社,1981年,第107页。
②严建文《词牌释例》,浙江古籍出版社,1984年,第165页。
③唐圭璋编《全宋词》,中华书局,1995年,第329页。
④同上,第305页。

云："阳羡姑苏已买田，相逢谁信是前缘。莫教便唱水如天。我作洞霄君作守，白头相对故依然。西湖知有几同年。"①苏轼另有《归宜兴留题竹西寺三首》诗，曰："十年归梦寄西风，此去真为田舍翁。剩觅蜀冈新井水，要携乡味过江东。""道人劝饮鸡苏水，童子能剪莺粟汤。暂借藤床与瓦枕，莫教辜负竹风凉。""此生已觉都无事，今岁仍逢大有年。山寺归来闻好语，野花啼鸟亦欣然。"②宋建中靖国元年（1101），苏轼再赴宜兴，当年七月，逝于斯地。据宜兴方志载，苏轼到善权寺游览，为祝陵护陵河所阻，深感交通不便，便捐赠玉带造桥。当地至今有玉带桥、东坡书院等古迹遗存。

清陈维崧《蒋京少梧月亭词序》，提到了苏轼【祝英台近】：

> 铜官崎丽，将军射虎之乡；玉女峥泓，才子雕龙之薮。城边水榭，迹擅樊川；郭外钓台，名标任昉。虽沟塍芜没，难询坡老之田；《东坡别传》：公尝买田阳羡，欲于此间种桔构一亭，名曰楚颂。后卒宜兴，传有东坡书院。而陇树苍茫，尚志方回之墓。一城菱舫、吹来水调歌头；十里茶山、行去祝英台近。《常州志》：善卷洞即祝英台故宅。南有祝台，其读书处也。《词谱》词有【祝英台近】一调，或无"近"字，又名【月底修箫谱】。鹅笙象板，户习倚声。苔网花笺，家精协律。居斯地也，大有人焉。③

文中地名多与宜兴有关。如"铜官"指铜官山、"玉女"指玉女潭、"水榭"指牧之（杜牧）水榭、"钓台"指任昉钓台，这些地点今仍为宜兴名胜。从陈维崧词序可见，善卷洞后洞口靠近"祝英台故宅"的祝英台，与讹传成女子祝英台读书处的"祝台"为同一所指。宜兴多山，水资源丰富，因当地茶叶采摘早、品位高，曾列为贡品（唐卢仝诗云"天子须尝阳羡茶，百草不敢先开花"）。"一城菱舫、吹来水调歌头；十里茶山、行去祝英台近"，指风吹来当地采菱舫船唱出的【水调歌头】歌声；经过十里茶山，离祝英台越来越近了。可见，此处【祝英台近】之"近"，本义为"接近""临近"，而非曲家所争"近词"与"慢词"之"近"。

事实上，【祝英台近】如同宋词【好事近】，两处"近"皆为"接近""临近"之义。换言之，如将【好事近】看作"近词"，则必出谬误。

---

① 唐圭璋编《全宋词》，第325页。
② （宋）苏轼著，（清）王文诰辑注《苏轼诗集》卷二十五，中华书局，1982年，第1346页。
③ （清）陈维崧撰，（清）程师恭注《陈检讨集》卷十《序》"蒋京少梧月词序"，清康熙三十二年（1693）有美堂刻本，本卷第2—3页。

　　清嘉道间宜兴名士万贡璆,著有《祝英台近山房诗》一卷、《祝英台近山房词》四卷,"祝英台近山房"为其书斋名。作为当地人,万贡璆对梁祝传说不可能陌生,他若将女子之名用作书房名号,未免有辱斯文。进而,若此处祝英台真为女子,其与"近"字相连,亦释读不通。看来,万贡璆取"祝英台近山房"书斋名,意味着它临近祝英台古迹。

　　以上可见,因词曲存在"近词""慢词"之分,后人望文生义,将苏轼所创【祝英台近】之"近",理解为"近词"之"近",以至生发不该有的疑问。钱南扬等试图作出更为合理解释,结果仍未尽其意。看来,曲家们"姑仍不改"倒是明智的。

第三节　【祝英台近】异称考识

　　与宋词相关的著作,常提到【祝英台近】有诸多异称。唐圭章主编《全宋词》,见【祝英台近】【英台近】【祝英台】【祝英台令】等词牌,元明曲本还常见【祝英台引】【祝英台慢】【惜祝英台】【絮祝英台】【祝英台序】等曲牌名,同一词(曲)牌为何有诸多名称呢?

一、对【英台近】【祝英台】【祝英台令】等名称之解释

欲弄清上述问题,得先从令词着手。

　　令词之"令"本指规则或格式。令之出现比令词早,最早与军事、游戏、宴乐或文人唱酬应和等有关。古代,文人为活跃气氛,卖弄才情,常于宴乐等场合玩味文字游戏,即行令游戏:通常由主方提出规则(出令),参与人各显其才,按规定要求完成诗作、词作等。若针对"字""词""句""对""曲"等提出文字游戏规则,即"字令""词令""句令""对令""曲令"等,按此规则创作的作品即称"令字""令词""令句""令对""令曲"等。故所谓令词(曲),即依格律或规则所创之词(曲)。令词作成后,有可能会根据流行的音乐格律或新谱之曲加以唱演行乐。如唐代酒宴场合所盛行之【回波乐】【倾杯乐】【三台令】等,多先据固定曲律与字格填充字词后,再按不同词调佐以乐舞助兴。

　　行令之风较早始于何时很难考证,至少战汉时期已见流行,如当时军中常出现的投壶游戏便是行令。唐代行令之风盛行,出于两个原因:其一,

社会稳定、经济空前繁荣,推动了精神生活层面进步,行令作为高级娱乐活动,可在宴享、婚丧嫁娶、文人集会等公众活动中营造气氛;其二,唐代实行科举选士制度,行卷之风盛行,行令游戏因易于展示文人才情故受学子偏爱。

唐诗宋词中,按某一令格作诗或按某一曲牌填词者常见。如《唐诗纪要》录白居易【一七令】:

> 诗,绮美,瑰奇。明月夜,落花时。能助欢笑,亦伤别离。调清金石怨,吟苦鬼神悲。天下只应我爱,世间唯有君知。自从都尉别苏句,便到司空送白辞。①

再,《唐诗纪要》录韦式词【一七令】:

> 竹。临池,似玉。裛露静,和烟绿。抱节宁改,贞心自束。渭曲偏种多,王家看不足。仙仗正惊龙化,美实当随凤熟。唯愁吹作别离声,回首驾骖舞阵速。②

又,明陆人龙【一七体】:

> 报,非幽,非杳。谋固阴,亦复巧。白练横斜,游魂缥缈。漫云得子好,谁识冤家到。冤骨九泉不朽,怒气再生难扫。直叫指出旧根苗,从前怨苦方才了。③

从平仄看,这三首词似乎无特别之要求,平韵、仄韵两调皆可。从形式看则都按"一字。二字,二字。三字,三字。四字,四字。五字,五字。六字,六字。七字,七字"方式来填词。

【一七体】【一七令】中"体"与"令"同义。此体(令)本出唐人为白乐天备酒送别并"以题为韵",按指定韵格行令作词,《唐诗纪事》云:"乐天分司东洛,朝贤悉会兴化亭送别。酒酣,各请一字至七字诗,以题为韵。"④后人模仿此格式填词而成固定词牌。

模仿旧词格律所填之词即称"【某令】",有时省去"令"字。如按【浪淘

①吴藕汀、吴小汀《词调名辞典》,上海书店出版社,2005年,第1页。
②同上。
③同上。
④(宋)计有功辑撰《唐诗纪事》卷三十九,上海古籍出版社,2008年,第590页。

沙】词牌填词称【浪淘沙令】,按【定风波】词牌填词称【定风波令】,或直接称【浪淘沙】【定风波】。出于需要,不得已对原词(曲)牌格律作出调整,所填之词为原词之变体,部分变体会在原词(曲)牌前加【减字】【偷声】【摊破】等以示区别。如宋词词牌有【木兰花】【木兰花令】,又有【减字木兰花】【木兰花慢】【偷声木兰花】;有【浣溪沙】【浣溪沙令】,又有【摊破浣溪沙令】等。如此表明,同一词(曲)牌常见格律不同之变体。

宋代文治重于武功,故上层多附庸风雅。随着文风、世风转变与戏曲播演之繁盛,填词作曲一时风靡文坛。如此背景下,按一定规则创作之令词、令曲大量出现。具体分三种情况:

一是某种场合按特定规则行令游戏。如酒宴上常见之【一七体】【一七令】游戏。

二是参照某一流行曲牌创作填词,所作之词即某令。如按【菩萨蛮】曲牌所填之词(曲)称【菩萨蛮】或【菩萨蛮令】。

三是以某一新创作词曲格式为规范,比照其格律创作,如苏轼首创【水调歌头】,后人模仿其格律创作了大量【水调歌头】新作。

当然,若按某词牌创作时,规则宽泛或出于内容表达需要,会出现格律变化。如以【菩萨蛮】为例,就出现过不同平仄韵互叶与三声叶韵等体式。

严格按照某一词牌格律创作并非易事。故宋末词人张炎云:"词之难于小令,如诗之难于绝句,盖十数句均要无闲字句,要有闲意趣,末又要有余不尽之意。"[1]正因如此,【祝英台近】才见大量变体。

词在晚唐、五代时被称作"曲子词",实指合律的歌词。从本质上看,词与诗俱为律化的韵文,谱上曲就能吟唱(严格依流行词[曲]牌所作令词[曲]可即时吟唱)。宋元时期,律诗或绝句因其形式上的要求,入曲后,僵化形式表现出的音律节奏常显得呆板,而可长可短的"词"形式灵活,与音乐结合后更富感染魅力,因而倍受时人青睐,以致杂剧、南曲戏文中大量使用。戏曲文本中,出于内容表达需要,同一词(曲)牌不同字数的词大量出现,同"本词"相比,凡不影响词(曲)牌曲性(主旋律)的,即便格律有所出入、字数与本词不等(如衬字加入)等,均可视为同一词牌。

《全宋词》还见少量【祝英台】作品,如黄人杰【祝英台】(自寿)、刘辰翁

---

[1] (清)江顺诒纂辑,(清)宗山参订《词学集成》"六曰法",清光绪刻本,本卷第2页。

【祝英台】(水后)、吴泳【祝英台】(春日感怀)等，这类词牌与【祝英台近】均可视为同一词牌。

实际填词中，词人常据表达内容，参照"本曲"格律加入衬字，制成新曲。于是，出现两种情况，一是并不打乱"本曲"曲律与节奏之新作；二是对"本曲"曲律节奏作出微调或稍大变更之创作（相对于"本曲"而言，新曲主旋律虽无大的变化，而较"本词"常见文字数量上的出入）。如元传奇《蔡伯喈》中所见【祝英台序】：

> 把几分(春)，三月景，分付与东流。啼老杜鹃，飞尽红英，端不为春闲愁。休休妇人(家)，不出闺门，怎去寻花穿柳。把花貌，谁肯因，春消瘦。①

【祝英台序】与大多【祝英台近】相差较大，出现了许多衬字，是于戏曲剧目中较为常见，乃词相比诗更具魅力之体现。针对曲谱中所见【祝英台近】与大多同类词牌作品之差异，徐于室、钮少雅云：

> 按：【祝英台】始调，首句三字一联是其定式，但今之本曲而用散套体，然必"分"字读，而衬"春"字方文理顺，如衬"把"字，而曰"几分春"，文理恐不通也。甚至《罗囊记》误认为七字句法，遂有"楚汉英雄今何在"之文句，可笑。又其第八句六字法亦其正体，今时谱凡遇此句，皆衬作四字，何必！②

徐于室、钮少雅认为"时谱"用衬字大可不必，这里"本曲"与前文"本词"概念相通。笔者以为，词之用于戏曲创作，当兼顾内容表达与曲律，不宜呆板认为相比"本词"字数发生变化，就轻加数落。

"本词"(本曲)具备唯一性与规范性特征。如苏轼首创【水调歌头】即为本词，本词经谱曲后，即为曲调、旋律固定之新曲，是为"本曲"。

中国古代缺乏较为科学的记谱方法，晚出的、相对较为完备的工尺谱常不能准确记录音乐诸要素的变化，影响到了古词(曲)唱法的传承。

因记谱方法之天生缺陷，本曲于流传中出现变异不可避免。归结原因有三：其一，同一首曲牌在不同地点传唱，因方言差异，会出现叶韵转变；其

---

① (明)徐于室辑，(明)钮少雅订《汇纂元谱南曲九宫正始》第七册。
② 同上。

二,传唱中,因不同唱者天赋条件不同,出于对音乐节奏把握或个人天赋发挥需要,同样会出现叶韵变化;其三,为服从内容表达需要,人为对原词唱法作出调整。故一些古曲流传至今,已呈现多种唱法,如《阳关三叠》至今为人传唱,至于其本来旋律如何,已鲜为人知。

填词时片面强调严格遵循旧的格律常会自缚手脚,故宋元戏曲中,出现大量不按"本曲"(本词)格律填词的作品。这里不再赘述。

以上剖析表明,"慢词""近词"概念的存在,造成后世学者对【祝英台近】理解上之偏差,然【祝英台近】存在诸多异名,并不纯粹受之影响而出现。

从时间上看,苏轼【祝英台近】出现最早,按常规,模仿【祝英台近】格律所填之词当称【祝英台近】或【祝英台近令】;或因【祝英台近】之"近",与词谱中"近词"之"近"容易混淆,后人才改【祝英台近】称【祝英台】,避免闹出【祝英台近】是"近词"之误解;至于【祝英台令】,实为【祝英台近令】,而【英台近】,乃【祝英台近】之异称。

《汇纂元谱南曲九宫正始》还收录从《蔡伯喈》摘引【祝英台】、元传奇《崔护》摘引【惜祝英台】,及佚名元传奇摘引【絮祝英台】(编者均注曰【祝英台】);《康熙曲谱》所录【祝英台】或作【祝英台序】。比较发现,这类曲牌格律相比本曲出现较大差别,可视作【祝英台近】之变体。

二、对【祝英台近】异称之解释

后人研究宋词,常提及【祝英台近】异称。如严建文《词牌释例》称《祝英台近》又名"《月底修箫谱》《宝钗分》《燕莺语》《寒食词》"[①]。吴藕汀、吴小汀《词调名辞典》谓《祝英台近》又名"《月底修箫谱》《英台近》《祝英台》《祝英台令》《寒食词》《燕莺语》《宝钗分》"[②]。

古代文化圈层中,因某人存在某方面的突出才迹,常被赋予相关雅号。如南朝女诗人谢道韫曾以柳絮咏飞雪为人称道,人称"咏絮才";宋人许秋史因"人在子规声里瘦,落花几点春寒骤"诗句,得"许子规"美誉;宋人张先因"心中事、眼中泪、意中人"词句,获"张三中"誉称,又因其词句"云破月来

---

①严建文《词牌释例》,第 165 页。
②吴藕汀、吴小汀《词调名辞典》,第 517 页。

花弄影""娇柔懒起,帘幕卷花影""柳径无人,堕絮飞无影",时人又称之"张三影"。

研究表明,称【祝英台近】又名【月底修箫谱】【宝钗分】【燕莺语】【寒食词】【揉碎花笺】【怜薄命】,乃将【祝英台近】词牌与按此词牌格律所填之词相混了:所谓【月底修箫谱】【宝钗分】【燕莺语】【寒食词】【揉碎花笺】【怜薄命】,均为依据【祝英台近】格律所填之词,因前者广为流传,人们以该词首句或词中最为出彩的词、句(俗称"词眼"),作为该词(曲)之代称,让某词(曲)从同类词(曲)中脱颖而出。如提到"大江东去"词,便知其为苏轼《念奴娇·赤壁怀古》,云及"寒蝉凄切"即指柳咏《雨霖铃》。

如此看来,"月底修箫谱""宝钗分""燕莺语""寒食词""揉碎花笺""怜薄命"等,均指按【祝英台近】某格律(因其存在不同格律)所填较具代表性(为后人广为传颂)之词:

"宝钗分"指辛弃疾【祝英台近】"宝钗分",前文已引,此不再赘述。

"月底修箫谱"指宋张辑【祝英台近】:

> 客西湖,听夜雨。更向别离处。小小船窗,香雪照尊俎。断肠一曲秋风,行云不语。总写入、征鸿无数。
>
> 认眉妩。唤醒岩壑风流,丹砂有奇趣。羞杀秦郎,淮海谩千古。要看自作新词,双鸾飞舞。趁月底、重修箫谱。[①]

因词末句"趁月底、重修箫谱"出彩而得名,从格律看,它与前文所引辛弃疾【祝英台近】"宝钗分"一致。

"燕莺语"指宋韩淲【祝英台近】:

> 海棠开,春已半,桃李又如许。一朵梨花,院落阑干雨。不禁中酒情怀,爱闲懊恼,都忘却、旧题诗处。
>
> 燕莺语。溪岸点点飞绵,杨柳无重数。带得愁来,莫恁空休去。断肠芳草天涯,行云荏苒,和好梦、有谁分付。[②]

此词因下阕首句"燕莺语"而得名,从用韵看,它与苏轼【祝英台近】一致。

"寒食词"指宋韩淲另一首【祝英台近】:

---

① 唐圭璋编《全宋词》,第 2554 页。
② 同上,第 2256 页。

　　　馆娃宫，采香径，范蠡五湖侧。子夜吴歌，声缓不须拍。崇桃积李
　　花闲，芳洲绿遍，更冉冉、柳丝无力。

　　　试思忆。老去一片身心，孤负好春色。古往今来，时序恼行客。
　　去年今日山中，如何知得。却又在、他乡寒食。①

因词下阕末句"却又在、他乡寒食"得名，它可看作词之"主眼"。韩淲这首
【祝英台近】格律，亦与苏轼【祝英台近】"挂轻帆"一致。

　　"寒食日"指每年清明节前一二日，是日，民间只吃冷食，"寒食节"曾为
古代节日。部分【祝英台近】词作虽与"寒食"有关，却非"寒食词"【祝英台
近】，如吴文英【祝英台近】"春日客龟溪游废园"：

　　　采幽香，巡古苑，竹冷翠微路。斗草溪根，沙印小莲步。自怜两鬓
　　清霜，一年寒食，又身在、云山深处。

　　　昼闲度。因甚天也悭春，轻阴便成雨。绿暗长亭，归梦趁风絮。
　　有情花影阑干，莺声门径，解留我、霎时凝伫。②

此为吴文英于"寒食节"游春所作，表达出作者思乡情绪，词中"寒食"不是
"主眼"，不当视为"寒食词"【祝英台近】。

　　"揉碎花笺"为宋戴复古之妻所做爱情怨词【祝英台近】，又名"怜薄
命"：

　　　惜多才，怜薄命，无计可留汝。揉碎花笺，忍写断肠句。道傍杨柳
　　依依，千丝万缕，抵不住、一分愁绪。

　　　如何诉。便教缘尽今生，此身已轻许。捉月盟言，不是梦中语。
　　后回君若重来，不相忘处，把杯酒、浇奴坟土。③

据说此词乃戴复古妻作于永别丈夫之际。元陶宗仪《南村辍耕录》载："戴
石屏先生复古未遇时，流寓江右，武宁有富家翁爱其才，以女妻之。居二三
年，忽欲作归计。妻问其故，告以曾娶。妻白之父，父怒。妻宛曲解释，尽
以奁具赠夫，仍饯以词云：……夫既别，遂赴水死。可谓贤烈也矣。"④深爱
丈夫的戴复古妻不知戴复古原有妻房，得知真相后，将所有妆奁赠夫并以

―――――――――――

①唐圭璋编《全宋词》，第 2251 页。

②同上，第 2899 页。

③同上，第 2310 页。

④（元）陶宗仪《南村辍耕录》卷之四"贤烈"，中华书局，1959 年，第 51—52 页。

身殉情。离世前写下这首绝命词。"怜薄命"表明其对命运的万般无奈，从"揉碎花笺，忍写断肠句"看，词人临死之际，展开复又揉碎花笺，痛苦无奈又不忍离世的心境一览无遗，故"揉碎花笺"实是揉碎了自己的一片爱心。"怜薄命"与"揉碎花笺"为扣人心弦之词句，词因此得名，其用韵方式与苏轼【祝英台近】一致。

要之，学者们囿于影响广泛之梁祝传说，不解苏轼【祝英台近】之"祝英台"内涵，误以为该词牌所见"近"字为"近词"之"近"。弄清【祝英台近】真相，亦便于对其诸多异称做出合理之诠释。

第四节 【祝英台近】本词格律

词与曲的结合通常存在两种情况：一是据成曲填新词，二是依新词谱新曲。词曲结合的基本要求不外乎两点：一是新词当易于唱演，二是新词唱来当中听。古代同一曲牌存在多种格律常见，因本词格律唯一，故词家曲家更注重本词之研究。

钱南扬曾关注【祝英台近】词曲，其《词曲中的祝英台牌名》提出："据《词律》，'近'字也是可有可无的，还有个别名叫'月底修箫'。这一个调子始自何人，现在无考，现在所见的以宋辛弃疾'宝钗分'一词为最早了。然而我们知道普通创作这个调子的人，用这个调子所填的最先的一阕，必然就以这个调子为题目的。现在辛氏的那首词和这调子毫无关系，所以他大概不是创作这个调子的人，然则这个调子始于辛氏之前了。"[1]钱南扬虽未提及何人首创【祝英台近】，但肯定本词内容当关联词调，故否定辛弃疾【祝英台近】为其本词。从出生年代看，苏轼早于辛弃疾103年，早于吴文英163年。苏轼既创【祝英台近】，辛弃疾"宝钗分"就不可能是最早的【祝英台近】。

既认定苏轼首创【祝英台近】本词，可据其词分律定出格律。然学界常见以他人【祝英台近】为范给出格律者。如明末清初万树辑《词律》以吴文英【祝英台近】为范，并在综合多家【祝英台近】作品基础上，给出其不同格律；清光绪版《新校正词律全书》（《校刊词律》）沿用《词律》之说。现代词学

① 钱南扬《梁祝戏剧辑存》，第295页。

大家龙榆生《唐宋词格律》,给出【祝英台近】格律如下:

定格

｜－－(句)－｜｜(句)－｜｜－｜(韵)＋｜－－(句)＋｜
｜－｜(韵)＋－＋｜－－(句)＋－＋｜(句)｜＋｜(豆)＋－－｜
(韵)

｜－｜(韵)＋＋－｜－－(句)＋－｜－｜(韵)＋｜－－(句)＋
＋｜－｜(韵)＋－＋｜－－(句)＋－＋｜(句)｜＋｜(豆)＋－－｜
(韵)①

例一

宝钗分,桃叶渡,烟柳暗南浦。怕上层楼,十日九风雨。断肠片片
飞红,都无人管,倩谁劝、流莺声住?

鬓边觑,试把花卜归期,才簪又重数。罗帐灯昏,哽咽梦中语:是
他春带愁来,春归何处? 却不解、带将愁去。

——辛弃疾(晚春)

例二

采幽香,巡古苑,竹冷翠微路。斗草溪根,沙印小莲步。自怜两鬓
清霜,一年寒食,又身在、云山深处。

昼闲度,因甚天也悭春,轻阴便成雨。绿暗长亭,归梦趁风絮。有
情花影阑干,莺声门径,解留我、霎时凝伫。

——吴文英(春日客龟溪游废园)②

龙榆生仅根据辛弃疾【祝英台近·晚春】(仄韵)与吴文英【祝英台近·春日
客龟溪游废园】(仄韵)格律规范相近,就订出【祝英台近】本词(曲)格律正
调,未免草率。稍作比较可见,其所订仄韵格【祝英台近】样式不仅与【祝英
台近】本词有异,且与大多【祝英台近】名作不同。

　　龙榆生之所以出错,一是不清楚苏轼【祝英台近】"挂轻帆"为【祝英
台近】本词(曲),或未将其作为本词来对待;二是未通透研究他人所作【祝英
台近】格律。

---

①龙榆生所订【祝英台近】定格,用"－"表平,以"｜"表仄,以"＋"表可平可仄。
②龙榆生编选《唐宋词格律》,上海古籍出版社,1978年,第100页。

顺便指出,讨论【祝英台近】格律,类似龙榆生不以苏轼本词【祝英台近】为范者,较为常见。如严建文《词牌释例》以辛弃疾【祝英台近】为范给出格律,奇怪的是,其书中既称"此调始见宋苏轼《东坡词》",不知为何不以苏轼【祝英台近】格律为范!事实上,从《全宋词》所录【祝英台近】名作看,与苏轼【祝英台近】本词格律相符者比比皆是。

为纠正词曲界常出现的失误,笔者参照苏轼【祝英台近】,给出其本词格律如下:

仄平平,平仄仄,平仄仄平仄(韵)。仄仄平平,平平平平仄(韵)。仄平仄仄平平,平平平仄,平仄仄、平平平仄(韵)。

仄平平(韵),平仄平仄平平,平仄仄平仄(韵)。仄仄平平,平仄平平仄(韵)。仄平仄仄平平,平平平仄,仄平仄、平平平仄(韵)。

苏轼首创【祝英台近】,后人模仿其词作大量创作,与本词相比,后人词作格律上出现不同变化,此于词曲创作中较为常见。

一般说来,本词内容与词牌多有联系。认定苏轼【祝英台近】为本词,不仅依据是词出现最早,更重要的是其内容与地名祝英台存在关联(他人所作【祝英台近】,内容均与地名祝英台无关)。

第五节 【祝英台近】无涉梁祝传说

近三百年中,学者们多认为【祝英台近】词牌来源与梁祝传说有关,然事实并非如此。

清毛先舒《填词名解》卷二解释【祝英台近】,言及其来由与《宁波府志》所载梁祝传说有关;清焦循《剧说》卷二云:"《录鬼簿》载白仁甫所作剧目有《祝英台死嫁梁山伯》,宋人词名亦有【祝英台近】"。[①]路工《梁祝故事说唱集》云:"宋代的词,有《祝英台近》的牌名,可见宋代已普遍传唱祝英台的歌了。"[②]严敦易《古典文学中的梁祝故事》称:"宋词中有《祝英台近》的词调,这便是宋代以前梁祝故事作品所遗留于歌曲与音乐方面的痕迹的

---

①(清)焦循《剧说》卷二,《诵芬室读曲丛刊》本,本卷第1页。
②路工编《梁祝故事说唱集》,上海古籍出版社,1985年,第6页。

最好的验证。"①豪雨《话说梁祝故事》谓:"我为什么说这个故事流传在民间至少已有六七百年呢? 因在南宋时代早就有了《祝英台近》或《祝英台》的词牌名称。"②徐秉令、李启涵《梁祝故事发源地的考察》提到:"自宋以后,首先在《东坡词》中出现了《祝英台近》的词牌名,就是以梁祝故事为基调的。"③

在【祝英台近】与梁祝故事关联并相关命题上,龙榆生观点较具代表性。其《唐宋词格律》论及【祝英台近】词牌,云:

> 又名《月底修箫谱》。始见《东坡乐府》,元高栻词入"越调",殆是唐宋以来民间流传歌曲。毛先舒《填词名解》卷二引《宁波府志》:"东晋,越有梁山伯、祝英台尝同学,祝先归,梁后访之,乃知祝为女,欲娶之,然祝已许马氏之子。梁忽忽成疾,后为鄞令,且死,遗言葬清道山下。明年,祝适马氏,过其地而风涛大作,舟不能进。祝乃造冢,哭之哀恸。其地忽裂,祝投而死之。今吴中有花蝴蝶,盖橘蠹所化,童儿亦呼梁山伯、祝英台云。"此调宛转凄抑,犹可想见旧曲遗音。七十七字,前片三仄韵,后片四仄韵。忌用入声部韵。④

龙榆生乃词曲研究大家,上述看法一直被视为【祝英台近】词牌之权威解释。不过,值得商榷之处颇多:

其一,【祝英台近】与【月底修箫谱】并非同一词(曲)牌的不同表现形式。【祝英台近】本词为苏轼所创,而【月底修箫谱】则指宋张辑按本词规则所填之词(可参见前论),将二者并作一论显然不妥。

其二,【祝英台近】本词既出苏轼,称【祝英台近】"殆是唐宋以来民间流传歌曲",明显有误。

其三,【祝英台近】来源与梁祝传说毫无关联,将两者人为附会,俨然失当。

其四,【祝英台近】原调已失传,称【祝英台近】调"宛转凄抑,犹可想见旧曲遗音",并不严谨。事实上,无论苏轼【祝英台近】"挂轻帆",抑或龙榆

---

①严敦易《古典文学中的梁祝故事》,《人民文学》1953年第12期。

②豪雨《话说梁祝故事》,《新民晚报》1953年1月30日。

③徐秉令、李启涵《梁祝故事发源地的考察》,见周静书主编《梁祝文化大观·学术论文卷》,中华书局,2000年,第334页。

④龙榆生编选《唐宋词格律》,第99—100页。

生列举吴文英、辛弃疾的【祝英台近】，其内容都不见得"宛转凄抑"，更何况还见宋人以此调填词为人祝祷或表情言志者。如洪咨夔【祝英台近】"为老人寿"：

> 脸长红，眉半白，老鹤饱风露。岁换星移，禄运又交午。须知命带将来，福推不去，稳做个、荣华彭祖。
>
> 记初度。谢他紫燕黄鹂，争先送好语。春满湖山，历历旧游处。管教柳外行厨，花边步履，长占断、好晴奇雨。①

再如吴泳【祝英台近】"春日感怀"：

> 小池塘，闲院落，薄薄见山影。杨柳风来，吹彻醉魂醒。有时低按秦筝，高歌水调，落花外、纷纷人境。
>
> 猛深省。但有竹屋三间，莲田二顷。便可休官，日对漏壶永。假饶是、红杏尚书，碧桃学士，买不得、朱颜芳景。②

从以上两首词（曲）内容看，【祝英台近】"为老人寿"满是赞誉之辞藻，【祝英台近】"春日感怀"抒发作者情怀，并未见得凄清沉郁。进而，倘【祝英台近】词调果真"宛转凄抑"，依此歌调填词祝寿想必遭人白眼。

其五，说仄韵格【祝英台近】前片一定三仄韵，后片一定四仄韵，那么，针对曲本中屡屡出现不同体式的【祝英台近】，该如何解释？

其六，称仄韵格【祝英台近】忌用入声部韵未必合理。元人周德清作《中原音韵》，从合律与便于演唱角度，将入声部分别归入平声、上声、去声，即无入声部之说。若用今人眼光看来，仄韵格【祝英台近】用入声部韵者俯拾即是。此处不再例举。

龙榆生出现如此多误判，原因在于：一是不明【祝英台近】之"近"本义；二是不知苏轼【祝英台近】为本词，片面以辛弃疾、吴文英【祝英台近】韵律为准绳，却未深入研读其他【祝英台近】格律。三是认定【祝英台近】来由与凄悲的梁祝传说牵关，因而草率判断【祝英台近】词调"宛转凄抑"。

小结：苏轼首创【祝英台近】，本将祝英台作地名理解，故【祝英台近】本

---

①唐圭璋编《全宋词》，第 2468 页。
②同上，第 2509 页。

词与梁祝传说无必然关联；认定【祝英台近】出现与祝英台（地名）有关，与"近词"无涉，不仅破解词曲学史上一宗古老"悬案"，还可对梁祝传说起源研究发挥纠偏作用。

附:【祝英台近】词(曲)牌考证思维导图

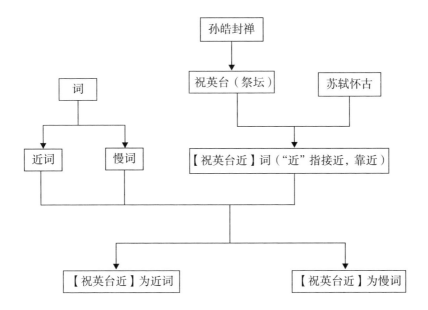

第六章　梁山伯考

考证出祝英台本地名而非人名后,进一步研究发现,梁山伯乃山神离墨山伯与梁王萧衍附会而出。揭示真相,如拨云见日,从此开启梁祝说起源研究之新门户。

第一节　梁山伯身份复杂

梁山伯乃梁祝传说中的主要人物之一,欲揭开其神秘面纱,可从传说起源时间、地点或梁山伯籍贯、身份等进行考证,这方面前人做了大量工作,但梁山伯是确有其人,还是传说中的人物,一直未有定论。

关于梁山伯身份,综合起来看,存在不同说法:

其一,书生(文人)。各类传说中,梁山伯多为书生,与女扮男妆的同窗祝英台敷演出动人的爱情故事。这类故事中,梁山伯大都呆头呆脑、形象单薄。如明传奇《同窗记·访友》、越剧《梁山伯与祝英台》、川剧《柳荫记》等。不过,也有例外。如清代宝卷及广东、福建等地流传的梁祝故事,出现梁山伯中状元等情节。

其二,能文能武的官员。浙江宁波等地,流传县令梁山伯开仓济百姓、治水及托梦退倭寇,阴兵助康王等故事。类似故事还见明朱孟震《浣水续谈》、徐树丕《识小录》等。四川流行的《柳荫记》,有文人梁山伯诛奸扶主,封定国王,总天下大元戎之情节;说唱文学中,还见文官梁山伯带兵打仗的故事,如清抄本鼓词《梁山伯祝英台还魂团圆记》、上海惜阴书局《三美图宝卷》等。

其三,神下凡为人。江苏、浙江、安徽、广西等地,流传梁祝本天上金童玉女下凡,以"三世姻缘"实现大团圆的传说。清代上海槐荫火房书庄刻本《梁山伯与祝英台全史》、鼓词《新刻梁山伯祝英台夫妇攻书还魂团圆记》、黄梅戏《下天台》及《三世缘》均叙述梁山伯乃天上金童,与同时下凡的玉女祝英台存在命定姻缘,闽剧《裙边蝶》与越剧《梁祝哀史》亦见类似情节。

其四,神与帝王。北宋李茂诚《义忠王庙记》称梁山伯"神讳处仁"①,今宁波梁山伯庙供奉的梁山伯,不仅是神,且称之"梁圣君"。

此外,清代连台本戏还常见梁山伯多种身份相融合之记录。

梁山伯如此复杂的身份,成为其真相研究之重重谜障。

第二节　梁山伯之特殊信息

梁祝传说传播的载体形式多样,各类题材透露出关于梁山伯的一些有价值信息。

一、梁山伯籍贯会稽、丹阳说

《义忠王庙记》称梁山伯"姓梁氏,会稽人也"②。江苏南京、无锡、镇江、常州等地流行的梁祝传说,多见梁山伯为丹阳人说。如清宜兴人潘允喆《长溪草堂文钞》追溯梁祝传说来源,提出梁山伯乃丹阳人,"按:祝氏女名英,行九,住国山下。幼时与丹阳梁山伯同塾读书,两小无猜,情好笃至"③。

二、梁山伯死后葬于胡桥

梁祝传说相关的民间故事、曲词、鼓曲、戏曲唱词,多见梁山伯葬于胡桥说。如清末鼓词《新刻梁山伯祝英台夫妇攻书还魂团圆记》写祝英台送别,既见"送兄送到下马台,便问哥哥梁秀才;哥哥若有长和短,胡桥镇上立坟台"④唱词,又见梁山伯临终对母亲之交待,"你儿如若身亡故,胡桥镇上立丘坟;一方青石坟前立,红黑二字写碑心"⑤。越剧《梁山伯与祝英台》,见梁山伯唱词"要是我有不测长和短,就在那胡桥镇上立坟碑"⑥。宜兴道

①(清)汪源泽修、(清)闻性道纂《(康熙)鄞县志》卷九"庙祠·西鄙·义忠王庙",清康熙二十五年(1686)刻本,本卷第60页。
②同上,第60页。
③(清)潘允喆《长溪草堂文钞》卷上"游碧鲜岩和石刻谷公词序",春晖堂藏板,清光绪丙戌(1886)重镌,本卷第18页。
④路工编《梁祝故事说唱集》,上海古籍出版社,1985年,第94页。
⑤同上,第97页。
⑥华东戏曲研究所编辑《梁山伯与祝英台》(越剧),新文艺出版社,1954年,第63页。

情(吴歌)《梁山伯与祝英台》,梁山伯临终悲吟"眼看我命不久长,胡桥镇上将我埋"①。

三、宜兴民间流传"养了伢伲了"故事

宜兴民间广泛流传"养了伢伲了"传说,讲述祝公远连生八女,只盼生个伢伲(儿子)传宗接代,得到"生男亦男、生女亦男"神示后,生下女儿祝英台,将其当作儿子来养,不仅无人怀疑祝英台身份,还有人说她是侠客,并非女人。"这个底细,只有家乡人才知道,祖祖辈辈,一直讲到今天。"本与梁山伯关联之祝英台,于故事中却以"假儿子""假男人"身份出现,被赋予"劈天盖地身仗义"等传奇色彩。②

四、鄮令梁山伯称梁圣君、神

宁波梁山伯庙主,与大多传说中的梁山伯形象相去甚远,其生前不过一介鄮令,死后却突然由贤良变成能征善战的英雄,头罩圣君(帝王)与神之光环。

五、梁山伯能祈得雨水

宁波梁山伯庙有清同治十三年(1874)所立《梁君庙碑记》,碑文记载庙主梁山伯能助祈雨水,当地民间广泛流传梁山伯庙祈雨灵验之故事。

六、梁山伯为梁时人

《(康熙)清水县志》云:"祝氏。讳英台,五代梁时人也。"③若称祝英台为五代梁时人,则梁山伯必为同时代人。

第三节　梁山伯真实性之质疑

各地至今多见梁山伯相关的遗物、遗迹,如梁山伯庙、梁祝墓、梁祝读

---

①宜兴市政协学习和文史委员会、宜兴市华夏梁祝文化研究会编《宜兴梁祝文化·史料与传说》,方志出版社,2003年,第354页。
②同上,第265、268页。
③(清)刘俊声修、(清)张桂芳、雍山鸣纂《(康熙)清水县志》卷之十一《人物纪》"贞烈",清康熙二十六年(1687)刻本,本卷第7页。

书处等,似乎告诉人们,梁山伯为真实存在的历史人物。既然女子祝英台纯属虚构,那么,梁山伯是否亦为虚构之人呢?

考虑到各地梁祝墓、祝英台读书处不止一处,而梁山伯庙唯见宁波一处,故笔者选择梁山伯庙为优先研究对象。

宁波方志载,梁山伯庙址附近有梁祝墓。据钱南扬调查,梁祝墓原在梁山伯庙"西隔壁","墓的位置,偏在墓园的东南隅,大概适当隔壁正殿的院子。墓作长圆形,上面东西横亘着一道凹下的痕迹,把墓分成南北两部","这大概是庙祝故神其事,根据了地裂的传说,有意装出来的。否则,陵谷尚有变迁,就便真有地裂之事,则在泥土上的痕迹也不能留存到这样久远"①。徐秉令、李启涵《梁祝故事发源地的考察》谓:"(梁山伯)庙的正屋为五开间,前后三大进。东面的屋里有一所小学校,叫做龙嘘小学。西面就是梁祝的坟墓了,坟碑上有条裂缝,人们传说这即是合缝的地方。""那就是别处的墓均是一墓一碑或双墓双碑;唯独这里的墓却是一墓双碑,称为'蝴蝶碑'。这两块石碑,一块直竖在墓后,上面写着:……英台义妇冢……。另一块横在墓前,上书'敕封梁圣君山伯之墓'。"②

有人认为,宁波梁祝墓已毁于 20 世纪,也有认为所毁仅坟墓主体之一部分。③

1997 年,浙江对宁波古鄞城西高桥镇"梁祝合葬墓"进行发掘,出土一单穴拱券顶砖室墓。有参与发掘者认为,墓的位置、规格和随葬器物与志

---

① 钱南扬《宁波梁祝庙墓现状》,《民俗周刊》第九三、九四、九五期合刊"祝英台故事专号",1930 年 2 月 12 日出版。

② 徐秉令、李启涵《梁祝故事发源地的考察》,见周静书主编《梁祝文化大观·学术论文卷》,中华书局,2000 年,第 338、339 页。

③ 白岩《梁山伯庙墓与风俗调查》谓:"关于宁波鄞西高桥邵家渡之'梁祝坟墓',实际上就是'梁山伯之墓',而且,很有可能就是真的。它不仅从《宁波府志》等史书的记载和大量的民间传说中可以考证,而且从高桥乡楼桂法保存的二块羽毛花纹汉砖(梁祝坟墓中的),也可以证实。汉、魏、晋三个朝代相距不远,东晋时代为梁山伯造墓使用汉砖是很自然的事。"(《民间文学论坛》1985 年第 4 期,第 94 页)徐秉令、李启涵《梁祝故事发源地的考察》提到:"而梁祝的墓则是在'文革'期间,当地办了砖窑厂取泥土时拆除的。在出土时,发现有不少汉代羽毛花纹砖,现尚存一部分。"(周静书主编《梁祝文化大观·学术论文卷》,中华书局,2000 年,第 339 页)周静书《论梁祝故事的发源》提出:"这座古墓在上个世纪 50 年代造粮仓时才被平毁,所幸的是当时只平毁了坟头上部,中下部墓穴被泥土填充,故无大的损毁。"(《宁波大学学报》[人文科学版] 2003 年第 2 期,第 33 页)

书记载的梁山伯鄞县县令身份和埋葬地相吻合,是可信的实物资料①。亦有学者依据方志所载梁祝墓信息、结合墓葬随葬器物简陋程度,判断墓主为下等官吏,"出身寒门",甚至认定该墓即梁祝两人同葬墓②。然考古既证实它为单人墓,同冢的祝英台又在何处? 据史料,此地梁祝墓当为"义妇"祝英台之墓,祝英台怎会变成男身了呢? 看来,该墓不仅并非梁祝墓穴,判定墓主为梁山伯之依据也明显不足。

若分析各地梁祝同葬墓与祝英台墓,则见奇怪现象:梁祝合葬墓与祝英台墓常见,而梁山伯墓葬几乎不会单独出现。

奇怪现象的背后必定掩饰着不为人知的真相! 事实上,因梁祝传说中核心人物祝英台并不存在,当然就不应当存在真正的祝英台墓与梁祝同葬墓;既然梁山伯墓不能离开祝英台墓而单独存在,那么,梁山伯墓之真实性就值得怀疑。进而,梁山伯之真实性也就值得怀疑!

第四节　梁山伯原型与萧衍关联

研究发现,梁山伯出现,源于民间传说的附会与虚构,其原型与梁武帝萧衍存有关联。

萧衍,字叔达,小字阿练、练儿,南兰陵郡人(今江苏丹阳市),出生于建康同夏里(今南京江宁),博通文史,为"竟陵八友"之一,齐中兴二年(502),接受萧宝融"禅权"建立梁朝,公元502—549年在位。

简单梳理萧衍经历与梁山伯事迹,可见二者关联之大量线索。

一、梁山伯籍贯、葬所与萧衍契合

今江苏丹阳有二,一为南京江宁区之丹阳(一作小丹阳),一为镇江之

---

① 参与发掘的钟祖霞《"梁祝"的原地考析》谓:"从随葬器物的简陋程度,可以判断出墓主人是位身出寒门的下等官吏,这与历史文献志书记载的梁山伯县令的身份相吻合,换句话说,这就是真正的梁山伯墓。"(钟祖霞《"梁祝"的原地考析》,《中国邮政报》2003年3月19日)

② 周静书《梁祝文化公园砖室墓发掘报告》(《浙东文化》1998年第1期,第73—76页)提出:"考古认为'墓主人是一位出身寒门的下品官员'。因此这与梁祝故事中'出身寒门'和'县令'身份是相符的。""再说遍查古籍,也没有发现梁祝墓周围有其他名人的墓道记载在这里,因此也不会混淆不清、张冠李戴。由此可见,墓主人无疑是梁山伯与祝英台。"(周静书《论梁祝故事的发源》,《宁波大学学报》[人文科学版]2003年第2期,第33页)

丹阳,后者为晚出。秦代,江宁丹阳曾为丹阳郡治所在地,梁武帝萧衍出生地秣陵(今南京)同夏里,古属会稽郡、丹阳郡。于此可见萧衍籍贯与梁山伯籍贯会稽说、丹阳说之关联。

公元316年,刘聪灭西晋,晋室被迫南迁,北方民众大批举家随族南渡,当时齐梁两朝皇帝的先祖落居于今江苏镇江的丹阳。丹阳山清水秀,风光宜人,自古为鱼米之乡。古代有“叶落归根”传统,故齐梁皇帝及其子孙、配偶死后多葬于丹阳。梁武帝葬所修陵,在今丹阳市胡桥镇山伯塘湾仙鹤坳南麓,胡桥约于北宋建隆元年(960)建镇,传因胡氏族建桥横泾港而得名;①梁武帝葬所相关的“山伯塘湾”“胡桥”地名,让人联想到传说中的梁山伯(死后葬胡桥)与梁武帝相关。

二、宜兴“养了伢伲了”传说关联萧衍

宜兴民间“养了伢伲了”神秘古老传说,听起来没头没脑,却包含诸多信息。宜兴方言中,“伢伲”即儿子,音同“阿练”,而萧衍小字“阿练”,故事不仅透露祝英台“非男人”亦“非女人”(可从祝英台本祭坛角度理解),还暗隐与“伢伲”祝英台相关的梁山伯,与萧衍(阿练)之关联。②

三、梁山伯称梁圣君、《义忠王庙记》之“梁王”,均与萧衍有关

宁波梁山伯庙称梁圣君庙,表明它与“梁”姓或国号为“梁”的皇帝有关。历史上,与“梁”有关的皇帝不多。萧衍称帝前封梁王,“受禅”称帝后建立梁朝,由是判断梁圣君与梁武帝萧衍关联;《义忠王庙记》所记“越有梁王祠”③,与萧衍曾封梁王史实相合。梁山伯庙旧见“扶伦植纪”“风节超然”“保境爱民”匾牌,匾文非一般人所能承受,却与梁武帝身份相合。

四、方志称祝英台为梁代人,牵关萧衍

甘肃《清水县志》称祝英台故事见于“五代梁”,考虑到甘肃古属雍州,

---

①(清)潘允喆《长溪草堂文钞》卷上“游碧藓岩和石刻谷公词序”,春晖堂藏板,清光绪丙戌(1886)重镌,本卷第18页。

②“养了伢伲了”传说,在宜兴民间见诸多版本,实质在讲述梁山伯出世并其与祝英台之传奇,故事于递传中渐已被异化。

③(清)汪源泽修,(清)闻性道纂《(康熙)鄞县志》卷九“庙祠·西鄙·义忠王庙”,本卷第61页。

萧衍曾任雍州刺史（治所非甘肃）并建立梁王朝，而民间传说常常出现附会，故判断"五代梁"时期之梁山伯，实关联六朝梁国之创立者萧衍。

五、梁山伯助祈雨水，与萧衍祈雨灵验存有渊源

梁天监二年（503），天下大旱，梁武帝在蒋山求雨不成，遣使赴义兴（宜兴）祈雨获得成功，而宁波民间流传梁山伯（梁圣君）能助祈雨水，至今梁山伯庙尚见《雨水经》留传；今宜兴民间流传的萧衍祈雨传说与梁山伯庙主能祈得雨水的传说亦见联系。

六、宁波曾为萧衍封地，梁山伯庙建立与萧衍相关

宋人《义忠王庙记》等文献，提到梁山伯为鄮令（鄮地最高长官）。南齐和帝时，鄮县为萧衍封地，朝廷下令在其封地建立过冢社，是可见萧衍与梁山伯庙之联系（可参见第七章《梁山伯庙考》）。

七、民间称梁武帝为梁圣君、梁山伯

梁武帝与佛教结缘，曾作佛经《梁王忏》（《慈悲道教忏法》），生前称"神僧"，在民间一度被当作神供奉。今苏州保圣寺现存罗汉九尊，其中一尊传为梁武帝塑像，当地民间至今见称其"梁圣君"或"梁山伯"者。

此外，《义忠王庙记》之梁山伯，其集文人、武将等于一体的特殊身份，亦与萧衍身世相符。

以上，通过对大量信息的研解，发现梁山伯身份均明显指向萧衍。其后研究发现，若认定梁山伯原型与萧衍关联，可对梁祝传说中诸多争论已久的现象作出解释，并由此揭开一系列谜团。

第五节　梁山伯之由来

民间故事、戏曲、歌谣、说唱等传唱梁祝故事，无一不将梁山伯、祝英台塑造成不可分开的形象；各地祝英台读书处、梁祝墓等梁祝遗址的存在，表明梁山伯与祝英台存在伴生关系。既然始见于宜兴的祝英台本地名，可尝试结合宜兴相关线索考察梁山伯与萧衍、梁山伯与祝英台、祝英台与萧衍之关联，从而探求萧衍与梁山伯附会之缘起。

一、梁山伯附会而出

《祝英台考》章节,笔者从祝英台不是人名而与台型建筑相关角度考探,发现祝英台本祭坛之名,并提及组成"祝英台"的三字俱有来历。研究"梁山伯"词素构成,发现亦蕴玄机:古人认为,山水皆由神掌管,水神称"河伯"、山神曰"山伯"(如泰山神称太[泰]山伯)。如此,从字面意思判断,梁山伯或与梁山之山神有关。

2012年,笔者发表《梁山伯考》文章(《江海学刊》2012年第4期),提出孙皓于宜兴行禅礼,其所祭山神称梁山伯,理由是:

其一,孙皓将行禅礼地之小山视作"梁父"。古代帝王封禅,常见"不刊梁山之石,无以显帝王之功"说(见《晋书》《五礼通考》等),即帝王封禅常在"梁山"刊石立铭。吴骞《囮碑歌》云:"由来在德不在禅,七十二主安可希。……国山既可作梁父,饕餮何必非垂衣。到头神语竟杳默,徒令山鬼相嘲讥。"[①]孙皓既将董山作梁父(梁山),则其所祭之山神便为梁山伯。

其二,离墨山之下分布许多溶洞,故其山堪称梁山。善卷洞位于离墨山下,长约800米,洞中流水四季不息,与地下暗河有关。明王鏊《善权洞歌》诗云:"石梁交贯空复空,人言此去路莫穷。东至搏桑西崆峒,我疑二洞俱仙踪。地下有路应潜通,前堂后宇相始终。"[②]"梁"字本义指河上之桥,引申为平面突起之物,如桥梁、屋梁、河梁等。离墨山溶洞及地下暗河的存在,使之成为名副其实的"梁山"。既然离墨山可作"梁山"看待,此山之神当作梁山伯。

以上判断局限性在于:其一,梁山伯名称与山神有关乃笔者假设命题,是否可靠,尚需更多具有说服力的材料证实;其二,离墨山可称"梁山"之理由牵强。

关于梁山伯与山神之关联,笔者曾联系祝英台来由,努力从宜兴方志或相关文献中寻找线索,然一无所获。虑及梁祝传说本身为一古老民间故事,不同类型的梁祝故事通常会传达出一些有价值的信息,于是转向关注宜兴民间流传的梁祝故事,终见线索。

---

① (清)吴骞《国山碑考》,商务印书馆据《拜经楼丛书》本排印,1936年,第41—42页。
② (明)刘广生修、(明)唐鹤征纂《(万历)重修常州府志》卷之十六,明万历四十六年(1618)刻本,本卷第47页。

宜兴民间故事《梁山伯出生》,讲述梁山伯出世与国山神有关。故事叙述家住国山梁家庄的梁天佑四十出头无子,妻子因遇"国山的山神显灵",生下"白白胖胖的儿子","这个儿子在母亲肚子里足足怀了十三个月","梁天佑根据妻子所见的预兆,给儿子取了个名字:梁山伯"①。故事透露梁山伯并非凡人(古代帝王出世前,常见孕期超十月者),其出世关涉国山神。

《祝英台考》章节,笔者考证提出,国山本指离墨山。如此,国山神便为离墨山伯。进而,民间传说中的梁山伯横空出世当与离墨山伯牵联。其后,再联系萧衍事迹考证,又见离墨山伯与祝英台间之干系。

离墨山又名离昧山、吕母山等,三者音谐。关于离昧山得名,一传与汉代项羽麾下将军钟离昧于是山学道有关;而吕母山得名,源出于孙权爱将吕蒙葬母于是山说,又云与吕洞宾葬母于是山有关。至于离墨山得名,有传其从离昧山、吕母山音谐而来者。

若从发音角度揣度,"离墨山伯"确实音谐"梁山伯"。不过,若称"梁山伯"称谓,乃从"离墨山伯"音谐而出,其中间还必定缺少促成其变身之"媒介"。深入研究发现,梁山伯附会而出,还与孙皓封禅建筑改为萧衍冢社旧事牵连。

古代封禅,必行山神大祭,祭祀之礼主要在明堂及周边举行:明堂中举行献祭、称颂山神等仪式,而周边常见瘗玉器于地下、投祭品入山谷或悬之于树(投、悬礼)、刻石立铭等。

研究表明,在肯定萧衍与梁山伯间存在附会前提下,唯一能将梁山伯出世与国山神(离墨山伯)串联之线索,便是"离墨山伯"庙改作萧衍祠庙这段历史。宜兴流传的《梁山伯出生》故事,提到梁天佑为生儿子,曾与妻子葛氏到"碧鲜庵"祈愿,葛氏有孕后,"为此,夫妻二人办了猪头三牲,到碧鲜庵烧香还愿"②,是皆出于二人认定国山神有灵。如此可见,民间确将"碧鲜庵"当作山神庙来看待。

《"碧鲜庵"考》章节,笔者指出,"碧鲜庵"本指碧藓岩,因"庵"有"庵堂"之义,后人将"碧鲜庵"理解成了女子祝英台读书的宅堂、读书处乃至庙庵。《祝英台考》《祝英台故址考》章节,笔者提到孙皓封禅所建祝英台与明堂

---

①宜兴市政协学习和文史委员会、宜兴市华夏梁祝文化研究会编《宜兴梁祝文化·史料与传说》,第 270、271 页。

②同上,第 270 页。

（祠庙建筑）位于碧藓岩前，可见，《梁山伯出生》故事所及之"碧鲜庵"，实指孙皓所建明堂（祠庙建筑），因其中曾举行祭祀山神仪式，民间不知明堂内涵，而视之为山神祠庙。至于山神祠庙被讹为女子祝英台读书地相关之"碧鲜庵"，乃受梁祝传说影响。反而言之，民间既将"碧鲜庵"视作山神祠庙，则可知孙皓所建立明堂，在当地确实被视为国山神庙（离墨山伯庙、山伯庙）。

检阅典籍不难发现，孙皓封禅建筑改为萧衍祠庙有迹可寻。齐和帝中兴二年（502）正月二十五，萧衍授相国封梁公[①]，朝廷下令在其受封郡县建立冢社（祭坛与祠庙）。宜兴当地本着旧物新用原则，将孙皓封禅之祝英台与久已废弃的明堂本体改成了萧衍冢社。"离墨山伯庙"（山伯庙）因此变身为"梁公祠"，其后极短时期内，萧衍再封梁王，其相关祠庙亦升格为"梁王祠"；萧衍称帝后，"梁王祠"改称"梁圣君庙"（通常，庙之地位高于祠）。关于梁山伯与萧衍的附会，宜兴改孙皓封禅建筑为萧衍冢社，可参见第七章《梁山伯庙考》、第八章《"祝英台故宅"并善权寺考》、第十章《梁祝同冢（义妇冢）、同学由来考》等，这里不作展开论述。

萧衍冢社建立后，原祠庙所供神主由"离墨山伯"（山伯）变为梁公（梁王、梁圣君），最终催生与"离墨山伯"谐音之"梁山伯"的出现，也即"梁山伯"乃"离墨山伯"与受封梁公（梁王）并其后建立梁朝的萧衍附会而出。看来，宜兴民间关于梁山伯出世与国山神（离墨山伯）关联传说，实为梁山伯附会而出的远古信息遗存，传达出即便孙皓封禅祠庙历史上多次改作它用，在当地，它被视为山神庙之说一直存在。

萧衍塑像列入其冢社之社（祠庙），可从其立于建康冢社之陈设得以佐实。唐许嵩《建康实录》记载："又《东都记》云：'秘书省内著作院后，有梁武帝及名臣沈约、范云、周兴嗣已下三公数十人铜像。初，梁武帝登极，乃立私宅为寺，寺内有此像。'"[②]文中立有萧衍塑像之"私宅"，实乃萧衍冢社之社（详见第八章《"祝英台故宅"并善权寺考》）；又，宋《景定建康志》记载："鹿苑寺，旧名法光寺，即梁萧帝寺也，在今城东南隅。考证：元屯田绛尝为

---

① 《梁书》云："今进授相国，改扬州刺史为牧，以豫州之梁郡历阳、南徐州之义兴、扬州之淮南宣城吴吴兴会稽新安东阳十郡，封公为梁公。锡兹白土，苴以白茅，爰定尔邦，用建冢社。"（《梁书》卷一·《本纪第一·武帝上》，中华书局，1973年，第20页）

② （唐）许嵩撰，张忱石点校《建康实录》，中华书局，1986年，第675页。

记。……殿有圣像,即山而成,追琢之功,极其精妙。案:《舆地志》不知从昔之名,但后人以帝氏目之。"①鹿苑寺一名光宅寺,本由萧衍"私宅"改来,其寺除见萧衍塑像外,寺内依山而成之"圣像",一度被后人视为梁武帝像。

萧衍封梁公事发生于公元 502 年正月,是可视为"梁山伯"出现之上限。

孙皓封禅之祝英台与明堂改作萧衍冢社,从后人考述祝英台本源中亦可察见端倪。如《祝英台考》章节提到,明徐于室、钮少雅追溯【祝英台】曲牌来源,云:"《唐谱》置有《台城志》,曰:'英台者,古之英豪歃血会盟之所。'""上闻之,爰命诸司重揥祠而祝之,名其曰祝氏宗台,遂命百官作英台序,以纪其事云。"②从中可见地名"祝英台""英台"之来由,与重大祭祀、"台城"及可称之"古之英豪"的帝王关联。虑及"台城"为齐梁旧都,由是判断,"英台"可能与堪称"古之英豪"的南朝宋、齐、梁、陈开国皇帝刘裕、萧道成、萧衍、陈霸先存有联系,而萧衍即位列其中。③

若再作更深考探,则发现萧衍与梁山伯的附会不是偶然:古时"山伯"可指得道高人,梁山伯之附会而出,还与萧衍传奇人生有关。

萧衍早年信奉道教,与人称"山中宰相"的陶弘景关系至善。时人认为陶弘景得道,尊为"嵩山伯"。据《谭宾录》《太平广记》《说郛》等记载,师承陶弘景的道士王知远亦得道,升仙后称"少室山伯","见仙格,以吾小时误损一童子吻,不得白日升天。今见召为少室山伯,将行在即"④。萧衍曾作《会三教传》,推出三教(儒、道、释)同源说,并将佛教推崇至最高位置。受他感召,"天下从风而化",出现信佛、事佛高潮,甚至连陶弘景也从其受戒佛事。陶弘景、王知远称"山伯",是否因嵩山(少室山属嵩山山脉)神庙供奉过以其形象为范的塑像(佛、道场所供奉塑像,以真人尤其以时任寺、院主持形象为范者,自古及今常见),由此得以让二人与嵩山伯附会,不得而知。不过,既然得道高人可称"山伯",那么,生前被尊"神僧",享"皇帝菩萨"之誉且受供于离墨山伯庙的梁王萧衍,得尊称"梁山伯",就不足为怪了。

---

① (宋)周应合纂《景定建康志》卷四十六《祠祀志三》"寺院",南京出版社,2009 年,第 1122 页。

② (明)徐于室辑、(明)钮少雅订《汇纂元谱南曲九宫正始》第七册,戏曲文献流通会,1936 年影印。

③ 据笔者初步研究,孙皓封禅建筑改作萧衍冢社之前,或曾改为刘裕、萧道成冢社(可参见第七章《梁山伯庙考》、第八章《"祝英台故宅"并善权寺考》)。

④ (唐)胡璩《谭宾录》卷一,清抄本,本卷第 1 页。

二、梁山伯晚于祝英台出现

祝英台本三国时孙皓封禅祭坛之名,而梁山伯之出现,不仅与孙皓封禅有关,更与萧衍受封梁公(梁王),抑或萧衍"受禅"建立梁朝等牵联。义兴的孙皓封禅建筑改为萧衍家社,表明"梁山伯"称谓出现伊始,就与地名祝英台难以分割。若就出现时期而论,"梁山伯"称谓之出现,明显晚于祝英台。

在梁山伯晚出于祝英台命题上,确见佐证。如论及梁山伯为何时代人,吕洪年《梁祝"黄泉夫妻"说小议》提到,"梁为南北朝人,祝更早","还有一个梁祝'阴配'传说,也盛行在浙东一带。其大意是这样:梁山伯在历史上确有其人,并且在任鄞县县令时,是个清官,爱民如子,曾给人民办了很多好事,例如兴修水利、治虫灭害、除暴安良、抵抗外侮等等,因此受到大家的爱戴和崇敬,在他死后,就出现了为之修坟建庙的事。可是梁山伯是个单身,人们按照自己的愿望,要给他配上一个夫人,这才找到了上虞祝家庄的贞节烈女祝英台与梁山伯'阴配',把祝英台的坟墓移来同梁山伯'合葬'。所以宁波鄞县的梁祝之墓,既有'英台义妇冢'之石碑,又有'敕封东晋义忠王公梁山伯之墓'的石碑","就其形态来说,它好像是一种'传说的传说'"[①]。若联系与梁山伯附会的萧衍为南北朝人,而更早出现的祭坛祝英台曾改作萧衍家社之冢,则知此民间故事来由有一定依据(可参见第十章《梁祝同冢(义妇冢)、同学由来考》)。

今流行之梁祝故事相比早期,面目已发生极大变化。从各地传说中,有时还偶见故事相关的真相仍以并不惹人注目的方式存留世间。梁祝"黄泉夫妻""阴配"这类传说,可视为梁祝文化遗存中祝英台早于梁山伯出现之古老印记:祝英台始见于公元 276 年,梁山伯附会而出不早于公元 502 年,前者出现至少早于后者 220 多年。

小结:民间传说中的梁山伯与萧衍存在关联;相比祭坛祝英台,由山神"离墨山伯"与梁王萧衍附会而出的"梁山伯"更晚才出现;考证出梁山伯由来,为揭示梁祝传说起源相关的更多真相创造了条件。

---

① 吕洪年《梁祝"黄泉夫妻"说小议》,《民间文艺季刊》1987 年第 2 期,第 149—160 页。

附：梁山伯考证思维导图

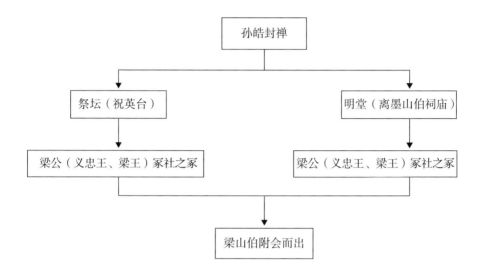

第七章　梁山伯庙考

梁山伯庙，又称义忠王庙、梁圣君庙等，长期以来一直被认作梁祝传说源于浙江的重要见证。考证表明，梁山伯庙前身为萧衍冢社之社，萧衍受封梁王前还封过义忠王，这段事实为史书阙载。义忠王庙始建于公元502年，而"梁山伯庙"名称来由，乃受萧衍与梁山伯附会之影响。弄清梁山伯庙来历，可对诸多匪夷所思的现象作出解释。

第一节　可疑的梁山伯庙

梁祝传说起源地论争中，浙江说无疑最具影响力。而浙江又见杭州、宁波与绍兴说等不同观点，以宁波说影响最大。至今，全国多地可见梁祝合葬墓、梁祝读书处等遗迹，而梁山伯庙独见于宁波。

1997年，宁波对传说中的"梁祝墓"进行考古发掘，发现它并非双人合葬墓穴。尽管发掘结果未尽人意，不过，实实在在的梁山伯庙、宋人所作《义忠王庙记》为梁山伯相关之较早记录，却是不争事实。

与江苏宜兴等地流传的梁祝传说多以祝英台为中心不同，浙江（尤其宁波）民间的传说多以梁山伯为主。梁祝传说起源地论争中，浙江说学者多据梁山伯庙与《义忠王庙记》文字，结合史料并梁祝遗迹的考证，认定传说源于本地。

北宋大观元年(1107)，类似梁山伯传记的李茂诚《义忠王庙记》成撰。为便于论述，录《庙记》如下：

> 神讳处仁，字山伯，姓梁氏，会稽人也。神母梦日贯怀，孕十二月，时东晋穆帝永和壬子三月一日，分瑞而生。幼聪慧有奇，长就学，笃好坟典。尝从明师过钱塘，道逢一子，容止端伟，负笈担簦。渡航相与坐而问曰："子为谁？"曰："姓祝名贞字信斋。"曰："奚自？"曰："上虞之乡。""奚适？"曰："师氏在迩。"从容与之讨论旨奥，怡然相得。神乃曰："家山相连，予不敏，攀鳞附翼，望不为异。"于是乐然同往。肄业三年，

祝思亲而先返。后二年，山伯亦归省。之上虞访信斋，举无识者。一叟笑曰："我知之矣，善属文者，其祝氏九娘英台乎?"踵门引见，诗酒而别。山伯怅然，始知其为女子也。退而慕其清白，告父母求姻，奈何已许鄞城廊头马氏，弗克。神喟然叹曰："生当封侯，死当庙食，区区何足论也。"后简文帝举贤良，郡以神应召，诏为鄞令。婴疾弗瘳，属侍人曰："鄞西清道源九陇墟为葬之地。"瞑目而殂。宁康癸酉八月十六日辰时也。郡人不日为之茔焉。又明年乙亥，暮春丙子，祝适马氏，乘流西来，波涛勃兴，舟航萦回莫进。骇问篙师，指曰："无他，乃山伯梁令之新冢，得非怪欤?"英台遂临冢奠，哀恸，地裂而埋璧焉。从者惊引其裾，风裂若云飞，至董溪西屿而坠之。马氏言官开椁，巨蛇护冢，不果。郡以事异闻于朝，丞相谢安奏请封义妇冢，勒石江左。至安帝丁酉秋，孙恩寇会稽及鄞，妖党弃碑于江。太尉刘裕讨之，神乃梦裕以助。夜果烽燧荧煌，兵甲隐见，贼遁入海。裕嘉奏闻，帝以神助显雄，褒封义忠神圣王，令有司立庙焉。越有梁王祠，西屿有前后二黄裙会稽庙。民间凡旱涝疫疠、商旅不测，祷之辄应。宋大观元年季春，诏集《九域图志》及《十道四蕃志》，事实可考。夫记者，纪也，以纪其传不朽云尔。为之词曰："生同师道，人正其伦。死同窆宎，天合其姻。神功于国，膏泽于民。谥义谥忠，以祀以禋。名辉不朽，日新又新。"①

同大多梁祝传说相比，《庙记》中处配角地位的祝英台形象苍白乏力:既无暗恋梁山伯并主动示爱情节，又不见因爱不成饮恨而死之结局;梁祝同冢源于地裂，与祝英台主动殉情无关。梁山伯对祝英台不见深情，求婚未果亦满不在乎，"生当封侯，死当庙食，区区何足论也"，充满士大夫腐朽味，与民间常见梁山伯形象相去甚远，弱化了民众对二人不能走到一起的遗憾。

众多梁祝传说中，梁山伯不过一介书生。《庙记》中的梁山伯不仅为官县令，还擅长作战并封义忠王，类似说法至今流传于浙江民间。如宁波流传梁山伯乃鄞县县令，六朝时孙恩作乱，朝廷平叛屡战不胜，带兵将军梦见打着"梁"字旗号的白袍将军将孙恩赶下海去，结果梦验，将军奏明皇上，封

---

① (清)汪源泽修、(清)闻性道纂《(康熙)鄞县志》卷九"庙祠·西鄙·义忠王庙"，清康熙二十五年(1686)刻本，本卷第60—61页。

县令梁山伯为义忠王,建造了梁圣君庙。这类故事还见明朱孟震《浣水续谈》、徐树丕《识小录》等。

此外,宁波等地还见梁县令开仓济百姓、治水,及梁山伯托梦助阵退倭寇、阴兵助康王等传说,故事中的梁山伯既备文武官员身份,又具神之光环。

相比较晚见于宜兴方志的梁祝故事,《义忠王庙记》内容庞杂,从中可见撰者对当时民间流传梁祝故事整理、藻绘、篡改之痕迹。结合宁波流传的民间传说及民国时期钱南扬对梁山伯庙的调查,发现《庙记》存在诸多令人费解处:梁山伯出生距李茂诚撰文七百余年,其精确生日与生辰八字从何而来? 东晋讲究门阀出身,并无科举,梁山伯如何平步青云任鄞令? 梁山伯不过一介县令,生前不见任何功绩,死后为何"以神功显雄"、助刘裕讨孙恩并列入庙堂受享? 庙主为何集义忠王与梁圣君于一身?《庙记》称梁山伯为神,神为何会与凡间女子同葬一处?《庙记》为何牵出梁王祠与会稽庙? 男权社会,梁祝合葬墓如何得称"义妇冢"?《庙记》重在宣扬梁山伯之义,梁山伯既为义忠王,其"忠"体现于何处? 梁山伯封王事,为何不见正史?

类似疑问还可提出许多。如此,不禁发问:梁山伯庙因何而建? 庙中所供梁山伯与梁祝传说中的梁山伯,究竟有何渊源?

第二节　梁山伯庙本萧衍祠庙

《梁山伯考》章节,笔者提出梁武帝与梁山伯存在附会。进一步研究发现,对梁山伯庙真相之考探,可为梁武帝与梁山伯间的附会提供更多证据。

萧衍戎马生涯,骁勇善战,曾为南齐王朝立下赫赫战功。南齐建武五年(498)七月,明帝萧鸾驾崩前,授萧衍持节都督雍、梁、南北秦四州、郢州之竟陵、司州之随郡诸军事,辅国将军,雍州刺史。齐东昏侯永元二年(500),萧衍攻讨萧宝卷,拥立南康王萧宝融称帝,是为齐和帝。齐和帝中兴元年(501),萧衍起兵围郢州,取江州,陷台城。当年十二月,东昏侯死,萧衍移居台城。平定建康后,宣德太后临朝。中兴二年(502)正月二十五,萧衍授相国封梁公。《梁书》云:"今进授相国,改扬州刺史为牧,以豫州之梁郡历阳、南徐州之义兴、扬州之淮南宣城吴吴兴会稽新安东阳十郡,封公为梁公,锡兹白土,苴以白茅,爰定尔邦,用建冢社。"①当年二月初九,萧衍再封梁王,《南史》云:"丙戌,诏进梁公爵为王,以豫州之南谯庐江、江州之寻阳、郢州之武昌西阳、南徐州之南琅邪南东海晋陵、扬州之临海永嘉十郡益梁国,并前为二十郡。其相国、扬州牧、骠骑大将军如故。"②其后,萧衍假借太后之名诛杀诸王,为其"受禅"称帝铺平道路。同年三月二十八,萧衍接受和帝"禅权",四月初八,正式在都城南郊祭告天地,建立梁朝。

齐和帝中兴年间,萧衍平定建康,掌握重兵。朝廷出于安抚萧衍需要,抑或萧衍为扩大影响,"挟天子而令诸侯",为登帝位造势,于是见朝廷为其建冢社事。"冢社"一词现已罕见,可简单理解为祭坛与祠庙。

古代天子为身份特殊或功高之人建立冢社为极高礼遇。《诗经·绵》云:"乃立冢土,戎丑攸行。"汉潘勖《册魏公九锡文》云:"锡君玄土,苴以白茅,爰契尔龟,用建冢社。"唐杨炯《浑天赋》云:"后宫掌于燕息,太子承于冢社。"西汉毛苌释"冢社"为"冢土,大社也","大社"又称"太社",即古代天子为群姓祈福报功而设祭祀土神、谷神之场所(王自为立社曰"王社")。为方便祭祀,所建冢社一般按"左宗庙、右社稷"方位布置。同时,祭坛用土有讲究,王社用五色土铺设于祭坛:东方青色、南方红色、西方白色、北方黑色、中央黄色;太社用土多按群姓所处方位由天子按色赐与,故冢社常称"冢土"。社之建立虽有规制,多见就地取材为之。

祠庙自古为祭祀类建筑。从种类看,供奉祖先的有家庙、宗祠等;供奉神灵的有山神庙、土地庙、城隍庙、龙王庙、财神庙、河伯庙等;供奉圣贤的有孔庙、关帝庙、武侯祠等。除神灵或逝者被供于庙堂外,生人也可列入祠庙受祭,此例由来已久并长期沿袭。如明山东滕县百姓纪念清官赵邦清,为其建立祠庙;明权阉魏忠贤亦建有生祠。

从历史沿革看,宁波春秋时属越国,秦属会稽郡。《南齐书》所及会稽郡含山阴、永兴、上虞、余姚、诸暨、剡、鄞、始宁、句章、鄮诸县③。今宁波辖域含当时鄞、鄮等地。④

①《梁书》卷一"本纪第一·武帝上",中华书局,1973年,第20页。
②《南史》卷六《梁本纪上第六》"武帝上",中华书局,1975年,第181页。
③《南齐书》卷十四《志第六·州郡上》,中华书局,1972年,第245页。
④义兴当时为萧衍封地,当地将孙皓封禅所建离墨山伯庙改作了梁公(梁王)祠,萧衍"禅位"称帝后,又见他赎祝英台产建善权寺事,此可作为宁波为萧衍建冢社之佐证(详见第八章《"祝英台故宅"并善权寺考》)。

齐和帝为萧衍在古鄮(鄞)县建立冢社之事,史传载之不详。若联系萧衍与梁山伯之附会,则于文献中可发掘出大量线索。如明刘仲达辑《刘氏鸿书》云:"丞相谢安请封为义妇,和帝时梁复显灵异,效劳于国,封为义忠,有司立庙于鄮云。"[1]清冯云鹏《扫红亭吟稿》云:"太傅谢安请封为义冢,和帝时梁复显灵异效绩,封为义忠,有司立庙于鄮。"[2]类似记载还见明陆容《菽园杂记》、陈耀文《天中记》、徐树丕《识小录》,清俞樾《茶香室丛钞》、邵金彪《祝英台小传》等。结合《义忠王庙记》看,这类记述多与义忠王庙(梁山伯庙)建立及祝英台墓(义妇冢)紧密相关。考证得知,义忠王庙实乃萧衍冢社之社(祠庙),而庙旁所谓祝英台墓(义妇冢),则为萧衍冢社之冢(可参见第十章《梁祝同冢(义妇冢)、同学由来考》)。

梁山伯庙前身为萧衍冢社之社,可从《义忠王庙记》中察出蛛丝马迹。如《庙记》中出现"越有梁王祠"记述,虽突兀且含糊(疑从他处移摘而来,可见撰者无法理清"义忠王庙"与"梁王祠"间的渊源),却表明梁王祠与义忠王庙之关联。进而,若联系萧衍受封梁王背景,则见梁王祠出现必与萧衍相关:萧衍冢社建设诏令虽下达于其封梁公之时,但短期内,萧衍再封梁王(关于义忠王与梁王之关联,后及),其冢社之社随之转称"梁王祠"。而梁王祠升格为梁圣君庙,显然源出于萧衍称帝。至于后来称之梁山伯庙,则受萧衍与梁山伯附会之影响。

关于梁王祠升格为梁圣君庙事,《庙记》未见任何线索。前文所引明刘仲达辑《刘氏鸿书》、清冯云鹏《扫红亭吟稿》均提到义忠王庙之建立与"梁复显灵异"有关,是与《庙记》之记述不符。若从萧衍经历角度思考,则知"梁复显灵异"实暗指萧衍称帝后,当地将梁王祠升格梁圣君庙事。也就是说,刘仲达、冯云鹏所谓"梁复显灵异"后,地方为之立义忠王庙之表述,实指地方将梁王祠升格梁圣君庙。

20世纪末,韩国发现《夹注名贤十抄诗》。注者考证唐人罗邺《蛱蝶》诗,引录一段梁祝说唱文字,后人为说唱作注,提到《十道志》载有"明州有

① (明)刘仲达辑《刘氏鸿书》卷之三十六《五伦部三》"夫妇(附逐妇)·梁山伯",明万历三十九年(1611)刘氏乐志斋刻本,本卷第5页。
② (清)冯云鹏《扫红亭吟稿》卷十一《古近体诗丁亥年》"题祝英台画扇二首·附辨",清道光十年(1830)写刻本,本卷第28页。

梁山伯冢"①信息。"明州"乃宁波古称,可见古代宁波确见"梁山伯冢"说。《义忠王庙记》出现"山伯梁令之新冢",实质即"梁山伯冢",再联系梁山伯与萧衍之渊源,则不难发现,梁山伯冢实质即萧衍家社之冢。

　　李茂诚《义忠王庙记》追溯庙史,出现"梁山伯"、"义忠王"、"义忠神圣王"、"梁王祠"、"(祝)英台"、"山伯梁令之新冢"(梁山伯冢)、"义妇冢"(与梁令新冢同为一冢)等信息,弄清梁山伯来由真相后,则见貌似荒诞不经的《庙记》,蕴含大量是庙来由的真实信息。不过,因由其他建筑改建而来的梁山伯庙前身复杂,《庙记》撰者为照应民间流传的梁祝故事,杂糅了许多材料,最终造成真伪莫辨。

　　义忠王庙建立初衷,本出乎彰表萧衍之"义"与"忠"。然从《庙记》内容看,文字突出强调庙主之"义"而非"忠",有其原因:"忠"乃中国古代道德规范之一,原指人内心中敬,后特指臣民对君主与国家应尽之道德义务。《庙记》乃宋人所撰,宋人重理,梁山伯既为圣君,位居万人之上,不言"忠"反与其身份相符。

　　关于义忠王庙,方志及宁波民间还见诸多怪异说法。立足于萧衍与梁山伯存在附会角度思考,则诸多疑问,大多可解。

　　清《(同治)鄞县志稿》云:"俗传以墓土置灶上,则虫蚁不生。""国朝李裕诗:'冢中有鸳鸯,冢外唤不起。女郎歌以怨,辄来双凤子。织素澄云丝,朱幡剪花尾。东风吹三月,春草香十里。长裾裹泥土,归弹壁鱼死。'"②可见,在当地,民间长期流传梁山伯墓土有祛虫辟邪之功能。

　　徐秉令、李启涵《梁祝故事发源地的考察》谓:"我们在鄞县高桥乡进行实地采风调查,发现梁祝故事在当地有着种种异传,在内容和情节等方面,与惯常流传的故事迥然不同。""这是一种口传梁县令为民治水的事迹。""从此以后,凡来梁山伯庙的人,都要到梁山伯墓上包点坟头土回去,放在自家的灶头上,说是能治百虫。""在当地,对梁山伯的敕封造庙还有这么一段传说:说是梁山伯在鄞县当县令时死了,坟墓就做在高桥邵家渡太平村的姚江边。这一年太平村周围虫灾旺发,稻苗都快要被啃光。族长王祖生来到梁山伯坟头,一看,觉得奇怪,周围是稻倒、草枯、树叶落,唯独梁山伯

---

① (高丽)释子山夹注,查屏球整理《夹注名贤十抄诗》,上海古籍出版社,2005年,第177页。
② (清)戴枚修、(清)徐时栋、董沛纂《(同治)鄞县志稿》卷六十五"冢墓·晋·梁山伯祝英台墓",清同治十三年(1874)稿本。

坟头是碧绿一片,仔细一瞧,坟头的草丛里没有一只害虫。王祖生就在坟前跪拜,说如果替小民除掉害虫,定要为你立庙塑身。说完脱下布衫,包起一堆坟头黄泥,到自家田里撒开。第二天,只见稻田里又抽出新叶,害虫不见了。王祖生告诉大家都跑去坟头挖泥,在稻田里撒上一把坟土,果然没有虫害,这一年太平村就丰收了。为纪念梁县令的功绩,当地就把原来坟旁的一个小庵拆掉,造了一间庙,这就是梁山伯庙的前殿。""至于建造后殿,却另有一个传说。说是过了好多年以后,有一年秋后,倭寇进犯宁波沿海,烧杀百姓。……为了感恩梁山伯,就奏明皇上,封梁山伯为'义忠王',还送匾额一块,上书'梁圣君庙',并建造起后殿。"[1]

白岩《梁山伯庙墓与风俗调查》称:"当地还有个风俗,人们往往在祭拜梁祝庙墓之后,特意取回一点墓地泥土,说是放在灶头上能防治蟑螂、蚂蚁等各种小虫。因此,每年一到春、秋两季庙会一过,庙墓前就出现一个大泥坑,人们称之为'庙池',这与《梁山伯托梦治虫》的传说有关。"[2]

莫高《浙江梁祝传说流变考察记》提到:"朝拜梁山伯庙墓的男女还要掬一把墓上的黄土回去,传说撒在住房内,可以保佑合家平安;撒在蚕房内,可以保佑蚕花利市;撒在青年夫妻床下,可以保佑夫妻和睦,白头到老。"[3]

通过对《义忠王庙记》及宁波流传的民间故事研究,发现上述材料中,隐含大量萧衍受封及梁山伯庙建立的残存信息:

其一,梁山伯坟土能治虫并带来吉运之旧俗有其凭依。从古至今,民众对坟墓多存讳忌,宁波百姓居然将梁山伯坟土置于灶头,或撒向田中防虫,表明此土不同寻常。若从梁山伯坟本萧衍冢社之冢(祭坛)角度揣思,则对这一习俗不难理解:祭坛乃圣洁之地,因冢土有所选择[4],它才被赋予灵异功能:这与旧时西湖雷峰塔砖常为百姓取走用于祛邪同理。

其二,"当地就把原来坟旁的一个小庵拆掉,造了一间庙,这就是梁山伯庙的前殿",折射出距梁山伯坟(萧衍冢社之冢)不远的梁山伯庙(萧衍冢

---

①徐秉令、李启涵《梁祝故事发源地的考察》,见周静书主编《梁祝文化大观·学术论文卷》,中华书局,2000年,第334、335、337页。

②白岩《梁山伯庙墓与风俗调查》,见周静书主编《梁祝文化大观·学术论文卷》,第302页。

③莫高《浙江梁祝传说流变考察记》,见周静书主编《梁祝文化大观·学术论文卷》,第353页。

④据《梁书》记载,"今进授相国,……封公为梁公。锡兹白土,苴以白茅,爰定尔邦,用建冢社"(《梁书》卷一《本纪第一·武帝上》),可知萧衍冢土选用白土。

社之社），曾经历改、扩建。

其三，梁山伯庙前后殿建立时间不同，亦表明是庙经过扩建，扩建工作或在萧衍称帝后；"上书'梁圣君庙'，并建造起后殿"，暗含萧衍称帝后，"梁圣君庙"称谓由来及是庙曾经扩建等信息。

其四，联系萧衍与梁山伯存在附会看，民间传说皇上封梁山伯为"义忠王"，实指齐和帝加封萧衍官爵事（后及）。

民间传说中，常见对存有蛛丝联系事物之附会与加工，堆砌、杂凑了许多素材的《义忠王庙记》亦是如此。李茂诚作《庙记》前，为将收集的诸多信息贯通，作了不少功课。据《庙记》可知，晋安帝司马德宗在位间，梁山伯曾于公元 399 年助刘裕讨孙恩，与萧衍南征北战立功相距约百年，足见两事必出附会。若再联系《庙记》称梁山伯为东晋人看，还见梁山伯庙前身与宋王朝建立者刘裕存有关联。

《庙记》述及梁山伯出生，见"神母梦日贯怀，孕十二月"，此说大有来历。古代帝王出世多见其母梦日贯怀或孕期超月之记述。因《庙记》作于北宋，可举记录宋代帝王出世之文献为据。如《宋史·太宗本纪》载宋太宗赵光义出世，曰："母曰昭宪皇后杜氏。初，后梦神人捧日以授，已而有娠，遂生帝于浚仪官舍。是夜，赤光上腾如火，闾巷闻有异香。"[1]关于宋真宗赵恒出世，《宋史·真宗本纪》谓："母曰元德皇后李氏。初，乾德五年，五星从镇星聚奎。明年正月，后梦以裾承日，有娠，十二月二日生于开封府第，赤光照室，左足指有文成'天'字。"[2]无论宋太宗、宋真宗，其出生俱见其母梦日入身而孕，梁山伯"神母梦日贯怀"与此经历类似；赵恒之母孕期为十二个月与梁山伯"孕十二月"而生亦相合。也即宋人所撰《庙记》，强调梁山伯出世之不平凡经历，乃为突出其帝王身份。

回顾《庙记》，还见梁山伯与萧衍附会的其他信息。如称梁山伯为"会稽人"，有其缘故：无论萧衍祖籍地丹阳，还是梁山伯附会而出之始出地义兴（宜兴），两地均旧属会稽郡；称梁山伯"幼聪慧有奇，长就学，笃好坟典"与萧衍生平相符；称梁山伯"诏为鄮令"，与古鄮地曾为萧衍封地有关；"山伯梁令之新冢"与齐和帝为萧衍在古鄮地新建冢社关联；梁山伯"褒封义忠

---

①《宋史》卷四《本纪第四》"太宗一"，中华书局，2000 年，第 37 页。
②《宋史》卷六《本纪第六》"真宗一"，第 69 页。

神圣王"及"越有梁王祠",与萧衍两次受封牵关。

《义忠王庙记》末见谏词:"生同师道,人正其伦。死同窀穸,天合其姻。神功于国,膏泽于民。谥义谥忠,以祀以禋。名辉不朽,日新又新。"词赞上半部写梁山伯与祝英台的天合姻缘,下半部赞誉梁山伯功绩。《庙记》明明赞称义忠王功绩,却破费诸多笔墨于梁祝爱情,表明梁祝传说在当时已具一定影响,以至李茂诚作《庙记》时竟无法回避。笔者判断,"死同窀穸,天合其姻"或摘抄于当时流行之梁祝文本,而"神功于国,膏泽于民。谥义谥忠,以祀以禋",似从齐和帝封萧衍为义忠王相关文书中化用而来("谥义谥忠"疑化用"曰义曰忠")。《庙记》称梁山伯为神,出于后人对与"膏泽"相连之"神功"二字之误解:"神功于国"本指萧衍为国立下高功,非指"梁山伯神"有功于国。

由此看来,梁山伯庙名来由,经历了梁公祠——义忠王祠——梁王祠——梁圣君庙——梁山伯庙之变化。

考证至此,不妨再作些更为深入的思考。历史上,刘裕、萧道成、萧衍等称帝前,均见朝廷下诏为其"用建冢社"之史实,对于这类冢社建立制度,文献言之不详,尤其对某人冢社建到何级行政单位并不明确。通过对梁山伯庙的考证,发现是庙位于古鄮县,而文献及民间传说中,鄞县存在梁山伯庙的说法也大量可见。虑及历史上古鄮县、鄞县区划常见交叠[①],故文献记载鄞县所立义忠王庙,或与古鄮县义忠王庙同指一处。

《义忠王庙记》提到,梁山伯曾为鄮令,死后葬于鄮地,其显灵助战事亦发生于鄮地,故旌表义忠王功绩之祠庙无疑立于古鄮地。从历史上看,古鄮地时属会稽郡,若从义忠王庙本朝廷旌表萧衍而建冢社之社角度研判,可知当时萧衍冢社建立范围,直至郡之属县一级。故当时会稽郡治在山阴县(今绍兴),其地理当也建有萧衍冢社。对今绍兴之梁祝文化遗存,若从其与萧衍关联角度考察其源头,极有可能会有新的发现。对杭州之梁祝文化遗址,亦可从此角度进行研究。

进而,既然南齐时萧衍冢社建至县级,萧衍与梁山伯间存在附会,针对全国多地存在的梁祝文化遗存,可尝试从其与萧衍冢社或萧衍关联角度,

---

①公元前 222 年,秦始置鄞、鄮、句章三县,唐武德八年(625),鄞、鄮、句章三县合并称鄮县,隶越州,五代梁开平三年(909),鄮县改为鄞县。

进行思路创新性的研究。

第三节　梁山伯庙建立时间

今人提到梁山伯庙立庙时间，多认为距今八百多年，亦有认为距今一千六百多年者。

北宋大观间，梁山伯庙作过整修。认为此庙有八百多年历史者，乃将重整该庙之时间当作了建庙时间。

齐和帝中兴二年(502)，为萧衍建冢社诏令下达，或因时间要求紧抑或地方为节约成本，各地所立祠庙多由其他建筑临时改建而来。初步研究发现，宁波梁山伯庙亦由其他建筑改建而来，而这段历史久已湮没了。据宋李茂诚《义忠王庙记》与明魏成忠《梁君庙碑记》，义忠王庙前身可溯至晋安帝时，"太尉刘裕讨之，神乃梦裕以助，夜果烽燧荧煌，兵甲隐见，贼遁入海。裕嘉奏闻，帝以神助显雄，褒封义忠神圣王，令有司立庙焉"[1]"义忠王庙一名梁圣君庙，县西十六里接待寺西，祀东晋鄞令梁山伯。安帝时，刘裕奏封义忠王，令有司立庙"(明万历间鄞县知县魏成忠撰《梁君庙碑记》)，若按两处记载，梁山伯庙前身建筑至今已历一千六百多年。

有宋一代，修谱、立庙之风盛行。宁波地方重整梁山伯庙并树碑立传，出于扩大地方知名度、宣扬礼教、维护社会秩序之需要。因不知萧衍与梁山伯间存在附会，作古好奇的宋人穿凿附会，称梁山伯为东晋人，才编造出"刘裕奏封义忠王，令有司立庙"的故事。

早期梁祝文化学者钱南扬曾对梁山伯庙建立时间等给予关注。其《宁波梁祝庙墓现状》谓："庙宇始建于何时无可考，《四明图经》引《十道四蕃志》，只说墓而不及庙，李茂诚《庙记》引《九域图记》及《十道四蕃志》，也只说事实可考，没有提到从前有否庙宇。据李氏《庙记》，先于此庙者，越有梁王祠，西屿有前后二黄裙会稽庙。而此庙在宋大观已经建造了，则无论如何总是事实，到现在有八百余年了，其间虽迭更兴替，然历朝的志乘记载不绝。现在的庙，据那个小碑知道是同治末年所重盖的，在民国十二年，又粉

---

①(清)汪源泽修，(清)闻性道纂《(康熙)鄞县志》卷九"庙祠·西鄙·义忠王庙"，本卷第60—61页。

饰过一次。"①钱南扬虽关注到《庙记》所及"梁王祠""黄裙会稽庙",惜未研究二者与梁山伯庙之关联。

结合前文考证,笔者判断:义忠王庙与梁王祠为同一建筑,梁王祠最早由黄裙会稽庙改建而来。至于黄裙会稽庙,其建立时间应更早,至少东晋时已存在。

古籍文献中,保留大量齐和帝时宁波建义忠王庙之信息。通过真相还原,可见齐和帝中兴二年(502)正月二十五,萧衍受封梁公,建祠庙之令下达(中兴二年正月二十五可视为梁公祠建立时间之上限),同年二月初九,萧衍受封梁王。因"义忠王"爵号高于"梁公"、低于"梁王",故若从义忠王祠得名角度判断,其立祠时间之上限,当在公元502年正月二十五之后、二月初九之前。

萧衍称帝后,义忠王祠更名为梁圣君庙,因义忠王祠在当地留下较深印记(笔者判断,立义忠王祠时,当地曾立碑为志,是于《庙记》中可见线索),并受梁圣君庙名影响,故宋人李茂诚为是庙作记时称《义忠王庙记》(后及)。

以上可见,梁山伯庙始建时间,实距今一千五百多年。当然,因梁山伯庙由其他建筑改建而来,若再往前追溯其本体建筑之修建年代,则更为久远。

第四节　梁山伯庙相关信息考探

针对梁山伯庙建立缘起与时间的考证,牵出一些疑问,有必要进行一番更为细致的考探。

一、萧衍曾封义忠王

萧衍封义忠王事不见于正史,若结合萧衍受封背景考证,可知真相。

溯及梁山伯庙历史,发现它与萧衍密切相关。关于梁山伯庙建立缘由,《义忠王庙记》明确记述:"褒封义忠神圣王,令有司立庙焉。"齐中兴二

---

① 钱南扬《宁波梁祝庙墓现状》,《民俗周刊》第九三、九四、九五期合刊"祝英台故事专号",1930年2月12日出版。

年(502),萧衍从受封梁公至再封梁王,间隔不过半月,短期内萧衍频频接受极高规格的晋封,非同寻常。

从古代爵位制度看,"王"地位高于"公","王"前字数越多地位相对越低。如"梁王"地位高于"义忠王",而"义忠王"位在梁公之上。萧衍封梁公之时,配九锡之礼,享人臣之极高礼遇,再封梁王时,享十二旒,建天子旌旗之仪。此时,萧衍距帝位仅一步之遥。

《义忠王庙记》既云梁山伯封义忠王(义忠神圣王),当有依据。考虑到义忠王庙即梁山伯庙、萧衍与梁山伯间存在附会,由此推断萧衍封梁公与梁王间还接受过"义忠王"封号:朝廷封萧衍为梁公、为建家社诏令发出前,萧衍影响如日中天,封其为梁王前先封义忠王,表明南齐当权者试图与萧衍作最后抗争,及至萧衍受封梁王,表明朝廷对其权势近乎失控。

萧衍受封义忠王事,正史未载,笔者考证可补之阙。

二、《庙记》为何强调庙主之义忠王身份

从梁山伯庙来由看,历史上出现过梁公祠、义忠王祠、梁王祠、梁圣君庙、梁山伯庙等名称,李茂诚所撰《庙记》为何偏偏称《义忠王庙记》呢?

齐和帝封萧衍梁公时,诏书中明确提出为其建立家社。不过,极短时间内,萧衍由梁公改封为级别更高的义忠王,梁公家社遂为义忠王家社取代。因后人不清楚梁山伯庙来由与萧衍相关,梁公祠名称渐渐消失,故李茂诚不可能撰《梁公祠记》。

那么,为何李茂诚所撰非《义忠王祠记》或《梁圣君祠记》,抑或《梁山伯祠记》呢?

事实上,"祠记"与"庙记"虽一字之差,却关乎梁山伯庙地位之变化。

古代从天子到百姓,均有祭祀祖先的传统,因地位不同,祭祀建筑规格上存在差别。《礼记·王制》云:"天子七庙,诸侯五庙,大夫三庙,士一庙,庶人祭于寝。"表明士也可纳入庙中供奉。不过,从后来礼制演进看,相比"祠","庙"级别一般更高。如帝王祭祖祠庙称"太庙",贤达、忠臣、烈士祭祀建筑多称"祠"。唐以后,有官爵者才能建家庙,普通家族则多称"家祠"。至于孔庙、关帝庙、岳王庙等祭祀建筑名称之出现,出于受供者皆受过高等级封号,或庙主已为民众视为圣贤或神。从梁山伯庙名称变化看,后人称其为庙,出于义忠王祠地位后来上升到圣君(帝王)庙高度,故李茂诚作《庙

记》而非《祠记》。

萧衍封义忠王不久，改封梁王。那么，为何"梁王祠"名称未见广泛留传，而义忠王庙、梁圣君庙、梁山伯庙名称却得以保留？笔者揣度，是与萧衍祠庙短期内频频更名及萧衍"受禅"称帝相关。

朝廷为萧衍建立梁公冢社诏令下达不久，又接到改建义忠王冢社旨令，对鄞地官员与百姓而言，是皆为突如其来之大事；因萧衍祠庙举行过"义忠王祠"上匾、开祠等仪式，或祠庙立有"义忠王祠（庙）碑记"之类碑刻，故"义忠王庙"较长时间存留于民众记忆①；萧衍封梁王后，"义忠王祠"升格为"梁王祠"，其后较短时间内，萧衍"受禅"称帝，梁王变身梁圣君，如此背景下，当地对原祠增修扩建，并改称梁王祠为梁圣君庙。至于梁山伯庙名出现，则受萧衍与梁山伯附会及梁祝传说流行之影响。

义忠王祠建立不久屡经更名，改朝换代后，真相渐渐泯灭。宋人作庙记时，根据文献资料及当地人残存记忆，将义忠王信息载入其中。随着岁月流逝，这段历史终于湮灭。

梁山伯庙昔有"梁圣君庙"匾牌，后一直沿用。截至李茂诚创作《庙记》，梁圣君庙名已经存在，为何他不称《义忠王庙记》为《梁圣君庙记》呢？笔者判断，由于梁祝故事的流传、庙主萧衍被附会成梁山伯，李茂诚不知梁山伯庙来由真相，无法或未敢将梁山伯与圣君（帝王）萧衍牵扯一处。

至于不称《义忠王庙记》为《梁山伯庙记》，道理则较为简单：梁山伯为人名，称其义忠王乃有意强调梁山伯封王之功绩。

进一步而言，《义忠王庙记》既称梁山伯封"义忠神圣王"，为何不称之《义忠神圣王庙记》呢？笔者判断：萧衍受封"义忠神圣王"可能性不大，"神圣"二字，为后人所加："义忠王"前之"神圣"二字，乃出乎民间，为强调庙主之君王地位。

三、梁山伯庙主能助祈雨水之来由

梁山伯治水及梁山伯庙事关求雨灵验佳话，至今在宁波广为流传。稍

---

① 《义忠王庙记》见与碑刻相关记载，"郡以事异闻于朝，丞相谢安奏请封义妇冢，勒石江左。至安帝丁酉秋，孙恩寇会稽及鄞，妖党弃碑于江"，考虑到萧衍与梁山伯之附会，笔者判断，"妖党"所弃之碑或关联萧衍封义忠王事迹（也不排除是碑与刘裕有关）。"弃碑"事发生后，记载义忠王庙或其前身信息的碑刻至李茂诚作庙记时已不为所见。

作考证,则知缘由。

清同治十三年(1874)三月,众堡于梁山伯庙立碑,碑文云:"天下事之相习而垂后者,必有人以开其基焉。后之人享其利而食其报者,可不追溯木本水源哉?本庙之有《雨水经》也,由来久矣。""每于仲秋初旬,在庙后殿虔诵祈祷。雨旸时若,合境平安。"①徐秉令、李启涵《梁祝故事发源地的考察》亦谓:"这是一种口传梁县令为民治水的事迹。"②梁山伯与雨水关联之传说,屡见于宁波、宜兴等地,究其来由,与梁武帝生前遣使赴宜兴祈雨灵验事相关。

史载,梁武帝在位间,天下大旱,他于钟山求雨未果后,赴宜兴求雨大获成功,今善卷洞附近有梁武帝祈雨之九斗坛遗址;若联系萧衍与梁山伯之附会最早见于宜兴,则见宁波与宜兴两地梁祝传说之渊源:梁山伯自宜兴附会而出,随着梁祝故事流传,逐渐影响到宁波等地。

古代,皇帝被认作真龙天子,笼罩神之光环。联系《义忠王庙记》中被神化的梁山伯看,江苏、浙江等地所见梁祝故事,从源头上讲,广有牵联。

对梁山伯庙主祈雨灵验传说之由来考证,可作为梁山伯与萧衍存在附会之佐证。

四、梁山伯庙与会稽庙关系

宋人李茂诚为义忠王庙作记,提到梁王祠与两座会稽庙,"帝以神助显雄,褒封义忠神圣王,令有司立庙焉。越有梁王祠,西屿有前后二黄裙会稽庙"③,必有其因。考虑到梁王祠前身为义忠王祠,而义忠王祠本由其他建筑改建而来,故初步判断,当地古会稽庙乃义忠王庙前身建筑。

《庙记》描述祝英台与梁山伯同冢,"英台遂临冢奠,哀恸,地裂而埋璧焉。从者惊引其裾,风裂若云飞,至董溪西屿而坠之"④,表明祝英台与西屿会稽庙存在联系。"黄裙会稽庙"之"黄裙",是否西屿古地名抑或与会稽庙中供奉的神道身着黄裙有关,已难搞清了。结合前文考证判断:梁山伯庙或由两座临近的会稽庙或其中一座改建而来,而梁山伯冢即位于其侧。

---

①钱南扬《梁山伯与祝英台的故事》,见钱南扬《梁祝戏剧辑存》,中华书局,2009 年,第 264 页。
②周静书主编《梁祝文化大观·学术论文卷》,第 334 页。
③(清)汪源泽修,(清)闻性道纂《(康熙)鄞县志》卷九"庙祠·西鄙·义忠王庙",本卷第 61 页。
④同上,本卷第 60 页。

清董沛、忻江明《四明清诗略》,收录清王家振《诣梁令祠归过会稽庙时方落成》诗云:"一夜西风特地凉,芦花摇曳稻花香。棠阴依旧思鄮令,栋宇从新谒夏王。神运不知谁主宰,会稽庙宋时亦祀梁山伯,今改祀禹王。江潮大似客奔忙。村氓里媪踵相错,输与闲鸥卧夕阳。"[1]从诗中"会稽庙宋时亦祀梁山伯"注说,可见宋时梁山伯庙与会稽庙之关联。会稽庙地名今仍存于宁波当地,距一河之隔之今宁波梁祝墓不过千米。而从宋以后会稽庙"今改祀禹王"判断,改祀禹王之会稽庙当为后人重建,其重建时间晚于梁山伯庙。

关于萧衍祠庙前身与会稽庙之渊源,还可进一步研究。

五、梁山伯庙前身为萧道成、刘裕冢社之社

按《义忠王庙记》记载,梁山伯去世后第二年,祝英台出嫁途中为风波所阻,听说当地有"山伯梁令之新冢"(梁山伯冢)便前往祭祀,此处,"山伯梁令之新冢"之"新"字不同寻常。

研读《义忠王庙记》并结合宁波地区流传的民间故事发现,梁山伯庙与萧道成经历及南朝宋王朝或存关联:梁山伯助太尉刘裕平叛,与萧道成助刘裕平太尉刘休范叛乱存在附会。

萧道成,字绍伯,东海郡兰陵县(今山东兰陵)人;宋顺帝禅位后,于建康(今南京)称帝,国号"齐",谥"高皇帝",庙号"太祖"。

南朝宋升明三年(479)三月,宋顺帝任命萧道成为相国,总领百官,称齐公,为其于所封十郡建立冢社。《南齐书》曰:"今进授相国,以青州之齐郡、徐州之梁郡、南徐州之兰陵鲁郡琅邪东海晋陵义兴、扬州之吴郡会稽,凡十郡,封公为齐公。锡兹玄土,苴以白茅,定尔邦家,用建冢社。"[2]萧道成任相国月余,朝廷又增封其十郡,原齐公冢社加封为齐王冢社。其后不久,萧道成"受禅"称帝。对于这段历史,《南史》谓:"四月癸酉,宋帝又诏进齐公为王,以豫州之南梁陈颍川陈留,南兖州之盱眙山阳秦广陵海陵南沛增王封为二十郡。使司空褚彦回奉策授玺绶,改立王社,余如故。丙戌,命齐王冕十有二旒,建天子旌旗,出警入跸,乘金根车,驾六马,备五时副车,

---

①(清)董沛、忻江明辑《四明清诗略·续稿》卷六,中华书局,1930年铅印本。
②《南齐书》卷一《本纪第一·高帝上》,第9页。

置旄头、云罕、乐舞八佾,设钟虡宫县,王世子为太子,王女、王孙爵命,一如旧仪。辛卯,宋帝以历数在齐,乃下诏禅位,是日逊于东邸。"[①]萧道成自受封齐公至称帝,历时一月有余。在帝位期间,他关心百姓疾苦,兴利除弊、减免赋役、安抚流民,提倡节俭、反对奢靡、禁止宗室封山占水并以身作则,久经战乱的社会生态得以大大改善。按萧道成治国之道,称帝后,其失去价值之冢社,不管建成与否,必遭废弃。

考虑到萧衍受封、"受禅"称帝经历,可谓萧道成称帝模式之翻版(宋帝为萧道成建冢社距齐帝为萧衍立冢社仅23年),故《义忠王庙记》称梁山伯墓(实为萧衍冢社之冢)为"梁令之新冢",实指新冢乃由旧冢改建而来,即古鄞县所建萧衍冢社前身为萧道成之冢社。进而,"梁令之新冢"说法出现,乃有意强调新冢乃由旧冢改造而来。

回溯梁山伯庙历史,《义忠王庙记》提到梁山伯助刘裕立军功事,表明梁山伯庙前身极有可能与刘裕相关,即梁山伯庙前身可追溯至刘裕祠庙(可参见第九章《马文才考》)。宋武帝刘裕,字德舆,小名寄奴,南朝宋开国皇帝。刘裕未称帝前,曾受封为宋公、宋王,朝廷为其建立冢社之史实,亦可谓萧道成、萧衍之前鉴。在宁波,民间流传梁山伯保驾南宋康王故事[②],康王指南宋高宗皇帝赵构,从南朝宋之刘裕,再到南宋之赵构,看似存在梁山伯与宋王朝帝王的附会,实质隐含梁山伯庙前身曾为刘裕祠庙之古老信息。

关于宁波梁山伯庙前身与刘裕祠庙关联事,因与主题关联不大,笔者不再赘考。

有必要指出的是,《梁山伯考》章节,笔者称梁山伯之附会而出,与义兴离墨山伯庙改作萧衍祠庙事关联(庙主由山神更替为梁王),而宁波梁山伯庙之历史,与义兴梁圣君庙之建立有一定相似经历,如此,在义兴,为何没有催生出宋山伯(前体为孙皓封禅祠庙改为南朝宋建立者刘裕之冢社)或齐山伯(前体为孙皓封禅祠庙本体改为南朝齐建立者萧道成之冢社)? 理

---

①《南史》卷四《齐本纪上第四》"高帝",第107页。

②白岩《梁山伯庙墓与风俗调查》谓:"再如《席草计》,叙述南宋时,金兵追赶康王到明州(今浙江宁波)西乡高桥一带。大将张俊领兵保驾,败退梁山伯庙。梁县令托梦指点张俊用'席草计'破敌,结果金军骑兵皆被地上满铺的席草滑倒大败而逃,这才保住了康王的姓命。"(周静书主编《梁祝文化大观·学术论文卷》,第304页)

由有三：其一，义兴当地是否曾将孙皓封禅建筑改为刘裕或萧道成冢社，古籍不见记载，方志与文献追溯义兴善权寺历史，称其"始于齐"，乃指南齐时义兴地方将孙皓封禅祠庙整修改为萧衍冢社，至于南朝宋时孙皓封禅建筑状态如何，则不见线索；其二，梁山伯之附会而出，还与善权寺（萧衍祠庙后改作善权寺，可参见第八章《祝英台故宅并善权寺考》）建立有关，该寺建立前后较长时期内，庙堂供奉主体一直为梁王萧衍；其三，孙皓封禅祠庙改为刘裕、萧道成冢社可能性确实存在，如明徐于室、纽少雅解释"祝英台"，将其与"台城"并"古之英豪"相联系，从中可管窥些许端倪，不过，即便如此，刘裕、萧道成冢社亦终为梁王萧衍冢社替代。如此看来，梁山伯之附会而出，有其历史特殊性。

今宁波梁圣君庙为国内唯一见存的梁山伯庙，考察义兴为萧衍建立冢社这段历史并推及更广，可知萧梁时期，不仅在今宁波与宜兴地域可见梁圣君庙，其庙于他地亦为多见。及至今日，远古梁圣君庙未及完全湮灭的遗迹，早已演化为今人所见之梁祝文化遗址。

第五节　祝英台缘何称浙江上虞人

祝英台最早见于江苏宜兴。然言及女子祝英台籍贯，最为流行的却是浙江上虞说。研究发现，从梁山伯与萧衍存在附会、梁武帝夫人石令嬴（阮修容）曾作为陪供列入梁山伯庙角度思考，可对祝英台籍贯浙江上虞说来由，作出解释。

一、梁山伯庙之特殊供奉方式

1930 年，钱南扬发表《宁波梁祝庙墓现状》，对其时梁祝庙作过描述：梁山伯庙共三进，一进为山门，大门匾额上写着梁圣君庙四字，中间是戏台，两旁空着；二进正殿供着梁山伯的泥塑偶像，东首供的是沙老元帅，西首暖阁供梁祝双人木像；三进为后殿，"中供梁山伯木像，小于人，东供祝英台木像，如人大小，西边也是祝氏的木像，大才如三四岁小儿，帐幔上却写着'送子殿'三字，这是求签问卜之处，兼可以求子了"[1]。

---

① 《民俗周刊》第九三、九四、九五期合刊"祝英台故事专号"。

　　梁山伯庙正殿梁山伯塑像东侧,所供非祝英台而是"沙老元帅"塑像,表明"沙老元帅"身份不同寻常(可参见第九章《马文才考》)。最让人难以接受的是后殿供奉,出现东大西小两尊祝英台木像,再从西边所供祝英台塑像得称"送子娘娘"判断,东西所供祝英台身份不统一。与后殿梁山伯陪供两尊女像明显不同的是,正殿西厢梁山伯神位仅陪供一尊女像。

　　梁山伯庙奇特的供奉方式,让人纳闷!

　　检阅梁山伯庙于方志中之记录,可知宋大观元年(1107)当地曾对旧有建筑作过整修,时李茂诚曾作《义忠王庙记》。至明嘉靖时,方志对此庙有记载:"义忠王庙。县西十六里接待亭西。祀东晋鄞令梁山伯。山伯故,有墓在焉。详遗事志。安帝时,孙恩寇鄞,太尉刘裕梦山伯效力,贼遁去。奏封义忠王,令有司立庙祀之。宋大观中知明州事李茂诚撰记。"①清《(雍正)宁波府志》谓:"梁山伯祝英台墓。县西十里接待寺后,有庙在焉。旧志称义妇冢。然英台尚未成妇。故改今名。"②《(乾隆)鄞县志》记载:"义忠王庙。县西一十六里接待亭西《成化志》。祀东晋鄞令梁山伯。安帝时,刘裕奏封义忠王,令有司立庙祀之《嘉靖志》。"③以上可见,直至清乾隆时期,方志并未见梁山伯庙遭毁记录。钱南扬考察的梁山伯庙经历清同治末年重修。一般来说,即便祠庙重修乃至重建,庙神供奉方式多会沿袭传统。由此判断,梁山伯庙之特殊供奉方式由来已久。进而,古代祠庙为神圣场所,故即便看似不合理的供奉方式,必定有缘故。

　　考证得知,梁山伯庙本萧衍祠庙,祝英台本无其人。若称梁圣君庙所供梁山伯原型为萧衍,则今庙中所供祝英台原型必另有其人。

　　通过对齐梁时期宗庙制度的研究,可以判断,梁圣君庙中所见女子,只可能为萧衍夫人,只不过她后来讹成了祝英台。

　　其后研究还发现,萧衍有两位夫人曾入供梁山伯庙。

　　萧衍结发妻子郗徽,高平郡金乡县(今山东济宁)人,出生显赫。其祖父为国子祭酒、东海王师郗绍,父亲郗烨为太子舍人,母亲为宋文帝刘义隆

①(明)张时彻撰,周希哲订《(嘉靖)宁波府志》卷十五《志十地》"坛庙",明嘉靖三十九年(1560)刻本,本卷第15页。
②(清)曹秉仁纂《(雍正)宁波府志》卷之三十四,清雍正十一年修乾隆六年(1741)补刊本,本卷第42页。
③(清)钱维乔修,(清)钱大昕纂《(乾隆)鄞县志》卷七"坛庙",清乾隆五十三年(1788)刻本,本卷第141页。

之女寻阳公主。南梁永元元年(499),郗氏病逝于官舍,终年32岁,时萧衍任辅国将军、雍州刺史。南齐和帝中兴二年(502),萧衍"受禅"登基,追谥郗徽为德皇后。古代对已逝者追加封号,会设法让其享受等同身份礼遇,如此前提下,郗徽得以位列梁圣君庙。若作更深追考,郗徽入供夫君祠庙,似还可溯至萧衍受封义忠王(梁王)之时。

相对来说,郗徽入庙进入陪供容易解释。那么,为何西侧会出现小于东侧之女子塑像,且东侧郗徽木像规模大于正中之梁山伯木像呢?

针对后殿东边所供女子木像规模大于西侧女子木像情状,若将后者原型理解为萧衍妃子石令嬴,疑问自然冰消云释。

郗徽逝后,萧衍再未立皇后。那么,石令嬴何以会供入萧衍祠庙呢?

石令嬴,又名阮修容,梁武帝妃,因受武帝宠爱而拜修容,赐姓阮氏,生子萧绎,即梁元帝。关于阮修容生平,萧绎《金楼子·后妃篇三》云:

> 梁宣修容本姓石,扬州会稽上虞人。……贤明之称,女师之德。言为闺门之则,行为椒兰之表。以升明元年丁巳六月十一日生。生而紫胞,朝请府君,以为灵异。年数岁能颂《三都赋》《五经旨归》,过目便解。同生弟妹各二人,为家之长。……天监元年选入,为露采女,赐姓阮氏,进位为修容。……常无蓄积,必行信舍。京师起梁安寺、上虞起等福寺,在荆州起禅林、祇洹等寺,浔阳治灵丘严庆等寺,前后营诸寺佛宝帐百余领。……大同九年大岁癸亥六月二日庚申,薨于江州之内寝。①

石令嬴出生时,胎胞呈紫色。其父认为女儿日后必贵,于是精心培养。及石令嬴初懂事,即为延师家教。传石令嬴四五岁时能诵《三都赋》《五经旨归》。石令嬴进位修容后,在京师(今南京)起过梁安寺、上虞起过等福寺,生前多有善举。阮修容死后,因身份特殊,迁葬京畿(建康)。《南史》《梁书》等载其"薨于江州内寝""归葬江宁县通望山"。

萧绎称帝(552—555年在位)后,追崇其已逝去九年的母亲为文宣太后,谥"宣",如此前提下,阮修容木像得以入奉萧衍祠庙。

弄清后殿西侧木像原型身份,可解释东西两侧女子塑像差别之由来:

①(梁)孝元帝《金楼子》卷第二"后妃篇三",清乾隆三十七年至道光三年长塘鲍氏刻《知不足斋丛书》本,本卷第2—6页。

德皇后郗徽为萧衍正妻,礼当供于后殿之东,而文宣太后生前仅为萧衍妃子,地位低于郗徽,且晚于郗徽入庙,故供于后殿之西;至于二人塑像见大小差别,不仅为区别身份,还另有其因(后及)。

作出如上判断,可消除西边所供塑像虽小却称"送子娘娘"之疑问:郗徽生前仅育有三女,而阮修容却育出了贵子。

进而,为何出现后殿梁山伯塑像比郗徽塑像小,而同一庙中见三尊梁山伯塑像、且陪供方式出现较大差异呢? 笔者判断,是与萧衍经历有关:

考虑到萧衍受封梁公再至义忠王、梁王间隔时间并不长,而当地为其建立冢社需一定时间,故在梁公祠尚未建成情况下,地方接到萧衍受封义忠王诏令,及至义忠王冢社之社改造完工,当地曾举行义忠王祠开祠仪式,时义忠王木像已入祠。及至萧衍封梁王,祠庙塑像虽依旧,不过其身份已变成梁王。

萧衍"受禅"称帝后,梁王变身为梁圣君,当地为其重新塑造了更大的木像。后郗徽追封皇后,其木像得入列庙堂(南朝宋王朝刘裕建立宗庙时曾打破"子昭孙穆不列妇人"之制,是制为南齐王朝袭取,故郗徽木像得以入庙),而原义忠王(梁王)木像被移至后殿主位(神灵塑像不会弃之)。

及至建康天子七庙建成,梁武帝始循依"子昭孙穆不列妇人"之传统,郗徽未得列于庙堂正位、梁圣君庙正殿郗徽木像因而移入后殿东侧。因郗徽木像与后塑梁圣君(梁武帝)木像出于同期,故见其规模大于后殿所供义忠王(梁王)木像。

相比郗徽,阮修容入庙时间晚了约五十年,她陪供于后殿西侧则合乎礼制。至于其木像更小,出于不适塑造规模大于后殿正位所供义忠王(梁王)木像之考虑。

梁山伯庙入供萧衍两位夫人,而正殿西侧出现梁山伯与一尊女子像,与入庙两位夫人身份不合。笔者判断,这两尊塑像出于北宋大观年间:重修梁圣君祠庙时,因庙主萧衍已与梁祝传说之梁山伯相附会,后人便在西侧暖阁新塑梁祝木像供奉。

齐梁之时,祠庙之内供置木像较为普遍。因祠庙建筑之神圣性,其中所供神灵塑像多能在较长期内保留原貌(历史上,虽见多次灭佛行动,但梁圣君庙因不属寺院,故未受影响)。至民国时期,梁山伯庙所供神像(多见木像)或为旧物。然为何钱南扬称正殿所供梁山伯为泥塑呢? 笔者判断:

庙主与梁山伯附会后,后人重修庙堂,对出现残损的原木质塑像外表,进行了外罩塑泥之改造,故被钱南扬误判为泥塑。

以上可见,历史上,梁圣君庙内塑像安置虽见多次变化,其供奉方式却存在沿袭。钱南扬考察时,对各塑像大小并供奉方式作出了详细记录,表明他也关注到了其中的蹊跷。

研究出阮修容曾入供梁圣君庙,可解释祝英台籍贯上虞说来由。

二、郗徽、阮修容身份之消逝

随着萧衍与梁山伯附会并梁祝故事的流传,梁圣君庙所立郗徽与阮修容塑像真实身份先后消逝。更晚消失身份的阮修容,被附会成了女子祝英台。

在宁波,梁山伯庙又称梁祝庙,出于庙内供奉人物以梁祝为主,与是庙关联之传说也以梁祝故事为主。若从这一层面观照,梁山伯庙中所供女子身份非祝英台莫属。

梁山伯庙所供萧衍夫人塑像,受萧衍讹为梁山伯影响,终被讹为祝英台。可是,庙中女子有两位,同时讹传为祝英台之可能性不大。合理解释是:郗徽与阮修容入供祠庙当初,对当地官方或有识之士而言,其身份是清晰的,然在民间,则就难说了。经历较长时间后,郗徽与阮修容仅见以萧衍两位夫人身份遗存,再后来,则见其仅以庙主夫人名义存在。也就是说,其中一人身份先行消失了。

郗徽为萧衍原配夫人,早于阮修容入庙,且供奉地位高于阮修容,按理说,其身份当晚于阮修容消失。然而,事实正好相反。

判定郗徽、阮修容身份消失之先后顺序,可执果索因,通过"排除法"进行考证。

文献记载,梁武帝梦见生性嫉妒的郗徽死后变作蟒蛇,为替她忏悔罪孽,于是集录佛经语句,成"忏法十卷",即俗称《梁王忏》之"慈悲道教忏"。大多梁祝故事中,传祝英台死后化作蝴蝶,由是判断,郗徽附会成祝英台的可能性不大。

古鄞县与上虞毗邻,古代同属一郡且两地区划常见融叠。从这点而言,对家乡行过善行的上虞人阮修容,无疑更易长久留存于当地人记忆。

三、祝英台籍贯上虞人说之由来

论及梁祝传说之祝英台籍贯，至今仍以上虞说最为流行。上虞女子祝英台，却离奇见于古鄮县祠庙，必定有其来历。若从阮修容被附会成祝英台角度理解，则真相自然明了。

祝英台籍贯上虞说，最早可见北宋李茂诚《义忠王庙记》。《庙记》谓："（梁山伯）尝从名师过钱塘，道逢一子，容止端伟，负笈担簦。渡航相与坐而问曰：'子为谁？'曰：'姓祝名贞字信斋。'曰：'奚自？'曰：'上虞之乡。'"①其后，受庙记及浙地梁祝故事影响，上虞说始为流行。如明徐树丕《识小录》"梁山伯"云："梁山伯、祝英台皆东晋人。梁家会稽，祝家上虞，同学于杭者三年，情好甚密。"②清末宜兴人邵金彪《祝英台小传》曰："祝英台，小字九娘，上虞富家女。"③是说还见宋王象之《舆地纪胜·庆元府》、明张时彻《（嘉靖）宁波府志》等。

从常理看，《义忠王庙记》当以记述梁山伯受封义忠王辉煌事迹为主，梁祝同学等事完全不必详述。同时，若从《庙记》所述梁祝生活时代看，当时上虞亦属会稽郡，称梁山伯为会稽人、祝英台为上虞人，而不称二人同为会稽人，耐人寻味！

《义忠王庙记》提到祝英台与"鄮城廊头马氏"存在婚约。梁山伯生前任鄮令，死后葬鄮地，而上虞人祝英台偏偏嫁至鄮县，如此表述，乃为祝英台出嫁途中经过梁山伯墓作铺垫。

在笔者看来，《庙记》撰者所以在梁祝事迹上积淀诸多笔墨，出于故事在当地已产生广泛影响，其有意强调祝英台上虞人籍贯，表明《庙记》成撰前，阮修容真实面目已不为人知，仅见其身出上虞等些许信息遗存。

《庙记》既称祝英台为上虞人，而早期列入梁圣君庙的萧衍夫人阮修容籍贯为上虞，那么，当地民间传说中祝英台籍贯讹出，必受阮修容籍贯之影响。也就是说，因阮修容籍贯上虞，祝英台才得以具备上虞人身份。

关于阮修容籍贯，还见不同说法。如梁元帝称其为扬州会稽上虞（上

①（清）汪源泽修，（清）闻性道纂《（康熙）鄞县志》卷九"庙祠·西鄙·义忠王庙"，本卷第60页。
②（明）徐树丕《识小录》卷之三"梁山伯"，《涵芬楼秘笈》景稿本，本卷第47页。
③（清）施惠、钱志澄修，（清）吴景墙等纂《（光绪）宜兴荆溪县新志》卷之九《古迹》"遗址考·碧鲜坛"，清光绪八年（1882）刻本，本卷第14页。

虞时属扬州)人,而《南史》《梁书》却将阮修容说成会稽余姚人。若从古代余姚与上虞毗邻且两地区划时见交叠、整合看,后说未必有误。

阮修容与女子祝英台附会,至今于浙地民间故事、风俗遗存中尚见痕迹。

白岩《宁波梁山伯庙墓与民间传说》,提到他采风搜集到宁波地区流传的清官侠女"阴配"类梁祝故事。"明朝末年,倭寇打来了。宁波知府领兵抵抗,吃了败仗。夜晚梦见一个知县打扮的人骑着马,领兵杀敌。马前有一红灯引路,上写一个'梁'字。第二天,倭寇就退了。后来,知府查阅县志,才知那个姓梁的知县是东晋时代的鄞县县官梁山伯。鄞县就是现在的鄞县。于是,知府就派人去西乡高桥邵家渡找到了梁山伯的坟墓,重新修造。还向朝廷为他请功,在墓旁建造了'义忠王庙'也就是'梁山伯庙'。没有夫人怎么办呢?就再去查找,这才找到了上虞祝家庄的贞节烈女祝英台与梁山伯阴配,把祝英台的坟墓移来同梁山伯合葬。起初是前后两个坟,后来变成了一个坟。这就是今天我们所看到的在坟前有一块竖着的石碑,上书'英台义妇冢'和在坟后有一块横着的长方形石碑,上书'敕封东晋义忠王梁公山伯之墓'的来历。"①故事可见,祝英台并非宁波人,为与梁山伯阴配成夫妻,才将其从上虞牵扯而入。从另一角度透视,故事还折射出上虞人祝英台,因与梁山伯关联,才有缘入供古鄞地梁山伯庙之"真相"。联系阮修容因追封皇后得以入供夫君庙堂看,"阴配"说可视为远古真相之异化信息遗存。若再作稍深考探,不难发现,阮修容塑像入庙之时,不仅萧衍早已不在人世,她也早已成为"阴间之鬼"。故阮修容(当地祝英台原型)入庙,才被当地不明事实的民众传为"阴配"。

大多梁祝传说中,祝英台与梁山伯并未完婚,更未见生子,而宁波当地却存在将祝英台当作"送子娘娘"祭拜的传统。倘从祝英台原型为阮修容角度揣度,则可作出合乎事理之解释:阮修容为梁元帝萧绎母亲,香客前往"送子殿"祭拜,乃祈求能像她一样生出尊贵的儿子。

宁波旧时,每年农历八月初至月半,当地妇女多赴梁山伯庙烧香祭拜,风俗来由传与祝英台回娘家探亲有关。祝英台本非真实存在人物,怎可能回娘家探亲呢?然从阮修容曾于某年八月半或之前回娘家省亲角度思量,

---

①白岩《宁波梁山伯庙墓与民间传说》,《民间文学论坛》1985 年第 4 期,第 93 页。

则豁然开朗:阮修容身份显贵,回家省亲具备一定排场,同时因给家乡带来福祉(如在家乡造佛寺),故在家乡留下极深印象。阮修容与祝英台附会后,祝英台探亲说因以渐成习俗。

过去,宁波地方还流行妇女以新绣弓鞋置于梁祝卧室,并以手触摸祝英台塑像之足习俗。关于此风俗由来,钱南扬《宁波梁祝庙墓现状》谓:"烧香妇女往往以新绣弓鞋置室中,这是从前盛行缠足时应有的现象。"[1]白岩《梁山伯庙墓与风俗调查》称:"因此每到农历八月初至月半,城中妇女去烧香的非常拥挤。前来烧香的妇女,还常以新绣弓鞋放置梁祝的卧室中,供英台穿着。许多妇女还手摸神足,说可以治足痛病,这些都是当年盛行缠足时的现象。"[2]古代缠足之风始于何时,存在争议,目前见南朝、唐代、五代说,偶见宋代等说。持南朝说者认为,缠足之风始于南齐东昏侯妻潘贵妃。《南史》确见东昏侯"凿金为莲花以帖地,令潘妃行其上"(《南史·齐东昏侯纪》)记载,然此为"步步生莲"之来由,非谓潘妃脚小,故是说牵强。"弓鞋"一作"宫鞋",或表明缠足之风最早始于宫中,后为民间妇女模仿。因祝英台与阮修容存在附会,故这一民俗似透露出缠足之风俗流行或与阮修容有关。真相如何,值得研究。

考证表明,梁祝传说源出于后人对宜兴"祝英台读书处"石刻之误解(可参见第十五章《梁祝传说起源时间考》)。阮修容本姓石,从小爱读书,看来她与祝英台存在"天生"奇缘!

小结:宁波的梁山伯庙本南齐时所立萧衍冢社之社;梁山伯原型即梁王萧衍;极为流行的祝英台籍贯上虞说,乃受梁山伯庙之与祝英台相附会之萧衍妻子阮修容籍贯影响而出。

---

[1]《民俗周刊》,第九三、九四、九五期合刊"祝英台故事专号"。
[2]周静书主编《梁祝文化大观·学术论文卷》,第302页。

附一:梁山伯庙考证思维导图

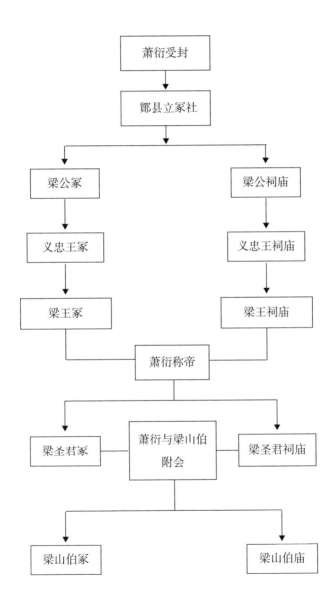

附二：祝英台上虞籍贯考证思维导图

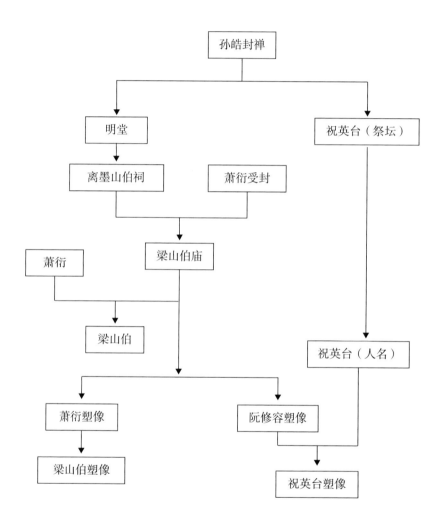

第八章 "祝英台故宅"并善权寺考

笔者考察梁祝故事起源,发现学界对"祝英台故宅"与善权寺来由认识多存在误识。考出真相,可纠正史籍之舛误,拓宽梁祝传说起源研究视野。

第一节 "祝英台故宅"无关女子祝英台

善权寺,一名善卷寺,为江南著名千年古刹。其周边见善卷洞、吴王封禅碑、梁武帝祈雨坛、祝英台读书处及碧鲜庵等多处古迹。善权寺兴盛时期,规模宏伟、香火旺盛。千百年来,该寺磨难重重、屡经毁兴,最后一次劫难发生于1938年(寺遭日军焚毁)。20世纪90年代重建之善权寺,规模比诸兴盛期,不可同日而语。

关于善权寺由来,文献多提到它始建于"祝英台故宅"。如《咸淳毗陵志》云:"广教禅院。在善卷山。齐建元二年以祝英台故宅建。"①宋时,古善权寺称广教禅院;"齐建元二年"即公元480年,按志书记载,当时已见"祝英台故宅"。

善卷洞为江南名胜,传其洞两千多年前已被发现。明陆应旸辑、清蔡方炳增订地理著作《广舆记》谓:"善卷洞。国山东南,即祝英台故宅也。周幽王时,洞忽自开,宽广可坐千人。"②权威地理著作介绍善卷洞,竟提到"祝英台故宅",表明它必为当地知名建筑。

更早文献言及善权寺由来,称其与"祝英台产"相关。如唐李蠙于咸通十三年(872)《题善权寺石壁》诗序曰:"常州离墨山善权寺始自齐。武帝赎祝英台产之所建。至会昌以例毁废。"③文字记述善权寺始于南齐,本武帝

---

① (宋)史能之等《咸淳毗陵志》卷第二十五"仙释·寺院·宜兴",中华书局,1990年影印《宋元方志丛刊》,第3186页。
② (明)陆应旸辑,(清)蔡方炳增订《广舆记》卷之三《江南》"常州府",清康熙二十五年(1686)吴郡宝翰楼刊本,本卷第37页。
③ (明)方策辑《善权寺古今文录》卷六"唐诗",清嘉庆九年(1804)抄本。

赎"祝英台产"而建。据方志可知,以上文字曾铭刻于古善权寺后之"碧藓岩"。

"祝英台产"又称"英台旧产"。如《咸淳毗陵志》云:"然考寺记谓齐。武帝赎英台旧产建。"[①]联系上文,可见"祝英台产"与"英台旧产"表义相同。

以上表明,"祝英台产""英台旧产"与"祝英台故宅",均牵关善权寺前身。然长期以来,前者一直被视为女子祝英台故居。如董其昌《祝英台宅》诗前注曰:"英台故居,在善权山。左有唐李蟆云齐高帝赎以为寺。"[②]今重建之善权寺附近,多见祝英台相关之旧迹。

大多梁祝传说,均演绎女子祝英台外出读书,死后与同学梁山伯同穴而葬之故事,然宜兴善权洞附近集中祝陵(传为祝英台葬所)、祝英台读书处、祝英台故宅等地名,确实难以解释。

善权寺既建于"祝英台故宅",表明建此寺前,其地早见祝英台相关建筑。如此,可联系祝英台本源探究"祝英台故宅"之内涵。

《祝英台考》章节,笔者提出,祝英台本祭坛之名。田野调查中,笔者已寻获祝英台故址方位。故"祝英台故宅"只能理解为祝英台相关之人工建筑,而非女子祝英台故居。

方志记载古善权寺始建于"祝英台故宅",而今善权寺传于原址重建,如此判断,"祝英台故宅"大致在今重建之善权寺区域。

第二节　"祝英台故宅"改作他用等

研究发现,因文献对孙皓封禅义兴(宜兴)史实载之不详并受梁祝故事等影响,最终造成后人对"祝英台故宅"内涵理解之偏误。

古代帝王封禅前,须建立祭坛、明堂等祭祀建筑。对孙皓封禅所立祭坛祝英台,前文已作考证。若翻检旧制,可知孙皓封禅必立明堂。

"明堂"一词最早见《逸周书》,传周公为明诸侯尊卑,始建明堂于洛邑,而《考工记》则记载西周明堂从夏商沿袭而来。至于西周或之前明堂形制,则未见记录。公元前 219 年,秦始皇封禅泰山前曾筑明堂,不过,其形制亦

---

① (宋)史能之等《咸淳毗陵志》卷第二十七"古迹·宜兴",第 3196 页。
② (明)董其昌著,(明)孙庭辑《容台诗集》卷二《五言律诗》"祝英台宅",明崇祯三年(1630)董庭刻本,本卷第 21 页。

不见文献。

较为具体的明堂形制始见于西汉。《史记·封禅书第六》记载汉武帝封禅所建明堂，"上欲治明堂奉高旁，未晓其制度。济南人公玉带上黄帝时明堂图。明堂图中有一殿，四面无壁，以茅盖，通水，圜宫垣为复道，上有楼，从西南入，命曰'昆仑'，天子从之入，以拜祠上帝焉。"[1]又，《汉书·地理志》云："奉高，有明堂，在西南四里。武帝元封二年造。"[2]"奉高"为古县名，治所位于今山东泰安市以东。按《史记》记载，西汉明堂为临水建成、四面通透、带有茅草顶的木制杆栏式建筑，核心建筑外还见类似皇宫的围墙。由于主体建筑并不牢靠，东汉以后，明堂终为祠庙类建筑替代，并一直延续至明清。

明徐于室、钮少雅《汇纂元谱南曲九宫正始》解释【祝英台】词（曲）由来，谓："英台者，古之英豪歃血会盟之所，在汉都之北。旷野之中，麓处有巨石如台。松苍怪石，如城郭之围。"[3]文字所及"英台"周边特征，与汉明堂建筑及今宜兴古祝英台周边环境基本相符，而"麓处有巨石如台"，与古善权寺后"碧藓岩"地貌几乎一致。若将此处"英台"与孙皓封禅所建祭坛祝英台相联系，可大致判断，孙皓封禅建筑布局及营建方式，系从旧制沿袭而来。

封禅为古代最为隆重典仪之一，其场地选择极为考究。孙皓选择于今善权寺附近行封禅大礼，不仅出于吴"自立大石"与"石室"大瑞均位于善卷洞附近，还在于善卷洞后洞口区域处于离墨山支脉之青龙山半山腰临水平地处，符合高等级祭祀场地要求。

从孙皓封禅必一定程度循守旧制视角判断，当时善卷洞后口附近明堂建筑中，曾举行祭祀山神之仪式。

卷洞后口附近的祭坛祝英台区域，古属偏僻之地，常见野兽出没。始建于"祝英台故宅"的善权寺既于南齐时已出现，表明"祝英台故宅"历史更为久远。查阅史料，未见"祝英台故宅"之前，当地存在任何重要建筑。再从"祝英台故宅"与祝英台紧密相关角度思考，则可判断："祝英台故宅"前身，必为孙皓封禅所立祠庙建筑——明堂。

---

①《史记》卷二十八《封禅书第六》，中华书局，1982年第2版，第1401页。

②《汉书》卷二十八上《地理志第八上》，中华书局，1962年，第1581页。

③（明）徐于室辑，（明）钮少雅订《汇纂元谱南曲九宫正始》第七册，戏曲文献流通会，1936年影印。

孙皓封禅后，明堂建筑一度废弃。其后若干年，"祝英台故宅"功能发生了变化。关于这段旧事，正史及方志虽不见记录，却可从笔者对宁波梁山伯庙变迁史之考证成果中得以明示。

从地理位置看，宁波相距宜兴约三百公里。调查可知，两地流传的梁祝故事及相关社会习俗存有渊源。如宜兴有传为女子祝英台墓之祝陵、祠庙建筑"祝英台故宅"，宁波有传为梁山伯墓之"山伯梁令之新冢"（义妇冢）、祠庙建筑梁山伯庙。梁祝起源地论争中，两地最具影响，非出偶然。

《梁山伯庙考》章节提出，今宁波梁山伯庙前身为萧衍冢社之社（萧衍祠庙）。从《梁书》等所载事迹看，萧衍封梁公时，其冢社建立范围涉及天下十郡，及其再封梁王，范围扩大至二十郡。萧衍"受禅"称帝后，各地梁王祠自然变身为梁圣君庙。义兴郡当时既为萧衍封地，无疑立过萧衍冢社。

古代祭祀类建筑改作新用之情形大量存在。南北朝时，社会动荡，民生凋敝，义兴其时是否从省时、减负角度考量，将孙皓封禅之遗存祠庙建筑、祭坛，改作形式与功能接近之萧衍冢社，几乎不见于文献，然结合宁波、宜兴两地梁祝传说渊源、笔者对祝英台、梁山伯、梁山伯庙等考证认知，可还原这段久已湮灭的历史。

《梁山伯庙考》章节，笔者考证认定梁山伯庙本古鄮县所立萧衍冢社之社，而当地为萧衍立冢社事，可作为义兴改孙皓封禅建筑为萧衍冢社之佐证，理由有三：

其一，宁波"义妇冢"与义兴祝英台（地名）存在关联。

"义妇冢"最早见于宁波相关文献。宋李茂诚《义忠王庙记》、张津《（乾道）四明图经》、王象之《舆地纪胜》，明李贤、彭时等《明一统志》、张时彻《（嘉靖）宁波府志》等文献，言及宁波"义妇冢"，多认定它乃女子祝英台之墓冢。明明是梁祝同葬墓，却称"义妇冢"，显然不合情理。

在宜兴，清以前文献提及当地祝英台墓，多称"祝陵"而绝不言"义妇冢"。民间传说梁祝同冢，二人同葬墓却称"祝陵"，难免让人迷惑。

祝英台最早见于义兴，宁波"义妇冢"既为祝英台墓，无疑受义兴之祝英台由地名讹为人名影响；在宁波，"义妇冢"无疑即"梁山伯冢"，后者既由萧衍冢社之冢讹出、而梁山伯之讹出最早见于义兴，再结合义兴同期曾建萧衍冢社之史实，则不难推知：义兴必将祭坛祝英台改作了萧衍冢社之冢。

其二，宁波"梁山伯冢"说来源与义兴相关。

古高丽国《夹注名贤十抄诗》"梁山伯祝英台传"夹注,提到《十道志》记载"明州有梁山伯冢",其后见注曰:"义妇、竺英台同冢。"①将两注联系一起看,当理解为"义妇竺(祝)英台冢"与"梁山伯冢"同为一冢。

按《义忠王庙记》记载,梁山伯逝后第二年,祝英台出嫁时行船遇阻,听闻附近有"山伯梁令之新冢",便去祭祀,此时出现地裂,将祝英台与梁山伯埋作一处。此后,"郡以事异闻于朝,丞相谢安奏请封义妇冢"②。由此可见,鄞县先于"义妇冢"出现之"山伯梁令之新冢",即"梁山伯冢"。

宜兴长期流传梁山伯与祝英台同冢传说,既然祝英台为外观似冢的祭坛,那么,从"梁山伯冢"与祭坛祝英台同冢、梁山伯与萧衍存在附会角度思考,不难得出萧衍必与祝英台(祭坛)存有关联之结论。

在古鄞县,"山伯梁令之新冢""梁山伯冢""义妇冢"无疑与祝英台墓冢皆同一所指,若联系萧衍与梁山伯的附会最早见于义兴,则知鄞县之"梁山伯冢"称谓来源必与义兴有关。进而,义兴之祭坛祝英台必然出现过"梁山伯冢"称谓。

义兴之祭坛祝英台既曾改为"梁山伯冢"(萧衍冢社之冢),则其附近前身为明堂的祠庙必改作了萧衍冢社之社(祠庙)③。如此,可将义兴之萧衍冢社,锁定为孙皓封禅所建祭坛祝英台与明堂本体建筑。

其三,萧衍祠庙与梁祝传说存在伴生关系。

善权寺由"祝英台故宅"改建而来,与梁武帝有关;梁山伯庙由古鄞地祠庙改建而成,亦与梁武帝有关,如此表明萧衍祠庙与梁祝传说存在伴生关系。即鄞地立萧衍冢社与义兴为萧衍立冢社,可为互证。

以上,通过对《义忠王庙记》研读,揭开一段尘封往事同时,又带出新疑问:既然义兴之萧衍祠庙前身本由封禅祠庙建筑改建,为何后人多称善卷寺建于"祝英台故宅""祝英台产""英台旧产"等,而不称它建于孙皓封禅之明堂,抑或不称之由梁公(义忠王、梁王)祠、梁圣君庙改建而来呢?

从笔者所作考证看,孙皓所建祭祀建筑改作萧衍冢社前,还曾被改建

---

① (高丽)释子山夹注,查屏球整理《夹注名贤十抄诗》,上海古籍出版社,2005年,第177页。
② (清)汪源泽修、(清)闻性道纂《(康熙)鄞县志》卷九"庙祠·西鄙·义忠王庙",清康熙二十五年(1686)刻本,本卷第60页。
③ 笔者按:萧衍祠庙从明堂(离墨山伯庙,祝英台故宅)改建而来,原祠庙主人由离墨山伯转身为先后受封梁公、梁王并来建立梁王朝的萧衍,最终附会出梁祝故事之梁山伯(详见第六章《梁山伯考》)。

为萧道成家社乃至刘裕家社,期间颇多周折。因明堂建筑功能较早就发生过变化,不称善权寺从梁公(义忠王、梁王)祠或梁圣君庙改建而来,不仅出于萧衍与梁山伯间的附会,同时还与萧衍在位间,利用其祠庙祭天祈雨并后来赎"祝英台产"建善权寺等有关。正因为孙皓封禅祠庙建筑改建为善权寺这段历史较为复杂,有识者称善权寺从"祝英台故宅"(祝英台产、英台旧产)转身而来,可避免描述不当而为后人落下话柄。

第三节　"祝英台故宅"称谓来由

表面上看,"祝英台故宅"称谓来历,与孙皓封禅所建明堂建筑靠近祭坛祝英台有关。若作深究,则发现"祝英台故宅"称谓,还与梁武帝舍其故宅为寺事关联。

关于"宅"字本义,《说文》释为"所托居也",引申为住处、房舍等。《尚书·召诰》云:"惟太保先周公相宅。越若来三月,惟丙午朏,越三日戊申,太保朝至于洛,卜宅。"此处"宅"指宫殿、人工建筑或宅基。前文考证指出,《咸淳毗陵志》等所云"祝英台故宅",本指祝英台旁边的旧有封禅建筑。按理说,称之"祝英台宅"即可,为何称之"祝英台故宅"呢?

欲弄清"祝英台故宅"说法来由,还得从萧衍舍其故宅立寺及"萧寺"称谓等来由说起。

相传梁武帝皇后郗氏生前造下罪孽,死后化为蟒蛇托梦武帝,武帝于是舍其故宅立寺为其超度,令萧子云大书"萧"字置于其寺,后人称"萧寺"。是寺又见"光宅寺""法光寺"等别称,现为南京市级文保单位。

古诗文中,常以"萧寺"指称佛寺。关于"萧寺"源出,见三说:

一说,因萧衍大造佛寺,故后世称佛寺为"萧寺"。是为较通行说法。

二说,萧衍舍故宅造寺,曾命萧子云飞白大书"萧"字,置于寺中,故后人称之"萧寺",一作"萧帝寺"。如清袁枚纂修《(乾隆)江宁新志》云:"石观音院。在城东南隅金陵驿,古鹿苑寺也。梁天监十三年,武帝造寺于此,令萧子云飞白大书'萧'字为额,故世谓之曰萧帝寺。"①

三说,梁武帝每建一寺,辄命萧子云飞白大书"萧"字,故有"萧寺"之

①(清)袁枚纂修《(乾隆)江宁新志》卷第十二,清乾隆十三年(1748)刻本,本卷第50页。

说。如明徐炬辑《新镌古今事物原始全书》云:"凡僧寺称萧寺者,其事始于梁武帝。凡造佛寺,即命萧子云飞白大书'萧'字。"①

关于光宅寺(法光寺)建立时间,目前见梁武帝称帝之初、梁天监七年(508)及天监十三年(514)等说。

清鄱阳人史简曾关注"萧寺"与梁武帝故宅之渊源,针对明人叶兰《永福禅寺重修塔记》所记鄱阳王萧恢舍宅建寺说,提出质疑,认为天下佛寺皆可称"萧寺",萧恢舍宅建寺说无据。其《鄱阳五家集》谓:"况梁时诸州各建宫殿,无非佞佛。迄今,天下佛地,皆称萧寺。若必定为王所居之宫而舍之,王又何居焉?今就寺言寺,既知寺建自梁,则当信其施宫为寺之实,不必辨其舍宅为寺之虚。""普天之下所建宫殿未必不假。……又何独一鄱阳王之宅必舍之,后世必载之,又必辨之而始为鄱志重哉?此皆好异者不察梁武施宫为寺之本谋,而故神其说曰鄱阳王恢舍宅为寺。"②搁置永福禅寺是否建于梁天监元年(502)不表③,叶氏《塔记》并未提及"萧寺",而史简由萧恢舍宅为寺联想到梁武帝舍宅为寺,再提出"萧寺"说,反而表明"萧寺"来由与梁武帝舍宅为寺事存有关联。

关于梁武帝舍故宅建寺院,清《江南通志》云:"梁武帝旧宅。在上元县城东十五里长乐乡。《南史》云:'帝以宋大明元年,生于秣陵同夏里三桥宅,后舍故宅为光宅寺。'"④萧衍出生于秣陵县同夏里(今南京江宁。笔者初步考证在今南京市江宁区上坊古倪塘地域)。若取《江南通志》说,可知萧衍所舍"故宅",非指其所居之"旧宅";若将萧衍所舍"故宅",理解为齐和帝时朝廷为其在建康(今南京)所建冢社之社(祠庙),则知真相。

萧衍舍"故宅"建寺,是替死去的原配妻子禳灾除祸,却让人题 "萧"字寺额,不同寻常。"普天之下,莫非王土",若萧衍此举乃有意强调其舍宅为寺事,其格局不免太小。笔者揣摩,萧衍让人题"萧"字,出于如下原因:其一,梁武帝本姓萧,强调其故宅为"萧宅",取"萧宅"音谐"消灾"吉义。如唐李肇《唐国史补》曰:"梁武帝造寺,令萧子云飞白大书'萧'字,至今一

---

① (明)徐炬辑《新镌古今事物原始全书》卷之十五"释道卷二十二",明万历刻本,本卷第4页。
② (清)史简编《鄱阳五家集》卷十,《豫章丛书》本,本卷第86页。
③ 永福禅寺建于梁天监元年(502)记述不可靠,此处不赘。
④ (清)于成龙等修,(清)张九征、陈焯纂《江南通志》卷三十,清康熙二十三年(1684)江南通志局刻本,本卷第89—90页。

'萧'字存焉。李约竭产自江南买归东洛，匾于小亭以玩之，号为萧斋。"①
"萧斋"亦音谐"消灾"；其二，其于"故宅"题"萧"字，乃藉萧姓帝王之正气以
压邪气；其三，"萧"可指用于制作艾绒之艾蒿，民间常将艾蒿作为辟邪、招
福之瑞草使用，故题"萧"字出于祛邪。

　　如此看来，史上常见之古人舍宅为寺，除出于施舍者对佛教虔诚外，实
隐含其以此祈福消灾之深意。

　　回看"萧寺"说来由，以萧衍改其故宅为寺后，命萧子云书一"萧"字为
寺额或置字于寺中说较为可靠。而梁武帝每建一寺，辄命萧子云书一"萧"
字说，则不大可靠。

　　至于天下寺庙皆可称"萧寺"说，当经历一段过程。梁武帝于义兴祈雨
成功后，曾改当地其祠庙（祝英台故宅）为善权寺，又改建康其祠庙（方志谓
萧衍故宅）为寺。在萧衍大尊佛教背景下，各地原与其有关的诸多冢社之
社（祠庙），难免会受其行为影响而纷纷改建成寺院，这类寺庙，均可视为
"萧寺"。因后人分不清哪些寺院由其冢社之社（祠庙）改建而来，才将其在
位时期所建寺院通称"萧寺"，再往后，"萧寺"才用于寺庙泛称。

　　顺及，宋《（景定）建康志》等相关方志，多提及光宅寺后有"周处读书
台"，"寺有子隐（周处字子隐。笔者注）堂，即周处筑台读书处也"（《（景定）
建康志》卷四十六），"寺后有周处读书台，佛殿前有郗氏窟，旧传郗后化蟒
于此"（《（乾隆）江宁新志》），今此台尚存。考证出光宅寺前身曾为萧衍家
社之社（祠庙）这段历史，则知所谓"周处读书台"，实为南齐时所立萧衍冢
社之冢（祭坛）②。倘将其与义兴萧衍冢社之冢作一比较，会发现二者均经
历称谓之变：义兴之祭坛祝英台被讹传为女子祝英台的读书台，而光宅寺
后"周处读书台"亦由祭坛类建筑讹传而来。至于建康萧衍冢社之冢，未见
传为梁武帝或梁山伯读书处乃至祝英台读书处，是因这一建筑本身就在建
康，毗邻梁武帝皇城，当地知情者众，自然难以生发讹传。

　　建康光宅寺得称"梁武帝故（旧）宅"，还出于梁武帝在建康为帝之缘
故。义兴"祝英台故宅"与建康光宅寺前身"梁武帝故（旧）宅"，曾同为萧衍
祠庙，至于不称前者为"梁武帝故（旧）宅"，乃为区别身份：毕竟梁武帝时

---

①（唐）李肇《唐国史补》卷之中，明《津逮秘书》本，本卷第11页。
②不排除此处萧衍冢社之冢由其他祭坛类建筑改建或改称而来。

代,天下类似之"梁武帝故(旧)宅"太多了(及至萧衍称帝前,南齐二十郡之各属县均见其冢社)。

以上可见,后人称善权寺由"祝英台故宅"改建而来是一种高明说法:"祝英台故宅"之"故宅"二字,实隐指善权寺前身为梁武帝祠庙。

第四节 善权寺建立时间、缘起等

关于善权寺建立时间,宜兴方志史料虽多见记述,然各说出入较大。考证表明,本与梁武帝有关的善权寺,建立于梁天监二年(503)。

一、善权寺建立时间说

就善权寺建立时间而言,目前主要见三种说法:

(一)齐建元二年(480)或齐建元间(479—482)

这是较为通行的说法。如《咸淳毗陵志》云:"广教禅院(北宋崇宁间,善权寺称广教禅院。笔者注)。在善卷山,齐建元二年以祝英台故宅建。""然考寺记谓齐。武帝赎英台旧产建。"[1]明《(万历)常州府志》云:"善卷禅寺。宋名广教禅院,在县西南五十里永丰乡善卷洞侧,齐建元二年以祝英台故宅创建。"[2]又,清《(嘉庆)增修宜兴县旧志》云:"寺在国山东南,齐建元中建,盖祝英台之故宅也。"[3]此外,清《(康熙)常州府志》、《(乾隆)江南通志》等,亦见善权寺始建于齐建元间之记载。

"建元"为齐高帝萧道成年号(479—482年在位)。齐武帝乃萧赜(482—493年在位),二者非同一人。就善权寺初建年代,《咸淳毗陵志》见"齐建元二年以祝英台故宅建"与"武帝(此处"武帝"常被误作齐武帝。笔者注)赎英台旧产建"说。同一文本出现自相矛盾说,与志书多次重修及后人对善权寺来由认识不清有关。

事实上,后人将善权寺历史追溯至南朝齐,出于齐和帝曾在古善权寺

---

[1](宋)史能之等《咸淳毗陵志》卷第二十五"仙释"、卷第二十七"古迹",第3186、3196页。

[2](明)刘广生修、(明)唐鹤征纂《(万历)常州府志》卷之三《宜兴县境图说》"善卷禅寺",明万历四十六年(1618)刻本,本卷第33页。

[3](清)李先荣原修、(清)阮升基、唐仲冕等增修、(清)宁楷等增纂《(嘉庆)增修宜兴县旧志》卷九《古迹志》"名胜",清嘉庆二年(1797)刻本,本卷第37页。

附近为萧衍立过冢社。①

（二）齐建武二年(495)

明《荆溪外纪》录黄宗载《重修善权佛殿记》，谓"齐建武二年创寺于中"②，此说仅见黄氏一家。"建武"为齐明帝萧鸾年号。萧鸾在位仅四年，虽传其信奉佛教，然其在位间，大肆杀戮齐高帝、武帝宗亲，有违佛教教义。更重要的是，晚年崇信道教与厌胜之术的萧鸾，其生平经历与善权寺并无交集，故是寺创立无涉萧鸾。

（三）建于齐，与武帝相关

唐李蠙《请自出俸钱收赎善权寺事奏》云："臣窃见前件，寺在县南五十里离墨山，是齐时建立。"③其《题善权寺石壁》云："常州离墨山善权寺始自齐。武帝赎祝英台产之所建。至会昌以例毁废。"④唐以前文献，鲜见善权寺信息，然李蠙之说，当有其据。宋周必大《文忠集》云："揖墓在寺侧，其群从亦有依寺而居者。按旧碑，寺本齐，武帝赎祝英台庄所置⑤。……其碑并蠙诗尚存。"⑥周氏对善权寺初建年代之判断，乃据李蠙碑文而来，其所谓"旧碑"，即指李蠙刻有其奏书等文字之"碧藓岩"摩崖。

同一座善权寺，关于其建立年代，出现诸多差异较大之说，除与寺院经历复杂相关外，还在于后人理解出现了偏差。

二、善权寺本梁武帝所建

出于文献对义兴于南齐时改孙皓封禅建筑为萧衍冢社、萧衍赎其冢社之社（祠庙）建善权寺事，并无明确记载，加上梁祝传说的流行，最终造成善权寺来由真相缺失。

考证发现，善权寺始建于齐建元二年(480)或齐建元间(479—482)说，难以成立。

---

① 刘宋王朝曾为南齐建立者萧道成立过冢社。萧道成冢社前身亦为孙皓封禅本体建筑。
②（明）沈敕《荆溪外纪》卷之十六《记》，明嘉靖二十四年(1545)刻本，本卷第 37 页。
③《(嘉庆)增修宜兴县旧志》卷十《艺文志》"奏议"，本卷第 1—2 页。
④（明）方策辑《善权寺古今文录》卷六"唐诗"。
⑤ 拙文《梁山伯考》(《江海学刊》2012 年第 4 期)，引述"按旧碑，寺本齐，武帝赎祝英台庄所置"文字，误作"按旧碑寺，本齐武帝赎祝英台庄所置"。
⑥（宋）周必大撰，（宋）周纶编《文忠集》卷一百六十七，《景印文渊阁四库全书》第 1148 册，台湾商务印书馆，2008 年，第 804 页。

　　首先,文献不见齐高帝、齐武帝在此建寺之缘由。其次,若齐建元间"祝英台故宅"已改作善权寺,在当时佛教渐盛背景下,它绝无可能再改成萧衍冢社。

　　分析善权寺建立年代诸说,可见几个关键字眼:"齐""武帝""建元二年"等。若将其中涉及善权寺由来之"武帝",理解为梁武帝,则善权寺创寺时间等诸谜得解。

　　今所见最早关于善权寺建寺年代之记录,为李蠙题铭:"常州离墨山善权寺始自齐。武帝赎祝英台产之所建。"[1]事实上,此处"武帝"乃指梁武帝。"始自齐"暗含齐和帝时,义兴地方对前身为孙皓封禅建筑之本体进行整修,改其为萧衍冢社事。

　　研究发现,后人将善权寺初建年代与齐武帝扯上联系,事出有因:因古人作文不见句读,后人识读"碧藓岩"表面所刻李蠙《题善权寺石壁》诗序,出现句读错误。如对岩面旧刻"常州离墨山善权寺始自齐。武帝赎祝英台产之所建"文字,《宜兴梁祝文化·史料与传说》将其释读为:"常州离墨山善权寺,始自齐武帝赎祝英台产之所建。"对明《荆溪外纪》所录宋人李曾伯《善权禅堂记》所云"因考颠末,此寺自齐。武帝时建立寺额"[2],是书释读为"因考颠末,此寺自齐武帝时建立寺额"[3]。后两种句读,语气明显不顺。由此可见,善权寺由来与齐武帝有关误解,乃出于后人对前人所记文字之错误句读。

　　基于善权寺来历与梁武帝有关之认知,回顾黄宗载《重修善权佛殿记》所云"齐建武二年创寺于中",可知原文当为"齐建。武帝二年创寺于中",即原文"武"字后,遗落一"帝"字,讹误之出与古书传抄或刻版漏字有关。另,原文"创寺于中",表明是寺乃由其他建筑改变功能而来。

　　对李曾伯"因考颠末,此寺自齐。武帝时建立寺额"说,当理解为,寺庙建筑齐时已见,而"善权寺"称谓始出于梁武帝在位时。

　　那么,对志书多称善权寺建于"齐建元二年",该如何解释呢?

　　以"建元"作年号,乃取其破旧立新吉意,多见于开国皇帝首次建立年

①(明)方策辑《善权寺古今文录》卷六《唐诗》。

②(明)沈敕《荆溪外纪》卷之十六《记》,本卷第20页。

③宜兴市政协学习和文史委员会、宜兴市华夏梁祝文化研究会编《宜兴梁祝文化·史料与传说》,方志出版社,2003年,第82页。

号。"建元"年号曾为多个皇帝使用,如汉武帝刘彻、十六国前赵昭武帝刘聪、晋康帝司马岳、前秦宣昭帝苻坚、南齐高帝萧道成等。萧衍称帝后,以"天监"建年,结合文献所见"建元二年以祝英台故宅建""武帝赎英台旧产建",并南齐年间"祝英台故宅"改梁王萧衍祠庙事,可知所谓善权寺建于"建元二年",实指梁武帝建元的第二年,即梁天监二年(503)。故善权寺始建于齐建元二年说,乃从"齐建""始于齐""武帝建元二年"等说法中调和而来。

顺便指出,《咸淳毗陵志》记述善权寺历史,云:"然考寺记谓齐。武帝赎英台旧产建。""然考寺记"乃指撰者考察过善权寺建立之记录,非指其见过所谓"善权寺记"。明文征明《宜兴善权寺古今文录叙》曰:"宜兴古荆溪之地,带江襟湖,在东南为山水之邑。……善权寺其一也,寺据离墨山之南麓,有三洞之胜,榱甍桓桓,犹唐故物。丰碑巨刻亦往往而在。然其事具郡乘甚略,而寺未有特志也。"[1]文征明之说有理:直到明以前,善权寺一直未见专门之"寺志"或"寺记"。

三、梁武帝建善权寺之缘由

梁武帝在位时,曾在首都建康兴建大量寺院。他远赎义兴之"祝英台故宅"为善权寺,出于与该寺前身建筑两次结缘。

梁武帝早年信奉道教,皈依佛门后,以佛辅治,南朝佛教进入鼎盛。传当时仅都城及周边建寺院就达700多座。梁武帝还数次舍身入寺,亲授佛经、举行法会,每于寺院讲经都吸引大批名僧、信众前往。他还整理过佛教典籍并见存专著。

萧衍封梁公之时,朝廷下诏在其各封地建立冢社。当时,萧衍封地义兴郡将孙皓封禅前身建筑改作其冢社,萧衍与"祝英台故宅"首次结缘。

梁武帝天监二年(503),天下大旱,梁武帝依梦所托,遣使赴义兴祈雨,期间曾利用其祠庙为祭仪场所,因得与"祝英台故宅"再次结缘。

萧衍于义兴祈雨成功,意义重大!

中国古代是农耕社会,气候对农业收成影响极大。天监元年(502)下半年,天下大旱,斗米见五千文天价,饿殍遍野,这对上位仅半年多的梁武帝而言,可谓重击。天监二年,几乎同期,天下又见大旱。梁武帝在蒋山

---

[1](明)文征明《甫田集》卷十七《叙十一首》,明嘉靖刻本,本卷第9页。

(今南京紫金山)祈雨未果,无疑又遭重挫。或许受高人指点,或是日有所思、夜有所梦,传其依梦所托派人赴义兴离墨山祈雨,终获成功,时米价降至三十文一斗。可想而知,若义兴祈雨失败,天下继续大旱,必然会引起其"受禅"称帝合理性之争议。故云,梁武帝于义兴祈雨成功乃为大事。梁天监间,有人曾劝梁武帝封禅离墨山,想必与其祈雨义兴成功事存有关联。

《祝英台故址考》章节笔者提到,梁武帝梦中所见之"张水曹",当暗指某位张天师道人。义兴祈雨仪式中,是否有道士或僧侣参与,不得而知(理论上说,不排除可能性)。祈雨成功后,梁武帝有无可能将"祝英台故宅"改作道观呢?从历史上善寺权曾改道观、宋时僧道争诉九斗坛产权并引发大理寺关注看,似乎存在可能性;再从梁武帝即位后,曾长期与茅山道长陶弘景保持密切联系看,同样显示出可能性。

然经深入探考,不仅排除梁武帝改"祝英台故宅"为道观之可能性,还知梁武帝确将"祝英台故宅"改作了善权寺。

梁武帝在位时,勤于造寺。《梁书·武帝纪》曰:"及居帝位,即于钟山造大爱敬寺,青溪边造智度寺。"[1]梁天监元年(502),国内遭遇大旱后,梁武帝在供奉阿育王舍利处立"长干寺","是岁,旱,米一斗五千文,人多饿死。立长干寺"[2]。梁天监二年(503),梁武帝遣使赴离墨山祈雨,在山上九斗坛及附近善卷洞后洞口之梁圣君庙举行祈雨仪式。萧衍之所以利用其祠庙为祭天场所,主要是考虑新建祭天祠庙周期较长,至于为何没有利用祝英台为祈雨坛,可能是考虑到此祭坛本为祭地之禅坛,且构筑新祭坛并不费时(萧衍祈雨坛规模不大。可参见第四章《祝英台故址考》)。

祈雨成功后,为回报上苍恩赐,梁武帝终赎其祠庙(祝英台故宅)立善权寺。关于梁武帝改其祠庙为善权寺事,史籍仅见零星记载。对当时情景,笔者结合宜兴本地流传的民间故事,大致作出推断:因祈雨灵验,仪式完成后不久,梁武帝诏令改祭天祠庙为善权寺;因是庙原本供奉梁武帝塑像,义兴当地官员趁风使帆,并未撤除梁武帝塑像,民间将梁武帝视作菩萨,与此事有关。

今宁波梁山伯庙中有《雨水经》,当地亦传梁山伯能祈得雨水。若从宁

①《梁书》卷三《本纪第三·武帝下》,中华书局,1973年,第96页。
②(唐)许嵩撰,张忱石点校《建康实录》卷十七《梁上》"高祖武皇帝",中华书局,1986年,第672页。

波梁山伯之出,乃受源出于义兴与萧衍相附会之梁山伯影响,则见萧衍祈雨佳话曾广为流传。

在善权寺建立命题上,"武帝赎祝英台产"表述方式不同寻常。笔者判断,"赎祝英台产"说极有可能出自武帝诏书或官方文书:建善权寺前,寺前身建筑本前朝所建梁公(义忠王、梁王)萧衍祠庙,萧衍称帝后,用"收赎"方式改变其祠庙功能,体现他对前朝的尊重与对佛教的虔诚。这一做法高明之处还在于:萧衍身居皇位,其祠庙变为寺院后,祠庙之原主供不便撤离前提下,他自然完成向神、菩萨的完美转化。

若再研究"善权寺"称谓,发现"善权"二字亦不一般。

其一,"善权"与佛教文化关联。"善权"二字出自西晋竺法护译《慧上菩萨问大善权经》佛经,是为南北朝时流行的宣说菩萨利益众生、导引佛道之法的著名佛经,因经中反复出现"是为菩萨善权方便""是亦如来善权方便",又称《大善权经》。"善权"一般指佛教能"多方导人觉悟",故佛家弟子,能大行善权者即被视为通达佛性。萧衍《游钟山大爱敬寺》诗云:"才性乏方便,智力非善权",诗中"善权"即与佛性相关。如此看来,萧衍赎"祝英台产"为善权寺,有引导众生觉悟,开启修行者佛性之意蕴。

其二,"善权"暗指萧衍称帝乃秉承天命。因"善权"音谐"禅权","受禅"称帝的萧衍,改"祝英台故宅"为善权寺,或出于如此考虑。

梁武帝祈雨事发生于梁天监二年(503)。从江南地区气候看,一般上半年雨水较多,而下半年7至9月天气炎热,若此间发生天旱则对农作物伤害较大,故判断武帝求雨之事,发生于公元503年7至9月间,这也是善权寺始建之时间。如此看来,善权寺自建立距今,已有一千五百多年历史。

有必要指出的是,宜兴方志称"善权寺"本"善卷寺",因避齐东昏侯萧宝卷(498—501在位)讳而改今名,是说不妥。

宜兴古称阳羡,检索文献发现,孙皓封禅之"阳羡山",南北朝时期多称"离墨山",并未出现善权山、善卷山之名。进而,萧宝卷在位时,善卷寺尚未出现,当然就不会出现寺院避讳改名之说。由此看来,"善权山"因善权寺而得名才更为合理。又,宜兴流传善卷不愿接受舜禅位而隐居离墨山,"善卷山"因之得名传说,亦属无稽。真相是,宜兴方言中,因"权"谐音"卷","善权山"才讹为"善卷山"。至于善卷隐居此山传说,则出于后人附会。

弄清真相后,结合考证,对善权寺建筑本体兴废史梳理如下:

公元276年,孙皓封禅阳羡(宜兴),于善卷洞后洞口建明堂建筑(祝英台故宅)——齐和帝中兴二年(502),"祝英台故宅"改为梁公祠,再改为义忠王祠、梁王祠——萧衍称帝,梁王祠称梁圣君庙——梁天监二年(503),萧衍赎"祝英台故宅"(梁圣君庙)为善权寺——唐会昌五年(845)灭佛,善权寺废,佛教徒钟离简之购得寺产——会昌六年(846),唐武宗崩,宣宗即位后重新尊佛,钟离简之恢复寺院,于唐大中十年(856)建释迦文殿——唐咸通八年(867),李蟾取得寺产——南唐时改为道观,复改为寺——宋宣和间(1119—1125)改为崇道观——宋建炎元年(1127)改为广教禅院——元及明初几经修葺,复称善权(卷)寺——明正统十年(1445)重建——清康熙十三年(1674)遭火焚——清同治六年(1867)重建——1938年毁于战火——20世纪90年代重建,沿善权寺旧名。

第五节 善权寺建立之影响等

闻名遐迩的皇家善权寺一度为宜兴首刹,在当地佛教文化领域具崇高地位。从历史影响而言,善权寺之建立,不仅对梁武帝推行"以佛辅治"施政谋略发挥过重要作用,还催生了梁祝传说的起源。

一、梁武帝实施"以佛辅治"方略

"佛教"亦谓"释教"。古人将佛祖名译为"释迦牟尼","释"不译作"刹""塞""萨""沙"等,应该说考虑到"释"字关联佛教本旨,有指向"解脱"之含义。从发展历程看,与中国传统文化紧密相关之佛教,其兴盛多与截然背驰的乱世或盛世关联,原因在于:乱世下,民众寄希望于佛祖能佑得太平,以获取最基本生活保障;盛世中,民众乃期待得到更多的精神抚慰。

梁武帝在位之初,内忧外患不绝,民生凋敝,令其生忧。今人可从当时所颁诏书与祀南郊祭文中,察见其治国之忧。融通儒、释、道三教的梁武帝,最终选择以推行佛教为治国辅略,出于他认同民众信佛能起缓解社会矛盾之作用,"进可以系心,退足以招劝"(南朝梁僧祐《弘明集》),相信佛教对众生思想之纯化,利于其治享太平。

为推行佛教,梁武帝可谓不遗余力。后人对梁武帝推崇佛教目的多不理解，常投之以沉湎佛教不能自拔、终至误国之嘲讽。如对梁武帝多次"舍身"入同泰寺，后人常视之变相索取"奉赎"或"作秀"。关于萧衍"舍身"事，《梁书》载："三月辛未，舆驾幸同泰寺舍身。甲戌，还宫，赦天下，改元。""癸巳，舆驾幸同泰寺，设四部无遮大会，因舍身，公卿以下以钱一亿万奉赎。"①同泰寺本梁武帝初创，取"同泰寺"名，意味其入寺修行，乃为祈得天下太平。为方便出入，该寺大门紧邻宫城北门，曰大通门，"帝晨夕讲议，多游此门"②。

梁武帝修行于同泰寺期间，往往亲讲经文，参加法会人数，有时竟超万人，足见其影响。除讲经外，梁武帝还多次召集"无遮大会"，每次均能募集巨额资金。后人多认为，同泰寺本梁武帝所建，众人捐款同泰寺，实是将财富捐给萧衍本人。事实上，对化缘所得巨金，梁武帝并非仅将其纳供于同泰寺，更多则布施用于各地寺院建设。

在民间，一直流传梁武帝得道成佛的传说。然无论称帝前还是称帝后，梁武帝从未止于战争与杀戮，这类行为未必全可归诸锄恶扶正；称帝后，梁武帝不好女色、不食肉，生活清淡，曾亲撰《断酒肉文》，提倡众生受菩萨戒。以上，若仅从佛教信仰角度，自然难以做出圆通解释。其实，这正是梁武帝之政治谋略：其简衣素食等清欲行为，乃希望以身作则，在国内形成崇尚简朴之氛围，达到为动荡不安的社会疗伤，实现民生恢复之目的。

从"以佛辅治"角度，不难领会梁武帝为何会与印度高僧达摩因政见不同而分道扬镳：梁武帝身体力行推广佛教教义，并不为追求个体的超凡脱俗。他认为，通过引导众生行菩萨戒，可缓解社会矛盾，实现其天下同泰之治国理想，这一点正是达摩所无法理解的。

梁武帝试图凭借推广佛教，达到改变世道人心之目的，最终却付出沉重代价。过于自信的他，接纳了反复无常的侯景后，如同引狼入室，终身陷囹圄并遭致毁灭。萧衍理想与努力均以失败告终，从其谥号"武"中，可窥见后人并不认同其施政谋略。不过，梁武帝"以佛辅治"良苦用心虽未获得如意回报，却对佛教兴盛发挥了不可磨灭的作用。

---

① 《梁书》卷三《本纪第三·武帝下》，第71、73 页。
② （唐）许嵩撰，张枕石点校《建康实录》卷十七《梁上》"高祖武皇帝"，第681 页。

二、善权寺之影响

位于宜兴离墨山之古善权寺,远离梁朝都城,若置身梁武帝"以佛辅治"的大背景下,则善权寺建立意义就凸显而出了:善权寺建立后,首度开启梁武帝身具"皇帝菩萨"之窗口。

萧衍受封梁公之始,天下多地为其建立了冢社,及其称帝,这类冢社之社(祠庙),皆变身为梁圣君庙。为回报在义兴祈雨成功,梁武帝赎其祠庙为善权寺,原祠庙之梁圣君塑像,开始变身为"皇帝菩萨"。故若追溯称梁武帝为"皇帝菩萨"说之源头,可以善权寺建立为标识。

作为一高明政治家,对善权寺将其以"皇帝菩萨"供奉,梁武帝显然是认同的。从其治国理念角度思考,亦不难发现他乐见世人视之为神:天下出现越多将其作为神供的寺院,就越能树立其个人神威。也就是说,梁武帝主动在众生面前树立起"皇帝菩萨"形象,实为加强皇权。

梁武帝"皇帝菩萨"形象确实存在于民众心目中。以宁波萧衍祠庙为例,它初为梁公(义忠王、梁王)祠,萧衍称帝后,变称梁圣君庙,萧衍与梁山伯附会后,又称梁山伯庙,庙主梁山伯不仅称神(《义忠王庙记》曰"神讳处仁"),还有两位皇后先后列入陪供,较晚列入陪供的皇后阮修容形象称"送子娘娘",从中可见梁圣君具备"皇帝"与"菩萨"双重身份。

《梁山伯考》章节,笔者提到萧衍曾改其于建康冢社之祠庙(即所谓梁武帝"私宅")为光宅寺。深层次分析可见,梁武帝赎建善权寺、改"私宅"为寺之行为,实质是将其祠庙改作了"皇帝菩萨"寺院。联系梁武帝舍"宅"为寺后命人题一"萧"字看,则见此事不同寻常:暗含萧衍启发各郡县尽早将其祠庙改作"皇帝菩萨"寺院之深意。故云,梁武帝赎建善权寺、改其"私宅"为寺之举,起到了牵一发而动全身之"点石成金"作用:天下原建有其祠庙的郡县,会先后效仿,将当地其祠庙主供当作"皇帝菩萨"来膜礼(结合前文对"萧寺"内涵之考证,可进一步明确,"萧寺"本义乃指供奉梁武帝塑像之寺院)。

关于光宅寺建立年代,存在多说,以梁天监六年(507)说更为可靠,从其寺建立年代看,它晚于善权寺建立。笔者判断,梁武帝舍其于建康的"私宅"为寺院,出于萧衍意识到并肯定善权寺建立之影响。

有文献提到,官方称梁武帝为"皇帝菩萨",始于萧衍受菩萨戒以后,即梁天监十八年(519)。在考证认知基础上,笔者倾向于梁武帝得称"皇帝菩萨",当以善权寺之建立为标志。

萧衍治国时期,天下有多少类似宁波梁山伯庙的"梁圣君庙"(梁武帝祠庙、武帝祠庙、梁王祠庙、梁皇庙、梁武帝故[私]宅),改建成"皇帝菩萨"寺院,随着岁月流逝,已难知其详了。

身为一国之君,梁武帝多次委身为寺奴,实质是一种面向社会的变相高级化缘行为。梁武帝每次"舍身",多由群臣商议,"公卿"等联合出资"奉赎"(化缘款项达不到预期,梁武帝会继续居寺不出)。针对梁武帝举行大型法会与"舍身"行为,若从其主张以佛法来教诲众生并树立个人"神"威角度来理解,则自然明了:举行万人法会,实为其个人影响造势;有意让其真身暴露于世,乃为各地准确地按其真人形象塑造神像提供现实版依据(梁武帝曾命张僧繇为自己画像,或亦出乎此目的)。故从这点上看,其"舍身"入寺,不仅表现出对佛教的虔诚,还蕴含乐见个人形象立于各地寺院之深义,最终目的是藉此扩大"以佛辅治"方略之影响。

自萧衍赎建善权寺后,便开始收获民众将其视作神来膜拜之成果。如此看来,远离梁王朝政治中心、地处偏僻的善权寺,自其建立后,不仅开启了萧衍倡行对其个人崇拜之先风,还对他推行"以佛辅治"施政纲领产生过"启蒙"影响。

及于今日,善权寺不同寻常之荣耀与辉煌,早已湮没于沧桑的历史长河。

三、善权寺关乎梁祝传说之源起

若论及善权寺对于梁祝传说起源影响,可聚焦于梁山伯之附会而出与"祝英台读书处"摩崖之成刻。

公元276年,孙皓在离墨山行禅礼后,还未等来施行封礼机会,东吴即为西晋所灭。其所建封禅明堂,经历禅礼后,曾长期被民间当作山伯(神)庙看待。自明堂建筑前身改建为梁公(义忠王、梁王)家社、梁圣君庙,再至梁圣君庙赎建为善权寺,其主供一直为梁王萧衍,正因为如此,梁山伯才得以由离墨山伯与梁王附会而出(可参见第六章《梁山伯考》)。

历史上,善权寺经历多次磨难,寺产也曾多次易主。其后考证表明,没有善权寺,就不会生发后人收赎寺产之争议,也不会有人在寺后"巨岩"刻上"祝英台读书处"六大字,更不会萌生祝英台由地名讹为人名之传奇。如此,梁祝传说之发生终不免成为无源之水(可参见第十五章《梁祝传说起源时间考》等章节)。

小结:"祝英台故宅"前身乃孙皓封禅所建明堂(祠庙),因梁武帝于宜兴祈雨成功而将其赎建为善权寺;历史上,"祝英台故宅"的功能曾发生多次变化;考证出善权寺由来与梁武帝有关,对梁祝传说起源研究,极具价值。

附:"祝英台故宅"并善权寺宅考证思维导图

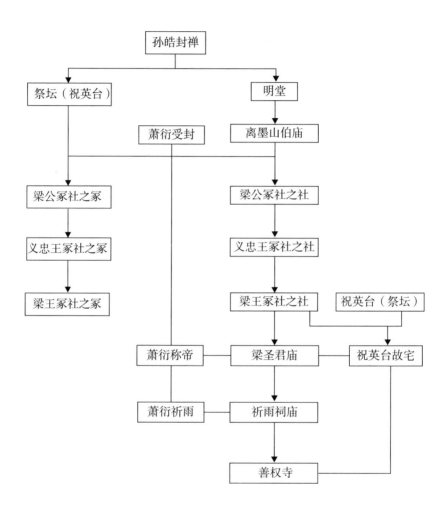

第九章　马文才考

梁祝传说中，马文才为较晚出现的形象且存在诸多异名。今宁波梁山伯庙除供奉梁祝塑像外，还立有一武士塑像，当地多称之不受人待见的"马文才"。在祝英台、梁山伯庙等考证基础上，带着疑问，笔者对庙中"马文才"背后真相进行了探寻，有了新的发现。

第一节　马文才异名较多且身份复杂

早期梁祝故事中并无马文才形象。就所检索文献看，与马文才相关记录最早见于浙江。

宋人李茂诚《义忠王庙记》出现与梁祝相关之"马氏"，且出现三次，"（山伯）告父母求姻，奈何已许鄮城廊头马氏"；"祝适马氏，乘流西来，波涛勃兴，舟航萦回莫进"；"马氏言官开椑，巨蛇护冢，不果"[①]。不过，依据《庙记》，只知祝英台许配马家，无法得知"马氏"全名。

元代，白朴以梁祝故事为题材创作杂剧《梁山伯》（"马好儿不遇吕洞宾，祝英台死嫁梁山伯"），见钟嗣成《录鬼簿》（朱权《太和正音谱》作《祝英台》），因早佚，不知"马好儿"是否即马文才异名；明末徐于室、钮少雅《汇纂元谱南九宫正始》所录元传奇"祝英台"三支残曲中，不见马义才任何信息。

明以前梁祝传说中，仅知祝英台嫁与了马姓者，却未见其名。如钱南扬《梁祝故事辑存》所录明传奇"访友"，见"祝英台〔唱〕'我曾把银河肃整，鹊桥架定，那见牛郎来会织女星？因此俺爹爹受了马家聘'"，"梁山伯〔唱〕'只图马家谐白发，全不念断送我青春'"，并不见"马文才"现身；该书所录清末宁波戏"梁山伯祝英台回文送友"见"祝英台〔唱〕'三个日子你不来，兄

---

① （清）汪源泽修，（清）闻性道纂《（康熙）鄞县志》卷九"庙祠·西鄙·义忠王庙"，清康熙二十五年（1686）刻本，本卷第 60 页。

弟许配马秀才'"①。

路工《梁祝故事说唱集》所录清以后梁祝说唱作品中,可见祝英台所嫁之"马氏"存在诸多异名,"马文才"仅是其一。如清初浙江忠和堂刻本《梁山伯歌》之祝英台与马洪有姻;乾隆抄本《新编金蝴蝶传》中的祝英台与马俊结亲;乾隆三十四年(1769)写定、道光三年(1823)文汇堂补刊本《新编东调大双蝴蝶》中,破坏梁祝姻缘者为马大郎;清末四川桂馨堂刻本《柳荫记》中,妨碍梁祝结合的是马德芳;清末河南刻本《新刻梁山伯祝英台夫妇攻书还魂团圆记》云:"山伯听说反了脸,叫声:'贤妹太不该!你在路上许配我,如何又配马文才。'"②

马文才于大多梁祝作品中之负面形象,衬托出梁山伯的忠厚与纯情。同时,出于马文才"插足",让梁祝生前未成眷属,他因而被视为破坏二人婚姻之罪魁祸首,为民众深恶痛绝!

不同作品中,马文才形象表达方式各异。以20世纪以后梁祝作品为例,越剧《梁山伯与祝英台》中的马文才隐于幕后,观众不知其品貌如何、是否有才;豫剧《梁山伯下山》中的马文才,乃喜好斗鸡走狗之纨绔子弟,他看出祝英台女扮男妆却不点破,处心积虑破坏梁祝关系,利用权势强夺了梁山伯做祝门女婿的资格;川剧《柳荫记》将马文才塑造成为不学无术、行为无耻的权贵衙内;秦腔《梁山伯与祝英台》描述马文才为一浪荡公子,"射猎心欢畅,野味胜膏粱。金鞍玉花马,富豪少年郎";闽剧《裙边蝶》之马文才好色如命、心胸狭窄,最终因气愤上吊而死。境外所传梁祝故事,亦见有意损毁马文才形象者。如20世纪70年代中期,印尼马格朗的克托伯拉剧团所演《梁祝》剧中,富家子弟马俊迎娶祝英台婚宴上,打五条领带,误穿母亲鞋子,将祝英台母亲当作祝英台调戏,丑态百出。

从不同版本的梁祝传说作品看,马文才存在诸多异名,如马洪、马文祥、马德芳、马世恒、马进、马骏、马俊、马留、马广等,耐人寻味:通常,民间传说中的好人,名字往往中听或"高大上",而坏人名字则相反。从马文才不同异名看,不像是常见坏人名字。尤其令人不解的是,各地传说中,马文才形象反差较大,江苏宜兴等地甚至有将其作为正面人物来歌颂的民间传

①《访友(明传奇)》《梁山伯祝英台回文送友(宁波戏)》,见钱南扬辑录《梁祝故事辑存》,中华书局,2009年,第184、205页。
②路工编《梁祝故事说唱集》,上海古籍出版社,1985年,第90页。

说存在。

以上迹象表明，马文才身份较为复杂。

考虑到浙江对梁祝传说发生与流布产生过重要影响，初步判断，马文才及其异名来由与《义忠王庙记》所及之"马氏"有关，真相背后存在诸多秘密。

《梁山伯庙考》章节提出，梁山伯庙本萧衍受封梁公（义忠王、梁王）时所立生祠，萧衍与梁山伯存在附会；上虞人阮令嬴（阮修容）与祝英台之附会，受梁祝传说影响。既然梁山伯庙之梁山伯与祝英台均有原型并存在附会，庙中的马文才是否也有其原型或出现过附会呢？

第二节　梁山伯庙武士塑像与沙诚关联

宁波义忠王庙又称梁圣君庙、梁山伯庙。既然宋人《义忠王庙记》最早记录马文才相关信息，庙中武士塑像被人称为马文才，笔者先从梁山伯庙有关线索着手研究。

旧时梁山伯庙，除供奉梁山伯、祝英台外，还供奉沙老元帅[①]。长期以来，庙中沙老元帅塑像备受争议：有人说他是护国佑民的元帅，又有人称其为破坏梁祝姻缘的马文才。徐秉令、李启涵《梁祝故事发源地的考察》等文章提到，今善男信女去梁山伯庙，拜祭梁山伯、祝英台塑像的同时，往往连这个"马文才"一并拜祭，据传是祈愿婚姻美满、避免出现插足的第三者。如此习俗不免让人意外。

钱南扬于20世纪二三十年代，对梁祝庙、墓状况进行过调查，其《宁波梁祝庙墓现状》记载，庙内正殿梁山伯像东首有个红面孔的沙老元帅："但见神位上写的是'敕赐云霄检察护国佑民沙老元帅'十四个字。总之，是宁波一个很受人崇拜的神道，也不必去寻根究底了，本来和梁祝是风马牛毫不相关的，拿他放在这里，恐怕是补阙的意思罢。"[②]古人供奉神道有讲究，与梁祝无关的人供于梁祝庙中，应该不会出于补阙。进而，宁波为梁祝传说起源之重要关联地，若沙老元帅真为破坏梁祝婚姻之马文才，他怎会纳

---

① 梁山伯庙于20世纪五六十年代受人为破坏严重，今恢复重建之梁山伯庙正殿部分供奉人物未沿袭传统供奉方式，梁山伯、沙老元帅、祝英二人像均供于正殿。
② 见《民俗周刊》第九三、九四、九五期合刊"祝英台故事专号"，1930年2月12日出版。

入庙堂受供呢？

钱南扬调查文章，提到沙老元帅神位前见"敕赐云霄检察护国佑民沙老元帅"标识，可循这条线索探考。

神位牌十四字中，"敕赐云霄检察"格外引人注目，"敕赐"两字，表明其"云霄检察"身份曾得到帝王认同。

检索典籍发现，符合"敕赐云霄检察"身份的神祇唯有沙诚，为宋代明州（今宁波）人氏。

关于沙诚，《（康熙）鄞县志》之"忠佑分祀沙使协佑侯庙"条目云：

> 县治西北东上桥祀宋沙诚神，旧时在昌城武烈侯刘公庙右，里人迎祀于此。元袁士元《武烈公庙记》后云：慈溪县境有骠骑将军庙，境人沙诚者，负气抗直，人以榷禁诬之，义不屈辱，即含怒立死于骠骑庙中。待捕人至，忽现相云霄间，恍惚声呼曰：我在此。人咸惊异，因像设于骠骑将军庙，神事之。人或走叩，灵应特甚。远近闻者多迎致其神，展奉于他祠我里。大家白于官，亦得像设于侯庙东庑右从祀。由是里社有祈有报，或牲牢致祭袷享无间，洋洋如在，有以慰人心之趋向，庙之灵应愈加显闻。宋宣和间封云霄检察使。①

相比《（康熙）鄞县志》，《（乾隆）鄞县志》记载更为详细：

> 西北忠佑庙，县北门外。将军名植，封昌成侯。或谓侯氏刘避钱镠嫌名，故改曰钊（《至正续志》）。保丰碶侧，晋建武初立，赐今额，俗称北郭庙。至正二十三年加昌城武烈公（《闻志》）。……建武初年，寇犯郡城，侯倏现旗蠹云霄中，昭示云台将军名号，寇疑惧而退，由是威灵振扬郡。上闻，封东晋护国昌城侯，赐庙额"忠佑俾民"，社得以展事。后隆安间，台寇孙恩复驾船千艘事抄掠，侯仍现旗号如前。寇方惊疑，适大将军刘裕兵至，攻却之，继而百粤乌尾船入寇，刘牢之将兵至，以同胄出祭祷于神，即奏功旋师，其效灵于晋室，而庙食者以此。由晋而降，及于唐季，神之灵异故。有石刻纪绩，毁于兵火。……自侯庙所越江十里许，为慈溪县境，有骠骑将军庙。境人沙诚者，负气抗直，人以榷禁诬之，义不屈辱，即含怒立死于骠骑庙中。逮捕人至，忽现相云霄间，恍惚声呼曰：我在此。人咸惊异，因像设于骠骑庙，神事之。……宋宣和间，

---

① （清）汪源泽修，（清）闻性道纂《（康熙）鄞县志》卷九"庙祠·城中·忠佑分祀沙使协佑侯庙"，本卷第32—33页。

封云霄检察使。……至元[正]二十三年，栖载之艘至鸡鸣山，连日飓风，雾雾晦冥，莫知向方，漕臣棹夫同心叩祷，神火遍现，若自天降，豁然开雾，如夜斯晓。既达，于京具辞。上闻，加封昌城刘侯武烈公、沙使协佑侯。庙额如故。[①]

按《鄞县志》记载，东晋时期，汉代将军刘植于云中显灵，吓退寇兵，圣上闻之，封其为"护国昌城侯，赐庙额'忠佑俾民'"；至于宋代，鄞县有沙诚者，受人诬陷而"义不屈辱，即含怒立死于骠骑庙中"，待公差入庙逮捕时，他突现像于云霄并大声呼喝，人咸惊异，以之为神，于骠骑庙为其塑像，后因其灵验，当地人再立其像于忠佑庙为刘侯陪供；宋宣和间，沙诚受封"云霄检察使"；元至正二十三年(1363)，朝廷加封刘植为武烈公、沙诚为协佑侯。沙诚如此经历，还见清阮元《两浙金石志》第十八卷"元加封忠佑庙神碑"条目等。

宁波靠海，当地人生计常受天灾影响，故其地有崇神信道传统。骠骑庙神多次显灵，能助民众摆脱灾难，纳供于庙中的本地人沙诚因而尤受尊崇。

诸多迹象表明，梁山伯庙之沙老元帅与沙诚存在关联：

其一，沙老元帅与沙诚同为沙姓，俱为祠庙中陪供且供奉位置相同：沙老元帅陪供于梁山伯庙正殿东首，沙诚塑像原陪供于骠骑庙东首。

其二，沙诚为宋皇封"云霄检察使"，与"敕赐云霄检察护国佑民沙老元帅"身份见相通处。

其三，沙诚在鄞县被视为灵验神道，百姓多迎致各庙祠供奉。"县治西北东上桥祀宋沙诚神，旧时在昌城武烈侯刘公庙右，里人迎祀于此"，"远近闻者多迎致其神，展奉于他祠我里"[②]，如此情势下，梁山伯庙迎供沙诚塑像自然不会让人感到意外。

不过，若将沙老元帅身份完全锁定为沙诚，却又见诸多不合情理处。

首先，沙诚不具称元帅之任何理由。对梁山伯庙之沙老元帅，钱南扬曾表示出疑惑，其《梁山伯与祝英台的故事》谓："叫庙堂娘来问了一次，他所知道的，却也不出这十四个字的范围，只得罢了。曾经在别处看见沙元

①(清)钱维乔修，(清)钱大昕纂《(乾隆)鄞县志》卷七《坛庙》"城中祠庙"，清乾隆五十三年(1788)刻本，本卷68—69页。
②(清)汪源泽修，(清)闻性道纂《(康熙)鄞县志》卷九"庙祠·城中·忠佑分祀沙使协佑侯庙"，本卷第32、33页。

帅赛会的招子,可见别处庙中,也有沙元帅的。"①沙诚先受供于骠骑庙,后为人迎供于忠佑庙等场所。若称骠骑庙所供骠骑将军张意与忠佑庙所供武烈公刘植为元帅,或可为人接受。然沙诚非军人身份,没带过兵、打过仗,本地人了解其生平,按理不会将其与高等级军人身份混淆,更无可能得称元帅。

其次,沙老元帅像前牌位"敕赐云霄检察护国佑民沙老元帅"令人生疑。从《(乾隆)鄞县志》所记"加封昌城刘侯武烈公、沙使协佑侯。庙额如故"看,沙诚既加封为"侯",称其"敕赐云霄检察沙使协佑侯"是合理的,而"沙老元帅"称谓显然出自民间而非官方,不当与"敕赐"牵联。又,清康熙、乾隆间所修《鄞县志》,均未提及沙诚具备武士身份,故称其元帅,明显出于附会。

再次,称梁山伯庙青年武士为"老元帅"亦让人费解。梁山伯庙毁于20世纪六七十年代,今庙为1993年于原址重建,旧梁山伯庙所供沙老元帅为一红脸武士,新立沙老元帅为白脸武士形象,明显比梁山伯年轻许多。是庙毁弃与重建间隔不过几十年,按常例,重建塑像时,一般会沿袭传统。故今人所塑沙老元帅形象与旧庙之塑像应当会存在身份、年龄上的对应,如此看,年轻武士却见称"老元帅",必有缘故。

若认定"老元帅"与沙诚间存在关联,会发现二者身份又多见不合处。如此,自然让人联想到早期梁山伯庙中就存在与梁山伯关系密切之武士塑像,此人必定领过兵、打过仗,且战功显著。进而判断,梁山伯庙所供武士(元帅)塑像应当早于宋宣和间出现,后来才与沙诚出现附会:称年轻武士为"老元帅",当出于此人年轻时建立了显赫军功,或为显示其年龄与庙主梁山伯之差别。因年代久远,此人名姓终为后人忘却。

前文所引鄞县方志,见沙诚在鄞县被视为灵验神道,百姓多迎之供于"他祠我里"之记述,如此前提下,梁山伯庙中武士转变身份被不明真相的百姓当作沙诚来祭祀便具备了可能性。

若从沙诚与"老元帅"存在附会角度思考,钱南扬所谓"曾经在别处看见沙元帅赛会的招子,可见别处庙中,也有沙元帅的",可解释为,沙老元帅乃特指梁山伯庙中所供武士,因沙诚在鄞县红火,别庙所见沙诚像,不过从

---

① 见钱南扬辑录《梁祝戏剧辑存》,第264页。

忠佑庙所立塑像沿袭仿模而来,而称之"沙元帅",则受梁山伯庙之"沙老元帅"称谓影响。

第三节　"沙老元帅"与萧衍关联

古代祠庙供奉神灵或重要人物,除主供外常见陪供。一般来说,陪供多为与主供密切相关的人物。另从陪供者地位看,多以处主供东首者为尊。梁山伯庙中"马文才"既供于梁山伯东首,表明其地位不同寻常。

钱南扬《宁波梁祝庙墓现状》提到,"二进正殿供着梁山伯的泥塑偶像,东首供的是沙老元帅,西首暖阁供的是梁祝双人木像","三进为后殿,中供的是梁山伯木像,小于人,东供的是祝英台木像,如人大小,西边也是祝氏的木像"[1]。民国时期,梁山伯庙正殿西首并无塑像,较小的木像祝英台与梁山伯同供于西首暖阁(暖阁指与正殿大屋隔开并相通连的小房间),如此供奉必定有其道理。

通常而言,在民众心中,往往受供越久远的神祇越是灵验,历史悠久的梁山伯庙自然也不例外。千百年中,梁山伯庙自然衰败或遭人为破坏在所难免,然后人即便重建或续修,庙内塑像供奉方式必会沿袭传统。故结合钱南扬记述并联系梁山伯庙本萧衍祠庙之考证认知,可识读出两条信息:其一,祝英台供奉地位低于武士(元帅);其二,建庙之初,正殿中室并没有为祝英台留下位置!如此看来,武士必与萧衍有着非同寻常之关系。

颇为奇怪的是,《宁波梁祝庙墓现状》提到沙老元帅,特别强调其红色面孔。关于沙老元帅颜面来由,地方见诸多传说。如白如岩收集整理宁波地域的民间故事《马文才塑像的传说》(楼桂法讲述),谓:"在一般寺庙的前殿内,都有一尊沙老元帅,据说沙老元帅是管门将军。可宁波的梁山伯庙却没有沙老元帅,而只有马文才的塑像。巧的是沙老元帅的脸是红的,马文才塑像的脸也是红的。马文才的脸本来是白的,为啥变成红的呢?"[2]谜底是马文才因酒醉脸红受了惊吓,红脸再也没有变过来。传统戏曲舞台上,人脸涂上不同颜色关联个性与身份,譬如京剧,关羽涂上红色脸谱,代

---

① 见《民俗周刊》第九三、九四、九五期合刊"祝英台故事专号"。
② 白岩《马文才塑像的传说》,见周静书主编《梁祝文化大观·故事歌谣卷》,中华书局,1999年,第228—229页。

表忠义与威猛(尽管京剧成熟较迟,但脸谱见于戏曲可溯至古老的角抵戏乃至更久)。看来,沙老元帅之红脸,乃出于表达其忠义与威猛需要。再从义忠王庙所供梁山伯原型本萧衍角度看,萧衍身边陪供元帅可能性是存在的。由此初步判断,宁波当地将这位元帅误作马文才,乃受梁祝故事影响。

基于陪供者身份必与萧衍密切相关之认知,不妨大胆假设:原受供于梁山伯庙正殿东首的沙老元帅,为极忠于萧衍、受萧衍高看并常侍陪于身边之爱将。如此,从"沙老元帅"字面含义并陪供地位推测,他当为萧衍麾下沙姓老元帅或某位资深的"老元帅"。可是,戎马一生、战功赫赫的萧衍,麾下并不见沙姓战将之记录!如此,只能换从萧衍身边其他爱将考证角度,来揭秘"沙老元帅"真相。

第四节　"沙老元帅"原型为陈庆之

考虑到梁祝传说源于民间,马文才不同形象也出自民间,故欲弄清梁山伯庙之马文才真相,可先试从民间传说或相关文献中梳理线索。

宁波至今流传许多不同版本的梁祝传说。如在当地,民间盛传一擎举"梁"字旗号的白袍小将参与平叛孙恩故事。谢振岳、岳年搜集整理《祝英台阴配梁山伯》谓:"20年后,孙恩作乱,从海上侵犯到鄞县。朝廷派将军带兵来平乱,可是屡战不胜。将军借酒浇愁,醉而假寐,梦见一位白袍小将,打着'梁'字旗号,口称'本县令前来协助将军'。一时杀声震天。将军惊醒过来,只见军校来报,说孙恩一伙被一白袍将军率兵赶下海去了。将军十分奇怪,莫非有先贤相助?于是遍查历代县志,果然发现东晋有个姓'梁'的县令名山伯。将军就写本奏明皇上。皇上就敕封梁山伯为忠义王,拨库银建造梁圣君庙。"[1]

宋人《义忠王庙记》中,亦见载梁山伯助军平叛孙恩事,"至安帝丁酉秋,孙恩寇会稽,及鄞,妖党弃碑于江。太尉刘裕讨之,神乃梦裕以助,夜果烽燧荧煌,兵甲隐见,贼遁入海。裕嘉奏闻,帝以神助显雄,褒封义忠神圣王,令有司立庙焉"[2],文中之"神"即梁山伯。

①见周静书主编《梁祝文化大观·故事歌谣卷》,第130—131页。
②(清)汪源泽修,(清)闻性道纂《(康熙)鄞县志》卷九"庙祠·西鄙·义忠王庙",本卷第60页。

追溯梁山伯庙创建原由,《义忠王庙记》归于因梁山伯助刘裕讨孙恩立功,圣上旌表而立;《祝英台阴配梁山伯》故事则讲述打着"梁"字旗号的白袍小将助刘裕讨孙恩立功后,皇上封梁山伯为忠义王、建梁圣君庙。类似故事屡见于梁祝相关传说,容易让人理解为后人据梁山伯庙所供人物而附会、编造之传奇。《梁山伯庙考》章节,笔者提到梁山伯与萧衍存在附会,联系《义忠王庙记》与《祝英台阴配梁山伯》传说看,萧衍有无可能就是那位白袍将军,抑或萧衍手下存在一位骁勇善战的白袍将军呢?

无论历史还是传说中,敢于着白袍作战的将军皆为勇猛武士(白袍易引起敌方注目并己方识别),如三国时期的赵子龙,唐代的薛仁贵等。查阅史籍,并未发现萧衍身披白袍作战之记录,不过其手下确有位名声赫赫、被后人尊为"战神"的白袍将军陈庆之。

陈庆之(484—539),义兴(宜兴)人,早年(18岁)任萧衍主书(主管文书之官),曾以七千将士破魏军三十万,为萧梁立下卓越功勋,是中国历史上以少胜多、极富传奇色彩的著名战将。

陈庆之出身并不显著,《南史》云:"梁世寒门达者唯庆之与俞药。"[①]萧衍曾诏褒:"本非将种,又非豪家,觖望风云,以至于此。可深思奇略,善克令终。开朱门而待宾,扬声名于竹帛,岂非大丈夫哉。"[②]

陈庆之虽为名将,却不擅骑射,于职业军人中极罕见。《梁书·陈庆之传》云:"庆之性祗慎,衣不纨绮,不好丝竹,射不穿札,马非所便,而善抚军士,能得其死力。"[③]

据史料,陈庆之喜白袍作战,因所向披靡,时人美称"白袍将军"。《梁书》云:"高祖复赐手诏称美焉。庆之麾下悉白袍,所向披靡。先是洛阳童谣曰:'名师大将莫自牢,千兵万马避白袍。'"[④]

陈庆之与萧衍年龄相差二十岁,萧衍三十八岁称帝,其时陈庆之年方十八岁。若将《祝英台阴配梁山伯》故事中的白袍小将看作陈庆之,对故事中"打着'梁'字旗号,口称'本县令前来协助将军'"之描述就容易解释了:陈庆之为萧衍手下爱将,正是"他"打着萧衍"梁"字旗号来助阵立功;萧衍

---

①《南史》卷六十一《列传第五十一》"陈庆之",中华书局,1975年,第1501页。
②《梁书》卷三十二《列传第二十六》"陈庆之",中华书局,1973年,第460—461页。
③同上,第464页。
④《梁书》卷三十二《列传第二十六》"陈庆之",中华书局,1973年,第462页。

封梁王时,鄞县为其封地,民间讹其为鄞地县令未有不妥。若虑及萧衍帝王身份,传其手下助刘裕作战(实出附会),相比本人亲自助阵,的确更具合理性。

基于以上认识,笔者判断,早期梁山伯庙中,陈庆之塑像是位看上去年轻、身着白袍的红脸武士(至于"老元帅"为何塑造成年青人形象,后文续剖)。今梁山伯庙中沙老元帅重塑像虽为青年武士,不过,已非红脸而是白脸,且无白袍着身。若从庙中青年武士原型本陈庆之并民间流传红脸"沙老元帅"故事角度思量,将其塑成白脸形象似乎不妥(古代戏曲舞台常见白脸形象,多见施用于奸诈人物)。

明确梁山伯庙中"老元帅"原型为陈庆之,可对一些离奇传说作出圆通解释:

其一,宜兴存在为马文才正名之奇怪说法。

宜兴民间故事《清白里的来历》提到,"宜兴鲸塘有个村,名叫清白里,原来称为马家庄。这是梁祝故事中马文才自小生活的地方","如今在宜兴,不仅有马氏家祠遗址,还有马家坟、马家浜、马家荡,山中还有'马公祠'。我还曾听老人说过,宜兴的梁、祝、马故乡一带,还建有'三贤祠',是专门纪念梁祝马三位贤士的"[①];杨晓方《评析梁祝故事里的马文才》,认为新版《梁山伯与祝英台》将马文才写成坏人不妥,"似乎找不到马文才恶行的证据","把马文才塑造坏人是可以的,毕竟是文艺,不是史实",他认为真实的马文才是清白的,"青白村原叫青白里,青白里也叫青白墓;青白墓之前是叫马家庄","马家的门头非常大,房份也多,是国山县有名的望族,总祠堂里历代的祖宗牌位放满了几间屋的厅堂,亡者生前都是做过大官的","马文才墓上芳草青青,汉白玉墓碑仁立问天,凄风惨雨……人称'青白墓'"。文章还见宰相下令在马家庄前建"三贤堂"纪念祝英台、梁山伯、马文才三人之记述。[②]

通常,奇怪民间传说之背后,往往掩盖着不为人知的秘密。对宜兴鲸塘的遗物遗迹并当地流传的故事,从陈庆之与马文才附会角度则容易理

---

①陈继华口述,蒋尧民整理《清白里的来历》,见宜兴市政协学习和文史委员会、宜兴市华夏梁祝文化研究会编《宜兴梁祝文化·史料与传说》,方志出版社,2003年,第283、287页。

②见宜兴市政协学习和文史委员会、宜兴市华夏梁祝文化研究会编《宜兴梁祝文化·论文集》,方志出版社,2004年,第360、361、362、364页。

解：一代名将陈庆之为宜兴国山人，宜兴鲸塘（鲸塘原名琴堂，传因五代时隐士任公在当地筑琴堂而得名，后改今名）极有可能为陈庆之出生地，当地"青白村"（青白墓）则为陈庆之葬所，"青白村"（青白墓）得名与陈庆之"白袍将军"美誉乃至其品格相关；民间传说之"三贤堂（祠）"，与南朝梁时，宜兴亦见供奉萧衍、萧衍夫人与陈庆之的梁圣君庙为同一所指（可参见第七章《梁山伯庙考》），因真相渐失，萧衍、萧衍夫人与陈庆之终被后人分别附会成梁祝传说之梁山伯、祝英台、马文才；至于所谓的"三贤堂（祠）"、山中的"马公祠"，实指萧衍祠庙（后及）。

肯定陈庆之与马文才存在附会前提下，则见宜兴民间关于祝英台、梁山伯、马文才同供于一座庙堂的传说，乃民间至今尚见陈庆之被列入梁山伯庙作为陪供之信息遗存。

其二，马文才传为陈庆之手下副将。

网络曾见马文才为陈庆之手下副军马佛念说。传马佛念字文才，弱冠之年本一介书生，为白袍将军陈庆之参将，随军七千人大破魏军百万，值庆之班师回朝时遇山洪溺毙，梁武帝为表彰其卓越功勋，追封博阳侯，庆之赞其"文比班仲升，才超赵子龙"①。然马佛念字为文才并以上大多事迹，正史与方志均载之不详。

检索《梁书》等古籍，可知马佛念确有其人，乃陈庆之副将。按是书记载，陈庆之大破魏军后，马佛念劝其自立，庆之未应，"功高不赏，震主身危，二事既有，将军岂得无虑？自古以来，废昏立明，扶危定难，鲜有得终。今将军威震中原，声动河塞，屠颢据洛，则千载一时也。庆之不从"②；又，《资治通鉴》谓"马佛念有战国策士之气"（《资治通鉴》卷一百五十三）。

马佛念不过陈庆之副将，以其身份与资历，尤其存在劝陈庆之自立之记录，注定不可能与萧衍一同受供于庙中。事实上，"文比班仲升，才超赵子龙"赞语，用于文才与武略兼备的陈庆之身上，倒更为合适。

进而，将马佛念理解为马文才，并传其为陈庆之手下副将，恰恰表明马文才与陈庆之存在关联。

其三，文献记述梁山伯庙与忠佑庙历史，见类似表述。

---

① 未名《历史上的马文才》，网页链接：http://www.hudong.com/wiki/马文才。
② 《梁书》卷三十二《列传第二十六》"陈庆之"，第463页。

　　宋人《义忠王庙记》见梁山伯助刘裕讨孙恩事（见前引），明万历间魏成忠撰《梁君庙碑记》亦提及梁山伯御孙恩事，《碑记》云："昔晋梁侯父母我，惠泽及我，是有遗思。又孙恩发难，实藉神庥，保我全雉而捍御我。""案侯讳山伯，会稽人，弱冠应简文辟召，宰鄞。"①而清《（乾隆）鄞县志》之《忠佑庙记》，则记述刘植助讨孙恩事，云："隆安间，台寇孙恩复驾船千艘事抄掠，侯（刘植。笔者注）仍现旗号如前。寇方惊疑，适大将军刘裕兵至，攻却之，继而百粤乌尾船入寇，刘牢之将兵至，以同胄出祭祷于神，即奏功旋师，其效灵于晋室，而庙食者以此。"②可见，同样是刘裕讨孙恩，却见不同之神助力：一为梁山伯，一为刘植。

　　孙恩寇会稽事发生于东晋，若云忠佑侯刘植显灵助刘裕一臂之力，于时间逻辑上可以说通，那么，孙恩寇会稽时，梁圣君庙主萧衍尚未出世，怎会发生梁山伯助刘裕讨孙恩之事呢？若说梁山伯庙本由刘植庙改来也不成立，鄞县相距不远之地怎会出现两座忠佑侯庙呢？看来，两篇《庙记》撰者，均汲取了宁波地方的民间传说题材。

　　若云刘裕讨寇事见《义忠王庙记》，出于是庙曾为刘裕冢社（可参见第七章《梁山伯庙考》），则梁山伯助战刘裕事之始出，从沙诚附会入梁山伯庙角度思考，可得解释：沙诚为宋代人，死后不久入供忠佑庙，因当地奉其为神灵，纷纷展迎其于"他祠我里"，如此前提下，人们误将梁山伯庙供奉的陈庆之当作沙诚膜拜；梁山伯助战刘裕事显然与昌成侯刘植显灵助刘裕事存在附会，倘追溯附会原由，无疑受梁山伯庙中陈庆之塑像被误解为沙诚有关。《义忠王庙记》作于宋大观元年（1107），沙诚于北宋末年受封，"宋宣和间，封云霄检察使"，从时间递续角度看，陈庆之与沙诚之附会符合事理。

　　以上可见，梁山伯庙所供之"老元帅"原型确为陈庆之，至于当地称之"沙老元帅"，则出于"老元帅"与沙诚的进一步附会。

　　那么，陈庆之为何纳供于梁山伯庙，马文才又是如何出现的呢？

第五节　梁山伯庙之"马文才"原型

　　既认定梁山伯庙庙主东首陪供为陈庆之，欲弄清他为何被附会成马文

① 见钱南扬《梁山伯与祝英台的故事》，见钱南扬辑录《梁祝戏剧辑存》，第270页。
② （清）钱维乔修，（清）钱大昕纂《（乾隆）鄞县志》卷七《坛庙》"城中祠庙"，本卷69页。

才,必须对陈庆之塑像列入梁山伯庙及其与沙诚关联等,再作深入考证。

研究发现,相比他人,陈庆之是唯一可能作为陪供者身份列入梁圣君庙的武士。

陈庆之天性灵活机变,擅处人际,年少时即为萧衍贴身随从,深得萧衍信任。《南史》谓:"陈庆之字子云,义兴国山人也。幼随从梁武帝。帝性好棋,每从夜至旦不辍,等辈皆寐,唯庆之不寝。闻呼即至,甚见亲赏。从平建邺,稍为主书,散财聚士,恒思立效。"①及至陈庆之率兵打仗屡屡得胜,则更为萧衍器重。

齐和帝中兴二年(502),朝廷为安抚萧衍,为其加官晋爵并"为建冢社",萧衍祠庙由是而立。不过,萧衍受封义忠王或梁王之时,陈庆之并不具备列入萧衍祠庙资格。

萧衍封梁王后不久"受禅"称帝,身份突变,梁王祠庙升格成为梁圣君庙。当时情势下,地方为升级祠庙,除更换祠额、重塑帝王像、更换牌位外,有可能增设随从,这为陪供者进入祠庙创造了条件。那么,陈庆之塑像有无可能于其时列入庙中呢?答案是否定的:陈庆之虽较早成为萧衍近侍,但直至萧衍称帝,他仅十八岁,未立军功,更不见大的赏封,故上述情况不会发生。

陈庆之自四十一岁领兵作战起,便开始展示其卓越军事天才。因屡建奇功,豫州百姓曾集体上书请为其树碑颂德。《梁书·陈庆之传》云:"(大同二年[536]。笔者按)庆之已击破景(侯景。笔者注),时大寒雪,景弃辎重走,庆之收之以归。进号仁威将军。是岁,豫州饥,庆之开仓赈给,多所全济。州民李升等八百人表请树碑颂德,诏许焉。"②陈庆之是否曾对宁波施过功德,当地百姓为感激他,才为其于庙中塑像的呢?检阅史籍,未见任何证据。

深度研究表明,陈庆之塑像入供梁圣君庙,出于应朝廷诏令而设。

梁大同五年(539)十月,陈庆之去世,时年五十六岁。作为麾下心腹大将,以其忠于职守、战功卓著并政绩斐然,萧衍追赠其为"散骑常侍""左卫将军"。《梁书·陈庆之传》云:

①《南史》卷六十一《列传第五十一》"陈庆之",第1497页。
②《梁书》卷三十二《列传第二十六》"陈庆之",第464页。

　　　　五年十月,卒,时年五十六。赠散骑常侍、左卫将军,鼓吹一部。
谥曰武。敕义兴郡发五百丁会丧。[1]

　　萧衍身为一国之君,他对陈庆之之封赐代表国家行为。历史上,凡帝王追
封逝者,会让其死后享有与新封身份相符之待遇。如曹丕追封其父曹操为
魏武帝、孙权封其父孙坚为武烈皇帝,均按皇帝待遇予二者以重葬[2]。出
于陈庆之"散骑常侍""左卫将军"之追封,鄞县、义兴等地受命才在梁圣君
庙所列萧衍塑像东首,添加常侍于其身左侧之陈庆之塑像。

　　因梁祝故事流传,真相淡隐,萧衍被附会成梁山伯后,宁波梁山伯庙所
供白袍将军姓名渐为人遗忘,民间称之"老元帅",与陈庆之生平经历及去
世时年龄有关。

　　陈庆之逝于公元539年10月,考虑到诏令执行并塑像制作时间,笔者
判断,其塑像列入梁山伯庙时间,为公元539年10月至公元540年元
月间。

　　结合钱南扬对梁山伯庙所做调查并笔者考证判断,直至民国时期,历
经一千多年沧桑的梁山伯庙,其间虽见重修再建,其庙神供奉方式却大抵
沿袭了传统。20世纪90年代,是庙重建后,其人物塑像与供奉方式才发
生了较大变化。

　　弄清梁山伯庙中沙老元帅原型身份,可知梁山伯庙为何将一"老元帅"
塑造成年青人形象:梁公(义忠王、梁王)祠庙建立之时,萧衍不过三十八
岁,是庙建立不久,萧衍称帝,当地再按萧衍形象重塑梁圣君像,而陈庆之
塑像为后来立入,为突出与萧衍旧时塑像年龄差异(陈庆之比萧衍年轻二
十岁),"老元帅"才被塑造成年青人形象。

　　宜兴民间传说当地曾存在供奉梁山伯、祝英台与马文才塑像的"三贤
堂(祠)",实出于与其地供奉萧衍(梁山伯)、萧衍夫人与陈庆之的萧衍祠庙
(梁圣君庙、梁山伯庙)之附会,若从其地流传的马文才原型亦为陈庆之判
断,不仅可对当地为马文才正名之奇怪说法作出解释,还可为宁波梁山伯
庙为何纳入陈庆之塑像提供佐证。

　　分析宁波与宜兴民间流传的故事发现,及至今日,沙老元帅与陈庆之

①《梁书》卷三十二《列传第二十六》"陈庆之",第464页。
②详见拙文《孙坚高陵考》,《南京晓庄学院学报》2016年第4期。

相关古老信息,仍以各种不同的形态"存活"于民间。为方便对笔者考证结论之认识,下面再对考证过程作简单梳理:

公元502年,南齐朝廷旌表萧衍功劳,诏令在其受封郡县建立冢社。萧衍称帝后,各地冢社之社(祠庙)均升格为梁圣君庙。陈庆之逝后,为使其受享"散骑常侍""左卫将军"赠封待遇,各地梁圣君庙便应诏在萧衍塑像左侧新建了陈庆之塑像。古代宁波属萧衍封地,其地梁圣君庙中所见陈庆之塑像,建立背景如上。

宋代,被视为神的沙诚在鄞县影响力提升,当地各庙纷纷为其塑像。如此条件下,梁山伯庙中的陈庆之塑像得以与沙诚附会,"沙老元帅"称谓由是讹出。

因陈庆之文才不逊武功,受萧衍与梁山伯附会并梁祝传说影响,"沙老元帅"终被好事而稍知情者调和身份,戏称为"马文才"。根据民间流传的故事,后人考证"马文才"身份,误以为"马文才"乃陈庆之手下马姓副将马佛念,于是杜撰出"马佛念,字文才"之类的新"传奇"。将"马文才"误解成陈庆之手下副将马佛念,表明"马文才"与陈庆之关联之信息,至今尚见以异化的形式存留于世间。

如果再作更深一步考探,则知马文才附入梁祝故事,最早未必与浙江宁波有关,马文才之"马"字当从"某"字讹出。

若从浙江以外的他地考察马文才如何会附入梁祝传说,很难找出线索。以江苏宜兴为例,清代潘允喆《长溪草堂文钞》、邵金彪《祝英台小传》考述梁祝事迹,均未提到类似马文才的人物;当地民间流传的梁祝故事,提到马文才形象,多与他地梁祝故事相去甚远,甚至多见为马文才鸣冤者。

马文才相关记录,最早见宋人《义忠王庙记》。庙记所见"马文才"原型,以"马氏"称谓出现。相比梁祝,"马氏"实为过场式次要人物。虑及宁波方言中,"马氏"发音与"某氏"相近,笔者揣度,《庙记》所见"马氏",最初乃从"某氏"讹出。

前文引录宜兴流传《清白里的来历》民间故事中,曾见"山中还有'马公祠'"说。笔者判断,当地山中"马公祠"乃从"某公祠"说讹出,而所谓"某公祠",实指善卷洞后洞口由孙皓封禅明堂建筑本体(祝英台故宅)改建而来的萧衍祠庙,该祠庙经历复杂,真相渐失,后人才称之"某公祠",再因"某氏"与"马公"发音相近,"马公祠"说进而讹出。

　　作出上述判断,又带出新疑问:祝英台与梁山伯附会而出最早皆见于宜兴,当地方言中,"马氏"发音亦与"某氏"相近,是否意味着宁波流传的祝英台嫁于"马氏"说,仍旧受宜兴流传的故事影响呢? 也就是说,祝英台嫁于马氏子说,是否最早亦从宜兴讹出呢? 对这一命题,可通过挖掘宜兴、宁波两地所传民间故事,结合文献资料再作深入考证。

　　小结:梁山伯庙中被称作"马文才"的沙老元帅,其原型与南朝梁时战将陈庆之及宋代鄞县本地人沙诚关联;揭示"马文才"源出真相,不仅可佐证梁山伯庙中的梁山伯与萧衍存在附会,还可见宁波对梁祝传说变异曾产生过重要影响。

附:马文才考证思维导图

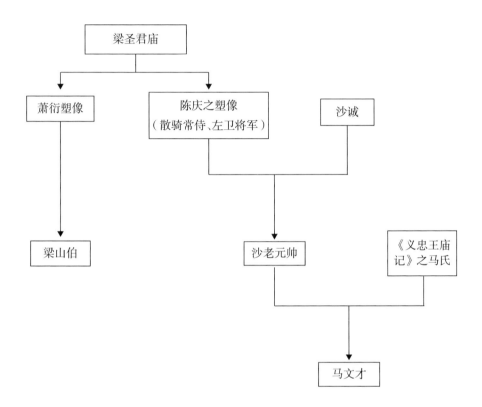

第十章　梁祝同冢（义妇冢）、同学由来考

全国多地见梁祝墓冢，就其真伪，历来争议不断。研究表明，梁祝同冢说与萧衍冢社建立相关，宁波"义妇冢"称谓之出，可视为祝英台由地名讹为人名牵关宜兴之佐证。梁祝同学说基于同冢说而生。

第一节　梁祝墓冢见于多地

因梁祝墓冢与故事起源地存在关联，故自古及今，对多地所见梁祝墓冢，学者们给予了极大关注。

钱南扬认为，祝英台入梁山伯墓事，于南朝萧绎《金楼子》等文献中已见记载。"《金楼子》原文虽不可见，对于入墓之事，大概是已经有了。""《四明图经》云：'《十道四蕃志》云：义妇祝英台与梁山伯同冢。'即其事也。"该书还提到清翟灏《通俗编》转引晚唐张读《宣室志》所载梁祝故事[1]。《通俗编》所引故事如下：

> 英台，上虞祝氏女，伪为男装游学，与会稽梁山伯者，同肄业。山伯，字处仁。祝先归。二年，山伯访之，方知其为女子，怅然如有所失。告其父母求聘，而祝已字马氏子矣。山伯后为鄞令，病死，葬鄮城西。祝适马氏，舟过墓所，风涛不能进。问知有山伯墓，祝登号恸，地忽自裂陷，祝氏遂并埋焉。晋丞相谢安奏表其墓曰义妇冢。[2]

同样提到《宣室志》载有梁祝故事的，还见清梁章钜《浪迹续谈》"祝英台"条目等[3]。

---

[1] 钱南扬《祝英台故事叙论》，见钱南扬辑录《梁祝戏剧辑存》，中华书局，2009 年，第 256、257 页。

[2] （清）翟灏《通俗编》卷三十七《故事》，清乾隆十六年（1751）翟氏无不宜斋刻本，本卷第 11 页。

[3] （清）梁章钜《浪迹续谈》曰：《宣室志》云：'祝英台，上虞祝氏女也。伪为男装游学，与会稽梁山伯者同肄业。山伯字处仁，祝先归。二年，山伯访之，方知其为女子。怅然如有所失，告其父母求聘，而祝已字马氏子矣。山伯后为鄞令，病死，葬鄮城西。祝适马氏，舟过墓所，风涛不能进。问知有山伯墓，祝登号恸。地忽自裂陷，祝氏遂并埋焉。晋丞相谢安奏表其墓曰义妇冢。"（梁章钜《浪迹丛谈》卷六"祝英台"，清道光二十八年［1848］木刻本，本卷第 9 页）

不过,今各本《宣室志》,均不见上引内容。

　　近见同道提出,因旧本《宁波志》封面三字为行草书,翟灏误为《宣室志》(作者附录旧本《宁波志》封面图片)[1],是说在理。看来,翟灏所引内容并非出自《宣室志》而是《宁波志》,梁章钜所引乃未经核实之二手资料,故再次犯错。

　　关于梁祝传说起源地认知,目前存较大分歧,以浙江说影响最大。浙江梁祝墓冢相关信息,常见于宋以后文献。如北宋李茂诚《义忠王庙记》不仅记述"山伯梁令之新冢"(梁山伯墓),还提及"义妇冢"(梁祝同葬墓),"祝适马氏,乘流西来,波涛勃兴,舟航萦回莫进。骇问篙师,指曰:'无他,乃山伯梁令之新冢,得非怪欤?'英台遂临冢奠,哀恸,地裂而埋璧焉。……郡以事异闻于朝,丞相谢安奏请封义妇冢,勒石江左","生同师道,人正其伦。死同窀穸,天合其姻"(《(康熙)鄞县志》卷九"庙祠·西鄙·义忠王庙"),梁山伯死后,祝英台前往祭奠,此时发生地裂,祝英台埋入梁山伯墓中,二人同葬墓被朝廷封"义妇冢"。类似记载还见于宋王象之《舆地纪胜·庆元府》、明张时彻《(嘉靖)宁波府志》等。

　　20世纪二三十年代,钱南扬对浙江宁波梁祝合葬墓作过调查,其《宁波梁祝庙墓现状》谓:"墓就在庙的西隔壁。墓园并不大,不过庙基的一半多些,后垣和庙齐,前门稍微缩进一些。""痕迹南部的墓很低小,北部颇高大。墓前供一个矮小的石案。墓上列着个石碑。"[2]据钱南扬调查,当时梁祝墓碑题刻"晋封英台义妇冢",落明嘉靖时期鄞县令款。

　　在江苏宜兴,宋《咸淳毗陵志》最早记录了当地流传的梁祝故事,不过,并未提及梁祝墓冢。清乾隆间杨丹桂《祝英台墓》诗:"春草满岩阿,拖霞修岥多。花飞埋艳骨,月吐对新蛾。落日倚湘竹,回风傍女萝。空山无限恨,川上忆临波。"[3]作者所咏"祝英台墓",即当地称之"祝陵"的祝英台遗址。清中期以前文献,仅见当地存在传为祝英台墓之"祝陵",而不见"义妇冢"记录。除"祝陵"外,宜兴还见晚出之"晋义妇祝英台之冢"。

---

①陈梦人《确证〈宣室志〉无"梁祝"条》谓:"很有可能在搜集和编撰时手抄的行草'宁波志',至刊刻时误认或误辨为'宣室志'。"(宜兴华夏梁祝文化研究会编《中国梁祝文化论坛文集》,华夏梁祝研究会,2015年,第121页)

②见《民俗周刊》第九三、九四、九五期合刊"祝英台故事专号",1930年2月12日出版。

③(清)顾名、龚润森同修,(清)吴德旋纂《(道光)重刊续纂宜荆县志》卷九之二《宜兴荆溪艺文合志》"辞翰·诗",清道光二十年(1840)刻本,本卷第20页。

不仅宁波与宜兴，他地还多见梁祝同葬墓或祝英台墓。

比如，山东地区存在梁祝墓等遗迹。清《（康熙）邹县志》载："梁山伯祝英台墓。在城西六十里，吴桥地方有碑。"[①]2003 年，山东省济宁市微山县马坡乡出土《梁山伯祝英台墓记》，为明正德十一年（1516），时钦差大臣、工部右侍郎崔文奎所立。碑文前半部记载济宁地区流传的梁祝传说，后半部叙述重修梁祝墓过程。

甘肃清水等地见梁祝墓记录。清《（康熙）清水县志》记载，梁山伯死后葬于清水县邽山之麓，与祝英台同冢[②]。甘肃陇西等地也传有祝英台墓存在，如清《（康熙）巩昌府志》云："祝英台墓。在东五里。"[③]

此外，安徽舒城、山西榆社、河南汝南等地，亦多见梁祝墓冢。据初步统计，目前各地所见祝英台墓或梁祝合葬冢，不下十处。

面对众多的梁祝合葬墓或祝英台墓，不禁生疑：为何梁祝墓冢会于多地出现？为何一些区域唯见祝英台墓而不见梁山伯墓？梁祝合葬墓为何称"义妇冢"？等等，太多疑惑让人不解！

第二节　梁祝墓冢之质疑

梁祝传说起源地论争中，各地虽力证梁祝墓冢之真实性，然与之相左的说法始终存在，难免让人产生怀疑。

从山东济宁出土明《梁山伯祝英台墓记》看，"外纪二氏出处费详，迩来访诸故老，传闻……"，表明撰者对当地梁祝故事真伪持怀疑态度。就山东胶州所传祝英台墓而言，清《（道光）重修胶州志》谓："又云祝英台墓在治南祝家庄。按：祝英台有《鸳鸯冢》传奇。赍诏旌表者，官为谢安，盖浙江人。

---

①（清）娄一均修，（清）周冀纂《（康熙）邹县志》卷一下《土地部下》"古迹"，清康熙五十四年（1715）刻本，本卷第 94 页。

②《（康熙）清水县志》云："祝氏，讳英台，五代梁时人也。少有大志，学儒业，为男子饰。与里人梁山伯游，同窗三年，伯不知其为女郎。祝心许伯，伯亦无他娶。及学成归家，父母已纳马氏聘矣。祝志惟在伯，伯闻而访之。不得，而圭卒，窆邽山之麓。祝当于归道，经墓侧，乃以拜辞为名，默祷以诚。墓门忽开，祝即投入，墓复合。诚千古奇事，邑人传颂不置，过者时有题咏云。"（[清]刘俊声修，[清]张桂芳、雍山鸣纂《（康熙）清水县志》卷之十一《人物纪》"贞烈"，清康熙二十六年［1687］刻本，本卷第 7 页）

③（明）杨恩原本，（清）纪元续修《（康熙）巩昌府志》卷二十八"杂识"，清康熙二十七年（1688）刻本，本卷第 28 页。

宁波府有其墓,不应在胶。"①

对江苏江都之祝英台墓,古即见质疑者。如清焦循《剧说》云:"吾郡城北槐子河旁有高土,俗亦呼为祝英台坟,余入城必经此。或曰:'此隋炀帝墓,谬为英台也。'"②

明《(嘉靖)真定府志》记载河北真定有梁祝墓③,然清《(乾隆)元氏县志》认为并不可靠,"南左村西北桥北有冢,相传为梁山伯祝英氏之墓,皆荒唐无据"④。

就梁祝起源地论争中极具影响的浙江与江苏宜兴而言,数百年来,也一直有人怀疑梁祝墓冢的真实性。

针对浙江梁祝墓,元袁桷《(延祐)四明志》曾提出疑问,甚至疑惑梁祝故事之真实性⑤;近人钱南扬对宁波梁祝墓作过调查,其《宁波梁祝庙墓现状》谓:"墓的位置,偏在墓园的东南隅,大概适当隔壁正殿的院子。墓作长圆形,上面东西横亘着一道凹下的痕迹,把墓分成南北两部。实在的形状,不过是两个相连的土丘,中间有一条小径罢了。这大概是庙祝故神其事,根据了地裂的传说,有意装出来的。"⑥

钱南扬调查之梁祝墓位于梁山伯庙侧。按《义忠王庙记》记载,它本为"山伯梁令之新冢",因祝英台突入而见称"义妇冢"。梁山伯生为鄞令,死封义忠王,称圣君,甚至被视为神祇,地位远高出普通女子祝英台,梁祝合葬墓冢不称梁山伯冢或梁祝冢,而称之"义妇冢",明显不合情理。

1997年,浙江对宁波梁祝合葬墓(义妇冢)考古发掘,仅见一男性骸骨,引发梁祝同冢说质疑。

相比浙江宁波等地,宜兴遭遇更多疑问。如《咸淳毗陵志》撰者认为,

---

① (清)张同声修,(清)李图纂《(道光)重修胶州志》卷四十《考四·讹疑》,清道光二十五年(1845)刊本,本卷第13页。

② (清)焦循《剧说》卷二,《诵芬室读曲丛刊》本,本卷第1—2页。

③ (明)唐臣、孙绪修,(清)雷礼纂《(嘉靖)真定府志》载:"吴桥古冢。在元氏南左村西北,桥南西塔有古冢,山水涨溢冲激,略不骞移,若有阴为封拥者,相传为梁山伯墓。不然,必有异人所藏蜕骨也。"(《(嘉靖)真定府志》卷之十七《古迹(附陵墓)》"吴桥古冢",明嘉靖二十八年[1549]刻本)

④ (清)王人雄纂修《(乾隆)元氏县志》卷之一《地里志》"山川·元氏故城附",清乾隆二十三年(1758)刻本,本卷第16页。

⑤ (元)袁桷撰,(清)徐时栋校刊《(延祐)四明志》卷第七《山川考》"陵墓·鄞县",清咸丰四年(1854)刻《宋元四明六志》本,本卷第31页。

⑥ 见《民俗周刊》第九三、九四、九五期合刊"祝英台故事专号"。

当地流传的梁祝故事近乎荒诞，"俗传英台本女子，幼与梁山伯共学，后化为蝶，其说类诞"[①]，如此，梁祝墓冢便不具存在之合理性；清宜兴人邵金彪作《祝英台小传》，虽肯定梁祝同冢，却提到浙江鄞县清道山梁祝墓冢："梁悔念成疾，卒。遗言葬清道山下。"[②]针对宜兴祝英台墓，吴骞《桃溪客语》一连提出多个疑问，"何英台墓之多耶？然英台一女子，何得称陵，此尤可疑者也"，"祝陵虽以英台得名，而墓道则不知所在"，"所谓俗语不实，流为丹青者欤？"[③]

21世纪初，围绕申报文化遗产，掀起梁祝源头考证热，梁祝墓冢所在备受争议。

第三节　梁祝墓冢之论争

长期以来，人们多视梁山伯祝英台为历史人物，死后同葬一处。如宋李茂诚《义忠王庙记》、清邵金彪《祝英台小传》等，均认定故事真实发生过，并录下二人墓冢信息；各地方志撰者乐于将梁祝事迹载入史册，从中常见二人葬所之记述。近百年来，学者苦苦考证梁祝出诸何地、葬于何处的文章汗牛充栋，部分作者甚至因观点相左而互生讽讥。

浙江说学者认可梁祝为真实人物，常举其葬所为证。如黄裳《〈梁祝〉杂记》谓："经过祝英台的故乡上虞、梁山伯的故乡会稽，到了宁波——浙东沿海的大城。在这个城市的西面九龙墟地方就有一所梁山伯庙，庙旁还有他们的坟墓。"[④]张恨水《关于梁祝文字的来源》称："而根据宋代以后文字，都指明了埋葬地在宁波，也当然，梁祝生产地在浙江了。"[⑤]

也有学者试图从田野调查来证明祝英台墓冢之真实性，甚至称已寻获祝英台出生地与家谱。如莫高《浙江梁祝传说流变考察记》称，"因为祝英

---

①（宋）史能之等《咸淳毗陵志》，第3196页。

②（清）施惠、钱志澄修，（清）吴景墙等纂《（光绪）宜兴荆溪县新志》卷九"古迹志·遗址"，清光绪八年（1882）刻本，本卷第14页。

③（清）吴骞《桃溪客语》卷一"梁祝同学"、卷二"祝陵"，清乾隆吴氏刻《拜经楼丛书》本，本卷第20、14页。

④黄裳《西厢记与白蛇传》，平明出版社，1953年，第90页。

⑤张恨水《关于梁祝文字的来源》，见周静书主编《梁祝文化大观·学术论文卷》，中华书局，2000年，第149页。

台是上虞人,才受到她的同时代同乡东晋上虞人丞相谢安的重视,奏请朝廷表其墓曰'义妇冢'","历代上虞县志均将祝英台列为上虞人","上虞尚有祝家庄、祝家祠堂等遗迹",作者还对上虞祝家村祝氏后人作过调查,"我是祝家村人,在我们祝氏谱上,祝员外并非单独一个闺女——祝英台祝九娘"①。而今,上虞为保护地方遗产,更为促动旅游,在祝家村修建了员外山庄。

国外亦见认定梁祝为历史人物者。如日本梁祝学者渡边明次《寻访中国梁祝故事遗存地及其思考》提出:"据记载,梁山伯出生于公元352年死于373年,而祝英台出嫁是374年的事情,从时间上看应该是符合逻辑的,所以可以确定他们是历史上真实的人物。"②渡边明次关于梁祝生活年代之判断,显然依据北宋李茂诚《义忠王庙记》。

关于宜兴祝英台墓,目前见两种说法。一云"祝陵"即女子祝英台墓,今善卷寺附近之"祝陵"地名牵关祝英台葬身处;一云祝英台墓位于当地青龙山,目前是山见"晋义妇祝英台之冢"墓碑。不过,倘青龙山所见祝英台墓为实,祝英台葬于"祝陵"村说,无疑又面临挑战。

不独浙江、江苏,山东、河南等地肯定本地梁祝墓冢等遗迹真实性者亦众。张自义、胡昭穆等《梁祝故事在济宁》谓:"由于我地(济宁)梁祝合葬墓及峄山读书处等多处遗址和反映在当地地方戏曲的梁祝原型人物,均被忽视","梁祝爱情受封建婚姻约束,悲剧发生在这里很自然的"③。作者据当地梁祝合葬墓、梁祝祠、梁祝墓志、峄山读书处遗址等,将梁祝籍贯锁定为济宁。于茂世《梁祝故事起源于驻马店市汝南县》称汝南梁山伯墓已于1964年被毁,"一个人的头骨,曾被马乡镇马北村的孩子们当做足球,踢来踢去"④;刘康健《千古绝唱出中原——河南省汝南县梁山伯与祝英台故里考》谓:"汝南不仅有梁山伯、祝英台墓,又有梁祝故里及马文才的家乡,还有读书的地方——红罗山,结拜的曹桥,所有梁山伯与祝英台故事中的遗址、遗迹全部都可以找到。这在全国是独一无二的。"⑤

---

① 见周静书主编《梁祝文化大观·学术论文卷》,第343、344页。
② 见周静书主编《梁祝文库·理论研究卷》,中华书局,2007年,第91页。
③ 见钱南扬等著,陶玮选编《名家谈梁山伯与祝英台》,文化艺术出版社,2006年,第167、172页。
④ 见钱南扬等著,陶玮选编《名家谈梁山伯与祝英台》,第113页。
⑤ 见钱南扬等著,陶玮选编《名家谈梁山伯与祝英台》,第133页。

　　有人据宋人《义忠王庙记》记载,不仅肯定梁祝为真实人物,甚至提出马氏子亦实有其人。如:诸焕灿《试谈梁祝故事的起源与变异》提到,"笔者翻阅了众多的资料,证实确有其人,也确有其事",梁祝当"生活在公元352至373年之间","看来,不仅梁山伯、祝英台,就连马家及马氏子也可说是实有其人的"①。显然,若梁祝果真为历史真实人物,其墓冢存在也就具备了可能性。

　　亦有认为梁祝实有其人,而二人爱情传说为后人杜撰。如吕洪年《梁祝"黄泉夫妻"说小议》提出,梁祝并非同时代人,祝英台出现比梁山伯早,二人同冢纯属偶然,为有缘人"阴配"夫妻,此后才见梁祝同学读书传说。②

　　从全国范围看,多地存在梁祝相关的风俗。如各地常称双飞的蝴蝶为"梁山伯祝英台";据传山东济宁马坡一带,旧时梁氏、祝氏皆不与马氏通婚,且三姓所在村庄,皆不演梁祝戏等,类似说法在江苏、浙江等地也存在。这些富有传奇色彩的民俗,似乎告诉人们,梁祝实有其人、传说实有其事、墓葬实当存在。

　　概括起来说,人们认定梁祝为历史人物,主要依据有四:一是民间传说对梁祝籍贯有交待;二是梁祝传说多见于方志;三是全国多地存有梁祝文化遗迹;四是梁祝相关风物民俗于多地可见。

　　当然,也有认为梁祝不是历史人物而是一般传说人物者。如刘锡诚《梁祝的嬗变与文化的传播》提出:"传说也许不是空穴来风,但用传说来最终证明史实是无能为力的。既然大量的传说材料,包括上面引述的早期阶段的史志材料和近代特别是近二十年来搜集到的民间口传材料,至今也无法证明梁祝在历史上实有其人,那么我宁愿认为,梁祝传说是非历史人物传说,而是一般的人物传说,其主人公梁山伯和祝英台只属于传说人物。"③

　　2006年5月,经国务院正式批准,"梁祝传说"以四省六地合作申报名义列入第一批国家级非物质文化遗产名录。遗憾的是,梁祝是否历史真实人物、二人真正墓冢位于何处等,却一直未有定论。

　　既然祝英台本地名而非人名,梁山伯乃梁王萧衍与离墨山伯附会而出,那么,世上就不当存有真正的梁祝墓冢。言及梁祝同冢,河南等地流传

---

① 见周静书主编《梁祝文化大观·学术论文卷》,第390、391页。
② 见《民间文艺季刊》1987年第2期,第149—160页。
③ 见钱南扬等著,陶玮选编《名家谈梁山伯与祝英台》,第35页。

"梁祝同穴难改变,假墓留给世人看"说①,是说当理解为:梁祝同冢传说广泛流传,已扎根于民众心间,很难改变了;是墓自讹传而来,留给后人看看而已,不能当真。

考虑到梁祝传说由来经历非同一般,笔者相信,即便真正梁祝墓冢并不存在,梁祝同冢、"义妇冢"说必有其据。

第四节　梁祝同冢、"义妇冢"说缘起

与诸多民间故事明显不同的是,离奇的梁祝故事背后,总能探寻出其重要名物、情节之来由。考虑到宁波、宜兴流传的梁祝传说影响最大,关联度最为紧密,以下重点针对两地故事关联信息,来探求梁祝同冢、"义妇冢"说之真相。

一、梁祝同冢说缘起

宁波对民间传说的梁祝同葬墓考古发掘,仅出土一男性尸骨;宜兴广泛流传梁祝同冢,却惟见称"祝陵"的祝英台墓;他地常见祝英台墓或梁祝同葬墓,而梁山伯墓几乎不会单独出现。梁祝同冢说的真相,是否掩盖于这类怪异现象背后呢?

(一)宁波之"梁山伯冢"与"义妇冢"同冢

梁祝同冢之可靠记录,最早见宁波相关文献,文献记载"梁山伯冢"与"义妇冢"同为一家。

关于"梁山伯冢"记录,最早见唐梁载言《十道志》。《夹注名贤十抄诗》"梁山伯祝英台传"说唱夹注,提到《十道志》记载"明州有梁山伯冢"②,其后又见注"义妇竺英台同冢"。据注文可知,义妇竺(祝)英台同葬于"梁山伯冢"。

北宋《义忠王庙记》记载,梁山伯于"宁康癸酉八月十六日辰时"去世,第二年,祝英台出嫁日行船遇阻,于是赴附近"山伯梁令之新冢"(梁山伯冢)祭祀,此时发生地裂,将她与梁山伯同埋一处,二人同葬冢称"义妇冢",

---

①于茂世《梁祝故事起源于驻马店市汝南县》,见钱南扬等著、陶玮选编《名家谈梁山伯与祝英台》,第114页。

②(高丽)释子山夹注,查屏球整理《夹注名贤十抄诗》,上海古籍出版社,2005年,第177页。

"郡以事异闻于朝，丞相谢安奏请封义妇冢"①。宋以后宁波方志及民间故事，提及梁祝同冢，多指"梁山伯冢"与"义妇冢"同为一冢。

《梁山伯庙考》章节，笔者考证提出，齐和帝时，朝廷诏令在萧衍受封各郡建立冢社，今宁波的梁山伯庙实为萧衍冢社之社、"山伯梁令之新冢"（梁山伯冢）实为萧衍冢社之冢（祭坛）。

自古以来，针对"义妇冢"说，后人虽多有疑问并试图给予解释，然至今未有定论。20世纪末，宁波对传说中的"梁祝墓"进行发掘，考古事实彻底否定了"义妇冢"存在之合理性。

（二）宜兴之祝英台（祝陵）即"梁山伯冢"

宜兴民间，长期流传"祝陵"为女子祝英台葬所，而"梁山伯冢"位于何处则不明朗。若从梁祝同冢说视角看，则"祝陵"必为"梁山伯冢"。下面，笔者着重从学理角度寻求依据并探求真相。

从文献记录信息看，齐和帝时，义兴曾按朝廷旨令为萧衍建立冢社，然当地是否将前身为孙皓所立祭坛祝英台并祠庙建筑改作萧衍冢社，却未见文献。

《梁山伯考》《梁山伯庙考》章节，笔者考证提出，萧衍与梁山伯间存在附会。义兴既流传梁祝同冢，而女子祝英台本由祭坛祝英台讹来，如此，则祭坛祝英台必与萧衍关联。

据《梁书》《南史》所载，萧衍与义兴祭祀类台坛建筑关联，可见两则线索：其一，齐和帝时，地方曾建立萧衍冢社（祭坛与祠庙）；其二，萧衍即位第二年，曾在宜兴离墨山筑九斗坛求雨。《祝英台故址考》章节，笔者考证提出，梁武帝祈雨坛与祭坛祝英台距离虽近，却非一处。进而，上文既认定祭坛祝英台必与萧衍关联，则知义兴的祝英台极有可能曾改为萧衍冢社之冢。

关于义兴改孙皓封禅建筑为萧衍冢社事，可以梁山伯庙部分考证论断为佐证。《梁山伯庙考》提到，与义兴萧衍冢社建于同期的鄞县梁山伯庙为萧衍冢社之社、"山伯梁令之新冢"（梁山伯）乃萧衍冢社之冢，"山伯梁令之新冢"既与"义妇冢"（女子祝英台墓）同冢，结合地名祝英台、梁山伯附会

---

① （清）汪源泽修，（清）闻性道纂《（康熙）鄞县志》卷九"庙祠·西鄙·义忠王庙"，清康熙二十五年（1686）刻本，本卷第60页。

而出最早均见于义兴之考证认知,则见宁波所传梁祝故事必从义兴导入;进而,既然义兴之祭坛祝英台(地名)与"梁山伯冢"同冢且与萧衍相关,则当地祝英台本体必改作萧衍冢社之冢,同时,祭坛祝英台旁边之祠庙建筑(祝英台故宅)必然改作了萧衍冢社之社(祠庙)。

以上可见,在宜兴,"梁山伯冢"并非不知所在,而是实与祝英台(祝陵)同为一家。

(三)梁祝同冢说讹自祭坛祝英台与萧衍冢社之冢同冢

据前文考证可知,梁祝同冢说,受萧衍冢社建立、萧衍与梁山伯附会及祭坛祝英台讹为人名等因子共同影响而出。还原真相,可梳理出同冢说缘起与讹衍之脉络:

齐和帝中兴二年(502),朝廷令在萧衍封地为其建立冢社,义兴郡于是将封禅祭坛祝英台改作了萧衍冢社之冢。

因萧衍与梁山伯之附会,其冢社之冢得称"梁山伯冢"。此处可见,外观似冢之祭坛祝英台与"梁山伯冢"本同一土冢。

祭坛祝英台讹为女子之名后,在女子祝英台墓冢与"梁山伯冢"同冢说基础上,继续衍生出梁山伯与祝英台同冢说。

研究梁祝墓冢命题中发现,早期梁祝故事或古籍记述梁祝同冢事,常见"山伯梁令之新冢""梁山伯冢""义妇冢"说,而鲜见"梁山伯墓(坟)""祝英台墓(坟)"或"梁祝墓(坟)"说,究其根源,乃受萧衍冢社建立影响:据对梁山伯来由考证得知,"梁山伯冢"说于南齐末始具孕出条件,若其时称之"梁山伯墓",则必出大谬;《义忠王庙记》谓"山伯梁令之新冢"而非"山伯梁令之新墓",言"义妇冢"而不言"义妇墓",表明当时与萧衍冢社相关的原始信息仍见遗存于世。进而,今流行之梁祝故事,述及梁山伯葬所,皆称"梁山伯墓",表明随时间推移,与萧衍相关之"梁山伯冢"真相俱已湮灭。

看来,梁祝同冢说早期内涵,本指义兴之祭坛祝英台与萧衍冢社之冢为同一土冢。及至梁山伯附会而出并祝英台由地名讹为人名后,才渐渐衍生出梁祝二人同冢说。

二、"义妇冢"缘起

祝英台葬所称"义妇冢"说由来已久,然因其而生之疑惑至今难去。考证表明,"义妇冢"称谓之出,与祭坛祝英台讹为女子并梁祝传说流行有关。

(一)倍受质疑之"义妇冢"

宋以后宁波方志及《大明一统志》等,虽列"义妇冢"条目,不过,其真实性一直受到质疑。

南宋时期,已见质疑祝英台得称"义妇"者。如宋《(宝庆)四明志》云:"梁山伯祝英台墓。县西十里接待寺之后,有庙存焉。二人少尝同学,比及三年,而山伯初不知英台之为女也。以同学而同葬。见《十道四蕃志》所载。旧志称曰义妇冢,然祝英台女而非妇也。"[①]志撰者认为祝英台与梁山伯仅以同学身份并葬,称祝英台为"义妇"不妥。事实上,古代以"妇"称未婚女子者并不少见,故从祝英台未出嫁角度理解,认为其不能称"妇"说失当。

"义妇冢"一词,较早见北宋《义忠王庙记》。从《庙记》所载梁祝故事看,似乎也不宜将"义妇冢"之"义",理解成男女情义或祝英台之节义:祝英台坠入梁山伯冢,乃地裂使然,非出于殉情自愿,不宜视为对梁山伯的情义牵挂或为之殉节。

对"义妇冢"之"义",有人将其理解为祝英台能够坚守女性贞操,亦未必合理。传秦始皇曾立碑要求妇女守贞,及至汉代,"女无二适"贞洁观念渐为社会认同,然从早期记载梁祝故事之文献中(如《义忠王庙记》),实在识读不出对祝英台保守贞操的推崇。

以上可见,单纯立足于浙江本地文献,实在无法对"义妇冢"由来作出圆满解释。考虑到"义妇"本指女子祝英台、女子祝英台本从义兴祭坛祝英台讹来,故下面试结合义兴相关线索来探求真相。

(二)"义妇冢"说源于丁义兴祝英台(地名)讹为女子

从宋人《义忠王庙记》所记梁祝事迹中,不见祝英台"义"在何处,更不见梁祝同葬墓得称"义妇冢"之任何理由。然若将"义妇冢"之"义"理解为"义兴",则茅塞顿开。

可以肯定地说,"义妇冢"出现必与女子祝英台相关。祝英台最早见于义兴,排除"义妇"之"义"几种常见不妥解释后,只得再从"义妇""祝英台"与义兴关联线索中搜寻答案。

"义妇冢"之较早记录,还见古高丽国《夹注名贤十抄诗》。是书所录

---

①(宋)罗濬等《(宝庆)四明志》卷第十三《(鄞县志)卷第二》"叙遗·存古",宋刻本,本卷第80页。

"梁山伯祝英台传"说唱之夹注,云及《十道志》见载"梁山伯冢"之信息,其后又见"义妇竺英台同冢"注,后注乃为对前注所见"梁山伯冢"之续注(可参见第十四章《梁祝传说与〈十道志〉渊源考》)。此处"义妇"无疑指"竺(祝)英台"。故事主角明明是祝英台,而注中却见"义妇竺英台",显然非笔误,而是注者有意将人名"竺英台"与外观似冢之地名"祝英台"划清界限。

宜兴古称"义兴",北宋时期,因避讳宋太宗赵光义名讳改称"宜兴"。若将"义妇"解读为"义兴之妇",则"义妇冢"悬疑立释:祝英台最早出现于义兴,在宁波人看来,女子祝英台乃义兴人,故称之"义妇",实指义兴妇女(祝英台)。也即"义妇冢"之"义",乃"义兴"之简称(如同今宜兴简称"宜"),"义妇冢"乃"义兴妇女(祝英台)冢"简称,实指"祝英台冢"。

《咸淳毗陵志》解释与祭坛祝英台相关的"祝陵"地名,称梁祝故事"类诞",出于志撰者知晓真相,故出"辟谣"之论。而宁波方志,更多见肯定女子祝英台身份者,表明当地对"义妇冢"真相认知之缺失。进而,若从祝英台本非人名角度思考,则见离奇"义妇冢"说背后,隐含祭坛祝英台曾改为萧衍冢社之冢这段历史。

综上,《义忠王庙记》所见"梁令之新冢"与"义妇冢"同冢,本源出于义兴之"梁山伯冢"与当地祭坛祝英台同冢,"义妇冢"称谓之出必受义兴祭坛祝英台讹为女子之名影响;"义妇冢"称谓之出现,还表明古宁波地域所传女子祝英台事迹乃从义兴源出。

三、梁祝同冢说之最早记录

从对目前所见文献的考察看,梁祝同冢说最早见北宋李茂诚《义忠王庙记》。

前面章节,笔者考证提出祝英台本东吴末帝孙皓封禅所立祭坛,南齐中兴二年(502),义兴将祭坛祝英台与封禅所立明堂之本体改为梁公(义忠王、梁王)冢社,是为梁山伯附会而出创造了条件(可见第一章《祝英台考》、第六章《梁山伯考》等)。梁山伯附会而出后,祝英台与"梁山伯冢"(萧衍冢社之冢)同冢说因具萌生条件。然就梁祝同冢说起源时间命题而言,不能据齐梁之交或梁王萧衍称帝前后"梁山伯冢"与祝英台同冢说已具备萌芽条件,就认定梁祝二人同冢说已于其时出现。

祝英台最早见于义兴、梁山伯附会而出亦最早见于义兴,不过,当地最早记述梁祝故事之南宋《咸淳毗陵志》中,不仅未提梁祝同冢及祝英台葬所,甚至未及梁山伯墓所在。故云,追溯梁祝二人同冢说之源头,目前还难以从义兴找到更早的文献依据。

钱南扬提到,梁祝墓冢最早见载于南朝萧绎所作《金楼子》。然而,在《金楼子》各种不同传本中,不仅不见梁祝同冢之任何记述,甚至不见故事相关之只言片语。其后考证表明,《金楼子》成书时,梁祝传说尚不具备萌芽条件(可参见第十三章《〈金楼子〉与梁祝传说渊源考》),故钱氏之说不成立。

若按宋张津等《(乾道)四明图经》所载,则唐时已见梁祝同冢说。其后研究发现,是说亦不妥。《(乾道)四明图经》虽提到《十道四蕃志》记载"义妇祝英台与梁山伯同冢",考证却发现,"义妇祝英台与梁山伯同冢"并非出自《十道四蕃志》原文(详见第十四章《梁祝传说与〈十道志〉渊源考》),故《(乾道)四明图经》所云不当为据。

成文时间晚于《义忠王庙记》之《梁山伯祝英台传》说唱中,出现梁祝同冢情节[1]。说唱夹注"明州有梁山伯冢"后,又见加注"义妇竺英台同冢",二注表达内容,显然早于说唱创作年代。表面看,注文"义妇竺英台同冢"已朦胧传达出梁祝二人同冢说之信息,但要认定它为同冢说之最早记录,理由尚不充分:其一,无法明确加注内容出现时代,且仅据"明州有梁山伯冢"注文,亦无法明确"梁山伯冢"讹为梁祝传说中的梁山伯墓之年代;其二,"义妇竺英台同冢"之"竺英台"(祝英台)为人名,注者既强调"义妇竺英台冢"与"梁山伯冢"同为一冢,则见其时"梁山伯冢"已讹为梁祝传说之梁山伯墓,然即便如此,仅凭注文仍难明确梁祝同冢说附会而出之时代。后考证得知,《梁山伯祝英台传》说唱作注年代,相较《义忠王庙记》成文时间更晚(详见第十一章《梁祝化蝶考》)。

从北宋《义忠王庙记》所述梁祝事迹中,未见二人同冢之明确描述。《庙记》虽见"地裂而埋璧焉""丞相谢安奏请封义妇冢,勒石江左"[2]之模糊

---

[1]《夹注名贤十抄诗》"梁山伯祝英台传"说唱,提到了梁祝同冢。按笔者考证,说唱形成于南宋中晚期,故不应当认为梁祝同冢说最早出现在这一说唱中。顺便提及,就《夹注名贤十抄诗》产生年代而言,日本学者芳村弘道据其中杜牧注文与朝鲜博刊本《夹注樊川文集》相似处甚多,提出《夹注名贤十抄诗》产生于公元1300年左右,而韩国学者多认为此书大致出现于公元1000年左右。

[2](清)汪源泽修,(清)闻性道纂《(康熙)鄞县志》卷九"庙祠·西鄙·义忠王庙",本卷第60页。

记述,严格说来,不能作为判定祝英台与梁山伯同冢之依据。不过,《庙记》结尾之诔词出现"死同窀穸",明确指出二人死后同冢,是可视为目前所见梁祝同冢之最早记录。

综上,就今之所见文献判断,祭坛祝英台与"梁山伯冢"同冢事迹虽不晚于南朝梁时已显露端倪,然梁祝二人同冢说之可靠记载,最早只能推至《义忠王庙记》出现时代,即北宋末期。

第五节　梁祝同学说由来

关于梁祝同学说由来,学界尚未见研究成果。

梁祝同学说作为生发二人爱情的前提要素,想必不致无故发生。反复研究发现,梁祝同学说系从梁祝同冢说中脱胎而来。

自古以来,"同冢""同穴"常见称于夫妻合葬墓。从浙东等地流传的"阴配"类故事看,其"同穴""同冢"表义一致。虑及多地方言中,"同穴""同学"两词发音相同或相近,由是产生梁祝"同学"本从梁祝"同穴(同冢)"衍生而出之猜想。然研究早期文献记录信息,并无所获。基于梁祝传说本身亦为一民间传说,于是,笔者开始转向从可称之"活化石"的同类民间文学中寻找依据。

各地梁祝传说故事形态,千差万别。有整体演绎梁祝爱情经历、重点敷叙故事某一情节,也有述说梁祝相关民俗来由的,等等。各类故事中,有一些偏重讲述故事中某一情节之来由。如吕洪年《梁祝"黄泉夫妻"说小议》提到,据从民间调查而来的资料,祝英台出现早于梁山伯,二人同冢纯属偶然,此后才见梁祝同学读书的传说①。同类传说还见民间流传的"清官侠女阴配""清官侠女骨同穴"故事等。

梁祝"黄泉夫妻""清官侠女阴配""清官侠女骨同穴"等传说,同属梁祝"阴配"故事范畴。这类故事讲述梁山伯因与更早逝去的祝英台"阴配"而同冢,虽不见梁祝"同学说"乃从"同冢(穴)说"衍来,却有意突出梁祝"同冢(穴)说"先于"同学说",出现这一说法不是偶然。若肯定"阴配"类故事有所依据,再虑及民间传说口耳递传中,某些因子被不断加工同时,另一些因

①见《民间文艺季刊》1987年第2期,第149—160页。

子会不自觉弱化甚至丢失之常见事实，则知这类故事还传达出如是信息：梁祝同学并相恋传说纯属杜撰，梁祝"同学说"因"同冢说"而萌生。

深入研究可见，梁祝同学说情节讹出有其特殊演绎逻辑：因宜兴的祭坛祝英台与"梁山伯冢"同为一冢，在此土冢被讹为梁祝墓冢的前提下，进一步讹生梁祝同学说。

小结：梁祝同冢说基于萧衍冢社建立、萧衍与梁山伯的附会及祝英台讹为女子而萌生；"义妇冢"内涵实指义兴之妇祝英台冢，其中之"义"指义兴，"义妇冢"说法出现，可视为宁波流传的梁祝故事本源出于宜兴之重要线索；梁祝同学说衍生自同冢说。还原真相同时，揭示出宁波、宜兴两地梁祝传说之渊源。

附一：梁祝墓冢考证思维导图（宜兴）

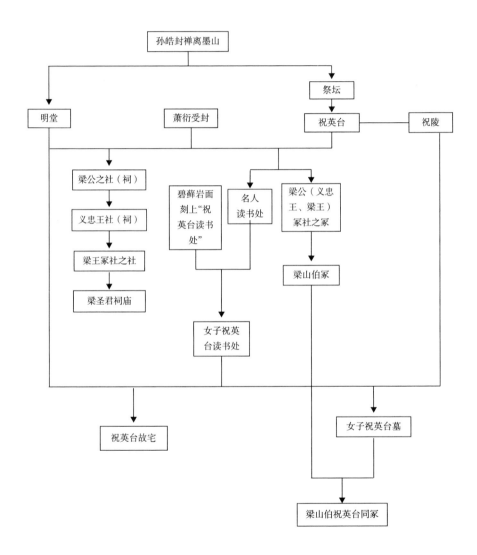

附二:梁祝墓冢考证思维导图(宁波)

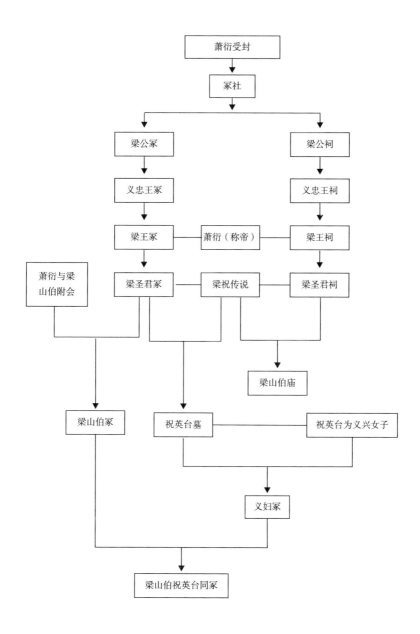

第十一章　梁祝化蝶考

化蝶为梁祝传说最具传奇色彩之重要情节。关于化蝶最早出现时间、地点及其成因等,学界存在诸多解读。考证表明,化蝶说始见于江苏宜兴,其由来非受韩凭妻化蝶等影响,而与祝英台(地名)及周边特殊地理环境等因素有关。

第一节　梁祝化蝶之争议

梁祝传说源于民间,其产生、衍变直至成型经历了漫长时间。然就梁祝传说起源时间、地点而言,至今并未形成统一认识,故学者们一直试图从多方位视角来考探故事源头,梁祝化蝶命题由是引起关注。

一、化蝶时间说

目前,学者多认同梁祝化蝶情节见于宋代以后,亦见持唐代、早于唐代说者。

针对梁祝化蝶说出现时间,钱南扬曾作过考证。其《祝英台故事叙论》提出它最早见于南宋时期:"据目今的材料而论,化蝶事最早提到的,要算宋薛季宣的《游祝陵善权洞诗》了。那首诗中有两句道:'蝶舞凝山魄,花开想玉颜。'而薛氏已经是南宋绍兴间的人了。"[1]

自钱南扬之后,梁祝化蝶始于南宋说,几成定论。

《夹注名贤十抄诗》(《十抄诗》夹注本)之发现,曾引起梁祝学界高度关注。后人为《十抄诗》所录唐人罗邺《蛱蝶》诗句"俗说义妻衣化状"作注,引录一段梁祝说唱文字。有据罗邺《蛱蝶》诗,将梁祝化蝶产生时间提前至唐

---

[1] 见钱南扬辑录《梁祝戏剧辑存》,中华书局,2009年,第257页。

代者①。

亦有学者认为化蝶情节早于唐代已出现。如缪亚奇《论宜兴流传的梁山伯与祝英台故事》,肯定薛季宣《游祝陵善权洞诗》与梁祝化蝶有关,认为梁祝化蝶情节更早出现,化蝶情节的形成基因不必从韩凭妻故事中去比附搜寻②;甚至有认为化蝶情节可能在梁元、齐武时期已完成故事大体框架的③。

二、化蝶地点说

梁祝传说源头论争中,最具影响者为浙江说。然言及梁祝化蝶情节之出现,学者多认为故事流传到宜兴后,当地加入了化蝶结局。

最早关注梁祝化蝶命题者为钱南扬,其《祝英台故事叙论》谓:"就是宋元明宁波的志乘中,没有一句关于化蝶的话。""所以我疑心《祝英台》故事传到宜兴之后,才把化蝶事加入的。"④其后,路工等众学者认同钱南扬观点⑤。

迄今,就梁祝化蝶最早发生地而言,主流观点仍认同宜兴说。

---

① 周静书《高丽古籍中的〈蛱蝶〉诗和梁祝传说》提出,唐代化蝶情节已经出现:"而我们惊喜地首次发现,身为浙江余杭籍的罗邺创作的《蛱蝶》七律诗,咏出了'梁祝'的传说,这是至今看到的唐诗中唯一的与梁祝相关的诗歌,也是至今发现的最早反映梁祝故事的古诗词,又是至今最早反映梁祝'化蝶'的文学作品。""这是梁祝文化研究中的一个重大发现,它的重要价值至少在于两个方面:一是将'梁祝化蝶'的产生时间大大提前到了唐代。""到南宋,高丽人编辑《夹注名贤十抄诗》时,详尽地将梁祝故事注释到罗邺的诗句后面,而且十分贴切准确。"(2008年,中国梁祝文化网)

② 缪亚奇《论宜兴流传的梁山伯与祝英台故事》不仅肯定薛季宣《游祝陵善权洞诗》与梁祝化蝶有关,而且认为梁祝化蝶情节出现更早,"其化蝶情节产生的时限可以推的比唐宋更久远些",文章还指出,传说中"使悲剧出现喜剧转机的化蝶情节,是在宜兴民间最早形成;同时,关于唐宋时'无化蝶之事'一说已不能成立,该情节的形成基因已不必从韩凭妻故事中去比附搜寻"(宜兴市政协学习和文史委员会、宜兴市华夏梁祝文化研究会编《宜兴梁祝文化·论文集》,方志出版社,2004年,第11、12页)。

③ 姚宝瑄、王立军《化蝶新证》谓:"有学者说梁祝化蝶的情节可能较唐宋要早远一些的看法是很有见地的。也可能在梁元、齐武时期故事的大体框架已完成。"(宜兴市政协学习和文史委员会、宜兴市华夏梁祝文化研究会编《宜兴梁祝文化·论文集》,第134页)

④ 见钱南扬辑录《梁祝戏剧辑存》,第258页。

⑤ 周静书《梁祝"化蝶"成因及其文化意义》谓:"宋人薛季宣《游祝陵善权洞诗》说:'蝶舞凝山魄,花开想玉颜',说明至迟在宋代宜兴已开始流传梁祝化蝶之事了。如果'化蝶'与梁祝互不关联,薛季宣不会在游祝陵时凭空添上'蝶舞'。当然薛氏此诗并未说梁祝化蝶。"(《宁波师院学报》[社会科学版]1996年第2期,第30页)

三、化蝶说渊源

自古以来,民间存在物化蝶、人化蝶、魂化蝶等诸说。目前,有学者认为,梁祝化蝶情节出现不是偶然,乃受民间各种化蝶传说影响。

古代文献中,各种化蝶奇事之记载层出不穷。如宋叶廷圭《海录碎事》见草化蝶、明徐维起《徐氏笔精》见橘虫化蝶之记述,类似记述还见明陈耀文《天中记》、杨慎《丹铅余录》、徐应秋《玉芝堂谈荟》等文献。

从生物学角度讲,所谓草、橘虫、果实化为蝶只是表象,多为与之相符的鳞翅目昆虫之蛹经变态发育后,化而为蝶。因古人生物知识匮乏,误以为蝴蝶乃从某植物中生长而出。

令人称奇的是,文献还见诸多异物化蝶说。如宋李昉等《太平御览》见冢化蝶、宋潘自牧《记纂渊海》见钱化蝶、元陶宗仪《说郛》见肉化蝶等诸多奇闻之记述。事实上,这类记述多乏科学根据,当入志怪故事序列。

除人化蝶说外,还见祝英台衣裾化蝶说。宋李昉等《太平广记》、明彭大翼《山堂肆考》、清张英等《御定渊鉴类函》等皆见载此事。衣裾化蝶可作两种理解,一是衣裾朽化后,经风一吹,到处乱飞,如蝶在舞,人们因而误解或有意比附;二是古代衣裾多为植物纤维或真丝织品,遭弃腐朽后,附于其上的蛹化为蝶类昆虫,不知真相者,以为蝶虫乃衣裾所化。

与梁祝化蝶最接近者为人化蝶、魂化蝶说。检索资料发现,自古以来,各类人化蝶、魂化蝶奇事屡见不鲜。以人化蝶说为例,较早见"庄生梦蝶"说(典出《庄子·齐物论》),然是为庄子藉此表达逃避现实之出世理想,并非指他真地化作了蝴蝶;晋陶潜等《搜神后记》云:"晋义熙中,乌伤葛辉夫在妇家宿,三更后,有两人把火至阶前,疑是凶人,往打之。欲下杖,悉变成蝴蝶,缤纷飞散。"[1]宋周密《癸辛杂识》云:"杨昊字明之,娶江氏少艾,连岁得子。明之客死之明日,有蝴蝶大如掌,徊翔于江氏旁,竟日乃去。及闻讣,聚族而哭,其蝶复来绕江氏,饮食起居不置也。盖明之未能割恋于少妻稚子,故化蝶以归耳。"[2]明钱谷《吴都文粹续集》还见女郎化蝶,清靖道谟、鄂尔泰《云南通志》还见僧化蝶奇事记述。此外,云南大理白族民间广为流

---

[1]（晋）陶潜撰,（明）沈士龙、胡震亨同校《搜神后记》卷八,明万历间刻秘册汇函本,本卷第1页。
[2]（宋）周密撰,吴企明点校《癸辛杂识》"前集·化蝶",中华书局,1988年,第26页。

传雯姑与霞郎抗暴殉情、投水化蝶的故事等。

　　溯及梁祝化蝶渊源,钱南扬认为它受"韩凭妻"故事影响,"然此与梁祝魂化蝶情形不类,不必据此以为是魂化蝶的由来。盖魂化蝶的传说,实在也是从韩凭妻衍化而来"①。关于"韩凭妻"故事,宋乐史《太平寰宇记》云:"《搜神记》:宋大夫韩凭,取妻美。宋康王夺之。凭怨王,自杀。妻腐其衣。与王登台,自投台下。左右揽之,着手化为蝶。又云:与妻合葬,冢树自然交柯。"②故事见韩凭妻衣化蝶情节。目前所见《搜神记》版本较多,从中又见韩凭妻魂化蝶传说,"又有鸳鸯,雌雄各一。……南人谓此禽即韩凭夫妇之精魂"③。从本质上看,韩凭妻衣化蝶、魂化蝶说与祝英台衣化蝶、魂化蝶说类似,故钱南扬才据韩凭妻化蝶故事追溯梁祝化蝶传说渊源。

　　古人认同人化蝶奇事会发生,出于个体肉身死亡并非终结的认知局限。简单分析流传于民间及文献所载各类化蝶说,可见民间对人化蝶、魂化蝶理解,经历了从不觉悟误解到有意曲解乃至神化的过程。

第二节　梁祝化蝶认识之纠偏

　　梁祝化蝶说流传极广、影响极大,曾为众多学者关注。研究可见,学界对这一情节认识,存在诸多值得商榷处。

一、"蝶舞凝山魄,花开想玉颜"非指梁祝化蝶

　　钱南扬等学者据南宋薛季宣《游祝陵善权洞》诗④,认为梁祝化蝶之事可溯至宋绍兴年间。为便于论述,录薛季宣诗如下:

　　　　万古英台面,云泉响佩环。练衣归洞府,香雨落人间。蝶舞凝山魄,花开想玉颜。几如禅观适,游鲦戏澄湾。左右蜗蛮战,晨昏燕蝠争。九星宁曲照,三洞独何营。世事嗟兴丧,人生见死生。阿谁能种

---

① 钱南扬《祝英台故事叙论》,见钱南扬辑录《梁祝戏剧辑存》,第258页。
② (宋)乐史《太平寰宇记》卷十四《河南道十四》"济州·郓城",《景印文渊阁四库全书》第469册,台湾商务印书馆,2008年,第121页下。
③ (晋)干宝撰、(明)胡震亨、毛晋同订《搜神记》卷十一,明津逮秘书本,本卷第13页。
④ 《游祝陵善权洞二首》之"祝陵",《景印文渊阁四库全书》所录薛季宣《浪语集》及《宋元诗会》等,作"竹陵"。

玉,还尔石田耕。①

薛季宣(1134—1173),永嘉(今浙江温州)人,永嘉学派重要人物,著述颇多。诗题所见"祝陵",实质乃孙皓封禅所立祭坛祝英台。诗前四句写善权洞实景,"英台"与"万古"相连,指祝英台(地名)历史久远,而非指梁祝故事传流已久;因祭坛祝英台靠近善卷洞,故"云泉响佩环"乃指祝英台畔之善卷洞流泉声;"蝶舞凝山魄,花开想玉颜"写善权寺一带景致。至于诗文其他内容,联系诗名与诗句上下文看,可谓与梁祝传说并不相及,更与梁祝化蝶无关。

二、唐《蛱蝶》诗无涉梁祝传说

若能证明"化蝶"情节于唐代已出现,则梁祝传说起源时间当不晚于唐代。事实上,唐《蛱蝶》诗作内容与梁祝传说并无关联。

《夹注名贤十抄诗》因收录大量唐人佚诗而为学界所重。其书所录唐人罗邺《蛱蝶》诗曰:

> 草色花光小院明,短墙飞过势便轻。红枝袅袅如无力,粉翅高高别有情。俗说义妻衣化状,书称傲吏梦彰名。四时羡尔寻芳去,长傍佳人襟袖行。

《夹注名贤十抄诗》撰者考证诗作来源,为"俗说义妻衣化状"作注,引录一段梁祝说唱文字:

> 《梁山伯祝英台传》:大唐异事多祚瑞,有一贤才身姓梁。常闻博学身荣贵,每见书生赴选场,在家散祖终无益,正好寻师入学堂。云云。一自独行无伴侣,孤村荒野意恫惶。又遇未来时稍暖,婆娑树下雨风凉。忽见一人随后至,唇红齿白好儿郎。云云。便导(道)英台身姓祝,山伯称名仆姓梁。各言抛舍离乡井,寻师愿到孔丘堂。二人结义为兄弟,死生终始不相忘。不经旬日参夫子,一览《诗》《书》数百张。山伯有才过二陆,英台明德胜三张。山伯不知它是女,英台不怕丈夫郎。一夜英台魂梦散,分明梦里见爹娘。惊觉起来情悄悄,欲从先归

---

① (清)李先荣原修、(清)阮升基、唐仲冕等增修、(清)宁楷等增纂《(嘉庆)增修宜兴县旧志》卷九《古迹志》"名胜",清嘉庆二年(1797)刻本,本卷第39—40页。

睹父娘。英台说向梁兄道,儿家住处有林塘。兄若后归回玉步,莫嫌情旧到儿庄。云云。归舍未逾三五日,其时山伯也思乡。拜辞夫子登歧路,渡水穿山到祝庄。云云。英台缓步徐行出,一对罗襦绣凤凰。兰麝满身香馥郁,千娇万态世无双。山伯见之情似□,□辨英台是女郎。带病偶题诗一绝,黄泉共汝作夫妻。云云。因兹□□相思病,当时身死五魂飏。葬在越州东大路,托梦英台到寝堂。英台跪拜哀哀哭,殷勤酹酒向坟堂。祭曰:君既为奴身已死,妾今相忆到坟傍。君若无灵教妾退,有灵须遣冢开张。言讫冢堂面破裂,英台透入也身亡。乡人惊动纷又散,亲情随后援衣裳。片片化为蝴蝶子,身变尘灭事可伤。云云。《十道志》:"明州有梁山伯冢。"注:"义妇竺英台同冢。"①

《梁山伯祝英台传》说唱发现后,对梁祝传说起源与传播研究产生过一定影响,说唱中见祝英台衣裳化蝶场景,容易让人产生诗作关乎梁祝化蝶之联想。不过,《蛱蝶》诗中"俗说义妻衣化状,书称傲吏梦彰名",实指韩凭妻衣化蝶("义妻"指韩凭之妻),而非梁祝化蝶。

韩凭妻衣化蝶传说中,韩凭乃宋康王舍人(一谓宋康王大夫),称韩凭为傲吏,乃指韩凭性格桀骜不驯抑或指其对宋康王有夺妻之恨。祝英台死后虽与梁山伯同冢,然两人生前未行夫妻之礼,没有理由可视祝英台为梁山伯"义妻",文献常见称祝英台为"义妇",从未见称其"义妻"者。又,较早梁祝故事中,梁山伯形象大致分两类:一为未做官之书生,一为勤政治民之好官。两类作品之梁山伯均不便以"傲吏"称之。更重要的是,《梁山伯祝英台传》说唱中,未见梁山伯为官作吏之记载。

研究发现,直到北宋晚期,梁祝化蝶说尚未见流行。梁祝化蝶说出现以前,民间已见韩凭妻衣化蝶说。出于韩凭妻衣化蝶与祝英台化蝶同属人化蝶类型,故后人常将二事比附。那么,为何注者会在《蛱蝶》诗后加入梁祝说唱呢?笔者判断,注者知晓明州流传梁祝故事,因这类故事常见"义妇""蝴蝶"元素,而罗邺《蛱蝶》诗中出现了"义妻",故引发注者产生联想。

明确而言,唐人《蛱蝶》诗与梁祝传说并无关联,《夹注名贤十抄诗》所录梁祝说唱故事亦非唐代传说,不能作为其时已见梁祝化蝶之证据。

关于唐代是否已见梁祝化蝶说,钱南扬《祝英台故事叙论》谓:"看李义

①(高丽)释子山夹注,查屏球整理《夹注名贤十抄诗》,上海古籍出版社,2005年,第176—177页。

山之诗[①]，当时总有韩凭化蝶的传说，所以有'莫许韩凭为蝴蝶'之句，则由韩凭妻牵连到韩凭了。可见韩凭夫妇魂化蝶的传说，在唐朝已有了。到宋朝乃转变而为梁祝的魂化蝶。""李氏说韩凭而不说梁祝，可见在唐朝化蝶的传说，还是韩凭所占有。"[②]此说有一定道理：迄止目前，唐代确未见梁祝化蝶之切实记载。

顺及，从《梁山伯祝英台传》透露信息看，故事内容与古越州相关。鉴于宁波（古属越州）特殊地理位置，梁祝传说经由其地传至高丽并非没有可能。又，《梁山伯祝英台传》确见祝英台衣裾化蝶场景，不过，从当前研究成果看，尚不足支撑梁祝化蝶情节源出浙江说。

长期以来，梁祝化蝶说广泛流行于民间，而"韩凭妻"故事则多见于文人圈层。梁祝传说在民间产生一定影响后，虽见文人参与加工，仍未见韩凭妻化蝶对梁祝传说之影响。故不宜据两者化蝶情节相似，就断定前者必受后者影响而出，更不宜简单认定诸类化蝶传说脱胎于同一母体。

三、《夹注名贤十抄诗》成书时间下限

《夹注名贤十抄诗》成书年代存有争论，通过对其书所录《梁山伯祝英台传》化蝶情节之考证，可基本明确其成书时间下限。

北宋《义忠王庙记》，描述祝英台与梁山伯同冢后，未见祝英台衣裾化蝶情景。《梁山伯祝英台传》说唱中，祝英台赴梁山伯冢祭祀，因墓冢破裂，祝英台投入身亡，亲人欲援其衣裳，只见衣裳片片化作了蝴蝶。据《庙记》"从者惊引其裾，风裂若云飞"记述，隐约可见二者渊源。

《庙记》作于北宋大观元年（1107），从《梁山伯祝英台传》说唱与《庙记》存在沿袭痕迹并前者出现更多细节看，可判定说唱必晚于《庙记》出现。《义忠王庙记》创作于北宋大观元年（1107），由此判定说唱产生年代不早于公元1107年。

《庙记》与《梁山伯祝英台传》说唱均记述祝英台死后衣裾化作了蝴蝶，而《咸淳毗陵志》记述祝英台魂魄化作了蝴蝶，从化蝶情节变异的时间顺序看，前者显然晚于后者（后及），由此判定说唱流行的时间当早于《咸淳毗陵

[①]指唐李商隐《青陵台》诗"青陵台畔日光斜，万古贞魂倚暮霞。莫讶韩凭为蛱蝶，等闲飞上别枝花"。

[②]见钱南扬辑录《梁祝戏剧辑存》，第258页。

志》成书年代。《咸淳毗陵志》刊于宋咸淳四年(1268),进而判断,《梁山伯祝英台传》说唱出现时间不晚于公元1268年。

查屏球整理《夹注名贤十抄诗》"说明"中提到,"韩国学者将本书的出现年代暂定为1000年左右,基本上是可以成立的"①,若结合笔者上文考证来判断,则见这一说法并不确切。

第三节　梁祝化蝶说演变历程

梁祝魂魄化蝶说的出现,标识着这一情节发展成熟。化蝶说产生并非一蹴而就,而是经历祝英台衣裾化蝶——祝英台魂魄化蝶——梁祝魂魄化蝶衍变过程。化蝶说源出宜兴,与当地祭坛祝英台及周边特殊地理环境等有关。

一、祝英台衣裾化蝶之最早记录

文献关于祝英台衣裾化蝶之最早记录,见于浙江。

撰于北宋大观元年(1107)之《义忠王庙记》,提到英台之死,见"英台遂临冢奠,哀恸。地裂而埋璧焉。从者惊引其裾,风裂若云飞,至董溪西屿而坠之"记述②。从《庙记》所记情节看,当时梁祝故事尚处雏形阶段。《庙记》虽未云祝英台衣裾化蝶,却隐约可见其说之朦胧形态。

晚出于《庙记》之《梁山伯祝英台传》说唱中,出现祝英台衣裳化蝶情景,"言讫冢堂面破裂,英台透入也身亡。乡人惊动纷又散,亲情随后援衣裳。片片化为蝴蝶子,身变尘灭事可伤"③;清末邵金彪《祝英台小传》记述祝英台之死,出现"舟遂停泊,英台乃造梁墓前,失声恸哭。地忽开裂,堕入茔中,绣裙绮襦化蝶飞去"场景④。以上两部作品,俱见沿袭《庙记》所录梁祝故事之斑迹。

从目前所辑文献资料看,《梁山伯祝英台传》所见化蝶情节,可视为祝

---

① (高丽)释子山夹注,查屏球整理《夹注名贤十抄诗》,第2页。
② (清)汪源泽修,(清)闻性道纂《(康熙)鄞县志》卷九"庙祠·西鄙·义忠王庙",清康熙二十五年(1686)刻本,本卷第61页。
③ (高丽)释子山夹注,查屏球整理《夹注名贤十抄诗》,第177页。
④ (清)施惠、钱志澄修,(清)吴景墙等纂《(光绪)宜兴荆溪县新志》卷九"古迹志·遗址",清光绪八年(1882)刻本,本卷第14页。

英台衣裾化蝶之最早记录,它与浙江相关。再据《梁山伯祝英台传》说唱记述故事存在对《庙记》之承袭,可大致认定祝英台衣裾化蝶情节,出现于北宋晚期至南宋早、中期。

　　下面就祝英台衣裾化蝶情节出现时间,再作些延伸论述。《庙记》述及祝英台死后,从者惊引其裾,"风裂若云飞,至董溪西屿而坠之"①,祝英台所穿衣裳破裂后,竟若云在天上飞,如此画面让人难以想象,或者说这一比喻实在不恰当。笔者一度怀疑,"风裂若云飞"原文当为"风裂若蝶飞",若笔者所言为实,则祝英台裙裾化蝶情节之出现可推至北宋末期。

二、祝英台化蝶说最早见于宜兴

　　从梁祝化蝶演进逻辑看,祝英台衣裾化蝶说相比祝英台魂魄化蝶说,当更早出现。祝英台化蝶之记录,最早与宜兴相关。

　　因祝英台最早见于宜兴,故从常理判断,宜兴早期曾出现祝英台衣裾化蝶说。不过,宜兴最早见于文献的则是祝英台化蝶说。《咸淳毗陵志》云:"俗传英台本女子,幼与梁山伯共学,后化为蝶,其说类诞。"②是志撰修于咸淳四年(1268),可见其时祝英台化蝶说已在民间流传,同时还见梁祝同化为蝶说未见流行。志书所记祝英台化蝶,实质指其魂魄化蝶。

三、梁祝化蝶说之流行

　　梁祝化蝶说本纯讹传。从祝英台衣裾化蝶到梁祝魂魄化蝶经历了渐变过程。乃至明代,梁祝同化为蝶说才广为流行。

　　北宋王安石《蝶》诗云:"翅轻于粉薄于缯,长被花牵不自胜。若信庄周尚非我,岂能投死为韩凭。"③王安石长期居金陵(南京)做官,其地距宜兴不远,《蝶》诗用韩凭妻衣化蝶典故而未及梁祝化蝶,表明其时韩凭妻衣化蝶说影响在祝英台衣化蝶之上。

　　祝英台衣裾化蝶可视为梁祝化蝶说之早期形态。通过前文考证可知,

①(清)汪源泽修,(清)闻性道篆《(康熙)鄞县志》卷九"庙祠·西鄙·义忠王庙",本卷第61页。
②(宋)史能之等《咸淳毗陵志》卷第二十七《古迹》"宜兴",中华书局,1990年影印《宋元方志丛刊》,第3196页。
③(宋)王安石《王临川全集》卷三十三"律诗·七言绝句",明嘉靖三十九年(1560)刻本,本卷第3—4页。

祝英台衣裾化蝶说之流行绝不早于北宋末期。至于祝英台化蝶说之流行，相距祝英台衣裾化蝶说，其间已历一百多年。

及至明代，渐成美谈的梁祝化蝶说屡见文人诗词歌赋、小说传奇等，其影响远在韩凭妻化蝶之上。如明刘仲达辑《刘氏鸿书》云："吴中有花蝴蝶，橘蠹所化也。妇孺以梁山伯祝英台呼之。"①明《（万历）嘉定县志》"蝴蝶"条目谓："有黄、有白。又有大而花或黑红斑者，乃橘蠹所化。俗呼'梁山伯祝英台'，不知何谓也。"②明彭大翼《山堂肆考》云："俗传大蝶必成双，乃梁山伯祝英台之魂，又曰韩凭夫妇之魂，皆不可晓。"③《山堂肆考》成书于明万历间，作者不仅将梁祝与韩凭妻化蝶并列，且尤其突出梁祝化蝶了。此外明陆容《菽园杂记》、陈耀文《天中记》、冯梦龙《情史类略》等亦多见梁祝化蝶记述。至于清代，梁祝化蝶结局常成为文人歌咏的素材，如清吴骞《周燕亭景辰游善卷洞观国山碑亭及吴自立大石作》、任映垣《祝英台读书处》、汤思孝《碧藓岩》等。

梁祝生前未结连理，死后化蝶双飞，寄托了人们对二人爱情结局的美好愿望。从今天流行的梁祝故事化蝶情节看，最具影响者无疑为梁祝魂魄同化为蝶说。

四、梁祝化蝶说探源

相比他地，化蝶最早见于宜兴说观点无疑更具说服力。通过对祭坛祝英台周边地理环境的调查，不难对女子祝英台衣裾化蝶、祝英台化蝶、梁祝魂魄化蝶说来由作出解释。

《祝英台考》章节，笔者考证提出祝英台本孙皓封禅之祭坛。从祝英台本祭坛角度思考，则见祝英台衣裾化蝶说之发生，与祭坛祝英台自身环境有关。

每年农历三月，辄有数不清的蝴蝶聚集于宜兴善卷洞后洞区域，成为极靓丽的风景，民间称"蝴蝶会"奇观。传说中的女子祝英台读书处位于善卷洞后洞口附近，此处常年潮湿，附近又有水潭，或是引起蝴蝶聚集的诱因。

---

① （明）刘仲达辑《刘氏鸿书》卷之三十六，明万历刻本，本卷第 5 页。
② （明）张应武《万历嘉定县志》卷之六，明万历刻本，本卷第 67 页。
③ （明）彭大翼辑，（明）张幼学增定《山堂肆考·羽集》卷三十四《昆虫》"蜂·韩凭魂"，明万历二十三年（1595）金陵书林周显刻本，本卷第 5 页。

古祝英台原址位于今祝英台读书处景点附近,其本体为一较为突出的台型遗址,荒废后,台上杂树乱草丛生,容易成为蝴蝶栖息、繁衍场所。同时,因祝英台靠近香火旺盛的善权寺,台面常见游人或寺僧遗弃抑或周边被风吹落于台上的破旧衣物、织物等,栖附于这类织物中的昆虫之蛹化而为蝶,人们传为祭坛祝英台面衣裾化蝶。

在宜兴,孙皓封禅所立祝英台别称"祝陵",祝英台讹为人名后,祭坛祝英台终被讹为女子祝英台墓冢。如此条件下,祭坛祝英台衣裾化蝶渐被曲解成女子祝英台衣裾化蝶,后又衍生出女子祝英台化蝶说。

受蝴蝶双飞习性、梁祝同冢说及民间魂化蝶类故事影响,梁祝魂魄化蝶情节最终发育成熟。今流行之梁祝故事中,仍见祝英台衣裾化蝶情节存在,折射出民间故事传承之"顽固性"特征。

从《义忠王庙记》之祝英台衣裾"风裂若云飞",到《梁山伯祝英台传》说唱之祝英台衣裾"片片化为蝴蝶子"、《咸淳毗陵志》祝英台魂魄化蝶,再到明代梁祝同化为蝶说,从中可见梁祝化蝶情节由来之大致演进过程。

第四节　古诗句释误

宜兴善卷洞后洞口一带适合蝴蝶生息,每年"蝴蝶会"奇观吸引了大量文人关注并题咏。遗憾的是,有句古诗"胡(蝴)蝶满园飞,不见碧藓空",一直为人误解。

在宜兴民间,祭坛祝英台常被称作"祝陵"。《咸淳毗陵志》解释"祝陵",引出了一句古诗,"祝陵。在善权山岩前。有巨石刻,云祝英台读书处,号碧鲜庵。昔有诗云'胡蝶满园飞,不见碧鲜空'。有读书坛"[1],引文"胡蝶满园飞,不见碧鲜空",清《(康熙)重修宜兴县志》等作"蝴蝶满园飞,不见碧藓空"[2],两处"胡蝶"与"蝴蝶"相通。

论及梁祝化蝶,常见有人将志书所引诗句,与后文联贯,出现"蝴蝶满园飞不见,碧鲜空有读书坛"之误识。如清潘允喆《长溪草堂文钞》云:"寺在龙岩之南,龙湫即在寺北。墙外竹树清森,花枝冷艳,颜曰碧鲜庵。昔人

---

①(宋)史能之等《咸淳毗陵志》,第3196页。
②(清)李先容修,(清)徐喈凤纂《(康熙)重修宜兴县志》卷之十《杂志》"古迹",本卷第3页。

诗云:'蝴蝶满园飞不现,碧鲜空有读书台。'纪实也。"(《长溪草堂文钞》卷
上"游碧藓岩和石刻谷公词序")长篇小说《梁山伯与祝英台》作者张恨水,
其《关于梁祝文字的来源》谓:"'蝴蝶满园飞不见,碧鲜(藓)空有读书坛。'
这是宜兴的史志所载。"①此外,缪亚奇《论宜兴流传的梁祝故事》,周静书
《梁祝"化蝶"的成因及其文化意义》,刘锡诚《梁祝嬗变与文化的传播》,高
国藩《冯梦龙〈古今小说〉中的梁祝故事》,陈华文、胡彬《论"梁祝"故事的形
成、演变及其他》等文中,均出现如此表述。笔者赴祝英台读书景点附近调
查有关遗迹,曾见当地将"蝴蝶满园飞不见,碧鲜空有读书坛"做成大字标
语宣传。

对古诗句解读不能只凭语感。如上文所引《咸淳毗陵志》"祝陵"条目,
释文之"有读书坛",乃指"祝陵"附近的"碧藓岩"前有读书坛存在,此处"读
书坛"实质指祭坛祝英台。原诗句之"碧鲜"通"碧藓","不见碧鲜空"之
"空",乃指"碧藓岩"表面所刻"祝英台读书处"等摩崖文字刻痕。故"蝴蝶
满园飞,不见碧鲜空"本义为:只见蝴蝶满园飞舞,却不见"碧藓岩"面文字
摩崖刻痕了②。进而,"胡(蝴)蝶满园飞,不见碧鲜空"诗句,实指当地每年
"蝴蝶会"发生期间,游人对如此奇观之关注度,一时远超刻有"祝英台读书
处"等文字的"碧藓岩"。

"胡(蝴)蝶满园飞,不见碧鲜空"古诗句,出于何时、何人之手,暂未查
到文献。明陈仁锡《潜确居类书》卷二十八云:"善权洞。在常州府宜兴县
国山东南,一名龙岩。周幽王二十四年,洞忽自开。俗传祝英台本女子,幼
与梁山伯为友,读书于此,后化为蝶。古有诗云:'蝴蝶满园飞,不见碧藓
空。'盖咏其事。"③陈仁锡记述不会是凭空捏造。笔者判断,与"碧藓岩"
"祝英台读书处"等相关的"胡(蝴)蝶满园飞,不见碧鲜空"诗句作者,其生
活时代当处唐末至北宋间。

综上,将古诗句"胡(蝴)蝶满园飞,不见碧鲜空",释读成"蝴蝶满园飞
不见,碧鲜空有读书坛",逻辑上明显不通。如此释读,多出于后人不识"祝
英台读书处"真面目,误将"碧鲜庵"视为女子祝英台读书之地。

---

① 见周静书主编《梁祝文化大观·学术论文卷》,第152页。
② "胡(蝴)蝶满园飞,不见碧鲜空"诗句,亦可理解为当地"蝴蝶会"奇观间,众多蝴蝶停息于"碧藓岩",以至于淹没了石上文字刻痕。
③ (明)陈仁锡《潜确居类书》卷二十八《区字部二十三》"洞·善权洞",明崇祯刻本,本卷第6页。

　　小结：梁祝化蝶情节最早见于宜兴，化蝶说缘起与当地古祭坛祝英台及周边环境有关；化蝶情节出现经历祭坛祝英台面衣裾化蝶、女子祝英台衣裾化蝶至女子祝英台魂魄化蝶，再至梁祝魂魄同化为蝶之演进历程。

附:梁祝化蝶考证思维导图

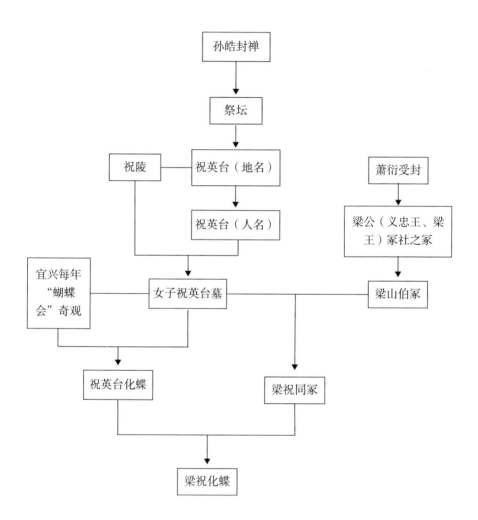

第十二章　"华山畿"考

论及梁祝传说起源,学界多认为故事受古代民歌"华山畿"影响。考证发现,古人所记"华山畿"故事存在逻辑错误,"华山畿"之华山乃镇江宝华山;梁祝传说与"华山畿"故事不存在承袭与附会。

第一节　"华山畿"爱情故事

"华山畿"故事讲述一段古老的爱情传奇。故事最早见宋郭茂倩《乐府诗集》:

> 《古今乐录》曰:"《华山畿》者,宋少帝时懊恼一曲,亦变曲也。少帝时,南徐一士子,从华山畿往云阳。见客舍有女子年十八九,悦之无因,遂感心疾。母问其故,具以启母。母为至华山寻访,见女具说,闻感之,因脱蔽膝,令母密置其席下卧之,当已。少日果差。忽举席,见蔽膝而抱持,遂吞食而死。气欲绝,谓母曰:'葬时车载,从华山度。'母从其意。比至女门,牛不肯前,打拍不动。女曰:'且待须臾。'妆点沐浴,既而出。歌曰:'华山畿,君既为侬死,独活为谁施?欢若见怜时,棺木为侬开。'棺应声开,女透入棺。家人叩打,无如之何。乃合葬,呼曰'神女冢'。"

> 华山畿,君既为侬死,独生为谁施?欢若见怜时,棺木为侬开!闻欢大养蚕,定得几许丝。所得何足言,奈何黑瘦为?夜相思,投壶不停箭,忆欢作娇时。开门枕水渚,三刀治一鱼,历乱伤杀汝。未敢便相许,夜闻侬家论,不持侬与汝。……①

《古今乐录》为南朝陈沙门智匠所辑,宋以后原书佚失。《乐府诗集》等引录其文颇多,"华山畿"曲即其一。"华山畿"故事后见长诗,除起首诗句与故

---

① (宋)郭茂倩《乐府诗集》第二册,中华书局,1979年,第669—670页。

事直接相关外,其他为民间情歌罗列。

按文献记载,"华山畿"故事发生于宋少帝时期。宋少帝即南朝宋帝刘义符(406—424)。刘义符,小字车兵,彭城郡彭城县(今江苏徐州)人,南朝宋开国皇帝刘裕长子,刘宋第二位皇帝,永初三年(422)即位,景平二年(424)遭废。

"华山畿"故事记述南徐士子对华山女子一见钟情,因爱伤情,死前交待出殡时棺木从华山脚下经过;女子见到男子棺木,得知男子因情而死,亦伤心过度,伏于棺木气绝身亡,于是两家将二人合葬,后人称其合葬墓为"神女冢"。故事之"神女冢"又作"神士冢"(见元俞希鲁《(至顺)镇江志》)。

南徐士子既钟情华山脚下女子,不知何故却未央人求婚。从华山女子赠男子隐私衣物"蔽膝"[①]看,她亦为男子心动。至于为何二人生前姻缘未成,故事并未交待。

从"华山畿"字面义理解,南徐士子与华山女子传说发生于华山脚下或附近。故事基本脉络具合理性,或许真实发生过。部分情节类神话,如女子歌后,"棺应声开",当为后人加工。

"华山畿"故事见不同版本,内容稍异。如北宋李昉等《太平广记》所录、标注出《系蒙》之"南徐士人"故事:

> 宋少帝时,南徐有一士子从华山往云阳,见客舍中有一女子,年可十八九,悦之无因,遂成心疾。母问其故,具以启母。母往至华山云阳,寻见女子,具说之。女闻感之,因脱蔽膝,令母密藏于席下。卧之当愈,数日果瘥。忽举席见蔽膝,持而泣之,气欲绝,谓母曰:"葬时从华山过。"母从其意。比至女门,牛打不行,且待须臾。女妆点沐浴竟而出,歌曰:"华山畿,君既为侬死,独活为谁施?君若见怜时,棺木为侬开。"言讫棺木开,女遂透棺中,因合葬。呼曰"神士冢"(出《系蒙》)。[②]

《系蒙》传为晚唐李伉所作。书中所述故事与《乐府诗集》记录"华山畿"故事不同处在于:其一,南徐士子母亲得知儿子病因后,"往至华山云阳"而非华山;其二,二人合葬墓称"神士冢"而非"神女冢"。

---

① "蔽膝"为古人遮盖大腿至膝部的服饰,系从远古遮羞物演化而来。
② (宋)李昉《太平广记》卷一百六十一《感应一》"南徐士人",中华书局,1961年新1版,第1162页。

又,清初褚人获《坚瓠集·余集》所录"华山畿君"故事,相比又见差异:

> 朱秉器《漫纪》:宋南徐有一士,从华山往云阳,见客舍中一女,年可十八九,悦之无因,遂成心疾。母询之,得其隐。往云阳见此女,言及其故,女闻之感慨不胜,因脱蔽膝,令母持归,暗藏病者席下,卧之得愈。数日果瘥。一日举席,见蔽膝,持而痛泣,气几绝,嘱其母曰:"他日葬我,须从云阳过。"母如其言。比至女门,牛任鞭策不行。须臾,女沐浴妆饰而出,曰:"华山畿君!既因我死,我活为谁?君若见怜,棺木为我开裂。"言讫棺开,女遂投,久气即绝。因合葬焉,呼为"神士冢"。《乐府》有《华山畿》本,与梁山伯祝英台事同。[①]

"朱秉器"即朱孟震。朱孟震(生卒年不详),字秉器,江西新淦人,明隆庆二年(1568)进士,官至副都御史、巡抚山西,著有《秉器集》《河上楮谈》《汾上续谈》《浣水续谈》《游宦余谈》《玉笥诗谈》等。褚人获所录故事与《乐府诗集》之"华山畿"故事异处在于:其一,南徐士子母亲得知儿子病因后,"往至云阳见此女"而非"母为至华山寻访";其二,南徐士子死前,嘱咐"他日葬我,须从云阳过"而非"从华山度";其三,二人合葬墓称"神士冢"而非"神女冢"。

以上三则"华山畿"相关故事,情节相似。细看,又见差异。撇开二人合葬冢称谓不同等枝节不言,最大差异在于故事所涉重要地名见反向对应。

第二节　"华山畿"地名关系纠误

不同版本的"华山畿"故事,言及故事之发生地,存在反向对应描述,其中必有文章。

《乐府诗集》之"华山畿"故事提到的"南徐",指南朝宋文帝时所设之南徐州。晋室南迁之际,曾侨置徐州于京口(今江苏镇江);宋文帝元嘉八年(431),改长江以北为南兖州,长江以南为南徐州,后者以京口为治所。沈约《宋书》谓:"武帝永初二年,加徐州曰南徐,而淮北但曰徐。文帝元嘉八

年,更以江北为南兖州,江南为南徐州,治京口。"①南徐州历南朝齐、梁、陈,至隋开皇间废。狭义之南朝宋南徐,指今镇江京口、丹阳等地。

"华山畿"所及云阳,与江苏句容(今属镇江)接壤②,今隶属镇江丹阳市。云阳古地作为南朝齐、梁开国皇帝故里,历史悠久,文化深厚。战国时期已见云阳邑,秦始皇统一后改云阳邑置云阳县,后更名为曲阿县,吴嘉禾三年(234)改曲阿县为云阳县,晋太康二年(281)复名曲阿县,唐天宝元年(742)改润州为丹阳郡,曲阿县为丹阳县,丹阳县属丹阳郡。1987年,丹阳撤县设市,属镇江市,今云阳镇(云阳街道)为丹阳市政府所在地。

郭茂倩《乐府诗集》主要收录汉代及魏晋、南北朝时期民歌,诗集所见"华山畿"故事,出现"南徐一士子,从华山畿往云阳"情节,多为后世沿袭。如元俞希鲁《(至顺)镇江志》、左克明《古乐府》,明冯惟讷《古诗纪》、陆时雍《古诗镜》,清吴兆宜《玉台新咏笺注》等。

研究表明,《乐府诗集》所录"华山畿"故事记述"南徐一士子,从华山畿往云阳",其实有误。理由有二:

其一,南徐士子母亲得知儿子生病缘由后,出现"母为至华山寻访,见女具说"记述,表明南徐士子所爱女子家住华山附近,具体说应在华山脚下。

其二,后文谓南徐士子要求其棺木从华山过,"葬以车载,从华山度",表明南徐士子冀其死讯得让华山女子知晓,藉以表明对心上人之爱意。可见,华山畿非南徐士子而是华山女子家乡。

不同版本之"华山畿"故事,其地名关系表述明显有异,表明古人注意到其中之不合理成分,或故事传承中早见差异。

《太平广记》所录《南徐士人》,其"母往至华山云阳"表述,亦不合理。华山与云阳本不同地名,勉强置于一处,不免表达模糊:南徐士子死前交待"葬时从华山过",表明女子家住华山附近,与故事所述"南徐有一士子,从华山往云阳"矛盾。

粗略比较《乐府诗集》之"华山畿"与褚人获所录明朱孟震《漫纪》之"华山畿君",发现后者地名关系表述似乎更为合理。

①《宋书》卷三十五《志第二十五·州郡一》"南徐州",中华书局,1974年,第1038页。
②云阳地属南徐州时,句容属扬州。

"华山畿君"故事中,清晰可见南徐士子为华山畿人,他喜欢的女子为云阳人。故事叙述之地名关系表面看符合逻辑,若作深入分析,则知编者颠倒了故事主角的家乡:从这类故事其他作品看,华山畿并非南徐士子故乡,故称南徐士子为"华山畿君",显然不合适;《漫纪》冠故事以"华山畿君"名,出于对华山女子死前所吟歌曲之误解,即将原歌"华山畿,君既为侬死,独活为谁施?"误识为"华山畿君,既为侬死,独活为谁施?"(比较《乐府诗集》所录"华山畿"及其后廿四首民歌,则知后者出现句读失误。)

笔者判断,朱孟震抑或前人看出了"华山畿"故事之地名关系存在问题,于是做出"修正",未曾想故事"修正"后,却新见逻辑问题。

若将《乐府诗集》等文献所见"南徐一士子,从华山畿往云阳",语序调整为"南徐一士子,从云阳往华山畿",则诸多疑惑自然消释,也即后者表述正确。其后研究进一步证实笔者认知之合理性。

郭茂倩《乐府诗集》所录"华山畿"故事,源出六朝之《古今乐录》,其地名关系之误,出于郭氏传抄或版刻错误,抑或《古今乐录》早已见误记而郭氏不察?要解决疑惑,唯期待于新的文献发现了。

第三节 "华山畿"之华山方位考

因中国有许多同名的华山,故对"华山畿"之华山,学界存不同认识,有必要考证甄别。

一、"华山畿"之华山诸说

关于"华山畿"之华山,较有影响之说见三种:

一谓陕西华山。因陕西华山为五岳之一,故提到华山,容易联想到它。清雍正《陕西通志》之"神异"条目,载"华山畿"故事,认定故事发生于陕西。

二是江苏高淳花山。胡适考证"华山畿"之华山为江苏高淳境内花山:"南徐州治在现今的丹徒县,云阳在现今的丹阳县,华山大概即是丹阳之南的花山,今属高淳县。"[①]钱南扬认可胡适观点,认为"华山畿"之华山非陕

---

①胡适《白话文学史》,上海古籍出版社,1999年,第61页。

西华山,其《祝英台故事叙论》谓:"胡适之先生以为南徐州治是现在的丹徒,云阳是现在的丹阳,所以华山也就是丹阳南面高淳县境的花山(详《白话文学史》)。此说大概是不错的。试想在交通不便的古代,从南徐到陕西云阳,往返何等费事,则故事里所说'母为至华山寻访'、'车载从华山度'等的事情,未免太不近情理了。"①

　　三曰江苏镇江华山。这是较为通行说法。不过,华山具体位于镇江何处,存在争议。元俞希鲁《(至顺)镇江志》卷七曰:"华山在县东六十三里,或以为花山。非。《润州类集补遗》载:《华山畿》曲云华山即今花山。观《古今乐录》所载华山畿事,谓南徐士子自华山畿往云阳,以地里考之,花山在州东北,云阳在州西南,华山神庙在两者之间,去云阳为近,则知华山畿即今神庙之华山,非花山明矣。此地草葱郁而秀,故曰华山,取其光华也。今城东有花山寺可证。"②志撰者对"华山畿"之华山为"县东六十三里"之"华山"(花山)旧说并不认同,认为"华山畿"之华山乃云阳与花山间之"神庙之华山"。又,清《(乾隆)江南通志》谓:"花山在府东三里,一名东山。皇甫冉诗云'北固多陈迹,东山复胜游',即此。又府东三十里有雩山,大浪山。六十三里有华山,旧志云'即乐府所谓华山畿者'。"③此处"府东"指镇江府。从记述看,志书有意将"花山"与"华山"区别开来。

　　受"华山畿"故事之影响,亦见将别处华山误为"华山畿"之华山者。如南北朝徐陵《玉台新咏》所录《古诗为焦仲卿妻作》云:"府吏闻此事,心知长别离。徘徊庭树下,自挂东南枝。两家求合葬,合葬华山傍。"针对诗句之"华山",清吴兆宜《玉台新咏笺注》注曰:"考西岳华山相去庐江甚远,合葬事当从《古今乐录》南徐'华山畿'为是。"④

二、华山说斠疑

　　"华山畿"故事之"南徐"与"云阳"皆江苏古地名,因江苏与陕西相去远

---

①见钱南扬《梁祝戏剧辑存》,中华书局,2009年,第255页。

②(元)脱因修,(元)俞希鲁纂《(至顺)镇江志》卷七《山川》"丹徒县",清嘉庆《宛委别藏》本,本卷第4页。

③(清)尹继善等修,(清)黄之隽等纂《(乾隆)江南通志》卷十三《舆地志·山川三》"常州府",清乾隆元年(1736)刻本,本卷第28页。

④(陈)徐陵辑,(清)吴兆宜注,(清)程际盛删补《玉台新咏笺注》卷一"古诗无人名为焦仲卿妻作并序",清乾隆三十九年(1774)程际盛刻本,本卷第40页。

超千里,故"华山畿"故事只会发生于今江苏境内或其周边。如此,可首先排除陕西华山说。

吴兆宜为《古诗为焦仲卿妻作》之"华山"注解,同样存在疑问,焦仲卿妻故事发生于安徽庐州,故诗文之"华山"与"华山畿"之华山非指一处。

"华山畿"之华山亦不当为胡适所云高淳境内花山。高淳与丹阳相去较远,南徐士子遇华山畿女子后,其母如何能寻访到?南徐士子死后,用牛车载着其棺木到高淳花山,姑不论过去两地间是否有适合车行之路,即便人走那么远也太不合乎情理。镇江方志既见否定"华山畿"之华山为花山说,表明华山即花山说确实存在并具一定影响。进而,胡适认定"华山畿"之华山即高淳花山,出于他关注到"华山"一名"花山"说。

今有传镇江姚桥镇华山村为"华山畿"之华山,并指该村之华山寺、古银杏树及恢复重建之"神女冢"等为证,其实有误。从"华山畿"三字内涵来看,故事当发生于华山脚下抑或华山附近、"华山畿"乃华山女子家乡。即便认定郭茂倩《乐府诗集》"南徐一士子,从华山畿往云阳"表述正确,因华山村东面并无华山存在,怎会出现"华山畿"呢!况且,《乐府诗集》记述南徐士子,"从华山畿往云阳",而非"经华山畿往云阳",岂可据华山神庙地处云阳与花山间,就轻断它即"华山畿"之华山所在!

值得重视的是,"华山畿"故事中所见人物有三:南徐士子与其母亲及华山女子。南徐范围较大,而华山仅为一小地域概念。从表述方式看,故事既云南徐士子,表明其家住南徐,则华山女子就不当为南徐人。如此,也就不宜从狭义的南徐地域来探寻"华山畿"之华山所在。

三、"华山畿"之华山乃句容宝华山

既认定《乐府诗集》所记"南徐一士子,从华山畿往云阳",存在方位表述上的颠倒,而《(乾隆)江南通志》记载京口向东六十三里"即乐府所谓华山畿者"亦无据,那么,就应当从京口西向寻找"华山畿"之华山。

考证并田野调查表明,"华山畿"之华山位于江苏境内,实为毗邻丹阳之句容宝华山。

历史上,句容长期为今南京辖县,西汉元朔元年(前128)置县,东晋咸康元年(335)侨置琅琊郡,南朝宋改为南琅琊郡,南朝齐迁治白下(今南京)。宝华山又谓华山、花山、大华山,海拔437米,略低于南京紫金山(海

拔 448.9 米),有"律宗第一名山"之誉,其山最高峰大华山之西侧有著名的隆昌寺,传是寺始建于梁天监间(502—519),因戒律严明,隆昌寺于海内外享有盛名。

有人认为,因隆昌寺建于华山故称斯山作宝华山,亦有人认为宝华山得名与梁高僧宝志结庵讲经于是山关联。比较两说,前说更为可靠。

古即见提出当从云阳西向寻找"华山畿"之华山者。如清文学家毛奇龄《西河集》收录《寓言七首》诗,其一云:"何处丹唇女,行来白纻衣。云阳西去路,恐是华山畿。"[①]是诗取"华山畿"故事题材,诗中"丹唇女",即指华山女子。从"云阳西去路,恐是华山畿"看,毛奇龄认为"华山畿"之华山在云阳西向。从地理方位看,今句容宝华山即位于丹阳之西稍偏北方位,可知毛奇龄所谓"华山畿"之华山即今之宝华山。

古亦见明确提出"华山畿"之华山即今之宝华山者。如晚明俞彦《俞少卿集》谓:"《古今乐录》:宋少帝时,南徐一士子从华山畿往云阳,见客舍女子云云。华山,今句容滨江花山也,花、华古通用。云阳,今丹阳也,晋南渡时于淮南侨立南徐州,以处从渡者,刘宋始正名为南徐州,即今淮安也。由南徐渡江,适云阳花山,正经历处。王元美《乐府》云:'上有石莲花,是侬洗头盆。'误以为西岳华山矣。"[②]俞彦为上元人(今南京江宁),上元与句容接壤,古以宝华山为界。很明显,俞彦所云之华山(花山),即今句容宝华山,此山又名花山。

从地理上看,句容宝华山与云阳相距不远。东吴赤乌八年(245),孙权遣校尉陈勋统率屯田部队及工匠三万人,开凿句容山道,从小其("小其"本当作"小旗"。笔者考注)直到云阳西城,即著名的"破岗渎工程",此后,云阳与句容交通更为便利。因水、陆路交通方便,南徐士子死后,"葬时车载,从华山度"方有可能。

南朝宋时,云阳隶属南徐州,句容之宝华山隶属扬州,是与笔者"华山女子不当为南徐州人"之认知相合。

再从宝华山与京口距离看,二地相距确实约六十三里,进一步验证了笔者考证结论的合理性。同时可见,《(至顺)镇江志》《(乾隆)江南通志》记

---

①(清)毛奇龄《西河合集·二韵》卷三《五言绝句三》"寓言七首",清康熙刻本,本卷第 12 页。
②(明)俞彦《俞少卿集》"古乐府下·清商曲一·华山畿",明崇祯刻本,本卷第 66 页。

载"华山畿"之华山。"又府东三十里有雩山,大渎山。六十三里有华山,旧志云'即乐府所谓华山畿者'。"①出现反向记述错误。

"华山畿"之华山一作花山,这一说法早就存在。正因《乐府诗集》将"南徐一士子,从云阳往华山畿",误记成"南徐一士子,从华山畿往云阳",后人不明真相,习惯从相反的方向寻找"华山畿"之华山,终造成误判。

第四节 "华山畿"与梁祝传说无渊源

"华山畿"与梁祝传说均表现相恋男女不能结合的爱情悲剧,均见同冢结局,故后人常以为二者存有渊源。其实,梁祝传说发生有其自身演绎逻辑,与"华山畿"无涉。

关于"华山畿"与梁祝传说相关,较早可见明代人记载。如田艺蘅《留青日札》"祝英台"条目,云:"此与紫玉及华山畿女之事甚相类,今俗演为杂剧也。"②朱孟震《漫纪》谓:"《乐府》有《华山畿》本,与梁山伯祝英台事同。"(《坚瓠集·余集》卷四"华山畿君")董其昌《容台诗集》"祝英台宅"诗曰:"徙倚荒台畔,潺湲瀑水飞。因看江左右,却忆华山畿。化碧阴崖出,为云晚岫归。凄其前代事,端使胜情微。"③毛晋《六十种曲》"紫箫记下"云:"妾闻得昔有华山畿、祝英台二女,一感生情,便同死穴。况贱妾因缘奉君,砥砺盘石之心,有如皎日。"④

清代以降,这类记述更多。如陈文述《碧藓庵相传是祝英台读书处》诗,曰:"英台是否山中女,生何年家何所与?与梁同学读何书,曾否目成与心许?何事信若华山畿,青山同穴埋罗衣。罗衣风吹作蝴蝶,至今对对花前飞。男女死生情若此,太行之山沧海水。千秋岂独青陵台,青琴一曲鸳鸯死。"(《颐道堂集诗选》卷七《古今体诗》)谢元淮《碧鲜岩怀古·祝英台读书处》诗,曰:"读书人去绮窗清,寂寞巉岩对月明。愿作鸳鸯空有意,化为

---

① (清)尹继善等修,(清)黄之隽等纂《(乾隆)江南通志》卷十三《舆地志·山川三》"常州府",本卷第28页。

② (明)田艺蘅撰,(明)徐懋升校《留青日札》卷二十一"祝英台",明万历三十七年(1609)重刻本,本卷第4页。

③ (明)董其昌著,(明)孙庭辑《容台诗集》卷二《五言律诗》,明崇祯三年(1630)董庭刻本,本卷第21页。

④ (明)汤显祖《紫箫记》第二十出《胜游》,《汤显祖集》(四),上海人民出版社,1973年,第2531页。

蝴蝶最多情。从来恨事归儿女,那得良缘属友生。遥望祝陵愁贳酒,华山
畿畔泪同倾。祝英台墓今名祝陵,人多善酿。"①

论及祝英台传说之增饰附会,钱南扬认为它抄袭了"华山畿","《华山
畿》故事似乎确发生在少帝,说不定《祝英台》故事的发生在《华山畿》之后,
则是《祝英台》抄袭《华山畿》了","江浙是邻省,所以很有机会和《祝英台》
故事相接触。已经有接触的机会,所以便有相互抄袭的可能。试看祝英台
的入墓,和华山女子的入棺,何等相像"②。钱南扬虽认定梁祝传说源于浙
江,但他认为华山在江苏并不影响他对故事起源之判断。

顾颉刚认定祝英台传说与"华山畿"故事有渊源关系。1930 年《民俗
周刊》第九三、九四、九五期合刊发表其《华山畿与祝英台》,谓:"《乐府》有
华山畿,本此。事与祝英台同。"冯沅君《祝英台的歌》亦提及梁祝传说与
"华山畿"相似或存在沿袭。甚至见认为梁祝传说在前,对"华山畿"故事产
生过影响者③。

就梁祝传说与"华山畿"故事渊源而言,亦见两者不存在附会说者。如
清人俞樾《茶香室丛钞》谓:"其事本属无稽,前人谓,因乐府华山畿事而附
会。然华山畿事无女子伪为男妆之说,则亦不甚合也。"④

笔者以为,梁祝传说与"华山畿"故事虽见相似之处,却不能据二者见
个别相似情节,就简单认定故事存在抄袭,更不宜轻下后者是前者雏形之
论断。为进一步阐明观点,下面再以最具代表性的钱南扬观点为例,稍作
剖判。

钱南扬曾将《义忠王庙记》情节与"华山畿"故事作过比较,认为二者
存在四点相似:一是前者"婴疾勿瘳,嘱侍人曰:'鄮西清道源九陇墟为葬
之地'",与后者"气欲绝,谓母曰:'葬时,车载从华山度'"相似;二是前者
"波涛勃兴,舟航萦回莫进",与后者"牛不肯前,打拍不动"相似;三是前

---

① (清)谢元淮《养默山房诗稿》卷十《虾虎集》"己卯",清光绪元年(1875)刻本,本卷第 6 页。
② 钱南扬《祝英台故事叙论》,见钱南扬辑录《梁祝戏剧辑存》,第 255—256 页。
③ 宜兴学者路晓农认为梁祝传说或对"华山畿"故事产生过影响:"'华山畿'中称事发宋少帝时,却
　记于元代;而梁祝传说发生于东晋,且于齐武帝前就早已在江南传开了,应该比'华山畿'更早。
　因此,'华山畿'很可能是受到'梁祝'影响而产生的。"(路晓农《"梁祝"的起源与流变》,东南大学
　出版社,2014 年,第 248 页)
④ (清)俞樾《茶香室丛钞·四钞》卷三"梁山伯祝英台",清光绪二十五年(1899)刻《春在堂全书》
　本,本卷第 18—19 页。

者"地裂而埋璧焉",与后者"女透入棺"相似;四是前者"马氏言官开椁,巨蛇护冢不果",与"家人叩打,无如之何"相似。此外,他还提到朱孟震《浣水续录》所记"华山畿"故事,"事与祝英台同","可见古人早已见到这一点了"①。

事实上,"华山畿"故事与梁祝故事大相径庭。早期梁祝故事,并无梁山伯苦苦追求祝英台之情节。而"华山畿"故事,则叙述南徐男子心仪华山女子,相思不得,郁郁而终。对比"华山畿"故事与宋人《庙记》之梁祝故事,可见二者之别:

其一,爱情与非爱情故事。"华山畿"故事中,南徐士子对华山女子一见钟情,相思成疾,而华山女子则是听信其母之言,有感于南徐士子真情而心动;在南徐士子与华山女子恋爱关系上,先有士子相思成疾,后见女子"投之以桃,报之以李",最终出现女子为士子真情所动而"女透入棺"。《庙记》中,梁山伯知晓祝英台女子身份后让父母提亲,得知祝英台已许马家,仅作"区区何足论也"之叹,与南徐士子钟情至死不可同日而语;祝英台出嫁路上,出于"波涛勃兴,舟航萦回莫进"②,她才去祭奠梁山伯,二人同冢亦无涉爱情。

其二,中心人物不同。"华山畿"故事中,华山女子对南徐士子以死回报真情,二者同为故事中心人物,而《庙记》之梁山伯分量远在祝英台之上。

其三,同冢结局不同。"华山畿"故事之华山女子入棺,乃主动殉情,而《庙记》之祝英台偶因"地裂"才与梁山伯同冢,似被动"殉葬"。进而,梁祝同冢说出现,有其自身来由:祭坛祝英台曾改作萧衍冢社之冢,因萧衍与梁山伯附会,出现祭坛祝英台与"梁山伯冢"同冢说后,再见梁祝二人同冢说(详见第十章《梁祝同冢(义妇冢)、同学来由考》);南徐士子与华山女子同冢,源出于双方家庭有感于二人情爱,遂将两人埋作一处。

其四,故事源起因子不同。梁祝故事源出后人对地名祝英台及附近"祝英台读书处"刻石等误解,故事纯属讹传。而"华山畿"故事主要情节或许真实发生过。

再从地理位置看,宜兴相距"华山畿"故事发生地并不远,按理不会出

①钱南扬《祝英台故事叙论》,见钱南扬辑录《梁祝戏剧辑存》,第256页。
②(清)汪源泽修、(清)闻性道纂《(康熙)鄞县志》卷九"庙祠·西鄙·义忠王庙",清康熙二十五年(1686)刻本,本卷第60页。

现相互借鉴而情节又差异如此之大的故事。

小结：《乐府诗集》所录"华山畿"故事存在地名失误；"华山畿"之华山乃指江苏句容宝华山；梁祝传说与"华山畿"传说均为独立发展的故事，不当存在抄袭说。

附:"华山畿"故事与梁祝传说渊源考证思维导图

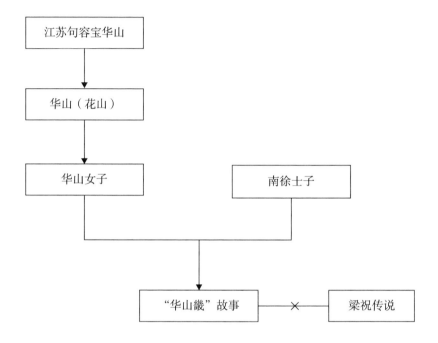

第十三章 《金楼子》与梁祝传说渊源考

学界普遍认为,《金楼子》载有梁祝传说相关信息,故其书对传说源头研究产生过影响。弄清《金楼子》原本与梁祝故事无涉,可避免误入传说起源研究的误区。

第一节 梁祝学者为何关注《金楼子》

《金楼子》为梁元帝萧绎所作。其书记述内容庞杂,涉及领域宽泛,保留了诸多异闻与异书信息。在梁祝传说源头研究中,学界多认为《金楼子》见载这一故事,故其书一度为梁祝学者所重。

梁元帝萧绎,字世诚,小字七符,自号金楼子,梁武帝萧衍第七子,梁简文帝萧纲之弟,552—554 年在位。《金楼子》多用札记、随感形式,记录作者见闻、识志与感想等,内容纷杂。《文献通考》云:"梁元帝绎撰。书十篇,论历古兴亡之迹,《箴戒》《立言》《志怪》《杂说》,自叙书著书聚书,通曰《金楼子》者,作藩时之号。"① 《金楼子》辗转近 1500 年至今,目前已见多个版本。

近代,最早从梁祝传说角度关注《金楼子》的学者为钱南扬,其《祝英台故事叙论》谓:"现在所得到的材料,大都是自宋以后的记载,对于六朝隋唐的东西,简直可以说没有。不过假使真是一些没有,倒也罢了,我们可以毫无疑义的断定这个故事是宋人编造出来的。然而事实上却又不然。明徐树丕《识小录》云:'按:梁祝事异矣!《金楼子》及《会稽异闻》皆载之'。《会稽异闻》不知何代之书,遍找书目不可得,姑置勿论。《金楼子》乃梁元帝所作,却是很普通的书,那书上已经载着这个故事,岂不是发生很早了么!然而事实却令人失望,我曾经翻了几种版本不同的《金楼子》,对于这个故事的记载都一字没有。"②

---

① (宋)马端临著,上海师范大学古籍研究所、华东师范大学古籍研究所点校《文献通考》卷二百十四《经籍考四十一·子杂家》"《金楼子》十卷",中华书局,2011 年,第 5996 页。
② 见钱南扬辑录《梁祝戏剧辑存》,中华书局,2009 年,第 253—254 页。

钱南扬据徐树丕《识小录》所录"梁山伯"故事按语,探寻梁祝传说早期痕迹,却发现不同版本《金楼子》均无此传说信息。他先怀疑徐树丕有意托古或误记书名,其后又否定这一想法,"就情理而论,实在没有托古的必要"。考虑到所见《金楼子》较早版本乃从《永乐大典》辑录而出,而《金楼子》入编时已有散佚,故他判断徐树丕记录可靠:"我们倘然真能在《金楼子》里发现了一篇祝英台故事的记载,那么这个故事岂不是在萧梁时候已经流行了么?""因此我们虽不敢相信徐氏之言是十二分的可靠,然也无法证明他是不可靠。现在在未发见徐氏之言不可靠的证据以前,只好当他是可靠的了。那么,这个故事发生于梁元帝之前了。"①

张恨水《关于梁祝文字的来源》提到:"徐氏所引的事,不会是凭空捏造。对于原书,总有所根据,不然他所说'梁祝事异矣'。这'异矣'两个字,如没所根据,说不出来的。"②不过,对徐树丕说之依据,张恨水未做深究。

陈寅恪认为《金楼子》载有梁祝故事。1957年,他于中山大学观看赣剧《牡丹亭》与《梁祝因缘》演出后,题诗一首:"金楼玉茗了生涯,年来颇喜小说戏曲,梁祝事始见于萧七符书也。老去风情岁岁差。细雨竞鸣秦吉了,故园新放洛阳花。相逢南国能倾国,不信仙家果出家。共入临川梦中梦,闻歌一笑似京华。"③诗中提到梁祝故事最早可见萧七符(萧绎字七符)之书,至于证据为何,于其所著述各文本中均未发现。笔者判断,陈寅恪当见过徐树丕之注并受其说影响。

继钱南扬之后,《金楼子》载有梁祝传说,故事发生于梁代以前几成学界共识。其后学者虽多见论述,但至今未见提出令人信服之论据者④。

---

① 钱南扬《关于收集祝英台故事材料的报告和征求》《祝英台故事叙论》,见钱南扬辑录《梁祝戏剧辑存》,第249、254页。
② 张恨水《关于梁祝文字的来源》,见周静书主编《梁祝文化大观·学术论文卷》,中华书局,2000年,第148页。
③ 陈寅恪《陈寅恪集·诗集》,生活·读书·新知三联书店,2001年,第126页。
④ 如周静书《论梁祝故事的发源》谓:"萧绎生活年代在公元505—554年,生平著作甚多,诗文且'轻靡绮艳',梁祝'情史'也当是他采写的内容。而徐树丕这段话也把梁祝故事地域点明了,……说明故事发生于浙东一带。"(《宁波大学学报》[人文社会科学版]2003年第2期)徐秉令、李启涵《梁祝故事发源地的考查》称:"这个故事传说大概起于三国以后,六朝以前,现在可以考证的,最早要数梁元帝时期《金楼子》一书。此书著作的年代约在公元552—554年间。"(周静书主编《梁祝文化大观·学术论文卷》,第330页)范明三《梁祝"新解"提到:"那祝英台又是何时人呢?民间有说祝是南朝陈国人,比南朝晚是绝不可能的,因梁元帝已记录祝英台故事。"(宜兴市政协学习和文史委员会、宜兴市华夏梁祝文化研究会编《宜兴梁祝文化·论文集》,方志出版社,2003年,第81页)

当然,也有持怀疑态度者。如何其芳《少数民族文学史编写中的问题》称:"徐树丕《识小录》卷三说,南北朝的梁元帝萧绎所著《金楼子》中就载有这个故事。但查现在还存在的从《永乐大典》辑录出来的《金楼子》残本,不见有这样的记载,徐树丕的话就无法证实。徐树丕是明末清初的人,他当时见到的《金楼子》是全书还是别的书的转引,甚至他的话是否可靠,我们都无法判定。我们如果谨慎一些,是不能根据他这句话来推断梁祝故事的流行的朝代的。"①

《金楼子》是否载有梁祝传说,至今为学界之谜。

第二节 《金楼子》不见梁祝传说信息

关于梁祝传说起源时间,存在汉代、晋代、六朝、唐代、五代说等,以东晋说最为通行。倘《金楼子》见载梁祝传说,则故事一定发生于梁元帝以前,东晋说或因之成立。

为便于阐明真相,录徐树丕《识小录》所收之"梁山伯"并徐氏所加按语如下:

> 梁山伯、祝英台,皆东晋人。梁家会稽,祝家上虞,同学于杭者三年,情好甚密。祝先归。梁后过上虞寻访,始知为女子。归告父母,欲娶之,而祝已许马氏子矣。梁怅然不乐,誓不复娶。后三年,梁为鄞令,病死,遗言葬清道山下。又明年,祝为父所逼,适马氏,累欲求死。会过梁葬处,风波大作,舟不能进。祝乃造梁冢,失声哀恸。冢忽裂,祝投而死焉。冢复自合。马氏闻其事于朝,太傅谢安请赠为义妇。和帝时,梁复显灵异助战伐,有司立庙于鄞县。庙前桔二株相抱。有花蝴蝶,桔蠹所化也,妇孺以梁祝称之。
>
> 按:梁祝事异矣!《金楼子》及《会稽异闻》皆载之。夫女为男饰,乖矣!然始终不乱、终能不变,精神之极,至于神异。宇宙间何所不有?未可以为诞。②

徐树丕,字武子,号墙东居士,又号活埋庵道人,江苏长洲(今苏州)人,

①见《何其芳文集》第六卷,人民文学出版社,1984年,第274—275页。
②(明)徐树丕《识小录》卷之三"梁山伯",《涵芬楼秘笈》景稿本,本卷第47页。

明末秀才,卒于康熙间,作品有《识小录》《埋庵集》等。从《识小录》体例看,多为徐树丕读书笔录或随感杂记。其《金楼子》所录"梁山伯"故事,与明刘仲达辑《刘氏鸿书》所录梁祝事迹近似①,从源头看,可溯至北宋大观间李茂诚之《义忠王庙记》。"梁山伯"故事末段,徐氏所加按语引起钱南扬等关注。

徐树丕之"梁祝事异矣!《金楼子》及《会稽异闻》皆载之"按语,提到《金楼子》及《会稽异闻》。令人生憾的是,《会稽异闻》早已湮没,故只能试从《金楼子》角度来探寻真相。

今《金楼子》为后人辑录,相比原本已见残佚,从中不见任何与梁祝传说相关信息。如此,不妨先从《金楼子》佚文着手研究。

关于《金楼子》,《四库全书总目》有介绍:

> 《金楼子》六卷《永乐大典》本
>
> 《金楼子》六卷,梁孝元皇帝撰。《梁书·本纪》称帝博总群书,著述词章多行于世,其在藩时尝自号金楼子,因以名书。《隋书·经籍志》《唐书》《宋史·艺文志》俱载其目为二十卷。晁公武《读书志》谓其书十五篇,是宋代尚无阙佚。至宋濂《诸子辨》、明胡应麟《九流绪论》,所列子部皆不及是书,知明初渐已湮晦,明季遂竟散亡。……今检《永乐大典》各韵尚颇载其遗文,核其所据,乃至正间刊本,勘验序目均为完备,惟所列仅十四篇,与晁公武十五篇之数不合。②

宋时流传之《金楼子》有十五篇,而《四库全书》仅收录十四篇:《兴王篇》、《箴戒篇》、《后妃篇》、《终制篇》、《戒子篇》、《聚书篇》、《二南五霸篇》、《说蕃篇》、《立言篇》(上、下)、《著书篇》、《捷对篇》、《志怪篇》、《杂记篇》(上、下)、《自序篇》。

晁公武(1105—1180),宋著名藏书家、目录学家,著有《郡斋读书志》,是书录书目 1492 部,为我国现存最早具有提要的私藏书目,对后世版本目录学有重要影响。《郡斋读书志》罗列的部分图书今已不存,故其对古代佚

①《刘氏鸿书》云:"吴中有花蝴蝶,橘蠹所化也。妇孺以梁山伯祝英台呼之(《宁波志》)。"([明]刘仲达辑《刘氏鸿书》卷之三十六,明万历刻本,本卷第5页)

②(清)纪昀、永瑢等《钦定四库本书总目》卷一百十七"子部·杂家类一""金楼子六卷",《景印文渊阁四库全书》第3册,台湾商务印书馆,2008年,第548页。

书之考证有较高价值。

《四库全书》所录《金楼子》"勘验序目均完备",表明编者收录此书时,参录之原本仅十四篇。

早在《四库全书》录入《金楼子》前,《永乐大典》已收录《金楼子》。清乾隆三十八年(1772),官修《四库全书》时,《永乐大典》已缺失 2422 卷(千余册),四库馆臣从《永乐大典》辑出的大量佚书,有 385 种录入《四库全书》,《金楼子》便在其中。如此看来,《永乐大典》录入《金楼子》时,仅收其书十四篇。

《金楼子》早有散佚为学界共识。《四库全书》所录是书,乃从《永乐大典》辑录而出,没有理由认为其书再见散佚。不过,关于《四库全书》编者对《金楼子》是否作过整理,目前存不同说法。

笔者判断,萧绎少有文名,好著书立说,《金楼子》作为帝王著作,相对容易传世;《四库全书》编者对入库书目虽会删改,然结合萧绎著述态度并《金楼子》篇目内容看,编者删改其书可能性不大。

后人专门对《金楼子》佚文作过梳理,整体看,从文献检出的佚文并不多,不少所谓的"佚文"乃因版本差异,或出于后人摘引、注抄而牵入。

古人编订书录,常见"经""史""子""集"分类。一般而言,经、史类文献容易保留传承。从版本目录学角度看,散见于各类文献之志怪类文本,比诸"子集"中的一些文本更易传留,是与古代科学不发达有关:因诸多自然现象无法解释,古人对各类"灵异"现象作出记录,不单纯为满足民众猎奇心理,更希冀引起后人重视。

萧绎《金楼子》之《志怪篇》内容驳杂,记录各种怪异故事。从《志怪篇十二》中,可见其收集、创作志怪作品之初衷:

> 夫耳目之外,无有怪者,余以为不然也。……淳于能剖肕以理脑,元化能刳腹以浣胃;养由拂蜻蛉之左翅,燕丹使众鸡之夜鸣,皆其例矣。……若谓受气者皆有一定,则雉有化蜃,雀之为蛤,蠰虫假翼,川龟奋蜚,鼠化为䴏,草死为萤,人化为虎,蛇化为龙,其不然乎? 及其乾鹊知来,猩猩识往,太暤师蜘蛛而结罟,金天据九扈以为政,轩辕候凤鸣而调律,唐尧观蓂荚以候时,此又未必劣于人也。逍遥国葱变而为韭,壮武县桑化而为柏,汝南之竹变而为蛇,茵郁之藤化而为鲲。卢耽为治中,化为双白鹄;王乔为邺令,变作两飞凫。谅以多

矣,故作《志怪篇》。①

存于《志怪篇》之小引不长,于此可见萧绎爱读书且具较深文学修养。"卢耽为侍中,化为双白鹄;王乔为邺令,变作两飞凫",取人化动物异说。梁祝传说多演绎二人死后同冢并化蝶之传奇,属人化动物故事范畴。从这点而言,若梁祝故事其时已见流传,引起萧绎关注并不为怪。

关于梁祝传说起源时间,以东晋说最著。东晋距萧绎生活时代较近,倘《金楼子》果真收入梁祝传说,当见于《志怪篇》。

就目前检索结果看,《金楼子》之《志怪篇》及相关佚文,未见任何与梁祝传说有关之信息,再结合今《金楼子》体例并佚文看,《志怪篇》相对是完整的。如此,不得不让人产生《志怪篇》原本并未收录梁祝传说之怀疑。

今《金楼子》存十四篇,整篇遗失者惟《碑英篇》。那么,梁祝传说有关之信息是否寄托于《碑英篇》中呢?

第三节　《金楼子》之《碑英篇》体例

《碑英篇》又称"金石遗文"或"金石录",主要收录萧绎生前所辑金石碑拓及考跋。今人所见《金楼子》仅十四篇,出于《碑英篇》亡佚,才与晁公武所载十五篇之数不合。

魏晋南北朝时期,同一家族中以文学著称者颇多,属帝王家族代表人物有"三曹"(曹操并其子曹丕、曹植)与"四萧"(萧衍及其子萧统、萧纲与萧绎)等,皆见著作传世并均于文学史坐拥一席之地。如此显贵身份还热衷著书立说,出于他们将文章作为立名之不朽伟业来看待。

萧绎饱读诗书,从小就对金石门类感兴趣,随年龄、阅历增长,其爱好"弥笃",为最早涉入金石学领域的研究者之一。后人称其为"金石文字之祖"(《四库全书总目》),不仅褒扬其热衷集金石资料、好撰碑铭,更是对其考订金石方面功绩的肯定。

清光绪版《梁元帝集》录萧绎"内典碑铭"三十卷,从中可见萧绎对碑铭之重视。又,《全梁文》还见他所作"内典碑铭集林序",其序曰:

---

① (梁)萧绎《金楼子》卷第五"志怪篇十二",清乾隆三十七年(1772)至道光三年(1823)长塘鲍氏刻《知不足斋丛书》本,本卷第13—14页。

夫法性空寂，心行处断，感而遂通，随方引接。故鹊园善诱，马苑弘宣；白林将谢，青树已列。是宣金牒，方寄银身。自象教东流，化行南国。……陆机钩深，犹闻碑赋如一。唯伯喈作铭，林宗无愧；德祖能诵，元常善书。一时之盛，莫得系踵。况般若玄渊，真如妙密，触言成累，系境非真。金石何书，铭颂谁阐；然建塔纪功，招提立寺。……故碑文之兴，斯焉尚矣。夫世代亟改，论文之理非一；时事推移，属词之体或异。……子幼好雕虫，长而弥笃，游心释典，寓目词林，顷常搜聚，有怀著述。譬诸法海，无让波澜；亦等须弥，同归一色。故不择高卑，唯能是与。倘未详悉，随而足之。名为《内典碑铭集林》，合三十卷。庶将来君子，或神观见焉。①

序中可见，萧绎乐于制作碑铭，乃为方便后人"观见"。

萧绎对书画有较深造诣。《南史·元帝纪》称："帝工书善画，自图宣尼像，为赞而书之，时人谓之三绝。"萧绎还爱好收藏，个人藏书十四万余卷，传其中含王羲之、王献之等名家书帖不下千幅。承圣三年（554）冬，江陵（今湖北荆州）将破，萧绎认为虽读万卷书，终不能治国，亲手焚其藏品为灰烬，是为人类文化之一大浩劫。以今人眼光看，萧绎藏书癖好与其国灭前毁书恶劣行径形成鲜明反差，折射出其畸形人生心态。

检阅《金楼子》之《志怪篇》，见一则与石刻文字相关记载：

《地镜经》凡出三家。有师旷《地镜》，有白泽《地镜》，有六甲《地镜》。三家之经，但说珍宝光气。前金楼先生是嵩高道士，多游名山，寻丹砂。于石壁上见有古文，见照宝物之秘方。用以照宝，遂获金玉。②

《地镜经》今已不存，从引文内容看，当是通过物事反馈现象推知未知信息之奇书。高人竟能据石壁上古文信息揭示宝藏之谜，不免让人称奇。萧绎将上述文字收入《金楼子》之《志怪篇》而非《碑英篇》，可见，通过古文字寻宝不是其考订金石之目的。如此判断，其作《碑英篇》另有意图。

从《碑英篇》又作"金石遗文"、萧绎号称"金石文字之祖"角度思考，《碑

---

① （清）严可均辑《全上古三代秦汉三国六朝文·全梁文》卷十七《元帝》，清光绪二十年（1894）黄冈王氏刻本，本卷第 13—14 页。

② （梁）孝元帝《金楼子》卷第五"志怪篇十二"，本卷第 21 页。

英篇》体例必与古代碑文内容与形制等有关,再结合文献所载《碑英篇》之零星信息,从而判断萧绎将其收集的金石拓片并注释考订等,录入《金楼子》之《碑英篇》。

《钦定续通志》云:"撰《金石遗文》为一书者,始于六朝《金楼子》,载碑集十帙百卷。"[1]对比今传本《金楼子》篇幅,可见其所辑碑铭内容之庞大。

萧绎《金楼子》第五卷《著书篇十》亦云其"碑集十秩百卷",其后见按:"《隋书·经籍志》:梁元帝撰杂碑二十二卷,碑文十五卷。此作百卷,疑至隋时已失其全。谨校。"《金楼子》提到的"碑集十秩百卷"即指《碑英篇》,据注可知,及至隋代,官方所辑《碑英篇》仅见杂碑二十二卷、碑文十五卷,剩余部分是流落民间抑或佚失则不为人知。

为保留金石文字原貌,后人常拓之以存。人们收集金石拓本之初衷,多为正史、辨经、研习书法或保存文献之用。由于碑身风化,故许多古碑已不复存在或碑文早已漫漶不清,拓片之流传可让后人知其早期面貌。

对于金石拓片制作,古人早就掌握方法并加利用了。如三国魏正始二年(241),魏都洛阳太学讲堂刻立《三体石经》(一作《正始石经》),碑文用古文、小篆与汉隶三种字体写刻,内容包括《尚书》《春秋》与《左传》等,以便学子现场观摩或制作拓片研学。

自古以来,书法爱好者与收藏家均重视"法书真迹",所谓"真迹",一指书帖原件或铭刻文字的金石等载体,二指原金石等拓片文字。及至今日,尽管印刷术已相当发达,但业内对"法书真迹"的认同,仍仅局限于书帖原件、金石等原器及其图文拓本。因拓本真伪辨别、拓制年代断定较为复杂,易出现误判并造成藏家大损失,故素有"黑老虎"之称。于此亦可见业内对其敬畏。

《碑英篇》虽未见流传,不过,据其散落于文献之蛛迹,可略知梗概。

文献记载,继萧绎后,爱好金石的宋人曾巩,尝欲作《金石录》未果。宋代于金石学有造诣者还见欧阳修、赵明诚等,分别见《集古录》《金石录》等金石著作传世。关于欧阳修《集古录》,《四库全书总目·集古录提要》曰:

> 臣等谨按:《集古录》十卷,宋欧阳修撰。修有《诗本义》,已著录。

---

[1]（清）嵇璜、曹仁虎等奉敕撰《钦定续通志》卷一百六十七《金石略一》,《景印文渊阁四库全书》第394册,第618页下。

古人法书，惟重真迹。自梁元帝始集录碑刻之文为《碑英》一百二十卷，见所撰《金楼子》，是为裒辑金石之祖。今其书不传。曾巩欲作《金石录》而未就，仅制一序存《元丰类稿》中。修始采摭佚逸，积至千卷。撮其大要，各为之说。……宋时庐陵之刻本，今已不传，无从核定，不必以裴记为疑矣。是书原本但随得随录，不复诠次年月。①

《四库全书总目》介绍《集古录》，不仅言及萧绎《碑英篇》未见流传，而且提到欧阳修《集古录》亦未见整本流传。又，就编撰《集古录》宗旨与体例，欧阳修《集古录目》序阐述：

> 汤盘，孔鼎，岐阳之鼓，岱山、邹峄、会稽之刻石，与夫汉、魏已来圣君贤士桓碑、彝器、铭诗、序记，下至古文、籀篆、分隶诸家之字书，皆三代以来至宝，怪奇伟丽、工妙可喜之物。其去人不远，其取之无祸，然而风霜兵火，湮沦磨灭，散弃于山崖墟莽之间，未尝收拾者，由世之好者少也。幸而有好之者，又其力或不足，故仅得其一二，而不能使其聚也。……故上自周穆王以来，下更秦、汉、隋、唐、五代，外至四海九州，名山大川，穷崖绝谷，荒林破冢，神仙鬼物，诡怪所传，莫不皆有，以为《集古录》。以谓转写失真，故因其石本，轴而藏之。有卷帙次第，而无时世之先后，盖其取多而未已，故随其所得而录之。②

对收集的金石资料，欧阳修作过考订。依金石学常识，后人考订、诠注文字，多题跋于拓片两边空白处，不过，亦见将金石分类编目另作考订者。结合上文所引《四库全书总目》文字，可知欧阳修《集古录》原本为金石原拓及其考订文字集，而其考订文字以在拓本文字后作跋的形式体现。如其《集古录》卷二所录"后汉孔宙碑阴题名"云：

> 右汉孔宙碑阴题名。汉世公卿多自教授，聚徒常数百人。其亲授业者为弟子，转相传授者为门生。今宙碑残缺，其姓名邑里仅可见者才六十二人。其称弟子者十人，门生者四十三人，故吏者八人，故民者一人。宙，孔子十九世孙，为泰山都尉。自有录。治平元年闰五月二

①（宋）欧阳修《集古录》"集古录提要"，《景印文渊阁四库全书》第681册，第1—2页。
②（宋）欧阳修《集古录目序》，（宋）欧阳棐撰、（清）缪荃孙校辑《集古录目》，新文丰出版公司编辑部《石刻史料新编》第24册，（台湾）新文丰出版股份有限公司，1982年第2版，第17925页。

十一日书（右真迹）。①

据以上文字可知，"孔宙碑阴"跋文位于原拓本左侧空白处，涉关立碑背景、碑文内容考订等。遗憾的是，因拓本摹传不易、古代印刷技术不发达，《集古录》所收原拓早佚失殆尽，今仅见部分金石摹本与考跋文字传流。

相比欧阳修《集古录》，赵明诚《金石录》亦为金石家推重，二人并称"欧赵"。然截至今日，《金石录》所辑原拓亦罕有传世。

为弥补"欧赵"等类似缺憾，后世《隶释》《金薤琳琅》《金石萃编》《金石索》等金石著作，通常采取描摹拓本图文、缩刻、记录金石原文等方法整理汇刻成书。就金石类著作之传承，清法式善《金石文钞序》曰：

> 《金楼子》载"碑英"一百二十卷，乃金石文字之祖，书今不传。欧阳修《集古录》、赵明诚《金石录》最为著录家推重。然仅具其事，而不载其文。洪适《隶释》、都穆《金薤琳琅》原文备载，可谓详明矣。②

文字可见，因洪适、都穆等所作功课，即便后来原金石或拓本损毁，后人亦可凭记录知其概貌。

据以上分析，可大致判断《碑英篇》由来、体例并失传原因：

嗜好金石的萧绎，对所集金石遗文拓片作过整理、考订，一并将其归入《金楼子》之《碑英篇》，"碑英"本指碑之精华。因《碑英篇》含有大量碑帖拓片，摹传不易，至隋时已佚失大部。宋以后，时人所见《碑英篇》更不完整。《金楼子》之《碑英篇》未入《永乐大典》，或受限于体例，或出于摹录不便，抑或并未征集到《碑英篇》残本乃至早期摹刻本。《四库全书》收录《金楼子》时，主要参据《永乐大典》，自然不见《碑英篇》。

第四节　《金楼子》并未记载梁祝故事

明确地说，现存《金楼子》及佚文均不见梁祝传说相关记述。浏览《全梁文》《梁元帝集》等书目，仍未见关联梁祝传说之任何信息。事实上，《金楼子》并未记载梁祝故事。

---

① (宋)欧阳修《集古录》卷二，《景印文渊阁四库全书》第68册，第29页。
② (清)法式善《存素堂文集》卷二"序·金石文钞序"，清嘉庆十二年(1807)程邦瑞扬州刻增修本，本卷第5页。

　　既排除《金楼子》之《志怪篇》录有梁祝故事,那么,徐树丕所谓梁祝传说相关信息只会见于《金楼子》之《碑英篇》。进而,徐树丕于《识小录》"梁山伯"故事后所加按语,必牵关《碑英篇》。

　　通过对金石类文献著述体例研探,可知《碑英篇》亦不会记载梁祝故事,但不排除与梁祝传说有关信息的记载,如记载祝英台本地名、祭坛祝英台曾改为其父萧衍冢社之冢等信息。如此判断,萧绎考释某碑铭时,记录下如上信息,这类信息随同碑拓被编入《碑英篇》而纳于《金楼子》。

　　梁祝传说作为一古老的民间故事,广泛流传于各地。20世纪80年代之后,围绕梁祝传说申报"世遗",浙江、江苏、河南、山东等地就故事起源地命题展开激烈论争,均例举当地梁祝文化遗址为证。此外,安徽、甘肃等地也见梁祝文化遗址存在,并由此引发争议。既判断《碑英篇》可能存在梁祝传说相关信息,则可从梁祝文化遗址牵涉地域是否存在引起萧绎关注的碑刻着手考探。

　　就河南、山东、安徽、甘肃所见梁祝文化遗址而言,其地域至今可见或于方志可觅当地曾立梁山伯祝英台墓碑,至于六朝或以前碑刻,则不见任何信息,如此,可排除以上省份相关碑刻纳入《碑英篇》之可能性。

　　就浙江而言,该省宁波、绍兴、杭州均见梁祝文化遗迹,然后两者均不见梁祝传说相关六朝或以前碑刻遗存,故亦排除考察视野。

　　今宁波梁祝公园遗存梁山伯祝英台相关墓碑,从刻立时间看,均不早于明代,故不当列入考察范畴。《梁山伯庙考》章节提到,宋人李茂诚《义忠王庙记》曾言及庙中一方古碑,"至安帝丁酉秋,孙恩寇会稽,及鄞,妖党弃碑于江。太尉刘裕讨之,神乃梦裕以助,夜果烽燧荧煌,兵甲隐见,贼遁入海。裕嘉奏闻,帝以神助显雄,褒封义忠神圣王,令有司立庙焉"[①],因《庙记》出现大量附会,笔者判断"妖党"所弃之碑关联南朝刘裕封爵或萧衍受封义忠王事迹,若是碑果真存在,是否会引起萧绎关注呢?南齐时,义忠王祠庙建立范围至于天下十郡之各县(可参见第八章《"祝英台故宅"并善权寺考》),今宁波义忠王庙虽为全国唯一的梁山伯庙,在齐梁之交这类祠庙却是常见的,从这点思考,义忠王庙即便存在与刘裕或萧衍关联之碑刻,也

---

① (清)汪源泽修,(清)闻性道纂《(康熙)鄞县志》卷九"庙祠·西鄙·义忠王庙",清康熙二十五年(1686)刻本,本卷第61页。

不至于引起萧绎太多关注；再从徐氏按语引《会稽异闻》事迹而非义忠王庙直接关联之信息看，基本可以排除《碑英篇》曾收录义忠王庙相关碑刻之可能性。

《祝英台考》章节笔者提出，孙皓封禅曾在宜兴离墨山附属小山董山立禅国山碑，此碑不仅极具历史价值，还因碑文出自名家之手而具书法价值，故是碑当会引起萧绎重视。此外，因善权寺经历特殊，其周边还多见古碑铭。如明陆简《送策文立住善权寺》云："开山古寺肇何时，碑碣多称宋前岁。"[1]清齐学裘《善权纪游歌·序》云："观六朝石幢、唐宋古柏、碧藓岩碣、祝英台近词碑。……复游后洞，旋登董山，摩挲东吴封禅碑。"[2]齐梁时期，刻碑之风盛行，因孙皓封禅建筑之祭坛祝英台与明堂曾改为萧衍冢社，萧衍称帝后，曾赎义兴之祠庙为善权寺（可参见第八章《"祝英台读书处"并善权寺考》），萧衍受封立冢社及其赎建善权寺皆为大事，故时人于是寺周边勒石刻碑之可能性是存在的。考虑到萧绎对金石之执着、善权寺与其父之关系，故其对善权寺周边碑铭当会格外关注。

又，萧绎好撰碑铭，善权寺乃其父所建，他有无题刻碑铭立于该寺周边，是于后人所辑《梁元帝集》《全梁文》中虽未检获，但不排除可能性。

通过以上分析，大致判断《碑英篇》关联梁祝传说之线索，最有可能见于萧绎对善权寺周边碑拓之考订题跋，因跋文不经意间揭露梁祝传说由来之部分真相为徐树丕所获，故徐氏才于"梁山伯"故事后加上按语。

那么，萧绎碑跋文字所见牵关梁祝传说之信息，会以何种面目出现呢？

回顾徐树丕按语，"梁祝事异矣！《金楼子》及《会稽异闻》皆载之。夫女为男饰，乖矣！然始终不乱，终能不变，精神之极，至于神异。宇宙间何所不有？未可以为诞"[3]，按语先云《金楼子》及《会稽异闻》所录梁祝事有异，后及祝英台事迹，明明针对"梁山伯"故事，却仅提到祝英台而未及梁山伯，足见徐氏感慨重点指向祝英台；在宜兴，祭坛祝英台俗称"祝陵"，宋《咸

<hr />

① 宜兴市政协学习和文史委员会、宜兴市华夏梁祝文化研究会编《宜兴梁祝文化·史料与传说》，方志出版社，2003年，第182页。

② （清）齐学裘《见闻续笔》卷十《阳羡绥安诗下》"善权纪游歌（有序）"，清光绪二年（1876）天空海阔之居刻本，本卷第7页。

③ （明）徐树丕《识小录》卷之三"梁山伯"，本卷第47页。

淳毗陵志》解释"祝陵",提到梁祝故事并称"其说类诞"①,可见徐树丕"未可以为诞"说,乃针对《咸淳毗陵志》解释有感而发。如此判断,《金楼子》之《碑英篇》当载有祝英台本地名信息。

考虑到祝英台作为地名真相直到民国时期还为人所知,故若仅触及地名祝英台,尚不足以让徐树丕发出"梁祝事异矣"之感慨。

再回顾《识小录》之"梁山伯"故事,从中可窥见些许值得关注的细节:其一,徐氏生活时代,梁祝传说已广为流行且祝英台已演为故事最为核心之人物,而徐氏录于《识小录》之故事名曰"梁山伯"而非"梁山伯与祝英台"抑或"梁山伯祝英台",可见故事强调的主要人物为"梁山伯";其二,《识小录》所录"梁山伯"故事结尾见梁山伯庙与梁祝传说之关联,"和帝时,梁复显灵异助战伐,有司立庙于鄞县。庙前桔二株相抱。有花蝴蝶,桔蠹所化也,妇孺以梁祝称之"②。明末,梁祝传说主题已多见表现两人爱情为主,故徐氏记述梁祝故事,牵入地方为梁山伯立庙事,应当不是偶然。结合徐氏所加"梁祝事异矣"按语,可知他已获知是庙由来之真相。换而言之,梁山伯庙本萧衍祠庙真相当见载于《会稽异闻》,否则他不会提及该书。

综合以上认识,笔者判断,萧绎考订其所集古善权寺周边碑拓,提到其父萧衍与孙皓封禅祭坛祝英台(祭坛祝英台曾改为萧衍冢社之冢)及善权寺渊源(善权寺前身为萧衍冢社之社);徐树丕提到《金楼子》载有梁祝传说相关信息,表明其时《金楼子》之《碑英篇》尚未完全佚失(当然,也不排除《碑英篇》拓本早已佚亡,而萧绎对原碑之考订文字于其时仍见断简残编,其中就包含萧衍与祝英台及其祠庙的相关信息)。

徐树丕按语除提到《金楼子》外,还言及《会稽异闻》。既然《金楼子》未记载梁祝故事,那么《会稽异闻》是否亦不见梁祝故事而见萧衍祠庙讹为梁山伯庙事迹呢?因《会稽异闻》早佚,故不宜妄论。

---

① 宋《咸淳毗陵志》曰:"祝陵。在善权山岩前。有巨石刻云,祝英台读书处。……俗传英台本女子,幼与梁山伯共学,后化为蝶,其说类诞。"([宋]史能之等《咸淳毗陵志》卷第二十七"古迹·宜兴",中华书局,1990年影印《宋元方志丛刊》,第3196页)撰者解释"祝陵"(实质指祭坛祝英台),提到它位于刻有"祝英台读书处"的巨岩前,同时,进一步解释英台在民间被认作女子事近似荒诞。

② (明)徐树丕《识小录》卷之三"梁山伯",本卷第47页。

第五节　对《金楼子》误识之原因探究

从梁祝传说起源时间角度看,《金楼子》绝无可能记载梁祝故事。后人屡屡出现误判,出于《金楼子》之《碑英篇》佚失、后人对徐树丕按语之误解。

钱南扬最早提出《金楼子》与梁祝传说存在渊源,他曾花费力气搜寻不同版本《金楼子》,希望从中发现梁祝故事信息,然因《碑英篇》早佚,他自然不见任何有价值的线索。

其后如陈寅恪等学者言及梁祝事迹,亦关注到徐树丕于"梁山伯"故事后所加按语,以为《金楼子》见载梁祝故事。事实上,徐氏"梁祝事异矣!《金楼子》及《会稽异闻》皆载之"说,不当理解为"梁山伯"故事与《金楼子》及《会稽异闻》所载梁祝故事相比存在较大差异,或后两者所记梁祝事迹更为奇异。徐树丕指出"梁祝事异矣",实出于对时人鲜有了解故事真相而生发之感慨。

据以上认识,对徐氏所云"梁祝事异矣!《金楼子》及《会稽异闻》皆载之",当理解为:梁祝传说由来真相与民间流传的故事完全不同!《金楼子》与《会稽异闻》载有祝英台事真相。至于其"夫女为男饰,乖矣!然始终不乱、终能不变,精神之极,至于神异。宇宙间何所不有? 未可以为诞",可理解为:祝英台女扮男妆事确实有悖常理!然祝英台始终没有乱性,对梁山伯情感终就不变,精神极为可嘉,终见神奇怪异之传奇。宇宙间什么事不可能发生呢? 大可不必将其当作荒诞故事看待。

看来,徐树丕将梁祝故事录入《识小录》"梁山伯"篇目,其按语不仅提到梁祝事真相与民间流传的故事不同,尤其针对祝英台事迹生发感慨,足见他知晓梁祝故事本出讹传之真相。

小结:梁祝学者多认为萧绎《金楼子》载有梁祝故事,其实有误;地名祝英台等与梁祝传说相关的信息曾载于《金楼子》之《碑英篇》,徐树丕见过《碑英篇》相关文献,才针对梁祝传说真相不为人知生发感慨;因《碑英篇》佚失,后人不明真相,对徐树丕说法产生误判。还原事实,可避免误入梁祝传说起源研究之歧途。

附:《金楼子》与梁祝传说渊源考证思维导图

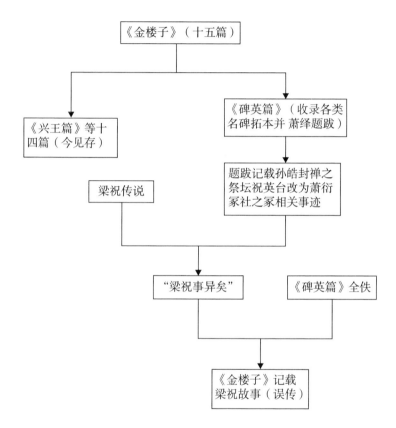

第十四章　梁祝传说与《十道志》渊源考

学界多认定唐梁载言《十道志》记载梁祝传说。果真如此,则梁祝故事必发生于是书成著前。研究发现,《十道志》见载梁祝故事是个伪命题。真正出自《十道志》原文的,不过地名"梁山伯冢"或相关信息而已。

第一节　《十道志》与梁祝传说

进入宋代,梁祝传说开始为人们关注,文献多提及故事见载于《十道志》。

北宋李茂诚《义忠王庙记》,追溯庙主事迹,提到了《十道四蕃志》:

> 宋大观元年季春,诏集《九域图志》及《十道四蕃志》,事实可考。夫记者,纪也,以纪其传不朽云尔。①

义忠王庙,又称梁圣君庙、梁山伯庙、梁祝庙等,位于宁波;《十道四蕃志》一作《十道志》,它与《九域图志》均为地理类志书,《庙记》撰者举二者为证,表明二书见载故事相关信息。

《十道四蕃志》载有梁祝故事信息,还见于其他文献。如宋张津等《(乾道)四明图经》云:

> 义妇冢。即梁山伯祝英台同葬之地也,在县西十里接待院之后,有庙存焉。旧记谓二人少尝同学,比及三年,而山伯初不知英台之为女也,其朴质如此。按:《十道四蕃志》云"义妇祝英台与梁山伯同冢",即其事也。②

"四明"是宁波旧称,"乾道"为宋孝宗赵昚年号,公元 1165—1173 年使用。

---

① (清)汪源泽修,(清)闻性道纂《(康熙)鄞县志》卷九"庙祠·西鄙·义忠王庙",清康熙二十五年(1686)刻本,本卷第 61 页。

② (宋)张津等纂《(乾道)四明图经》卷二"冢墓六",清咸丰四年(1854)刻《宋元四明六志》本,本卷第 26 页。

撰者提到《十道四蕃志》载有"义妇祝英台与梁山伯同冢"信息。至于"按"前故事,不应理解出自《十道四蕃志》。

又,宋罗濬等《(宝庆)四明志》云:

> 梁山伯祝英台墓。县西十里接待院之后,有庙存焉。二人少尝同学,比及三年,而山伯初不知英台之为女也,以同学而同葬。见《十道四蕃志》所载。旧志称曰义妇冢,然祝英台女而非妇也。①

《(宝庆)四明志》记述梁祝故事似沿袭旧志《(乾道)四明图经》,虽谓"见《十道四蕃志》所载",然《十道四蕃志》所载具体内容为何并不明确。同时,志书还见女子祝英台称"义妇"之质疑。

20世纪末,韩国发现《夹注名贤十抄诗》,其书因收录大量不为国内学者所见唐人佚诗而受重视。《夹注名贤十抄诗》录有唐人罗邺《蛱蝶》诗②,注者考证诗之来源,引录一段梁祝说唱,其中见注:"《十道志》:'明州有梁山伯冢。'注:'义妇竺英台同冢。'"③文字提到《十道志》记载明州旧有梁山伯冢存在,后注"义妇竺英台同冢"之"竺英台",即梁祝传说中的祝英台。

梁祝传说真实性宋以后一直遭受质疑。如《咸淳毗陵志》谓"其说类诞"④,元袁桷《(延祐)四明志》称"然此事恍忽"⑤,表明即便在故事最具影响的江苏宜兴与浙江宁波,其真实性亦未被广泛认同。

古人编撰志书,向来注重入编材料之真实性。若云梁祝传说纯属讹传,梁载言将其录入故事,从编者认识局限性角度勉强能够说通,那么,为何后人摘引《十道志》所载梁祝故事,却出现不同表述呢?

目前,就梁载言生活时代,见初唐与晚唐说。因《十道志》记载梁祝故事信息,关联传说起源时间,故有必要先对梁载言生平作出一番考证。

---

① (宋)罗濬等《(宝庆)四明志》卷第十三《〈鄞县志〉卷第二》"叙遗·存古",宋刻本,本卷第80页。
② (高丽)释子山夹注,查屏球整理《夹注名贤十抄诗》,上海古籍出版社,2005年,第176—177页。
③ 同上,第177页。
④ (宋)史能之等《咸淳毗陵志》卷第二十七"古迹·宜兴",中华书局,1990年影印《宋元方志丛刊》,第3196页。
⑤ (元)袁桷撰,(清)徐时栋校刊《(延祐)四明志》卷第七《山川考》"陵墓·鄞县",清咸丰四年(1854)刻《宋元四明六志》本,本卷第31页。

第二节　梁载言生平考略

关于梁载言生平，文献载之甚少且存有争议。

一、梁载言生活时代说

目前，就梁载言生活年代，主要见两种说法：

(一)梁载言为唐初人

按"两唐书"记载，梁载言生活于武周与唐中宗时代。

后晋刘昫等《旧唐书》曰："初则天时，敕吏部糊名考选人判，以求才彦，宪与王适、司马锽、梁载言相次判入第二等。""梁载言，博州聊城人。历凤阁舍人，专知制诰。撰《具员故事》十卷、《十道志》十六卷，并传于时。中宗时为怀州刺史。"①按志书记载，梁载言为武周至唐中宗时人。武周开国皇帝武则天，公元690—705年在位。唐中宗李显为武则天第三子，公元683—684、705—710年两度在位。

宋陈振孙《直斋书录解题》谓："《梁四公记》一卷。唐张说撰。按《馆阁书目》称梁载言纂。《唐志》作卢诜，注云一作梁载言。《邯郸书目》云载言得之临淄田通。又云别本题张说，或为卢诜。今按此书卷末所云田通事迹，信然，而首题张说，不可晓也。其所记多诞妄，而四公名姓尤怪异无稽，不足深辨。载言，上元二年进士也。"②"上元"为唐第三位皇帝李治年号，公元649—683年在位，上元二年即公元675年。

以上可见，梁载言为唐初人，上元二年(675)中进士，武周时参与吏部选拔，唐中宗时任怀州刺史，著《十道志》十六卷。

(二)梁载言为唐末人

有根据《十道志》所见晚唐沿革信息，提出梁载言为唐末人者。

宋赵希弁《郡斋读书后志》曰："《十道志》十三卷。右唐梁载言撰。唐

---

①《旧唐书》卷一百九十中《列传第一百四十中·文苑中》"刘宪"，中华书局，1975年，第5017页。
②(宋)陈振孙撰，徐小蛮、顾美华点校《直斋书录解题》卷七"传记类"，上海古籍出版社，1987年，第196页。

分天下为十道,所载颇详博。其书多称咸通中沿革,载言盖唐末人也。"①
"两唐书"载《十道志》计十六卷,而赵希弁记述晁公武《郡斋读书志》录是书
十三卷,可知原书已有佚失。咸通为唐懿宗李漼年号,公元860—874年
使用。

宋王应麟《玉海》云:"唐太府少卿梁载言《十道四蕃志》十卷,以十道为
本,而以州县图志附列其下。""《唐志》:梁载言《十道志》十六卷。《崇文目》十三
卷。《寰宇记》引《唐开元十道要略》:'晁氏志《十道志》十三卷,所载颇详博,
其书多称咸通中沿革,载言盖唐末人。'"②王应麟所录《十道四蕃志》十卷,与
晁公武所见不同。不过,他赞同晁氏"载言盖唐末人"说。

宋马端临《文献通考》谓:"《十道志》十三卷。晁氏曰:'唐梁载言撰。
唐分天下为十道。所载颇详博。其书多称咸通中沿革,盖唐末人也。'陈氏
曰:'其书广记备言,颇有可采。载言不见于史,未定为何朝人。此书有太
和以后沿革,当是唐末人。'"③太和(大和)为唐文宗李昂年号,公元827—
835年使用,马端临称《十道志》出现唐太和以后沿革,亦认定梁载言乃唐
末人。

二、梁载言确为唐初人

以"道"为地方行政单位始见于秦代,与县平级,当时专门用于少数民
族聚居的偏远地区,如《汉书·地理志》谓"有蛮夷曰道""县主蛮夷曰道"。
隋唐时,军队征战常以道路方位命名,称"某某道",后"道"演为"道—州—
县"三级行政管理体制中的一级。

唐贞观十三年(639)设立十道,至开元廿一年(733)增设至十五道,梁
载言既作《十道志》,其书必成于公元639—733间。如此说来,梁载言不当

---

① (宋)赵希弁《郡斋读书后志》卷一"地理类"《景印文渊阁四库全书》第674册,台湾商务印书馆,
2008年,第386页上。
② (宋)王应麟《玉海》卷第一"唐郡国志·十道志·地理志",元至元六年(1340)庆元路儒学刻,明修
本,本卷第26页。
③ (宋)马端临著,上海师范大学古籍研究所、华东师范大学古籍研究所点校《文献通考》卷二百四
《经籍考三十一·史地理》"《十道志》十三卷",中华书局,2011年,第5824—5825页。笔者按:此
段文字标点有误,当作"《十道志》十三卷。晁氏曰:'唐梁载言撰。'唐分天下为十道。所载颇详
博。其书多称咸通中沿革,盖唐末人也。陈氏曰:'其书广记备言,颇有可采。载言不见于史,未
定为何朝人。此书有太和以后沿革,当是唐末人。'"理由是,称《十道志》"所载颇详博。其书多
称咸通中沿革,载言盖唐末人也",乃宋赵希弁《郡斋读书后志》所记。

为唐末人。

　　结合出土文物，亦可判断梁载言为唐初人。近见出土唐人王震墓志铭，款云"使持节怀州诸军事怀州刺史梁载言撰"。王震卒于唐景龙三年（709），"景龙"为唐中宗年号，足见直至公元709年，梁载言仍在世。看来，正史称梁载言为唐初人无误[①]。

　　梁载言之死亦颇为传奇。宋李昉等《太平广记》云："唐怀州刺史梁载言昼坐厅事，忽有物如蝙蝠从南飞来，直入口中，翕然似吞一物。腹中遂绞痛，数日而卒。出《朝野佥载》。"[②]《朝野佥载》为唐代张鷟所撰，主要记述唐前期遗事佚闻，尤以武曌一朝事迹居多。张鷟，上元二年（675）进士，从其所记事件中，可见梁载言为唐初人。

　　据以上考据可知：梁载言，博州聊城人（今山东聊城），上元二年进士，唐初在世。历凤阁舍人，专知制诰，官至太府少卿、怀州刺史等。作《十道志》十六卷、《具员故事》十卷。

第三节　《十道志》记载相关地名信息

　　唐代以后，梁祝传说有关的文字记载传达出的信息相互叠加又多见矛盾。以《十道志》为例，因原书早佚、后人记述文字各异，成为梁祝传说起源研究的迷障。

　　我国地图学历史悠久，长沙马王堆西汉墓中曾出土三幅绘于帛上的地图（地形图、驻军图与城邑图），距今二千一百多年；至西晋裴秀创立"制图六体"理论之后，实测地图技术有所发展；明代以后，西方地图测绘理论与方法传入，国内始见大地为坐标系统的实测地图。因全国范围内测绘地图出现较晚，古人记录地名的方位，常选取参照物，它们或为知名山川、河流，或为名胜古迹等。从后人所辑《十道志》佚文看，多为学界认可的如"剑南道。阆州有嘉陵江""关内道。胜州有拂云堆""洛州有歌舞台""兖州。鲁郡，置在瑕丘县"等。按如此表述方式，难以想象《十道志》原本会录入梁祝故事。

---

①过去，笔者研究梁祝传说的起源，考证出故事起源不早于晚唐，并由此判断梁载言不可能为唐中宗时人，在今看来，当初认识有偏。详见拙文《梁祝传说起源时间考》，《艺术百家》2012年第6期。

②（宋）李昉等《太平广记》卷三百六十一"妖怪三"，中华书局，1961年新1版，第2867—2868页。

　　虑及《十道志》原文为后人引用时,常见加注或补之以新据,因古书无句读,再后者征引有关条目,会将后人补注误作原文。如此,对宋赵希弁等所云《十道志》出现"咸通中沿革""太和以后沿革"说,就容易解释了:这类文字并非出自《十道志》原文,而是后人所添注文,由此造成对梁载言生平及其志书内容误判。以民国时期出版的徐沄秋《阳羡奇观》为例,其书提到"祝英台读书处"与《十道志》相关信息:"《十道志》。善卷山南。上有石刻。曰祝英台读书处。"①后人所辑《十道志》佚文中并不见上述引文。同时,对比散见于史籍的其书遗文风格,徐沄秋记述明显有异。可见,《阳羡奇观》所录文字非引自《十道志》原文,而是引自后人对其书原文条目之加注,或出于徐沄秋个人表述②。

　　既然文献多谓《十道志》关联梁祝传说,而《义忠王庙记》为强调梁祝事迹"事实可考",列举《九域图志》《十道四蕃志》两部地理志书为证,那么,唯一的可能性是:《十道志》原文载有梁祝故事相关的地理信息。进而,后人既认为《十道志》载有梁祝故事,出于将前人对该书所录故事相关的地理条目之补注或解释当作了原文。如此,可尝试从哪些与梁祝故事有关的地名,可能出自《十道志》角度切入研究。

　　《祝英台考》章节提出,祝英台本东吴末帝孙皓封禅宜兴所建祭坛。祝英台既为地名,且早已出现,它若载入《十道志》则不足为怪。遗憾的是,关于地名"祝英台"是否载入《十道志》,目前未见证据。进而,后人提及《十道志》所载梁祝故事,均与浙江有关,而祝英台最早见于宜兴,由此判断,其书原文不大可能出现"祝英台"地名。

　　宋代《义忠王庙记》《(乾道)四明图经》,及古高丽国《夹注名贤十抄诗》记述梁祝故事,均提及地理志书《十道志》。如此,可结合《十道志》著述风格,联系故事所见特殊地理名词或关联词句,来考察哪些可能出自《十道志》原文。

　　《义忠王庙记》中,可见庙主(梁山伯)与地理志书《九域图志》《十道志》

①徐沄秋《阳羡奇观》,寿楣出版社,1935年,第39页。
②拙文《祝英台考》(《江海学刊》2008年第4期)考论祝英台来历,曾引述徐沄秋《阳羡奇观》所及《十道志》引文为论据,在考证梁祝传说起源时间过程中,遇到障碍。进一步研究发现,宜兴市政协学习和文史委员会、宜兴市华夏梁祝文化研究会所编《宜兴梁祝文化·史料与传说》之"影印"《十道志》原文不实。

之关联。《庙记》所涉地理名词,与梁山伯存重要关联者见"会稽""鄮""清道源九陇墟""山伯梁令之新冢""义妇冢"等,而"山伯梁令之新冢"即"梁山伯冢"。其中,"会稽"为其籍贯,"鄮"为其作官地,"清道源九陇墟"为其葬所,"山伯梁令之新冢"与"义妇冢"同为梁祝墓冢。"会稽""鄮""清道源九陇墟"为常规地名,与梁山伯无特殊关联,故可不予考虑。初步判断,《十道志》中可能出现"山伯梁令之新冢""梁山伯冢""义妇冢"等标志性地名信息。

进而,比照《十道志》著述风格,初判《(乾道)四明图经》之"义妇冢"、关联句"义妇祝英台与梁山伯同冢",《夹注名贤十抄诗》所录说唱夹注之"明州有梁山伯冢"、关联句"义妇竺英台同冢"等,亦有可能见于《十道志》原文。真相如何,下文细解。

第四节　《十道志》见"梁山伯冢"记录

考证发现,可以确认出现于《十道志》、与梁祝传说关联的地理名词,仅"梁山伯冢"而已;《十道志》原文极有可能出现"鄮县有梁山伯冢"之记述。

本章第三节,通过综合分析并研判,对可能出现于《十道志》中的信息作了初步梳理。下面,再进一步考证。

一、《十道志》见地名"梁山伯冢"

既然从地理名词角度思考,初步判断《十道志》中,极有可能出现"山伯梁令之新冢""梁山伯冢""义妇冢"等与梁祝传说有关的专有地名,故可对这类信息再作探究。

"山伯梁令之新冢"虽见于《义忠王庙记》,然其终为"义妇冢"替代。同时可见,"梁令"终为义忠王、梁王、梁圣君等更高身份替换,故可首先排除"山伯梁令之新冢"见于《十道志》原文之可能性。

通过对梁山伯庙、梁祝同冢真相的考证可知,"梁山伯冢"来由与萧衍冢社建立有关、较早出现的"梁山伯冢",并不依赖于梁祝传说的发生[1]。

---

[1] 南齐和帝中兴二年(502),朝廷为旌表萧衍功劳,诏令在其封地建立冢社,义兴为萧衍封地,当地官员将孙皓所立祭坛祝英台并祭祀离墨山伯(山神)的祠庙整改为萧衍冢社,萧衍因此附会成梁山伯,其冢社之冢前身祝英台,随之变身称"梁山伯冢"。对义兴出现的"梁山伯冢",可结合《义忠王庙记》所见之"山伯梁令之新冢"(梁山伯冢)来理解。

宁波义忠王庙本萧衍冢社之社（祠庙），既然萧衍冢社之社称梁山伯庙，其冢社之冢自然称"梁山伯冢"（可参见第六章《梁山伯庙考》）。再从宁波流传的梁祝故事多以梁山伯为中心看，作为当地知名古迹，"梁山伯冢"确有可能载于《十道志》。

从《义忠王庙记》可见，"义妇冢"既由"山伯梁令之新冢"（梁山伯冢）改称而来，则"梁山伯冢"称谓出现必早于"义妇冢"①。《梁祝同冢（义妇冢）、同学由来考》章节，笔者提出，"义妇冢"本"义兴之妇冢"简称，实质即"女子祝英台冢"，故"义妇冢"称谓之出，必为祝英台从地名讹为人名后之结果。祝英台既最早在宜兴以祭坛之名出现，则"义妇冢"地名就不当见于《十道志》涉关浙江地名的条目。进而，再从"义妇冢"与"山伯梁令之新冢"同为一冢，而梁山伯地位明显高于祝英台来看，"义妇冢"地名也不可能见于《十道志》。

接下来，再看其他相关记录见于《十道志》之可能性。

宋人张津等《（乾道）四明图经》解释当地"义妇冢"，加入按语"《十道四蕃志》云：'义妇祝英台与梁山伯同冢，即其事也。'"②从"义妇祝英台与梁山伯同冢"之表述方式看，可排除它出自《十道志》原文的可能性，结合散落于古籍之《十道志》佚文，可见它不符合原著风貌。

若假定《十道志》已见"梁山伯冢"地名并由此反推，则对张津等所加按语就容易解释了："义妇祝英台与梁山伯同冢"按语，乃志书撰者针对"梁山伯冢"地名之诠注，本义指"义妇冢与梁山伯冢同冢"或"义妇冢即梁山伯冢"。由此，可基本认定《十道志》原文当见"梁山伯冢"地名。

《夹注名贤十抄诗》之"梁山伯祝英台传"说唱注中，出现"《十道志》：明州有梁山伯冢"记述，据此，不仅可坐实《十道志》中确见"梁山伯冢"地名之判断。同时，从表述方式看，可初步判断"明州有梁山伯冢"记述，可能出自《十道志》原文。

---

①《义忠王庙记》记述，祝英台出嫁路上遇风波不能进。篙师说："无他，乃山伯梁令之新冢，得非怪欤？"便前往梁山伯坟冢祭奠，其后发生二人同冢等诸多奇事，再往后，"郡以事异闻于朝，丞相谢安奏请封'义妇冢'，勒石江左"。据庙记可见，"山伯梁令之新冢"与"义妇冢"同为一冢，且前者出现在前。进而，既然"山伯梁令之新冢"即"梁山伯冢"，那么，"梁山伯冢"称谓出现必早于"义妇冢"出现。

②（宋）张津等纂《（乾道）四明图经》卷二"冢墓六"，本卷第26页。

进而,若"明州有梁山伯冢"出现于《十道志》原文中,因其中包含"梁山伯冢"地理信息,随着梁祝传说的流行,后人引述《十道志》所涉"梁山伯冢"地名,开始加注与梁祝传说相关的信息。此后,不知真相者,则会将注文当作原文看待。

二、《十道志》原文见"鄮县有梁山伯冢"记述

结合《十道志》为地理志书并对其佚文风格之研读,初判其书可能出现"明州有梁山伯冢"之记述,进一步研究表明,最有可能出现《十道志》原文的,当为"鄮县有梁山伯冢"或类似记述。

比对后人辑佚而出的《十道志》条目著述风格,发现《梁山伯祝英台传》说唱所见"明州有梁山伯冢"注释,风格极似《十道志》佚文。然若考"明州"地名沿革,则知"明州有梁山伯冢"说,绝无可能见于《十道志》原文。

"明州"地名出现,始于唐开元二十六年(738),当时朝廷分鄮县为慈溪、翁山、奉化、鄮县四县,设明州统辖,州治在鄮县。明王朝建立初,"明州"改称"宁波"。

《旧唐书》云:"宪与王适、司马锽、梁载言相次判入第二等。"此处"宪"指刘宪。2008年,河南巩义出土刘宪墓志,谓:"年十五进士擢第。上元二年,待制公车,征拜冀州阜城县尉。"刘宪十五岁擢进士,上元二年(675)选官时,刘宪二十岁。《旧唐书》既提到梁载言与刘宪一道参与吏部选拔,假定梁载言当年为二十五岁,至唐开元二十六年(738)设立明州时,其已至八十八岁高龄,即便梁载言能活到这般年纪,也不大可能作《十道志》了。如此看来,"明州"地名绝不会见于《十道志》,也即"明州有梁山伯冢"表述,不可能出自《十道志》原文。

研究《十道志》佚文,发现其记述某地名时,常引经据典,尤其关注当地与帝王、名人有关的掌故。"梁山伯冢"实为梁王萧衍冢社之冢,对地偏一隅的鄮县来说,当地有如此重要古迹,作为地名参照写入地理志书《十道志》,当是合理的。

回顾《梁山伯祝英台传》所见"明州有梁山伯冢"注,可见此处之"明州",乃注者生活时代(相当于中国南宋至元)对古鄮县称谓。唐代设立十道,时浙江属"江南东道","梁山伯冢"地属"江南东道"之鄮县。由此判断,

《十道志》"江南东道"条目，当见"鄮县有梁山伯冢"记述①。

那么，《夹注名贤十抄诗》注者为何不注"《十道志》：鄮县有梁山伯冢"呢？笔者判断，明州设立后，影响力渐渐盖过旧鄮县，注者有意改《十道志》原文之"鄮县"为"明州"，乃为方便读者识读需要。

研读今人所辑《十道志》佚文，发现文中凡见"注"字表述者，均可断为后人解释。故《梁山伯祝英台传》说唱夹注所见"注：义妇竺英台同冢"，当理解为后人对"鄮县有梁山伯冢"之注解。

比较发现，《梁山伯祝英台传》夹注"明州有梁山伯冢"后之加注"义妇竺英台同冢"，与出自《（乾道）四明图经》之"义妇祝英台与梁山伯同冢"，表述相近。结合前文考证判断，"义妇竺英台同冢"，乃针对《十道志》所见"鄮县有梁山伯冢"之"梁山伯冢"地名的较早注释，本指"义妇竺英台冢"与"梁山伯冢"同为一冢；进而判断，张津等撰《（乾道）四明图经》前，当见过加注本《十道志》或与之相关的零星记载，才据"鄮县有梁山伯冢。注：义妇竺英台同冢"之类信息，将"义妇冢"列入方志条目并进行了更为明确的阐述。此亦可见，"义妇祝英台与梁山伯同冢"之表述，绝不会出自《十道志》原文。

鄮县有"梁山伯冢"，义兴亦见"梁山伯冢"，为何后者不见经传，而前者却为《十道志》所载呢？笔者判断，义兴"梁山伯冢"虽由祝英台改建，然"梁山伯冢"名气因难以超越与其同冢的、于地方留下极深印记的祝英台，终为后人遗忘。从早期民间流传的梁祝故事看，鄮县以梁山伯为中心，而义兴则以祝英台为中心，是为佐证。

齐和帝中兴二年（502），朝廷诏令为梁公（义忠王、梁王）萧衍建立冢社，义兴改孙皓封禅所立本体建筑祝英台为其冢社之冢（祭坛）、明堂为其冢社之社（祠庙），梁山伯由是附会而出；萧衍与梁山伯附会后，其冢社之冢自然得称"梁山伯冢"；梁公（义忠王、梁王）冢社建立不久，萧衍即"禅位"称帝，故初步判断"梁山伯冢"称谓始出时间，在南朝梁建立前后（可参见第六章《梁山伯考》），若联系善权寺由来之考证，可基本明确"梁山伯冢"称谓出

①《梁山伯庙考》章节，笔者提到，萧衍受封之时，多地为其建立了冢社，为何《十道志》仅记载"鄮县有梁山伯冢"呢？真相是，及至《十道志》成书时，多地萧衍冢社早已湮没无闻了。

现时间,约在梁天监二年(503)左右①。至于鄞县"梁山伯冢"说法之出现,无疑乃从义兴袭来。

　　小结:《十道志》作者梁载言为唐中宗时人;《十道志》并未记述梁祝传说,真正出自《十道志》原文的,不过是与传说相关的"梁山伯冢"地名而已。明确《十道志》并未记载梁祝事迹,对梁祝传说起源时间命题研究具有一定价值。

---

① "梁山伯冢"出现,如同地名祝英台之出现,并不能催化梁祝传说之发生,故对"梁山伯冢"出现具体时间,笔者不再赘考。

附:梁祝传说与《十道志》渊源考证思维导图

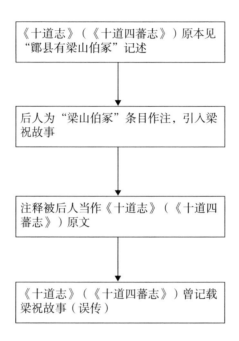

第十五章　梁祝传说起源时间考

自从梁祝文化进入学者研究视野，传说起源于何时，一直是学界关注焦点。关于传说起源时间，存在晋代、六朝、唐代、五代等诸说。研究表明，梁祝传说产生与宜兴的祝英台、"祝英台读书处"巨型石刻紧密相关，因时代久远，人们误将"祝英台读书处"石刻演绎成女子祝英台读书之地；"祝英台读书处"摩岩乃唐末李蟾所刻，公元872年，为梁祝传说起源之时间上限。

第一节　梁祝传说起源时间说

自20世纪二三十年代钱南扬等学者开辟梁祝传说研究专门领域至今，已近百年，梁祝文化研究取得颇丰成果。然就梁祝传说起源时间命题而言，目前，学界仍存在多种说法：

一、始于晋代

钱南扬《祝英台故事叙论》提出，当时得到的材料，大都是宋以后的记载，"对于六朝隋唐的东西，简直可以说没有"。同时，他又指出，这并不能断定这个故事是宋以后编造出来的，结合明人徐树丕《识小录》"梁山伯"故事中"梁山伯、祝英台，皆东晋人"之记述并故事后按语"梁祝事异矣！《金楼子》及《会稽异闻》皆载之"①，以及晋代妇女"实在放诞风流得很""试想在这种放诞风流的环境里，虽不能说一定会有祝英台那样的事实发生，然而至少这种思想是可以发生的"，从而判断"这个故事托始于晋末，约在西历四百年光景，当然，故事的起源无论如何不会在西历四百年之前的。至梁元帝采入《金楼子》，中间相距约一百五十年。所以这个故事的发生，就

---

① (明)徐树丕《识小录》卷之三"梁山伯"，《涵芬楼秘笈》景稿本，本卷第47页。

在这一百五十年中间了"①。

为何钱南扬断定梁祝故事托始于晋末至梁元帝采入《金楼子》这150年之间,《祝英台故事叙论》中找不出明确答案。东晋420年灭亡,梁元帝552—555年在位,其称帝时距东晋灭亡不到140年,这当是他的依据。

事实上,从徐树丕所加按语中,并不能断定《金楼子》载有梁祝故事。同时,若从社会风气开放角度考察祝英台求学、士族制度盛行层面探求梁祝结合的可能性,难以得出令人信服的结论。

古代社会尊男卑女思想虽长期盛行,然绝大部分妇女无法接受文化教育,主要受社会经济不发达影响(接受系统的文化教育对古代男子而言,亦为奢事)。翻检中国教育史,可见历朝历代从无禁止女子接受文化教育说。进而,古代富家女子接受文化教育事较为普遍,只不过出于身份特殊,其接受教育内容相比男子有所侧重。隋唐以后,大多王朝虽罕见女子参加科举,但不少才识过人的女子仍在文学史中留下鲜明印记。故从社会风气开放角度,难以判断祝英台读书故事发生时代。同时,也不宜根据六朝时期门阀制度森严,梁祝不能结合符合这一时代特征,就简单认定传说源于那个时代:门当户对观念对男女婚姻之影响,几乎贯穿整个礼教社会,至今难去。

作为近代最早研究梁祝传说的资深学者,钱南扬观点对后涉者产生了较大影响。如张恨水《关于梁祝文字的来源》提出,"这个故事的产生,在梁元帝以前一百五十年之间,亦即晋末几个偏安皇帝时代。因此,我们可以这样说,梁祝是晋末人"②;刘锡诚《梁祝的嬗变与文化的传播》提到,"但至20世纪30年代,诸家已对东晋说大致取得了共识。钱南扬说的最为准确和肯定"③。

1997年,浙江宁波发掘传说中的梁祝墓,出土一男性尸骨。浙江有学者认为,通过该墓葬陪葬物,可以界定梁祝故事发生的准确年代,"绝对不

---

①见钱南扬辑录《梁祝戏剧辑存》,第254页。
②张恨水《关于梁祝文字的来源》,载《光明日报》1952年12月17日。笔者按:从张恨水同时又认可《义忠王庙记》之"神母梦日贯怀,孕十二月,时东晋穆帝永和壬子三月一日,分瑞而生(梁山伯)"说法看,梁祝传说应发生于晋穆帝间,即东晋早中期,而非其所云之晋末。
③钱南扬等著,陶玮选编《名家谈梁山伯与祝英台》,文化艺术出版社,2006年,第30页。

会迟于晋代,也不可能早于晋代"①。

二、发生在六朝

罗永麟等人认为梁祝传说源于六朝。其《试论梁山伯与祝英台故事》提出:"所以梁祝故事联系起《识小录》的线索,其产生时代,是有理由上推至六朝的。"不过他又认为从宋人李茂诚《义忠王庙记》中,"还可以探索出梁祝故事的本来面目""为什么故事在唐代梁载言、张读时还没有歪曲,而到宋代李茂诚就会插手利用来宣传封建礼教呢。"罗永麟还将梁祝传说的发展划分为三个阶段:从东晋到唐末为传说的第一阶段,宋至清末为第二阶段,清末到现在为第三阶段②。

三、唐代已见记载

路工等持此观点。其《梁祝故事说唱集》谓:"我们根据确实可靠的资料,梁祝故事在唐代已有记载。""宋代的词,有《祝英台近》的牌名,可见宋代已普遍传唱祝英台的歌了。"路工认为,梁祝故事流传到今天,已有一千多年,宋以来各地方志书和名人笔记中有许多记载梁祝的事迹③。

四、见于五代

甘肃《清水县志》见"祝氏。讳英台,五代梁时人也"④记述,今其地见梁祝遗迹与相关风俗遗存。

五、梁祝非同代人,祝英台更早出现

有人认为,梁山伯是南北朝人,而祝英台出现得更早:祝英台是位侠

---

① 周静书《论梁祝故事的发源》提出:"考古鉴定陪葬物年代,最早的是汉末,最晚的是晋代,如三国时代的'黑釉席纹四系罍',晋代的'女俑背子'等。这些考古成果有力地说明,梁祝传说无论是古籍记载,还是绝大多数传说,都认为梁祝传说发生于东晋时代,发掘出的陪葬文物就是最好的证明,墓内没有一件陪葬物是晋代以后的物品,而且墓砖全是晋砖更能说明问题。也就此可以界定出梁祝故事发生准确的年代,绝对不会迟于晋代,也不可能早于晋代。"(《宁波大学学报》[人文科学版]2003年第2期)
② 见钱南扬等著,陶玮选编《名家谈梁山伯与祝英台》,第13、15—20页。
③ 路工编《梁祝故事说唱集》,上海古籍出版社,1985年,第4—6页。
④ (清)刘俊声修、(清)张桂芳、雍山鸣纂《(康熙)清水县志》卷之十一《人物纪》"贞烈",清康熙二十六年(1687)刻本,本卷第7页。

女,因踢死贪官马太守之子马文才,被马家乱刀分尸,百姓感其义举,葬之并镌石纪念;梁山伯为浙江宁波府鄞县的清官,死后百姓埋葬其身时,坑下发现祝英台碑文,百姓因梁祝皆是单身而让其"阴配"为夫妻①。

此外,还见梁祝是汉代、宋代、明代、清代人等诸说,清代宝卷甚至见梁祝乃孔夫子学生之离奇记述。

关于梁祝传说起源时间,存在众多流行说法,表明这一命题至今尚未真正得解。

第二节　善权寺之重整与易主

研究发现,梁祝传说起源研究中诸多悬念与误区,皆源出于对"祝英台读书处"与祝英台的误解。故有必要对"祝英台读书处"由来背景进行更深层次地考证。

一、钟离简之重整废弃之善权寺

从历史来源看,祝英台(地名)与善权寺(前身为孙皓封禅明堂,又称祝英台故宅)紧密相关。从地理位置看,刻有"祝英台读书处"的"碧藓岩"紧邻善权寺,故考证"祝英台读书处"石刻由来,可选择从善权寺、碧藓岩相关信息着手。

古善权寺周边,石刻众多。"碧鲜岩"不过一块文字摩崖,后人给予格外关注,必定有其原因。

《祝英台读书处考》章节,笔者考察"祝英台读书处"来历,指出它与唐人李蟾有关。而研究李蟾与"祝英台读书处"关系,不得不提到"小人物"钟离简之。

对钟离简之生平,文献基本无载。早期宜兴方志,言及钟离简之,仅记录其曾取得善权寺产并其后寺产为李蟾赎取事。如《咸淳毗陵志》云:"广教禅院。在善卷山。齐建元二年以祝英台故宅建。唐会昌中废,地为海陵钟离简之所得,至大和中,李司空蟾于此借榻肄业,后第进士。咸通间赎以

①吕洪年《梁祝"黄泉夫妻"说小议》,《民间文艺季刊》1987年第2期。类似说法还见白岩《宁波梁山伯庙墓与民间传说》(《民间文学论坛》1985年第4期)等文章。

私财重建,刻奏疏于石。"①本由"祝英台故宅"改建而来的善权寺,至唐会昌年间被废,其后废寺资产为钟离简之所得。善权寺毁废与唐武宗李炎有关,他曾于会昌五年(845)颁布灭佛令,史称"会昌灭佛"。灭佛运动始于公元845年四月武宗颁令,至会昌六年(846)武宗辞世结束。唐咸通年间,善权寺产归于李蠙名下。

目前所见钟离简之信息,记录最详者为李蠙奏书。《咸淳毗陵志》等提到李蠙"刻奏疏于石"之奏书,即李蠙《请自出俸钱收赎善权寺奏》。奏书云:

> 臣窃见前件,寺在县南五十里离墨山,是齐时建立。山上有九斗坛,颇谓灵异。每准赦令祭名山大川,即差官致奠。凡有水旱,祈祷无不响应。寺内有洞府三所,号为干洞者。石室通明处可坐五百余人,稍暗处执炬以入,不知深浅。其中石有鸟兽之形,及盐堆米堆怪异之状极多。洞门直下便临大水洞,潺湲宛转湍濑实繁于山腹内,漫流入小水洞。小水洞亦是一石室,室内水泉无底,大旱不竭。洞门对斋堂厨库,似非人境。洞内常有云气升腾,云是龙神所居之处。臣太和中在此习业,亲见白龙于洞中腾出,以为雷雨。寺前良田极多,皆是此水灌溉。时旱水小,百姓将水车于洞中车水,车声才发,雨即旋降。
>
> 会昌中毁废寺宇之后,为一河阴院官钟离简之所买。宣宗却许修崇佛寺,简之便于寺内所居堂前造一逆修坟,以绝百姓收赎建立之路。其茔才成,忽见一大赤蛇,长数丈,据于坟前。简之惊悸成疾,遂卒于此。子息亦固吝寺前良田,竟葬简之于其间。万古灵迹,今成茔域;乡村痛愤,不敢申论;往来惊嗟,无不叹息。况简之男侄家业见居扬州海陵县,松槚亦元在彼处,只以固护废寺田产,一二儿侄在此。
>
> 今伏遇陛下至明至圣,凡是坠典,已皆举明。今以古迹灵境恐游玩喧哗,居人亵渎,胙蚃无依,神祇失所。尚令官中收赎,复置寺宇。岂有此灵异古迹、兼是名山大川之薮,今为墓田,理交不可。臣怀此冤愤近三十年。倘不遇陛下睿思通幽,圣虑彻古,特降敕命,尽许却收,即难特有论请。齐朝梵宇,永为邱墟;神仙窟宅,终被芜秽。

---

①(宋)史能之等《咸淳毗陵志》志二十五"仙释·寺院·宜兴",中华书局,1990年影印《宋元方志丛刊》,第3186页。

　　　　臣今请自出俸钱，依元买价收赎。访名僧主持教化，同力却造成
善权寺。其连寺田产，收赎之后，并却舍入寺家，永充供养。伏乞圣慈
敕下常州，差官检勘，勒简之男侄等移旅榇归海陵。其寺地及林木庄
田等，并重出公验，交付臣勾当军将。待拣定僧徒后，施入常住。其收
赎价钱，亦请便交付简之男、侄等。其寺仍请准近敕格度僧住持。灵
泉胜境，因陛下重遂扫洒；洞府仙官，因陛下再获依据。佛刹重兴于旧
地，钟磬复闻于故山。臣既沐元泽，获毕素愿。臣无任踊跃，忕荷屏营
之至！

　　　　谨录奏闻，伏听敕旨。①

李蠙奏书作于咸通八年(867)，清董诰等编《全唐文》等文献亦见收录。奏
书主要阐述其收赎善权寺之缘起与诉求，恳请皇帝批准。

　　据唐官制，监察机关御史台下设台院、殿院、察院三院，其工作人员官
阶为秩正八品至从六品下。钟离简之既为"院官"，表明他官阶不过从六品
下，相比担任凤翔节度使的李蠙，地位显然低微。奏书提到钟离简之为海
陵籍，可知他非宜兴本地人，至于钟离简之购寺前是否生活于宜兴，抑或生
前在宜兴做过何事等，均无从考。

　　研读李蠙奏书，可作出钟离简之是位虔诚佛教徒的判断。如李蠙奏
书云："简之便于寺内所居堂前造一逆修坟。""逆修"乃指预修佛事以求
死后之福，是为佛教徒所做功课。奏书还见，钟离简之购得善权寺产后，
对毁坏的寺产进行过整修，并于唐大中十年(856)，兴建寺内重要建筑释
迦文殿②。

　　释迦文殿修建事发生于唐宣宗李忱在位间(847—860)，是为善权寺
恢复重建标志性工程。从后人记录其大殿柱础信息，可知其为规模较大
的宗教建筑、建设费用颇丰。明都穆《善权记》、王世贞《游善权洞记》等
提到，旧释迦文殿柱础见"大中十年"纪年及神奇之"雷书(雷篆)"文字③；

---

①(清)李先荣原修，(清)阮升基、唐仲冕等增修，(清)宁楷等增纂《(嘉庆)增修宜兴县旧志》卷十
　《艺文志》"奏议"，清嘉庆二年(1797)刻本，本卷第1—2页。
②释迦文殿柱础见"大中十年"之铭刻并"雷书(雷篆)"，从相关文献看，"雷书(雷篆)"多见于新建
　寺院之梁柱。李蠙奏书提到，钟离简之儿子与侄儿只看中寺院良田而非事佛，故释迦文殿只可
　能为钟离简之而非其子侄所建。笔者《梁祝传说起源时间考》(《艺术百家》2012年第6期)，提出
　钟离简之所建或非佛殿，可能为书院或宅堂，后改作释迦文殿，有误。
③关于善权寺"雷书(雷篆)"真相，另见笔者考证文章。

清赵怀玉《游善卷二首》云："茫茫碧鲜庵,犹镌读书处。经始溯建元,大中力斯裕。年逾千百更,灾免兵燹遇。"(《亦有生斋集·诗》卷八《古今体诗》)从常理判断,钟离简之修建如此重要的佛殿,并非出于个人供奉、养老或为子孙置办产业目的,而是出于对佛事的敬虔、方便信徒膜拜或其他原因。遗憾的是,千百年后,钟离简之重整善权寺功绩早为历史的尘埃湮没殆尽。

李蠙奏书中提到他关注善权寺近三十年,其间有无向钟离简之提过转让寺产事,不得而知;是否钟离简之感受到来自李蠙收赎的压力,才修建了"释迦文殿",亦无法考证。

二、李蠙强取豪夺善权寺

明以后宜兴方志与文献,多认为李蠙对善权寺恢复重建做出了重大贡献。然而,分析更早资料,不仅看不出李蠙对寺院做过哪些功德,反见其"收赎"善权寺事极不光鲜。

唐大和年间(827—835),李蠙在善权寺读过书。"会昌灭佛"运动期间,李蠙已入仕途。自钟离简之购得废寺资产后二十多年内,李蠙对寺产旁落他人始终耿耿于怀,"臣怀此冤愤近三十年"。咸通八年(867),李蠙向皇帝上疏,请示用已俸收赎善权寺产,不久获准。五年后,即咸通十三年(872),他令人在善权寺后方"碧藓岩"表面,刻下《请自出俸钱收赎善权寺奏》并唐懿宗李漼(859—873年在位)批复及《题善权寺石壁》诗等文字。

《请自出俸钱收赎善权寺奏》中,李蠙先云善权寺区域乃灵异风水宝地,冉言收赎寺院之理由。奏书极力数落钟离简之反对百姓收赎寺院的不是,鄙夷之词溢于文表(如称钟离简之为"一河阴院官"),霸道提出以二十多年前钟离简之购废寺资产之原价,回收其全部产业。

古善权寺旁的善卷洞昔称"龙岩",李蠙奏书称"臣太和中在此习业,亲见白龙于洞中腾出,以为雷雨",乃强调作为李唐宗室,他有义务为皇室守住这块龙脉。奏书描述钟离简之建"逆修坟","其茔才成,忽见一大赤蛇,长数丈,据于坟前。简之惊悸成疾,遂卒于此",容易让人联想到钟离简之之死,乃出于个人作孽的报应。在今人看来,善权寺附近出现真龙与长数丈赤蛇之情形不可能存在,故此不过李蠙凭空捏造。

　　李蠙奏书提到,钟离简之子佴看中的仅是寺前良田而非"废寺","子息亦固吝寺前良田","况简之男佴家业见居扬州海陵县,松槚亦元在彼处。只以固护废寺田产,一二儿佴在此",与事实不符。"释迦文殿"始建于唐大中十年,此前佛教早已重兴,作为寺院主体建筑,其修建表明善权寺功能早已恢复。如此,怎可称之"废寺"呢?

　　至于李蠙提及钟离简之在寺内居室前造一"逆修坟""以绝百姓收赎建立之路",亦颇蹊跷。

　　钟离简之修行于善权寺时,李蠙为官地并不在宜兴,他如何知道钟离简之造"逆修坟"事? 进而,钟离简之在居室前起"逆修坟",如何会妨碍百姓收赎呢? 奏书中,李蠙除言及钟离简之反对百姓收赎寺产,并未列举钟离简之其他不是。若钟离简之果真将寺院变成藏污纳垢地,或德行有损,抑或专营寺院以图利,想必李蠙不会放过。看来,李蠙之说明显有所图谋。

　　人不免于一死是自然规律,钟离简之死后,所购寺产传于子孙、亲众符合情理。尤为狠毒的是,李蠙奏书还提出收赎善权寺后,将钟离简之与已故亲人尸骨并后人及其亲眷一齐遣回原籍之要求,"勒简之男佴等移旅槟归海陵"。古人云"入土为安",意味对死者当给予尊重。李蠙要求将钟离简之家族死者与活人一并迁走的卑劣做法,显然为避免出现意想不到的麻烦,以图一劳永逸。

　　与李蠙刻奏书同时成刻于"碧藓岩"的,还有唐懿宗李漼于咸通八年(867)对奏书之批复:

　　　　咸通八年六月十五日。昭义军节度使、中散大夫、检校工部尚书兼御史大夫、赐紫金鱼李蠙状奏中书门下。
　　　　牒奉敕:李蠙自出俸钱收赎灵迹,已有近敕,难阻深诚,宜依所奏。仍令浙西观察使速准此处分。牒至准敕,故牒。咸通八年六月三十日下。①

显然,唐懿宗较短期时间内同意了李蠙请求。按文献记载,唐懿宗批复之

---

①(清)李先荣原修,(清)阮升基、唐仲冕等增修,(清)宁楷等增纂《(嘉庆)增修宜兴县旧志》卷十《艺文志》"奏议",本卷第 3 页。

后，还列有批复件抄送官员的名录①。

笔者见宜兴梁祝学者指责钟离简之，认为他生前不愿百姓收赎寺庙，及其死后，家人秉承其愿，葬之善权寺内，明显受李蠙奏书蛊惑。"子息亦固吝寺前良田，竟葬简之于其间。万古灵迹，今成茔域；乡村痛愤，不敢申论；往来惊嗟，无不叹息"，联系起所谓钟离简之造"逆修坟"事件看，确实容易让人生发钟离简之葬于寺内的联想，这正是李蠙"高明"处。古代寺庙除宗教与生活建筑外，多有田亩、山林之类的寺产，庙僧圆寂后，常就葬于寺院附近。结合李蠙奏书判断，钟离简之尸骸当埋葬于寺边山冈或田地。钟离简之生前与善权寺结缘，死后葬于自家田产或寺边，合情合理。善权寺来源与皇家有关，唐以前已具宏大规模，其兴盛期，寺之田产当有不少，至于遭强迁前钟离简之坟地位于何处、距寺院多远，不得而知。事实上，李蠙所谓"万古灵迹，今成茔域"，显然夸大其辞，乃为激起唐懿宗对钟离简之的反感与厌恶，从而达成私愿。

李蠙奏书云"其寺仍请准近敕格（注：敕格指朝廷颁定的律法）度僧住持"，其《题善权寺石壁》诗序谓："常州离墨山善权寺，始自齐。武帝赎祝英台产之所建。至会昌以例毁废。唐咸通八年，凤翔节度使李蠙闻奏天廷，自舍俸资重新建立。奉敕作十方禅刹，住持乃命门僧玄觉主焉。因作诗一首，示诸亲友而题于石壁云。"②从中让人感知其"收赎"寺院行为乃奉敕作刹、指定寺之住持乃获上肯。从诗序流露李蠙辞官归养善权寺心意，可推知《题善权寺石壁》诗作于其终官前不久。其后，李蠙果由凤翔节度使移任

---

① 对唐懿宗批复后所列出批复件抄送官员的名录，后人曾从金石等角度给予了关注。如宋叶梦得《避暑录话》云："善权有咸通八年昭义军节度使李蠙赎寺碑。盖尝废于会昌中，蠙以己俸赎之。蠙自言太和中尝于此亲见白龙自洞中出。洞之胜处不可尽名。……蠙当时藩镇名迹合见于史，而略无有。惟碑先载蠙奏状，后具敕书，云中书门下牒牒奉敕云云，宜于所奏。……又见宰相三人，纪其表皆不载，不应有遗脱，此不可解。余家藏碑千余帧，多得前世故事，与史违误。尝为《金石类考》五十卷，此后所得不及录也。"（［宋］叶梦得《避暑录话》卷一，清嘉庆十年［1805］虞山张氏照旷阁刻《学津讨原》本，本卷第 17—19 页）叶梦得后人，清叶奕苞《金石录补》云："宜兴善卷洞有咸通八年昭义军节度使李蠙赎寺碑，载先石林公《避暑录》。石林公藏古碑千余帧，为《金石类考》五十卷。则吾家世世好金石文字也。"（［清］叶奕苞《金石录补》卷二十七，清海昌蒋氏刻《涉闻梓旧》本，本卷第 10 页）文中所及"赎寺碑"即李蠙刻于"碧藓岩"的奏书等文字，从叶梦得记述看，他对唐懿宗批复所涉人物作过考证并提出过疑问，笔者判断他或藏有李蠙赎寺碑拓片；叶梦得所作《金石类考》今无传本，其家自叶梦得至叶奕苞，代见嗜金石、乐藏书者，至今民间常见旧拓存世，不知李蠙石刻拓本尚存否？

② （明）方策辑《善权寺古今文录》卷六"唐诗"，清嘉庆九年（1804）抄本。

检校工部尚书、御史大夫、大司空。凤翔节度使为唐朝在今陕西省西部所置高级职官,地位显赫重要,而检校工部尚书并不实掌职事,御史大夫负责监察,大司空乃高官荣誉称号,三者俱为虚衔,类今高级"顾问""行风监督员"之属。

李蟾终官后赴宜兴,以善权寺为家颐养天年。宋赵彦卫《云麓漫钞》谓:"常州宜兴县之善拳寺,唐李蟾旧宅。"(《云麓漫钞》卷第一)

李蟾为唐宗室,在多地、多职位做过高官,尤其任职京兆尹、凤翔节度使等重要职位,按理说其会于正史留下不少印记。检索发现,其名字仅于《旧唐书·本纪第十九上》出现一次,即便如此,还淹没于众多官员之任命信息中:"四年春正月甲子朔。庚午,上有事于圆丘,礼毕,御丹凤楼,……三月,以刑部侍郎曹汾为河南尹,以户部侍郎李蟾检校礼部尚书、潞州大都督府长史,充昭义节度、观察处置等使……。"[1]至于《新唐书》,则根本不见李蟾其名。

再据其他文献检获信息,宋代以降,后人除肯定李蟾收赎善权寺有功外,对其为人称褒者绝少,而贬之者则不乏所见。以下列举三例:

宋李昉等《太平广记》载:"李蟾与王铎进士同年。后俱得路,尝恐铎之先相而己在其后也。……将命铎矣,蟾阴知之,挈一壶酒诣铎,曰:'公将登庸矣,吾恐不可以攀附也,愿先事少接左右,可乎!'即命酒以饮。铎妻李氏疑其堇焉,使女奴传言于铎,曰:'一身可矣,愿为妻儿谋。'蟾惊曰:'以吾斯酒为鸩乎。'即命一大爵自引,满饮之而去。"[2]此事还见《唐语林》、《稗海》本《玉泉子》等。好友王铎升迁,同年李蟾携酒祝贺,王铎之妻出于对李蟾人品有所耳闻,怕其于酒中下毒,故不顾场合让人传言提出警告。

再,《资治通鉴·唐纪六十六》云:"(咸通四年)昭义节度使沈询奴归秦,与询侍婢通,询欲杀之,未果;乙酉,归秦结牙将作乱,攻府第,杀询。""(咸通五年)春,正月,以京兆尹李蟾为昭义节度使,取归秦心肝以祭沈询。"[3]从李蟾摘取归秦心肝祭祀沈询行为,可见其心狠手辣,由此判断他绝非佛教徒。

---

①《旧唐书》卷十九上《本纪第十九上·懿宗》,中华书局,1975年,第654页。
②(宋)李昉等编《太平广记》卷四百九十九《杂录七》"李蟾",中华书局,1961年新1版,第4092页。
③《资治通鉴》卷第二百五十《唐纪六十六·懿宗昭圣恭惠孝皇帝上》"懿宗咸通四年—五年",中华书局,2012年第2版,第8230页。

又，《咸淳毗陵志》谓："大芦禅师名鉴真，姓潘氏，蓟人，幼慕禅律，父母不能夺。送至宝集精舍，经偈如夙习。大和八年受具足戒。谒大梅真觉师。大中间游阳羡，住大芦院。咸通初赐院额，李蟠命住善权寺，不乐就。卒归大芦。以逝有塔，号禅大德。"①文中所及大芦院，即大芦寺，在今宜兴西南大芦山，初建于唐，为铜官山四大名寺之一。以李蟠名望，命鉴真住持善权寺，竟遭回绝，多出于鉴真对其人品极度不认可。

李蟠年轻时借读于善权寺，终官前选择其寺为养老地，表明他确实偏爱此地。而其"收赎"善权寺行为，则必出于私心。否则，他既于奏书提及钟离简之反对百姓收赎，以其位高权重显赫身份，何不出面早行干预，得让百姓愿望达成，或早就出资收赎，还寺院于信众呢？

李蟠"收赎"寺产事，若其行得正，对懿宗皇帝而言尚属嘉举，如招致非议，无疑会损及懿宗皇帝名声并引发其不满。故云，李蟠官居高位，于正史中几无记载，野史对其几无褒品，或是史撰者有意略去其事！

后人对李蟠贬褒，随宋代攀龙附凤之风兴盛而见颠覆。明以后，因真相湮灭，李蟠遂被无识者塑造成恢复重建善权寺之"功臣"扬名宜兴。

宋以后，各地兴起建庙立祠之风，李蟠作为关联善权寺之重要名人，受供于寺院之三生堂。对三生堂来由，清《（康熙）重修宜兴县志》云："李司空山房在善权寺。司空名蟠。尝于此肄业。后李纲、李曾伯相继寓焉。三人皆一姓，又皆拜相，人以为即蟠之再世，为寺中大护法，故寺有三生堂。"②不过，志书称李蟠、李纲、李曾伯三人均曾拜相事不实。清《（嘉庆）增修宜兴县旧志》云："李司空山房在善权寺。司空名蟠，尝于此肄业（《王志》）。按：蟠贵后尝书奏赎善权于此作山房，固《宜志》又言后李曾伯、李纲相继寓焉。三人皆李姓，人以为蟠之轮回。今寺有三生堂，正此义。考《唐书》'宰相表''宰相世系表'，皆无蟠名。宋李曾伯亦未曾作相，相者维李纲一人。轮回三生之说，史能之等、朱昱两《毗陵志》并无之。此出明善权寺僧方策所言，荒诞不足信。蟠，他书不详其里居。"③志书不仅有意纠偏前人之说，还特别提及"蟠，他书不详其里居"，是否志撰者对李蟠事迹有所知晓，而有意淡化其影响，不得而知。

――――――――

① （宋）史能之等《咸淳毗陵志》卷第二十五"仙释·宜兴·唐"，第3178页。

② （清）李先荣、徐喈凤纂修《（康熙）重修宜兴县志》卷之十《杂志》"古迹"，清康熙二十五年（1686）刻本，本卷第4页。

③ （清）李先荣原修，（清）阮升基、唐仲冕等增修，（清）宁楷等增纂《（嘉庆）增修宜兴县旧志》卷九《古迹志》"遗址·碧鲜庵"，本卷第7页。

由此来看,李蟾所谓"收赎"善权寺,明为出资行善兴佛寺,实为巧取豪夺谋私宅。

第三节　"碧藓岩"刻石真相

深入研究表明,"祝英台读书处"不仅为李蟾引导人们阅读刻于"碧藓岩"表面文字的标识,还暗含祝英台(地名)为其昔日读书之处。以下考证,再度揭露出诸多久已湮灭的真相。

一、李蟾为何刻奏书于"碧藓岩"

在经济与文化极为昌盛的唐代,书法艺术得到极大发展。其时,上至皇帝(如李世民、李隆基等)下至公卿士子等多热衷书法,出现过欧阳询、虞世南、褚遂良、张旭、颜真卿、怀素、柳公权等对后世书法艺术产生重要影响的大家。同时,社会刻碑之风盛行,不仅寺庙、名山、古迹等名胜地常见时人题刻,达官显贵或有钱人逝后,家人也均以延请名家题刻墓志为荣。揣摩人们热衷刻碑之用意,不外希图在世时产生影响,辞世后留下痕迹。

从金石学角度看,自古及今,超过千字的摩岩并不多,著名的有南北朝《泰山经石峪金刚经》、唐玄宗李隆基《纪泰山铭》等,这些作品至今于书界具一定影响。李蟾中过进士,具备一定书法修养,有"祈雪题名"等碑刻传世。善权寺来历与皇家有关,与之毗邻、石面较为光洁的巨岩"碧藓岩",天生为刻碑理想材料。受社会上流行刻碑习俗影响,李蟾选择于"碧藓岩"刻下奏书等文字,难道为图死后于历史留下更多印记么?

从钟离简之购得善权寺产,至李蟾于唐咸通八年(867)上《请自出俸钱收赎善权寺事奏》,其间已历二十多年;从奏书出台再到《题善权寺石壁》诗创作,其间又历约五年。

李蟾奏议文书并无甚文采,约五年后,他突然将奏书尤其是懿宗皇帝批复等刻于"碧藓岩",行为十分反常。研究表明,李蟾所为,乃出于应对麻烦的无奈并浅鄙之举。

钟离简之虽非土生土长的义兴人,他既购善权寺产,表明其与善权寺或义兴存在一定渊源,肯出巨资修建"释迦文殿"并苦心守护寺产,当地理当视之善举。二十多年后，李蟪以钟离简之购废寺原价取得新寺资产，近似豪夺，将钟离简之并亲人尸骸及其子侄等后人一并迁走，于理欠亏。事后，钟离简之后人必会设法寻求公道并释放对李蟪之不利言语；善权寺周边佛教徒失去朝觐场所后，亦会对李蟪心存不满；辖地官府虽不得已执行皇帝旨令，其中不乏善心者，难免对钟离简之后人表示出同情；久居宦海且人品不佳的李蟪，"巧取"善权寺恶行，终不免在官场引起非议或被其政治对手利用。

正出于李蟪"收赎"善权寺行为极不近人情事理，民间（尤其义兴）出现不利于其言行后，出于堵住非议者口舌需要，他才不得已命人将奏书及批复等上石，有意让人了解其收赎善权寺乃是经皇帝同意的奉敕之举，对此事不满便是对皇帝不忠。

社会出现对李蟪之怨愤，可从其《题善权寺石壁》诗中得以反观。其诗云："四周寒暑镇湖关，三卧漳滨带病颜。报国虽当存死节，解龟终得遂生还。容华渐改心徒壮，志气无成鬓早斑。从此便归林薮去，更将余俸买南山。"诗前六句写得冠冕堂皇，而诗末两句，表面看是他欲再花上余俸购买善权寺附近的山林以壮大寺院规模，实质暗含对非议者的回应与警告提醒。李蟪当初为取得寺产，于奏书中含蓄地使用"收赎"二字，而此诗中之"买"字，将其丑恶心迹暴露无遗。

由此看来，李蟪将奏书、皇帝批复及诗作等上石，实为达到"弭谤"之目的。

揭开尘封久远的历史，不仅让后人认清李蟪的真实面目，还钟离简之以清白，而且对梁祝传说起源研究亦极具价值（后及）。

二、"祝英台读书处"成刻原因

研究表明，位于古善权寺后"碧藓岩"面的"祝英台读书处"六大字，为唐人李蟪所刻。李蟪在所刻奏书等文字边加刻"祝英台读书处"，非为炫耀其书法、作文功底，而是意欲引导人们阅读其奏书与皇帝批复，以回应各界出现的对其不利传言。

"读书"在古代有"对金石文字、法书的揣摩"之义。早期，笔者研究梁祝传说起源时间命题，曾将"祝英台读书处"六大字理解为指引人们阅读他碑的标识①。其实,将"祝英台读书处"理解为指读其侧小字之标识,方见合理:奏书又称奏议、奏疏或疏等,联系李蟾将其奏书等刻于碧藓岩等事实,若作深度解读,可见"祝英台读书处"之"读书"隐含"读奏书""读疏"之义。

对李蟾所刻"祝英台读书处",若从字面理解,还暗指祝英台(地名)地域乃其昔日读书之地。即便梁祝故事已流传,后人还常云及祝英台附近为李蟾旧时读书处,实受其刻石文字影响。如明程敏政《篁墩集》之《送释方策住善权寺》诗云:"上刹新闻住辩才,一舟南去水如苔。再传衣钵诗宗远,终日溪山画障开。草没仙人烧药灶,花明丞相读书台。病夫久欲捐荤饮,春焙还能数寄来。"②从诗句中,可见"祝英台读书处"与"丞相读书台"之关联;明沈周《碧鲜庵》诗云:"在善权三生堂西北石壁,旧传祝英台读书之处,唐李丞相亦藏修于此。李相读书处,犹疑白石房。但无坡老记,名藉碧鲜长。"③沈周认为古代女子祝英台昔在碧鲜庵读书,唐李蟾也曾修学于此。

看来,李蟾在"碧藓岩"刻下"祝英台读书处",可谓"一举多得":一是提醒人们阅读"碧藓岩"面其奏书及皇帝批复,不要对其收赎善权寺事提出"非议";二是强调祝英台附近乃昔日高官李蟾读书之地。

《"碧藓庵"考》章节,笔者提到,宜兴一直存在"碧藓庵"(碧藓岩)曾见唐人石刻说,甚至误传"碧藓庵"三字碑为李蟾手书,实质是将"碧藓庵"(碧藓岩)碑铭与今"碧藓庵"三字碑混淆了。若从"碧藓庵"(碧藓岩)表面文字乃李蟾所刻角度理解,则真相明朗:"祝英台读书处"六大字确为李蟾所刻。

分析李蟾铭刻"祝英台读书处"动机,足见此石刻出现前,必不存在祝英台讹为女子之可能性。

三、李蟾石刻引发后人关注

因李蟾收赎善权寺引发争议,"碧藓岩"表面铭刻大量文字后,产生了深远影响。

---

①因"祝英台读书处"词语组合不合常规,笔者曾从祝英台本地名、金石学中"读书"有"对书法文字的揣摩、研究"之义角度出发,将"祝英台读书处"石刻理解为指读禅国山碑碑文的标识(详见拙文《祝英台考》,《江海学刊》2008年第4期),判断欠当。

②(明)程敏政《篁墩集》卷九十《诗》,明正德二年(1505)刻本,本卷第8页。

③(明)沈敕《荆溪外纪》卷之二《五言绝句》,明嘉靖二十四年(1545)刻本,本卷第4页。

对李蟾刻石之"碧藓岩"，宜兴历代方志均见记载，后人对这块摩崖亦多有关注。如宋顾逢《题善权寺》诗云："英台修读地，旧刻字犹存。即碧鲜庵。一阁出霄汉，万松连寺门。"①此处"旧刻"，即指刻有"祝英台读书处"等文字的摩崖。清卢文弨辑《常郡八邑艺文志》所录蒋景祁"游善权寺"诗云："雨余烟寺路初通，一径松风听不穷。绿字久湮丞相碣，青山无恙梵王宫。林间钟磬横空度，洞口云霞入画工。我至欲寻栖隐地，当年善卷许谁同？"②诗中"绿字久湮丞相碣"，乃指李蟾刻石文字早为青苔湮没。

从文献记录信息看，古代善权寺存在大量碑刻，然后人对寺院六朝经幢等石刻关注度远不如李蟾题刻，是与李蟾"收赎"善权寺离奇"公案"相关。在笔者看来，李蟾将奏书等文字刻上"碧藓岩"不仅非聪明之举，反自曝劣行：了解真相或真正读懂李蟾奏书等文字之人，必不耻于李蟾之人品！

后人关注到"碧藓岩"表面文字风化较快，对其采取了挽救措施。如宋时寺僧曾两度剜洗"碧藓岩"碑碣文字③。明以后，"碧藓岩"表面为人加刻谷兰宗词作等，至于其他摩崖文字，则未见人为剜洗记录。

"碧藓岩"残存"祝英台读书处"六大字，直至清代尚为人关注。吴骞《愚谷文存》中，依见"祝英台读书处"石刻文字存世："寺后为碧鲜岩，岩左石台荒藓凝渍，疑即碧鲜庵之故址，巨刻犹存。"（《愚谷文存》卷九"国山图说"）至于李蟾所刻其他文字，应当说已基本漫灭了④。按方志记述，清嘉庆以后，不仅当地多已不知"祝英台读书处"所在，甚至连"碧藓岩"位于何处也罕有人能说清了。

清中晚以降，后人依稀记得"碧藓岩"石刻文字可追溯至唐代。至于李蟾收赎"善权寺"那段"公案"，则早已为人忘却。

随着"碧藓岩"表面小字渐渐蚀去、梁祝故事流传并李蟾刻石真相的淡

---

① （明）沈敕《荆溪外纪》卷之三《五言八句》，本卷第 8 页。

② （清）卢文弨辑《常郡八邑艺文志》卷十二之下"国朝七言律"，清光绪十六年（1890）刻本，本卷第 47 页。

③ （明）安世凤《墨林快事》卷之六"善权寺诗"，清抄本，本卷第 21 页。安世凤提到宋僧人曾两度剜洗李蟾题刻文字，表明碧藓岩岩面文字腐蚀较快，另从其判断岩面文字为李蟾"纪其复寺之勤而已"看，可知他并不晓李蟾石刻内容。

④ （清）吴骞《桃溪客语》卷二"李蟾诗"云："唐李蟾有题善权寺石壁诗，云：'四周寒暑镇湖关，三卧漳滨带病颜。报国虽当存死节，解龟终得遂生还。容华渐改心徒壮，志气无成鬓早斑。从此便归林薮去，更将余俸买南山。'按：蟾集今不传，其诗仅见于此，旧有石刻，今亡。"（吴骞《桃溪客语》卷二，清乾隆吴氏刻《拜经楼丛书》本，本卷第 3—4 页）

隐,后人从最初关注"碧藓岩"面小字,最终转向对岩面"祝英台读书处"六大字的关注。清中期以后,当地甚至将"碧藓岩"碑碣与"碧藓岩"前所立"碧鲜庵"三字碑混作了一处(可参见第二章《"碧鲜庵"考》)。

四、"祝英台读书处"再调查

2006 年,笔者曾赴善权寺周边作田野调查,找到了传说中失踪已久的"碧藓岩"。因"碧藓岩"所处位置相对较高,表面长满老藤杂树,并不平坦,加上当时目的为搜寻"祝英台读书处"遗迹,故并未考察其西侧更大岩面。

2012 年,笔者再次调查"碧藓岩",有意揭露更大岩面。发现"祝英台读书处"竖刻残痕明显偏于"碧藓岩"左侧,与吴骞《愚谷文存》记述相符。岩面竖刻大字残迹右方,见大量琐碎文字细痕。结合文献记载,可知其即李蟾奏书等铭刻。看来,当初刻字者有意布局了大小字空间,即"碧藓岩"左侧"祝英台读书处"六大字,与李蟾奏书等近千小字为同时上刻。

2019 年,笔者受宜兴文化部门之邀,赴当地指认"碧藓岩"。根据笔者指引,景区专业人员即时作了较大范围清理。从清理结果看,"碧藓岩"表面文字多已湮灭,惟见少许刻痕残迹。其后,笔者对比十多年前田野调查所拍照片,发现摩崖风化程度比料想的更为严重。当时笔者曾建议对残存文字刻痕及时制作拓片,如此,既便于识出少许文字,又能录下其时"碧藓岩"风貌。

俗话说,"种瓜得豆,种豆得豆"。谁曾料想,若干年后,李蟾所刻"祝英台读书处",竟会成为孕育梁祝传说之重要因子,收获"种豆得瓜"之奇效!

第四节　梁祝传说之发生

梁祝传说大多演绎女子祝英台读书,与梁山伯同学,二人生前未成夫妻,死后却同冢之奇异故事。故事核心人物是祝英台,关键情节为祝英台读书。故考察传说之起源,可从追溯祝英台由地名讹为人名、女子祝英台读书说来由角度考探真相。

一、唐及以前梁祝传说尚未形成

迄今为止,尚未见任何可靠证据,表明唐或以前梁祝传说已见发生。

（一）梁祝传说本体所涉时间不可为据

考察梁祝传说的发生，不能根据民间故事讲述梁祝生活于某时代、抑或故事中见与某时代关联之信息，就断定它发生于某代。

北宋李茂诚《义忠王庙记》虽将梁山伯、祝英台写成东晋人，但不能据此认定梁祝事发生于东晋。

古高丽国《夹注名贤十抄诗》所录"梁山伯祝英台传"说唱，见"大唐异事多祚瑞，有一贤才身姓梁"文字，此处"大唐"指中国，即便"大唐"指唐朝，也不当作为故事源于唐代之依据。

元白朴曾创作梁祝传说相关题材的杂剧（已佚），元钟嗣成《录鬼簿》题作《梁山伯》（马好儿不遇吕洞宾，祝英台死嫁梁山伯），明朱权《太和正音谱》作"祝英台"，钟嗣成剧本题目正名虽言及传说中的唐代人物吕洞宾，亦不当作为故事源于唐代之证据。

又，诸多梁祝传说作品中，有云梁祝为汉代、东晋、六朝人者，甚至有云梁祝乃孔夫子学生者，这类说法均不可作为传说起源时间的判断依据。

（二）祝英台、梁山伯、"梁山伯冢"出现并不意味传说发生

公元 276 年，孙皓封禅阳羡，在善卷洞后洞口建立祭坛与明堂建筑，此处祭坛即祝英台。因孙皓封禅场所地处偏僻，禅仪结束后，祭祀建筑一度废弃（可参见第一章《祝英台考》）。因古人对祭祀类建筑存有禁忌，废弃的封禅建筑长期内才不致破坏。若单纯从祭坛祝英台角度看，它基本不具备被讹传为女子之条件。同时，考虑到祝英台作为地名直至民国时期尚存于宜兴民众记忆，进而判断，祝英台之出现，并不意味其时梁祝故事已具萌芽条件；祝英台由地名讹为女子之名，需要特定触媒来完成这一转化。

公元 502 年，义兴的祝英台与明堂改作萧衍冢社之冢，"梁山伯"随后附会而出（可参见第六章《梁山伯考》），"梁山伯冢"说因之出现。"梁山伯冢"称谓之出现，成为祝英台与梁山伯冢同冢说之充分条件（可参见第十章《梁祝同冢（义妇冢）、同学由来考》），然当时无论祝英台抑或"梁山伯冢"皆作为地名存在。也就是说，其时仍不具备祝英台讹为女子之名的条件。

过去，有学者认为梁元帝《金楼子》原本载有梁祝故事，实出于对徐树丕《识小录》所录"梁山伯"故事所加按语之误解。也就是说，《金楼子》不可能记载梁祝故事。

自萧衍冢社建立，至梁载言作《十道志》（《十道四蕃志》），其间又历一二百年,这一时间段依然不见促成祝英台由地名向人名转化之"触媒"出现。后人论及梁祝传说来由"早期信息",屡屡提及《十道志》(《十道四蕃志》),然其书所见不过地名"梁山伯冢"及相关地理信息而已,并未记载梁祝故事(可参见第十四章《梁祝传说与〈十道志〉渊源考》)。

(三)"祝陵"地名无法催生祝英台由地名讹为人名

祭坛祝英台废弃后,当地称之"祝陵"。祝英台外观为一似坟的大土堆,其"祝陵"称谓容易让人联想到逝者葬所(民间确见"祝陵"即女子祝英台墓说)。那么,"祝陵"称谓出现,是否具备祝英台由地名讹为人名之条件呢?

笔者判断,"祝陵"地名出现,当不晚于唐。因"祝陵"地名及相关旧事常引起梁祝学者关注并引发争议,下面稍增赘考一段。

清史承豫《游善卷洞记》云:"八日晨起,泛舟西溪,午后抵祝陵。唐人诗云'祝陵有酒清若空',即此地也。"[1]《唐诗叩弹集》《全唐诗》等,收录唐李郢《阳羡春歌》诗:"石亭梅花落如积,玉藓斓斑竹茹赤。祝陵有酒清若空,煮糯蒸鱼作寒食。"李郢,唐大中十年(856)第进士,《全唐诗》录其诗作多首。

关于《阳羡春歌》作者,目前存争议。《咸淳毗陵志》所录《阳羡春歌》,题宋人陈克作(其诗与李郢诗稍异)。对此,清吴骞作过考证,其《桃溪客语》云:"宋临海陈子高,尝作《阳羡春歌》一篇,明人辑唐诗,误收于李郢,后遂有踵其失而不察者。……无论石亭之古迹,竹茹之土产,清若空之酒名,皆未著于唐诗。至云'风光何处最可怜,邵家高楼白日边',盖宋时,宜兴邵氏最为巨族,临溪有名园所谓'天堂远者',尤才人胜流之所集,周益公言之甚详。故歌中犹云尔也。其非李郢作必矣。"[2]钱南扬认为吴骞判断有理:"此则考定《阳羡春歌》的作者为陈克而非李郢,我们知道陈克是宋绍兴间人,依现在所发见的材料而论,祝陵的见于书,以此为最早了。"[3]

笔者判断,《阳羡春歌》作者为唐人李郢说更为可靠。理由是:

---

①(清)沈粹芬、黄人《国朝文汇·乙集》卷三十一"史承豫《游善卷洞记》",清宣统元年(1909)上海国学扶轮社石印本,本卷第 3 页。

②(清)吴骞《桃溪客语》卷五《续编》"阳羡春歌",本卷第 7 页。

③钱南扬编著《祝英台故事集》,《民俗》第九三、九四、九五期合刊"祝英台故事专号",1930 年 2 月 12 日。

首先，吴骞所谓"石亭之古迹，竹茹之土产，清若空之酒名，皆未著于唐时"说法，并不在理。石亭，一作西石亭、西亭埠、石亭埠、梅花坞、复古亭，位于今宜兴南龙背山区，地名由来已久，此地很早就育出枝杆奇古之梅花——苏梅，唐宰相陆希声曾于此赏梅，并赋《梅花坞》诗；宜兴多山，中药竹茹作为当地土产，其生长历史，早于唐代已出现；"祝陵有酒清若空"乃指"祝陵"当地所酿之酒色泽清澈，非指酒名为"清若空"①。

其次，以"盖宋时，宜兴邵氏最为巨族"作为理由，证据不足。唐初邵氏已为大姓显族，今邵氏在宜兴仍为大族，然当地邵氏家族不只一支。今永定、九苞《邵氏宗谱》虽记载其祖上于宋时由外地迁入，却不能排除其地早有别支邵氏显族存在。

"祝陵"地名屡见宋以后宜兴方志。方志释此地名，多见与祝英台墓瓜葛。祝英台既始建于三国时期，从"陵"有似台土堆之义，可指祭祀相关之陵台建筑看，"祝陵"称谓极有可能早于唐代出现。

无可否认，梁祝传说发生的前提是地名祝英台讹传为女子之名。因祝英台除称"祝陵"外，还见"祝台""英台""祝坛""土台""读书台""读书坛"或"祝英读书台"等异称，故判断"祝陵"讹为女子祝英台墓，必定受梁祝传说影响。如此，即便"祝陵"地名不晚于唐代出现，它也难以催促祭坛祝英台由地名向人名转化。

(四)梁祝传说起源上限为公元872年

梁祝传说发生的关键是地名祝英台讹为人名、女子祝英台读书说出现。若云祝英台讹为人名、女子祝英台读书说出现，需由"触媒"促成，则"祝英台读书处"摩崖成刻，真正起到了催化剂作用。故云，梁祝传说起源当以"祝英台读书处"石刻出现为标志。进而，考证出"祝英台读书处"石刻出现时间，也就厘清了梁祝传说起源之时间上限。

较为系统地梳理梁祝传说由来史，发现故事源起完全出于机缘巧合：外观呈台形，类似古代名人读书处的祭坛祝英台，其后方"碧鲜岩"为人刻上"祝英台读书处"后，民间先是讹传出女子祝英台于当地读书故事，其后一发不可收再衍讹出更多情节：因义兴当地存在"梁山伯冢"说，受地名"梁

---

① 一般认为，"烧酒"之说唐时已见，至于宋代，民间已较普遍掌握蒸馏法酿酒，用此法所酿之酒"清若空"则不再稀罕，故"清若空"乃指唐时"祝陵"一带土法所酿之酒品高质好。

山伯冢"与祭坛祝英台同冢影响,遂见梁山伯与女子祝英台同冢说;宜兴当地,"同冢""同穴"表义一致、发音相近,受女子祝英台读书说影响,梁祝同学说进而讹出(可参见第十六章《梁祝传说起源地考》)。

出于"祝英台读书处"六大字成刻与李蟾有关,下面再循此线索考证石刻出现时间。

"祝英台读书处"六大字成刻,因李蟾"收赎"善权寺事而起,关于李蟾"收赎"善权寺时间,存在争议。过去,有学者据李蟾《题善权寺石壁》诗序,认定"赎"寺事发生于李蟾在凤翔节度使任上,然并非事实。

查唐"凤翔节度使"相关史料,发现杜悰于公元864—870年、令狐绹于公元873—879年任此职,而李蟾于咸通十三年(872)在任凤翔节度使。李蟾《题善权寺石壁》诗序提到:"唐咸通八年,凤翔节度使李蟾闻奏天廷。"此处非指唐咸通八年(867)李蟾在凤翔节度使任上,而是诗作有意突出上奏书时,其正身处"凤翔节度使"高位。后人不知真相,屡屡于此处出错并引发争议(不赘)。

从咸通八年(867)李蟾所上奏书称善权寺乃由"祝英台产"改来判断,当时"祝英台产"之"祝英台"仍为地名。继李蟾上奏书后约五年,接近退休年龄时,才有意将奏书并皇帝批复等刻于善权寺"碧藓岩",出于"弭谤"需要。因《题善权寺石壁》作于咸通十三年(872),专为上石而作,而李蟾奏书与懿宗批复及"祝英台读书处"与之同时成刻,由此断定,"祝英台读书处"铭刻时间绝不早于公元872年。当时,"祝英台读书处"之"祝英台"仍为地名。

古代官员退休,雅称"致仕""致事"或"致政"。按唐代规制,"诸职官年及七十,精力衰耗,例行致仕",结合李蟾《题善权寺石壁》诗作于其终官前夕判断,至公元872年,李蟾约70岁高龄,其时距唐王朝灭亡仅35年。一般来说,只有待李蟾辞世后一段时间,其"收赎"善权寺丑闻渐为世人忘却后,"祝英台读书处"真相才会被人曲解,虑及李蟾在当地名声不好,故不排除其至善权寺养老时,民间已出现对"祝英台读书处"的有意曲解:将"祝英台读书处"理解为女子祝英台的读书处。由是,可视"祝英台读书处"碑文成刻时间,即公元872年,为梁祝传说起源的时间上限。

今宜兴,清人所立"碧鲜庵"三字碑早见公布为市级文保单位,而真正关乎梁祝传说源起的"碧藓岩"却埋没不见天日,不能不说遗憾![①]

孔子云"惟女子与小人为难养也",旧时义兴民间宁将"祝英台读书处"讹为小女子祝英台的读书处,也不提它为大人物李蠙的读书处,可见当时李蠙的"聪明",并不能掩盖其"收赎"善权寺那段极不光鲜的历史。

虽然说"祝英台读书处"六大字成刻后,祝英台始具由地名向人名转化之充分条件,梁祝故事因此初备萌芽之基础,但考虑到民间故事从讹传到产生影响需经历一定时间的积淀,故而判断,唐末孕育出初具基本情节的梁祝传说之可能性几乎不存在。

有必要补充指出的是,笔者考证祝英台本源初始,曾察见"祝英台读书处"之"读书"与解读古代知名碑刻文字有关,于是判断"祝英台读书处"乃指读禅国山碑之标识[②],发现不妥后,再从"祝英台读书处"乃指读善权寺"雷书"("雷篆")奇碑标识角度试图探求真相,提出梁祝传说起源上限不早于唐大中十年(856)的看法[③]。然进一步研究发现,笔者最初判断"祝英台读书处"本指识读碑文标识之认知虽无过错,惜乎未知其旁边即存在近千字碑文,因而数次步入研究误区。

二、宋代渐显雏形

通过对文献的梳理、解读,可知至于宋代,纯属讹传的梁祝传说才渐显雏形,其时,这一传说多以志怪类故事面目出现。

今人所见梁祝传说相关的最早文字记载,为北宋大观年间明州郡守李茂诚所作《义忠王庙记》。

《义忠王庙记》文字较为杂乱,拼凑痕迹明显。文中所录梁祝故事情节大致为:出生不凡的会稽梁山伯,与上虞祝贞同学三年。两年后,梁山伯省亲,途经上虞并造访祝贞,得知祝贞本女子祝英台,于是让父母求姻,无奈

[①]2021年8月,笔者赴宜兴搜寻东吴"自立大石",于"碧藓岩"见新横刻"祝英台读书处"六大字,同时成刻的还有李蠙《题善权寺石壁》诗。

[②]明陈仁锡谓"祝英台读书处"刻于"建元二年",乃一家之语,且其前后语境出现错误,故不可靠;从全国范围看,六朝碑刻少之又少,若"祝英台读书处"为六朝铭刻,理应于文献留有更多印记(文献确见祝英台附近存在六朝碑刻,主要指善权寺的经幢等而非"碧藓岩"石刻文字);进而,宜兴方志虽常见善权寺于"建元二年"创建,至于寺院初创时,为何在"碧藓岩"刻下"祝英台读书处"之依据却根本不见。如此可进一步排除陈仁锡说之合理性。

[③]详见拙文《梁祝传说起源时间考》,《艺术百家》2012年第6期。

祝英台已许马家,求姻无果的梁山伯并未在意。被举鄮令的梁山伯得病死去一年后,祝英台出嫁,船受阻于风波,听闻梁山伯墓在附近,于是前往奠冢,此时发生地裂,二人埋到一起。被随从牵扯的祝英台衣裾破裂后随风飞舞。马氏求官开椁,见有巨蛇护冢,只得作罢。此事传至朝廷,丞相谢安奏请封二人墓为"义妇冢",等等。

从《庙记》可见,梁祝间不见相恋情愫,梁山伯之死无关祝英台;祝英台形象苍白,无暗恋梁山伯并主动示爱场景,其主动祭祀梁山伯出于婚船遇阻,与梁山伯同冢出于地裂使然而非有意殉情,比诸一般故事中祝英台之言行,大为平淡。显而易见,梁祝爱情不是以梁山伯为中心的《庙记》表达主题。

据所见材料判断,及至北宋末期,梁祝故事仍大致停留于"述异""志怪"阶段。是否《庙记》作者为突出梁山伯之"义",有意对当时流传以梁祝爱情为主的故事作过修改,从传说衍变经历看,可能性并不大。

本应庄严的《庙记》文字,却出现过多对话成分,当为撰者转引别处材料。《庙记》中,梁祝同学、祝英台女扮男妆、同冢等情节已具备,"从者惊引其裾,风裂若云飞,至董溪西屿而坠之"[①],表明其时女子祝英台化蝶说在当地还未出现。既然肯定梁祝传说源于宜兴,通过对宁波流行的故事源头反溯可见:直到北宋末年,祝英台化蝶说法,在宜兴尚未出现,抑或已出现但并未为宁波民间传说吸收。

按常理,《义忠王庙记》当以宣扬梁山伯之"义"与"忠"为主,融入过多梁祝故事成分,表明当时这一传说已在民间产生较大影响,以致不完全知晓真相的李茂诚作《庙记》时竟无法回避。

进入南宋,梁祝传说开始产生较大影响。《(乾道)四明图经》《舆地纪胜》《咸淳毗陵志》等皆见载这一故事或关联信息。不过,后人关注故事同时,对其中不合理说法乃至故事本身曾提出质疑。如《(宝庆)四明志》对"义妇冢"说生发疑问,《咸淳毗陵志》则认为故事"类诞"。

古高丽国《夹注名贤十抄诗》所录《梁山伯祝英台传》说唱,无疑乃从中国传入。据笔者初步考证,说唱出现时间,约相当于中国北宋晚期至南宋

---

① (清)汪源泽修,(清)闻性道纂《(康熙)鄞县志》卷九"庙祠·西鄙·义忠王庙",清康熙二十五年(1686)刻本,本卷第60页。

早、中期。说唱中,祝英台女扮男妆与梁山伯同学、梁山伯访祝英台、祝英台祭灵、梁祝同冢,以及祝英台衣裳化蝶等情节俱已出现。

若从源头分析,《梁山伯祝英台传》说唱似从古代浙江流传的故事中脱胎而出。比较说唱与《庙记》所载故事,可见二者存有渊源。不同处在于:《庙记》之梁山伯求婚未果后立即放弃,祝英台之死由地裂引起,未见祝英台与梁山伯间存在爱情,而说唱中的梁山伯之死与其求婚未果有关,梁祝同冢出于祝英台主动殉情。这一区别反映出梁祝传说主题从"述异""志怪"开始向爱情故事转化。

宋代,戏曲播演与创作已空前繁荣。不过,截至目前,尚未见完整梁祝题材剧目遗存。过去,诸多学者针对宋时大量出现的【祝英台近】词(曲),认为梁祝传说已广为流布,甚至将其与流行的舞台表演相联系,并无道理。

元代以后,以表现梁祝爱情为主题的作品开始出现,标志梁祝传说基本成型。观照梁祝传说演化轨迹,可知从对"祝英台读书处"石刻近乎荒诞的离奇"解构",到动人的梁祝爱情故事演绎而出,类似生物学领域的"变态发育",期间至少经历四百年时间。

小结:宜兴"碧藓岩"表面"祝英台读书处"六大字为唐末李蠙所刻;自"祝英台读书处"成刻,从此开启梁祝传说发生"门户";"祝英台读书处"成刻于公元 872 年,是为梁祝传说起源时间上限;梁祝传说虽于唐末已具萌芽条件,然直至五代,仍未见梁祝传说流行之线索;至于宋代,梁祝传说尚处于雏形期;元代以后,梁祝传说基本成型。

附:梁祝传说起源时间考证思维导图

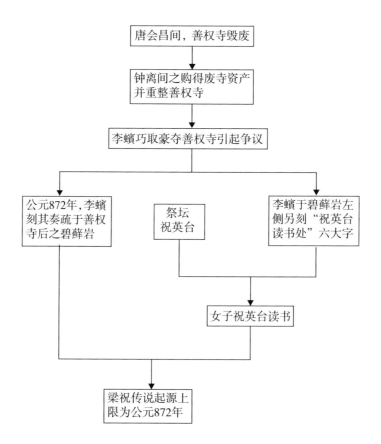

第十六章　梁祝传说起源地考

梁祝传说起源地认知分歧持续了数百年,至今未有定论。多地虽多见梁祝文化风物、遗迹,甚至将这一传说录入方志,然通过对相关名物的考证,可知故事起源于江苏宜兴。认定梁祝传说源于宜兴,可对一些离奇现象作出解释。

第一节　各地梁祝文化遗存

千百年来,梁祝传说不断改头换面以新的姿态出现,各种艺术形式,如戏曲、小调、评话、弹词、鼓词、绘画、雕塑、电影、电视剧等,均见梁祝题材。多地传承的梁祝文化民俗与相关遗物、遗迹,让人感觉故事就发生在身边。

一、梁祝故事相关风俗、传说

民间多见梁祝死后化作蝴蝶说,习惯称双飞的蝴蝶为梁山伯与祝英台,若有不懂事孩童欲伤害这些蝴蝶,常受到大人呵斥,表明梁祝文化已深入民众内心,成为民众精神文化生活的一部分。

下面简单地列举部分地域与梁祝传说相关的民俗:

江苏宜兴:每年农历三月廿八日,善权洞后洞口祝英台读书处附近,会有成千上万的各色蝴蝶成双成对比翼起舞,这些蝴蝶被认作梁祝魂魄所化,是日亦传为祝英台忌日,周边群众常来凭吊,形成"观蝶节"习俗。

江苏南通:梁祝同窗时,祝英台为不让人看出三寸金莲,脚穿多层袜套;梁山伯见祝英台小脚起疑,祝英台解释小时脚痛,只得按名医指教去做;后梁山伯回家遇脚痛,也套上袜套,结果见愈,习俗从此流传。当地还流传梁山伯死后变蚕子草,祝英台死后变蚕茧,观音念及祝英台真情,封她为"蚕娘娘"的传说,据说养蚕农户用蚕子草粘春蚕,就是利用梁祝不愿分开的缘故。此外,当地还流传马文才变马郎鱼、马郎港成因、十八湾来历等梁祝故事。

浙江宁波：民俗流传"若要夫妻同到老，梁山伯庙到一到"，每年阴历八月初五至月半，当地妇女多爱去梁山伯庙烧香；旧时梁山伯庙供奉马文才像，善男信女拜祭梁祝同时，往往连马文才一同拜祭，恳请保佑婚姻中不要出现第三者；传说梁山伯生于农历三月初一，卒于八月十六，每年这两日，都有信众烧香还愿，形成春秋两次庙会，期间必演梁祝戏，这种境况直至20世纪60年代梁山伯庙被拆才止；当地还流传梁县令治水、治虫故事，传说清官梁山伯，生前为民治水、除虫，劳累死后，后人立庙供奉，其坟土常被人取去置于家中防蟑螂、臭虫、蚊子。此外，当地还见梁山伯托梦退倭寇、梁山伯显圣救康王、梁祝化蝙蝠、梁山伯吃蛋、清官侠女同穴、鸳鸯成双不分离、英台发誓栽月季、马文才变公猪、双照井、蝴蝶不采马兰花等传说。

浙江杭州：梁祝死后，化为蝴蝶。马文才因气愤而死后，化作色彩鲜艳却无香味的马兰花，因梁祝与马文才生前有仇，故蝴蝶至死不近马兰花。

河南汝南：百姓同情梁祝遭遇，每年农历七月十五中元节为祝英台扎白纸灯笼，晚上男女老少成群结队赴祝英台墓送灯，以照亮梁祝魂魄相会之路，同时祈愿先祖魂灵归来受享。

河北：梁祝化蝶后，迎亲者不敢回马家复命，于是化作花草鱼虫：打伞者变成蘑菇，吹喇叭者变成喇叭花，提灯笼者变成灯笼花，马文才化作了紫色大沙虫。

四川丰都：梁祝死后，其坟墓出现两只蝴蝶，蝴蝶越飞越高，化成天上彩虹。每当雨过天晴出现彩虹，长辈会警告小孩不要用手去指，因那是梁祝魂魄所化。

湖南邵东县：做胡琴的紫竹为梁山伯插在祝家门前的绿竹变成，胡琴为内外弦相差五度音的标准定音，如1、5或2、6，听起来似"梁"与"祝"声。

福建：祝英台殉情后，马俊（马文才）派人掘墓，发现两块粘在一起的石头，马俊使人将石头各扔一处，结果一块变成杉树，一块变成竹子，人们用杉树做桶，将竹子劈篾做箍，发现竹篾箍的桶经久耐用，这是梁祝抱在一起不愿分开。在泉州地区，传说祝英台跳入梁山伯墓时，丫环银心只抓住一片衣裙，无奈只得将它丢在墓旁，衣裙碎片化作漫山遍野的映山红。

湖北沔阳：梁山伯死后，有人看见梁山伯口中飞出蛾子，蛾子落在人身上会生病。为防止死人口中飞出蛾子害人,考虑到梁祝因读书生恋,于是用书将梁山伯嘴堵上。后来,当地每遇家人去世,都取此法。

广西:流传花蛇、月月红、鸳鸯河由来,以及三蝶奇缘、清官断案、英台疆场建功等传说,它们均与梁祝故事相关。

亦见类似风俗、传说流传于他地者。如英台化蚕的故事,除流行于江苏外,在安徽、河南、山东等多地广泛流传:祝英台为逃避马文才追逐,化成了蚕,祝英台感到做蚕安全,就再没有变回去;梁山伯发现祝英台已变蚕,于是化作蚕宝宝结茧上的"山";英台在"山"上吐丝,象征梁祝间诉不尽的情丝。

各地梁祝故事中,有传说梁祝化作蛇、鸽子、比目鱼、鸳鸯的,也有传说马文才化作贪婪公猪的,等等。总之,梁祝死后多化作与美好情感有关的事物,而马文才死后多化作了不受欢迎的物象。

梁祝传说还流传于我国多个少数民族,如瑶族、苗族、侗族、白族、傣族、畲族、土家族、仫佬族等。

故事流传到少数民族地区时,情节大都发生了变化。如壮族流传的梁祝传说,讲述祝英台未嫁成梁山伯,不是祝家不同意,而是土官马家强娶;梁祝殉情后,马家挖开二人冢,只见两枚分不开的鹅卵石;马氏子气愤自杀,死后找阎王告状,阎王将梁祝变成蝴蝶、马氏子变成掩脸虫。再如贵州罗甸县布依族地区,流传"山伯相公造琴"传说:祝英台跳入梁山伯坟中后,轿夫们没拉住,又去掘墓,只见两块五彩石相叠,他们将五彩石分丢于河岸,见到两岸蓝竹隔河相缠,蓝竹遭马家人砍后,被村里人用来做四弦琴。

丰富多彩的梁祝风俗,既是梁祝传说扎根于不同地域的历史见证,同时也成为维系各民族团结的情感纽带。

二、梁祝传说相关的遗迹

多地"非遗"文化中,至今可见梁祝传说留下的印记。除口耳相传的故事、方志记载的事迹、民间流行的风俗外,还见大量文化遗迹。

目前,各地梁祝读书处至少见 6 处,梁祝墓(祝英台墓或梁祝同葬墓)至少见 10 多处。此外,还见其他文化遗存。

下表列出各地与梁祝相关的部分遗物遗迹:

地点		遗物遗迹
江苏	宜兴	祝陵、祝英台读书处、琴剑冢、碧藓庵、草桥、禅国山碑、梁家庄、十里亭、善卷洞、清白里、善权寺、英台竹、晋义妇祝英台之冢
	无锡	十八湾
	南京	紫金山、凤凰山、祝英台寺
	江都	祝英台墓
浙江	宁波	梁圣君庙、梁祝墓、蝴蝶碑
	杭州	双照井、万松书院(梁祝读书处)
	上虞	祝家庄、祝家井、祝氏祠碑、望梁村、玉女河
山东	邹城	梁祝读书洞、梁祝泉
	微山	梁祝墓、梁祝墓碑
广西	梧州	鸳鸯河
河南	汝南	梁祝墓、红罗书院(梁祝读书处)、曹桥、结拜亭、白衣阁、泪井、梁庄、朱庄、马庄、鸳鸯池、一步三孔桥
安徽	舒城	祝英台墓
甘肃	清水	祝英台墓
河北	河间	梁祝墓
四川	合川	梁祝墓、梁祝读书处

　　以梁祝传说为题材的民间艺术作品亦随处可见,如梁祝石刻、砖雕、剪纸、年画、木版画、泥塑、木偶、布艺玩具等,它们俱为梁祝文化传播的重要见证。

第二节　梁祝起源地点说

　　关于梁祝起源地,目前主要见以下几种说法:

一、浙江说

　　梁祝传说起源地论争中,浙江说最具影响力。故事源头与浙江有关的信息常见于浙江相关的方志、文献;越剧电影《梁山伯与祝英台》的传播、一批优秀学者的拓展性研究,及当地对梁祝文化遗产高瞻远瞩的开发利用,均大大提升了浙江说的影响力；随处可见的梁祝风俗民情、影响深远的民间传说与大量遗物遗迹，一直被视为传说起源于浙江的有力证据。

目前关于梁祝传说之最早记录，见于北宋李茂诚《义忠王庙记》。《庙记》云及梁山伯为会稽人，祝英台为上虞人，二人读书地虽未明确，但据《庙记》所述情节判断，当在今浙江地域；同样据《庙记》可知，二人死后葬于鄮地（今宁波），今宁波不仅见梁祝庙，还见梁祝墓冢存在，当地亦广泛流传不同类型的梁祝故事。

自宋以后，梁祝事迹常见载于浙江历代方志。如宋张津等《（乾道）四明图经》、宋王象之《舆地纪胜·庆元府》、明黄润玉《（成化）宁波府简要志》、明嘉靖张时彻《宁波府志》等。

近代资深学者钱南扬等认为梁祝传说源于浙江，理由之一是，浙江关于梁祝传说的记载、遗物遗迹明显多于江苏宜兴、山东济宁等地，其《祝英台故事叙论》提到，浙江是梁祝传说流布的起点与源头，其他地方流传的故事对传说本身产生过影响，"所以我疑心《祝英台》故事传到宜兴之后，才把化蝶事加入的"，"看他（指梁祝传播路径。笔者注）从浙江向北，而江苏安徽，而山东，而河北，折而向西，到甘肃。据我们的理想，山西陕西一定亦有经过的痕迹可寻"[①]；黄裳《〈梁祝〉杂记》云："我们从杭州到宁波去，渡过美丽的曹娥江，经过祝英台的故乡上虞、梁山伯的故乡会稽，到了宁波——浙东沿海的大城。在这个城市的西面九龙墟地方就有一所梁山伯庙。庙旁还有他们的坟墓。"[②]张恨水《关于梁祝文字的来源》谓："自然，以第一处（指浙江宁波。笔者注）为妥。因为作者收罗梁祝故事，其间提到会稽上虞的，要占百分之八十。而根据宋代以后文字，都指明了埋葬地在宁波，也当然，梁祝生产地在浙江了。"[③]

20世纪50年代越剧电影《梁山伯与祝英台》的成功，对浙江说产生了深远的影响。1999—2000年，中华书局出版周静书编著《梁祝文化大观》（四卷），其《梁祝文化大观·学术论文卷》大量采选浙江说论义，在梁祝文化研究圈层中形成较大影响。2007年，周静书主编《梁祝文库（理论研究卷）》由中华书局出版，收录了又一批梁祝文化研究成果。浙江学者还试图

① 见钱南扬《梁祝戏剧辑存》，中华书局，2009年，第258、261页。
② 见黄裳《西厢记与白蛇传》，平明出版社，1953年，第90页。
③ 见周静书主编《梁祝文化大观·学术论文卷》，中华书局，2000年，第149页。

从寻访梁祝后人、发掘梁祝墓等着手,将传说源于浙江之"事实"坐实。

目前,浙江说在具体地点上尚见分歧,存在杭州、宁波与绍兴说不同观点,以宁波说影响为著。值得一提的是,浙江说中,梁祝传说人物多以梁山伯为中心。

二、江苏宜兴说

今宜兴善卷洞风景区,有著名的祝英台读书处景点、传为女子祝英台读书地之"碧鲜庵"等遗物遗迹。宜兴有关的方志、文人笔记、诗词、寺记、碑刻等,见大量梁祝传说记载。

南宋《咸淳毗陵志》最早记载了当地流传的梁祝故事,其后的方志皆见沿袭并多见事迹挖掘。宜兴市政协和文史委员会与宜兴市华夏梁祝文化研究会分别于2003、2004年,由方志出版社出版《宜兴梁祝文化·史料与传说》《宜兴梁祝文化·论文集》,前者较为详细地记录了与传说有关的史籍、古人题咏、民间传说、歌谣等;后者收录的论文,力证传说源头在宜兴。此外,当地学者还通过出版专著、发表考证文章、恢复古迹,以及不时举办梁祝文化论坛等,来扩大宜兴说在业内的影响。

与浙江说明显不同,江苏宜兴流传的梁祝故事,多以祝英台为核心。

三、山东济宁说

山东方志、文人笔记等常见与梁祝传说相关的记载。遗物遗迹有梁祝墓、梁祝读书洞、梁祝泉、梁祝祠等。

2003年,山东省济宁市微山县马坡乡出土《梁山伯祝英台墓记》,碑文记载今济宁地域古代流传的梁祝传说,叙述重修梁祝墓的大体过程。梁祝起源地论争中,当地遗迹多次引起关注①。

与梁祝浙江说、江苏宜兴说相比,山东说尚缺乏强有力的早期文献支

---

① 陈金文《明代曲阜孔庙缘何会有"梁祝读书处"》谓:"济宁一带流传的梁祝传说,不仅以口头艺术的形式流传于民间,相关文字记载也比较丰富。20世纪90年代微山县马坡乡出土的明代正德年间重修的梁祝墓墓碑,较为完整地记录了当时流传的梁祝传说。"文章还引述清同治三年(1864)《峄山志》相关内容:"梁祝读书洞,在至圣祠右。相传梁山伯、祝英台读书于此。万历十六年,知县王自谨于洞口大石南面勒'梁祝读书洞'五字。考之邹志,并未详明,惟云梁祝墓在邹城西六十里、马坡村西南隅、吴桥之侧……""梁祝泉在梁祝读书洞右。泉侧石上刻'梁祝泉'三字。"(见钱南扬等著,陶玮选编《名家谈梁山伯与祝英台》,文化艺术出版社,2006年,(转下页注)

撑,故质疑声历来未断①。

四、河南汝南说

因河南汝南县马乡镇②存在梁祝故里、梁祝墓等遗迹,在梁祝起源地论争中,当地不断发声。驻马店市被列入梁祝特种邮票首发地后,曾引起反响。

就目前情况看,持河南说者多见于新闻类报道,而鲜见学术论文③。

(接上页注)第 174、175 页);张自义、胡昭穆等《梁祝故事在济宁》文章,认为人们忽视了济宁在梁祝起源中的作用:"由于我地(济宁)梁祝合葬墓及峄山读书处等多处遗址和反映在当地地方戏曲的梁祝原型人物,均被忽视,从未列入国内外任何一次学习研讨。"作者通过考察梁祝合葬墓与梁祝祠,考证梁祝生平,寻访峄山读书处等,探寻传说流传踪迹,认为:"济宁是孔孟之乡,儒家学说的发源地,梁祝爱情受封建婚姻约束,悲剧发生在这里很自然的。"(见钱南扬等著,陶玮选编《名家谈梁山伯与祝英台》,第 167、172 页)

① 清冯云鹏《扫红亭吟稿》谓:"梁山伯祝英台事,人所艳称。今见济宁州有明正德十一年里社所立赵廷麟碑刻,不能述其始末。乃云祝为祝员外之女,居济宁九曲村;梁为梁太公之子,居邹邑西。同读书于峄山,闻诸故老云云。此说非也,盖掇拾小唱本语耳。按《宁波府志》,梁山伯祝英台东晋时人。梁家会稽,祝家上虞。尝同学,祝先归。梁后过上虞访之,始知为女。归告父母欲娶之,而祝已许马氏子。后三年,梁为鄞令,病且死,遗言葬清道山下。又明年,祝适马氏,过其处,风涛大作,舟不能进。祝造梁家,失声哀恸。忽地裂,祝投而死。马闻其事于朝,太傅谢安请封为义冢。和帝时,梁复显灵异效绩,封为义忠,有司立庙于鄞。《广舆记》云:'今宜兴县善卷洞,为祝英台读书处。'诸书言之历历,其不在山东峄山明甚。至其化蝶事,相传死后,其家就梁家焚衣,衣于火中化成二蝶。黄者为梁山伯,黑者为祝英台。语虽似诞,然宋人词调已有祝英台及祝英台近之名。则亦未为无影其事,不必深论。因碑刻及村剧讹传,故咏以诗爱附以辨。"(冯云鹏《扫红亭吟稿》卷十一《古近体诗丁亥年》"题祝英台画扇二首·附辨",清道光十年[1830]写刻本,本卷第 27—28 页)又,明张岱《孔庙桧》云:"己巳,至曲阜谒孔庙,买门者门入。宫墙上有楼耸出,匾曰:'梁山伯祝英台读书处',骇异之。"(张岱著,弥松颐校注《陶庵梦忆》卷二,西湖书社,1982 年,第 14 页)

② 2007 年,马乡镇更名为梁祝镇。

③ 马紫晨认为:"不管是东南方向的宜兴、宁波,还是西北方向的甘肃清水,以及东北方向的嘉祥、曲阜,这个风物圈的中心都显然是河南。"就梁祝籍贯,他说:"在前述那么一大批浙江、江苏籍文人笔记中,为自己的家乡呼声最高的宁波、宜兴、会稽三地,民间文艺作品中却全不买账……更多的倒是东京河南府或河南开封(英台),汝州胡桥(山伯)或汝宁马乡(梁、祝、马三人同籍)人。"(马紫晨《梁祝中原说》,原载《寻根》1997 年第 3 期);《梁祝故事起源于驻马店市汝南县》作者于茂世,有感于驻马店市被列入梁祝特种邮票首发地,发出"原来梁祝故事起源于驻马店汝南县。……客居他乡的梁祝还会回来吗"感慨(见钱南扬等著,陶玮选编《名家谈梁山伯与祝英台》,第 109 页);刘康健《千古绝唱出中原——河南省汝南县梁山伯与祝英台故里考》提到:"笔者赴舒城实地考证,县志没有记载,梁祝墓、故里已无痕无迹可寻。再看梁祝传说根深叶茂的河南省汝南县的情况,笔者数次踏勘。梁祝故里汝南县马乡镇正处古代京汉官道两旁,距汝南郡约六十余里。汝南不仅有梁山伯、祝英台墓,又有梁祝故里及马文才的家乡,还有读书的地方——红罗山,结拜的曹桥,所有梁山伯与祝英台故事中的遗址、遗迹都可以找到。这在全国是独一无二的。"(见钱南扬等著,陶玮选编《名家谈梁山伯与祝英台》,第 133 页)

相比山东等地，河南说影响更小。

五、他地说

在甘肃清水县，民间长期流传梁祝故事，当地有梁祝墓存在。清康熙、乾隆、光绪《清水县志》均载有梁祝传说（详见第十章《梁祝同冢（义妇冢）、同学由来考》），与宁波、宜兴流传的早期梁祝传说相比，甘肃流传的故事，已见祝英台暗恋梁山伯的情节①。

重庆铜梁流传祝英台为当地人。清《（光绪）铜梁县志》云："明季献贼驱逐流民男妇数百至蒲吕滩岸上，人心汹汹，苦无舟楫。突见河中石梁浮起，广数尺，流民争渡，贼迫至，石梁复沉不得济，渡河者，以是得免于难焉。后里人祝英台书大欢喜三字，勒诸碑以表其异。《旧志》按：县南有山曰祝英台山，左即其故里，石坊尚存。据此则祝为里人无疑。"②

此外，安徽舒城、东北及壮族、畲族、苗族、白族等少数民族地区，亦见梁祝传说流布痕迹，或见梁祝遗迹存在。故事源头另有其地说法时见发声，不过影响不大。

六、存疑说

伴随梁祝传说起源地论争，还见一怪异现象，即各地不遗余力举证同时，当地与之相左说法始终存在。

以影响最大的浙江说与江苏宜兴说为例，数百年来一直有人对故事真实性表示怀疑。

如针对浙江宁波流行的梁祝故事，元袁桷修《（延祐）四明志》云："然此事恍忽，以旧志有，姑存。"③明祁彪佳《远山堂曲品・杂调》云："祝英台女子从师，梁山伯还魂结褵，村儿盛传此事。或云，即吾越人也。"④袁桷与祁彪佳同为浙江籍，均不大认同故事发生于本地；清焦循《剧说》云："此说不

---

①（清）刘俊声修，（清）张桂芳、雍山鸣纂《（康熙）清水县志》卷之十一《人物纪》"贞烈"，清康熙二十六年（1687）刻本，本卷第 7 页。

②（清）徐瀛修，（清）白玉楷纂《（光绪）铜梁县志》卷之十六《杂记》，清道光十二年（1832）刻本，本卷第 6 页。

③（元）袁桷撰，（清）徐时栋校刊《（延祐）四明志》卷第七《山川考》"陵墓・鄞县"，清咸丰四年（1854）刻《宋元四明六志》本，本卷第 31 页。

④（明）祁彪佳著，黄裳点校《远山堂曲品剧品校录》，上海出版公司，1955 年，第 143 页。

知所本,而详载志书如此。"①

相比浙江说,江苏宜兴说长期遭遇质疑或难以自圆。如宋《咸淳毗陵志》云:"俗传英台本女子,幼与梁山伯共学,后化为蝶,其说类诞。"②志撰者认为当地梁祝事迹近似荒诞;清邵金彪《祝英台小传》谓:"祝英台,小字九娘,上虞富家女。""偕至义兴善权山之碧鲜岩,筑庵读书。"③当地明明流传祝英台出生于本地,而邵金彪却指其为浙江上虞人。

梁祝传说起源地诸说中,亦见称宁波、宜兴流传的梁祝传说最具代表性,而对宜兴说持谨慎态度者④。

针对传说起源地考证,几代浙江学者付诸许多努力,积累了大量学术成果。相比浙江,江苏宜兴学者的成果虽亦不菲,然因其地流传的梁祝故事存在太多天生"缺陷",故无论当地学者如何发力,宜兴说影响始终难敌浙江说。

事实上,尽管多地流行梁祝传说并存在相关的风物民俗、文化遗址、方志记录,但故事起源地有且只有一个。考证传说源头,若不找准适当突破口,举出让人信服的证据,就难以解决这一历史"难题"。

第三节　梁祝传说源于宜兴

从前面章节的考证中,已不难发现,宜兴存在梁祝传说起源的完整证据链,即梁祝传说的真正起源地在宜兴。

---

① (清)焦循《剧说》卷二,《诵芬室读曲丛刊》本,本卷第1页。

② (宋)史能之等《咸淳毗陵志》卷第二十七"古迹·宜兴",中华书局,1990年影印《宋元方志丛刊》,第3196页。

③ (清)施惠、钱志澄修,(清)吴景墙等纂《(光绪)宜兴荆溪县新志》卷九"古迹志·遗址",清光绪八年(1882)刻本,本卷第14页。

④ 缪亚奇《论宜兴流传的梁山伯与祝英台故事》,对梁祝源于宜兴说法持谨慎态度,认为宁波影响远在宜兴之上,"这可在一些权威性的著作中得到印证","近些年又出现实证倾向,一些文章力图说明梁祝实有其人。由于这样那样的原因,宜兴梁祝传说的影响消退,以致人们(包括宜兴人)怀疑宜兴过去是否流传过梁祝故事","宜兴与宁波相距六百里,同属吴语区,秦汉时同隶属会稽郡……。从传承学角度看,故事的流传渠道很早就是畅通的……。在人幻化为物的故事情节类型中,宜兴民间有颇多的内容,梁祝化蝶情节并非孤例独出"(见宜兴市政协学习和文史委员会、宜兴市华夏梁祝文化研究会编《宜兴梁祝文化·论文集》,方志出版社,2004年,第8、19、20页)。

一、宜兴说曾经之尴尬与当地应对

宜兴说并未得到广泛认同,不仅在于浙江、山东、河南等地也或多或少存有类似资源,更为"致命"的是,相比浙江等地,宜兴说存在诸多难以自愈的"伤口"。故梁祝传说起源地论争中,即便宜兴列举众多证据,终不免受到质疑。

简单梳理,可见宜兴说面临之尴尬,主要表现在四个方面:

其一,外出读书的祝英台在自己家门口有读书处。包含宜兴在内的多地梁祝传说,大多述说女子祝英台外出求学,邂逅梁山伯,二人同学期间产生爱情等。宜兴方志记述"祝英台故宅"后来改作了善权寺,而善权寺后方"碧藓岩"表面刻有"祝英台读书处"六大字,表明女子祝英台读书地就在寺院周边。在常人看来,显然不合逻辑。

其二,祝英台墓称"祝陵"。针对名不见正史之祝英台,其墓竟得称"陵",清代就有人提出疑问;男权社会,梁祝同葬墓如何得称"祝陵";倘若"祝陵"仅是祝英台墓冢,那么,梁山伯墓冢位于何处?对这类问题,宜兴人无法作出圆满解释。

其三,方志见祝英台为"上虞富家女"记录。宜兴方志见当地人邵金彪所作《祝英台小传》,《小传》称祝英台为上虞人,死后与梁山伯同葬清道山下。上虞与宜兴相距约三百公里,为何当地富家女子会远赴宜兴求学?为何上虞流传的故事中不见祝英台赴宜兴求学场景?祝英台既葬于浙江清道山,宜兴为何又见俗称祝英台墓的"祝陵"?为何祝英台死后葬于别地,《小传》又云"祝陵"附近,"辄有大蝶双飞不散。俗传是两人之精魂,今称大彩蝶尚谓祝英台云"[①]。《祝英台小传》载入宜兴方志,一度成为不利于宜兴说的驳论素材。

其四,方志称当地梁祝故事"类诞"。宜兴相关的最早方志南宋《咸淳毗陵志》,提及梁祝故事,称"其说类诞",难免给人造成当地所传梁祝故事不实之印象。

相比宜兴,宁波方志所录北宋李茂诚《义忠王庙记》,对梁祝籍贯、同学

① (清)施惠、钱志澄修,(清)吴景墙等纂《(光绪)宜兴荆溪县新志》卷九"古迹志·遗址",清光绪八年(1882)刻本,本卷第14页。

经历及葬所等见较为清晰记述,当地不仅遗有梁山伯庙、梁祝同葬冢,还见从数量上看并不逊于宜兴之文献记录、民间故事、民俗遗存及现当代学者的大量考证材料等,是为宜兴说学者难以匹敌之客观现实。

为增强宜兴说影响力,当地除加大对历史文献挖掘、民间传说、风物民俗的收集整理外,还结合梁祝文化遗址进行论证研究,尤其着重从梁祝籍贯考证角度寻求突破。如宜兴籍学者冯其庸《宜兴梁祝文化·论文集》序谓:"也是我第一次知道除宜兴以外,别处还有梁祝的故事流传。""《古今小说》里所收的这段梁祝故事,从文艺的角度看,结构比较完整,思想也十分鲜明动人,看起来这段小说的生活素材,明显的是取自宜兴的素材。"①韩其楼《祝英台是宜兴人》《梁祝故里宜兴观蝶节》、蒋尧民《论梁祝"宜兴说"》《再论梁祝"宜兴说"》《三论梁祝"宜兴说"》、路晓龙《"梁祝"寻根新考》等,皆为宜兴说呐喊。

对于"祝陵"之疑惑,宜兴学者试图从古代名人墓也可称"陵"角度论述;对方志所见祝英台上虞籍贯,宜兴学者从祝英台读书期间私许梁山伯存在作风问题,当地有意将其逐出家乡视角来批驳;对早期方志称梁祝故事"类诞",宜兴学者释之为方志撰者实指祝英台化蝶事"类诞"……。这类观点以蒋尧民文章较具代表性,如其《三论梁祝"宜兴说"》谓:"我的回答是肯定的:梁祝是我国历史上的真实人物。……善卷寺是祝英台旧宅创建;梁祝幼时共学,在碧鲜庵读过书,因而梁祝是同乡人。……传说中的梁祝是假是真的争论,也可以由此划上句号。"②

20 世纪 80 年代,多地围绕梁祝传说起源地展开激烈论争,结果仍旧是各说其理、未见定论。论争中,宜兴说学者面对众多质疑,虽想方设法作出解释,终因挥之难去的疑虑太多而鲜有大的成效。

近百年研究成果表明,循蹈常规之研究方法根本无法解开梁祝传说起源地谜团。为揭示真相,笔者另辟途径,在对故事起源相关诸要素实施逐个考证突破的基础上,努力探寻能够实现各要素间"整体贯通"的线索,最终研究发现,纯属虚构的梁祝传说,其真正源头在江苏宜兴。

---

① 宜兴市政协学习和文史委员会、宜兴市华夏梁祝文化研究会编《宜兴梁祝文化·论文集》,第 2—3 页。

② 同上,第 246、247 页。

二、关联梁祝传说发生之重要名物均源出宜兴

若选用关键词来表达大多梁祝传说内容,莫过采选"祝英台""读书""梁山伯""同学""同冢""化蝶"等。通过考证,可见这类关键词最初出现,均与宜兴存有不可分割的联系;同时可见,梁祝传说主要情节之萌生亦关联宜兴。对牵关梁祝传说之重要名物与主要情节之源出,前面章节已见分门别类的考证,然各章节分门另类之考证虽见牵关,从整体看仍不免零碎。为进一步厘清故事发展脉络,便于总体认识,在前面各章节考证基础上,下面对梁祝传说起源命题,再作较为系统的梳理。

(一)祝英台始出

西汉元凤三年(前78)春正月,泰山附近出现"大石自立"异象。当时有人据大石坠落之姿态与周边地势,预测天下之变故。

三国时期,吴五凤二年(255),宜兴离墨山一巨石从高处坠落于山腰。公元264年,孙权之孙、东吴末代皇帝孙皓即位。有将离墨山所见"大石自立"异象视为孙皓称帝瑞兆者。

孙皓极度迷信天命,其在位十六年,七次改元,均与所谓天下出现"祥瑞"牵关。孙皓帝王任上,民间流传"石印封发、天下太平"谶语,意味世间一旦出现带封函之石印,天下从此将归于太平。天玺元年(276),吴郡临平湖(今浙江余杭)传言出现带石函的石印,石印刻"上作皇帝"(一云"吴真皇帝");不久,又传历阳(今安徽和县)山石呈现"楚九州渚,吴九州都,扬州土,作天子,四世治,太平始"二十字,民间认为"石印发"谶语得到印证;其后,吴兴郡称阳羡山善卷洞发现"石室"①,当地官员视为历阳"石印"封函出现之吉兆("石印封发"谶语应验),于是奏表"大瑞"。

"石室"大瑞出现前后,各地还纷纷奏报所见各种祥瑞。这些都被孙皓视为有能力完成祖辈未能实现统一大业的预兆,由是而动封禅之心。

封禅为古代帝王逢太平盛世或遇天降祥瑞时,举行祭祀天地的大型典礼。因"自立大石"异象见于善卷洞后洞口、"石室"大瑞见于善卷洞中、善卷洞后洞口地理环境符合封禅场地条件,故公元276年,孙皓于其地建立祭坛祝英台与明堂,委派董朝、周处等官员前往代为先行禅礼,封离墨山为

---

① 笔者考证,当初被认作大瑞之"石室",即今善卷洞干洞之大石厅。

"国山",并在此山支脉董山立禅碑,改明年元为天纪。

从外观看,祭坛祝英台为一似陵的大土堆,故当地称之"祝陵""祝台""祝坛"等。封禅明堂形制类似今之祠庙,因其中曾举行祭祀山神等祭地仪式,民间称"离墨山伯庙"(山伯庙)。同时,因祠庙本体建筑(明堂)靠近祝英台,历史上其功能多次变化,方志称"祝英台故宅"。

孙皓封禅所立禅国山碑,记录孙皓在位期间所见众多祥瑞及孙皓行禅仪等事。受禅国山碑名称等影响,后人将立碑处之董山误作"国山"。

南朝梁天监二年(503),梁武帝萧衍在紫金山求雨不成,依梦所托,赴善卷洞附近祈雨,当时在"祝英台故宅"举行祭仪,结果灵验,为回报上天,崇笃佛教的萧衍,于是"赎祝英台产",将"祝英台故宅"改作了善权寺。

祝英台作为地名,于宜兴方志与史料文献大量可见。今善卷洞后洞口之"飞来石"表面,尚见1939年宜兴名士储南强题刻,题刻文字所见之"祝英台"为地名,表明其时祝英台作为地名真相并未湮灭。

(二)梁山伯、"梁山伯冢"之讹出

孙皓封禅义兴(今宜兴)所建明堂建筑,当地民间称离墨山伯庙。禅仪礼毕后,明堂一度废弃,直到后来改作它用。

南齐和帝中兴二年(502),萧衍受封梁公,旋又见封义忠王、梁王,朝廷诏令各地为其建立冢社(祭坛与祠庙),义兴于是将前身为孙皓封禅所立祝英台与明堂改作梁公(义忠王、梁王)冢社。从此,当地传说之"离墨山伯庙"(山伯庙)庙主变身为梁王萧衍,"梁山伯"藉此得以附会而出;萧衍称帝后,梁王祠升格为梁圣君庙,伴随萧衍与梁山伯之附会,梁圣君庙又作梁山伯庙。

因萧衍冢社之冢由祭坛祝英台改建(改称)而来,萧衍与梁山伯之间出现附会,萧衍冢社之冢得见"梁山伯冢"称谓。

(三)"祝英台读书处"六大字成刻

唐会昌年间,武宗李炎下旨在全国范围内火佛,史称"会昌灭佛"。运动中,善权寺未逃厄运而遭毁废。

善权寺废后,虔诚佛教徒海陵(今江苏泰州)人钟离简之购得废寺资产,对毁废的善权寺建筑进行整修。唐武宗去世后,佛教重兴,善权寺香火接续。钟离简之苦心经营寺产近二十年,曾于唐大中十年(856),建造寺院大型主体建筑释迦文殿。钟离简之殁后,善权寺产业为其子侄继承。

　　年轻时借读于善权寺的唐人李蟠,后中进士,官居高位。钟离简之购置善权寺废产后,李蟠一直垂涎。李蟠任凤翔节度使位上,择机向唐懿宗李漼上《请自出俸钱收赎善权寺奏》。奏书大量捏造事实,极力数落钟离简之的不是,提出以二十多年前钟离简之购买善权寺废寺资产之原价"收赎"善权寺,并恳请将钟离简之并其已殁亲人尸骸,连同其子侄等后人一并发回原籍。奏书要求获准后,李蟠安排专人接管了善权寺,并将其当作颐养天年的私宅。

　　李蟠"收赎"善权寺行为极不人道,事后在义兴本地乃至更大范围内引起不好的传言。取得善权寺资产约五年后之唐咸通十三年(872),李蟠终官回善权寺前,命人将其近千字的奏书并皇帝批示及其带有威胁口吻之诗作,一并题刻于善权寺后之巨岩"碧藓岩",同时成刻的还有"祝英台读书处"六大字。李蟠铭刻"祝英台读书处"可谓用心良苦:一方面以之为指读岩面小字之标志,警示为钟离简之鸣不平者:谁有不满就是对上不忠;另一方面,"祝英台读书处"还蕴含祭坛祝英台附近乃其旧日读书地,希望后人能记住他这个达官显贵。

　　李蟠本希望奏书上石会避免世间再生口舌,未料想弄巧成拙:读懂其奏书者,无疑会更加鄙视其人品。故较长时期内,"碧藓岩"表面的李蟠奏书等文字一直为后人关注,"碧藓岩"也因此成为善权寺附近之著名景观。

　　"碧藓岩"常年生长苔藓,表面文字风化较快。宋代寺僧为保住这一人气旺盛景点,对李蟠石刻进行过多次剜洗维护。不过,命运多舛的善权寺,历史上数次遭遇变故,期间,"碧藓岩"因少有人打理,表面文字尤其小字慢慢泐尽。随着李蟠"收赎"善权寺真相淡隐,此后仍为后人关注者,仅残存的"祝英台读书处"六个大字而已。

　　古善权寺附近,布满苔藓的巨岩较多。然相关文献提到"碧藓岩",均特指刻有"祝英台读书处"等文字的巨岩。

　　从李蟠刻石目的之一看,"祝英台读书处"本读取"碧藓岩"岩面文字之引导标识。随着岩面文字渐渐湮没,不晚于明代,"碧藓岩"表面已为人刻上"碧藓巖"指示标识。出于"藓"与"鲜"相通,"岩"与"庵""菴""蓭"于宜兴方言发音均近似"ān",故"碧藓岩"还见"碧(鲜)庵(菴、蓭)"等称谓,也即"碧鲜蓭(菴、庵)"与"碧藓岩"内涵相同。

　　清康熙间,善权寺遭焚,"碧藓岩"面无人清理亦更少人问津。为明确

"祝英台读书处"所在,后人便在"碧藓岩"右前方立下"碧鲜庵"三字巨碑作为指示。清嘉庆以后,"祝英台读书处"六大字渐渐湮没无闻。

三、梁祝传说之讹出

就目前所见大多梁祝传说而言,女子祝英台读书、祝英台与梁山伯同学、梁祝同冢、梁祝化蝶等,可视为故事的核心情节,而这些情节最初出现,无一不与宜兴相关。下面再对梁祝传说起源时间与地点等作简单梳理。

(一)祝英台讹为人名并女子祝英台读书说之萌生

公元 872 年,李蠙在祭坛祝英台后方"碧藓岩"刻下"祝英台读书处",本想借用皇权"弭谤",未曾想引发更多争议并后人长期关注。

"碧藓岩"左前方,遗存孙皓封禅所立祭坛祝英台遗址。因祝英台遗址毗邻"祝英台读书处"六大字,且其外观与古代名人读书台类似,民间遂将二者关联,讹传出女子祝英台在"碧藓岩"附近读书的故事。

在义兴,当地宁将"祝英台读书处"曲解为女子祝英台的读书处,也不愿意提及它为昔日达官李蠙的读书处,出于李蠙在当地留下极坏口碑。宋以后,各地攀龙附凤之风盛行,不明是非者,遂将李蠙塑造成重建善权寺之功臣。后之不明真相者,竟对李蠙歌颂有加。

"祝英台读书处"讹为女子祝英台读书处后,祝英台遗址随之讹成女子祝英台之读书地,故祝英台遗址又见"读书坛""读书台""祝英台读书台""祝英读书台"等称谓。与之相随的是,方志中见称"祝英台故宅"的孙皓封禅前身建筑,也因此讹为女子祝英台旧居。

祭坛祝英台后方的"碧藓岩",又称"碧鲜庵",因"庵"有"居所""庵堂"之义,民间又讹传出女子祝英台曾在"碧鲜庵"读书的故事。"碧藓岩"面文字漫灭后,后人竟将"碧藓岩"与本为其标识的、今立于善卷洞后洞口的"碧鲜庵"三字碑混为一谈。

古代,对大多数家庭而言,即便适龄男子读书亦为奢事,至于女子读书,则是大户人家才具备此条件,于是衍生出祝英台乃豪门千金说。

"祝英台读书处"石刻出现后,从此启开梁祝传说发生的大门,并一发不可收。故"碧藓岩"可视为梁祝传说起源的"母亲石"。

"祝英台读书处"摩崖出现于唐咸通十三年,即公元 872 年,是为梁祝传说起源的时间上限。

（二）梁祝同冢、同学说之缘起

女子祝英台在"碧鲜岩"附近读书的传说萌生后，义兴当地称之"祝陵"的祭坛祝英台，渐渐被人讹成女子祝英台的陵墓。公元 502 年，祭坛祝英台改为梁王萧衍家社，随着萧衍与梁山伯附会，祭坛祝英台得称"梁山伯冢"。因祭坛祝英台与"梁山伯冢"同冢，祝英台讹为女子之名后，梁山伯与女子祝英台同冢说由此而生。

在全国多地，墓冢又称作墓穴，"同冢"与"同穴"表义相同，"同穴"与"同学"发音几同，故受祝英台附近出现"祝英台读书处"石刻影响，在梁祝同冢说基础上，衍生出祝英台与梁山伯同学的传说。

（三）梁祝化蝶说之来历

宜兴善卷洞区域古善权寺与祝英台一带，每年农历三月都会出现"蝴蝶会"奇观，与其地特殊地理环境有关。

因寺院周边人气旺盛，游人或寺僧遗弃的破旧衣物，为风吹落于长有杂草杂树的古祝英台上，这类织物尤其含蛋白质的丝质品中，常见蝴蝶之蛹化作蝴蝶飞舞。后人不知真相，视之古祝英台上的衣裾化蝶。

祝英台讹传为女子后，古祝英台遗址上的"衣裾化蝶"，渐渐讹为女子祝英台的衣裾化蝶。随着梁祝传说的衍变，进一步衍生出祝英台魂魄化蝶说。

因蝴蝶有双飞的习性，伴随梁祝同冢说的存在，最终衍生出梁祝共同化蝶说。

梁祝传说讹出后，在各地广为流布，以至于各地方志记录故事相关信息，渐渐由怀疑变为肯定。

至于身出富门的祝英台为求学而扮成男装，与梁山伯同学期间生发爱情，及"十八相送""楼台会"等情节，则为后来附入。再往后，随着故事传播，它又不断增饰、附会入新内容，不断改头换面，最终成为民间故事百花园中极为夺目的奇花异朵。

宁波及他地之所以会出现梁祝传说并相关遗址，一方面出于其地曾几乎与宜兴同时建立了萧衍家社；另一方面，出于其地存在类似祝英台的古老祭坛或流传有与萧衍相关的传说。至于宁波梁山伯庙所供"祝英台"与"马文才"塑像，实从阮令嬴与陈庆之讹来。

解开神奇的梁祝传说来由之谜，可见其发生离不开一定的历史机缘。

同时可见,与大多民间故事演变经历类似,梁祝传说从发生地衍播至他地,不是呈现简单的单线导入模式:故事流布他地后,往往会附入新内容并发生新变异,甚至反过来会对输入地乃至发生地的故事变异产生影响。

在梁祝起源地说影响上,宜兴说不比宁波说,有历史也有现实原因。除人为因素外,与宁波特殊的地理位置,及其在故事传播与变异环节发挥出巨大的作用紧密关联。

四、宜兴梁祝文化遗存

享有"吴郡之名境"之誉的宜兴,历史文化积淀深厚,崇文尚学、耕读传家一直是当地文化发展的驱动力。千百年来,当地贤臣名将代不绝书,"四状元""十宰相"佳话广为流传,即便寻常人家也多将读书视为改变个人或家庭命运的主要途径。故云,这片璀璨的文化土壤孕育出如此离奇的梁祝传说,绝非偶然。

简单梳理发现,宜兴积淀的梁祝文化遗产十分丰厚。这类遗产有的至今遗存,有的惨遭人为毁坏或早已面目全非。

引发孙皓封禅的宜兴东吴"自立大石"与"石室"祥瑞,为笔者考证并调查寻获:善卷洞后洞口附近之"飞来石"即"自立大石",善卷洞干洞之大石厅即当初之"石室",二者皆为见证梁祝传说起源的重要遗物。

祝英台与"梁山伯冢"最早均以地名出现,二者同为一冢。1921年,随着祝英台遭毁,"梁山伯冢"自然不复存在。从建立到被毁,祝英台存在了近两千年,而"梁山伯冢"存在了约一千五百年。此后,当地仅见"祝陵"地名遗存。田野调查表明,古祝英台原址位于今善卷洞风景区"祝英台读书处"景点内"英台阁"附近。

2006年,笔者赴善卷洞后洞口调查,在今"祝英台读书处"景点后方,找到了"碧藓岩",并在岩面左侧发现"祝英台读书处"残存竖刻大字痕迹。

祝英台从地名讹为人名,受古善权寺后"碧藓岩"面铭刻"祝英台读书处"影响。自祝英台遭毁后,"碧藓岩"可视为梁祝传说起源的最重要证物。自"碧藓岩"为笔者发现后,已开始引起地方重视。

清康熙以后,"碧藓岩"右前方立下"碧鲜庵"三字大碑。1921年,是碑被人为移至善卷洞后洞口之"飞来石(自立大石)"前方不远处。

在宜兴,由"祝英台故宅"(其最早为孙皓封禅所建明堂)改来的古善权寺,亦为梁祝传说重要证物,惜乎历史上它屡遭厄运,多次毁而重建。按笔者考证,古善权寺遗址位于今祝英台读书处景点之英台阁前方。

广义而言,见证梁祝传说源起之历史遗迹还包括孙皓所立禅国山碑等。

宜兴民间还流传大量梁祝故事相关传说,如"祝英台读书处""祝陵""碧鲜庵""善权寺""马文才""梁山伯与国山神""清白里""三贤祠""碧鲜竹""蝴蝶会""琴剑冢""草桥"等等,皆为梁祝传说口头文化遗产。

宜兴与梁祝传说有关的历史遗物堆积,今多集于善卷洞后洞口祝英台读书处景点附近,而与之相关的口头文化遗产,则与其地多处可见。

第四节　对离奇现象之解释

考证发现,梁祝传说从发生到基本成熟,经历太多近乎不可思议的谲奇诡变,其讹衍经历十分复杂。将梁祝传说起源地锁定于宜兴后,下面集中对文献或民间传说所见部分离奇现象略作解释。

(一)祝英台入梁山伯冢,见"地裂而埋璧焉"表述

北宋李茂诚《义忠王庙记》,言及梁祝同冢,未见直接描述,却见"英台遂临冢奠,哀恸,地裂而埋璧焉"[①]之记述。明杨宸《宁波郡志》、朱孟震《浣水续谈》、张时彻《(嘉靖)宁波府志》,清焦循《剧说》、邵金彪《祝英台小传》等亦见类似记述。

若联系孙皓垒筑祝英台,及宜兴民间盛传孙皓于封禅地瘗埋玉璧、玉简等宝物说法看,可对上述怪异表述予以解释。

孙皓赴阳羡(宜兴)封禅,出于当地出现"大石自立"异象与"石室"大瑞。因宜兴方言"立"与"裂"不分,不明真相者,将孙皓封禅缘由,讹为当地离墨山出现"石裂",再进一步讹为"石室"大瑞之出乃由"地裂"引发(可参见第一章《祝英台考》),"地裂"与祝英台关联由是而起;至于祝英台与"埋璧"之关联,则与孙皓构筑祭坛祝英台时施用"玉检"制有关:民间不知真相,误以为祝英台地下室埋有玉璧(可参见第四章《祝英台故址考》)。

(二)宜兴不见梁山伯墓

若云"同冢"为梁祝传说重要环节,则故事源出宜兴说面临最大尴尬,

---

①(清)汪源泽修,(清)闻性道纂《(康熙)鄞县志》卷九"庙祠·西鄙·义忠王庙",清康熙二十五年
　　(1686)刻本,本卷第60页。

就是当地根本不见梁山伯墓。对这一现象,可结合祝英台真相、"祝陵"传说并当地梁祝故事以祝英台为中心等进行解释。

南朝齐中兴二年(502),孙皓封禅祭坛祝英台被改作萧衍家社之冢,在萧衍与梁山伯出现附会前提下,其冢社之冢得以讹为"梁山伯冢",是亦为梁祝同冢说之根基(可参见第十章《梁祝同冢(义妇冢)、同学由来考》)。

因祭坛祝英台与"梁山伯冢"同为一冢,故传说中的女子祝英台墓亦为梁山伯墓所在。在宜兴,祭坛祝英台别称"祝陵",从民间传说"祝陵"乃女子祝英墓并梁祝同冢说视角端察,亦见"祝陵"即梁山伯墓冢所在。

稍作思考不难发现,宜兴当地之所以不明梁山伯墓所在,乃受祭坛祝英台别称"祝陵"影响,即"祝陵"称谓的存在,成为梁山伯墓冢出现的限制条件:称"祝陵"为女子祝英台墓容易为民众接受,若称梁祝同葬墓为"祝陵",如同宁波梁祝墓称"义妇冢",在以男权为中心的古代社会,同样让人难以接受。

(三)宜兴出现"晋义妇祝英台之冢"

较长时期内,宜兴民间提到女子祝英台墓,多称之"祝陵"而非"义妇冢"。翻检清代以前文献,几乎不见宜兴存在"义妇冢"之记录。事实上,宜兴不见"义妇冢"说反而合理:"义妇冢"之"义"本指"义兴",本地人若称祝英台墓(祝陵)为"义妇冢"显然不合适(可参见第十章《梁祝同冢(义妇冢)、同学由来考》)。

据古代封禅常制,可知孙皓封禅祭坛祝英台必处"高山之下、小山之上",结合对祝英台遗址方位调查,可知此处"高山"指离墨山,"小山"乃指祝英台所在地之小山。因宜兴民间传说"祝陵"即女子祝英台墓,亦见祝英台死后,葬于古善卷寺旁之青龙山说(可参见第四章《祝英台故址考》),可见古善权寺与祭坛祝英台所处小山即青龙山,它为离墨山支脉。

今宜兴别处青龙山见"晋义妇祝英台之冢"旧碑并土冢(笔者判断"晋义妇祝英台之冢"碑、冢出现于20世纪20年代),相距民间传说埋葬祝英台尸骨的"祝陵"约七八里之遥。"晋义妇祝英台之冢"碑铭并冢之建立,表明后人多已不理解当地祝英台本封禅祭坛、古善权寺旁小山即青龙山之真相,抑或知情者有意作伪。

"晋义妇祝英台之冢"碑并冢之建立,无疑受宁波"义妇冢"说影响,如同清宜兴籍邵金彪《祝英台小传》将祝英台写成上虞人,二者均可视为宁波梁祝故事对宜兴之反哺。若深究其建立原因，应当说较为复杂，这里不再作展开。

（四）《祝英台小传》作者之冤

清末，宜兴人邵金彪曾撰《祝英台小传》，后为方志收录。梁祝起源地论争中，邵金彪在当地背负不少骂名，令人生憾。

《祝英台小传》提到梁祝读书在义兴善权山之碧鲜岩。为便于论述，现录《祝英台小传》如下：

> 祝英台，小字九娘，上虞富家女。生无兄弟，才貌双绝。父母欲为择偶，英台曰："儿当出外游学，得贤士事之耳。"因易男装，改称九官。遇会稽梁山伯亦游学，遂与偕至义兴善权山之碧鲜岩，筑庵读书。同居同宿三年，而梁不知为女子。临别梁，约曰："某月日可相访，将告父母以妹妻君。"实则以身许之也。梁自以家贫羞涩畏行，遂至愆期。父母以英台字马氏子。后梁为鄞令，过祝家询九官。家童曰："吾家但有九娘，无九官也。"梁惊悟，以同学之谊乞一见。英台罗扇遮面出，侧身一揖而已。梁悔念成疾，卒。遗言葬清道山下。明年，英台将归马氏，命舟子迁道过其处，至则风涛大作，舟遂停泊，英台乃造梁墓前，失声恸哭。地忽开裂，堕入茔中，绣裙绮襦化蝶飞去。丞相谢安闻其事于朝，请封为义妇。此东晋永和时事也。齐和帝时，梁复显灵异，助战有功，有司为立庙于鄞，合祀梁祝。其读书宅称碧鲜庵，齐建元间改为善权寺。今寺后有石刻大书"祝英台读书处"。寺前里许，村名祝陵。山中杜鹃花发时，辄有大蝶双飞不散。俗传是两人之精魂，今称大彩蝶尚谓祝英台云。①

将《小传》与宋人《义忠王庙记》比较，可见故事明显受后者影响之印迹。从部分结局看，《小传》明确提到祝英台的绣裙绮襦化为蝴蝶，与《庙记》描述有异。关于梁祝读书地点，《庙记》未及，而《小传》则谓在义兴。

针对宜兴、宁波等地流传的梁祝传说，清俞樾《茶香室丛钞》云："余按：此视邵金彪传稍略，而事或转得。其实如《宁波志》所云，则梁祝事迹固在浙东，与宜兴荆溪无涉也。邵《传》以为，其读书之处在义兴善权山，则亦其

---

① （清）施惠、钱志澄修，（清）吴景墙等纂《（光绪）宜兴荆溪县新志》卷九"古迹志·遗址"，本卷第14页。

读书之处非葬处也。何以善权寺前有祝陵之名，有双蝶之异？不几并两处为一谈乎！义兴县至隋始置，谓永和时即有义兴名，亦失之不考矣。……《粟香四笔》又引谈迁《外索》，云，鄞县东十六里接待寺西，祀梁山伯，号忠义王，此又不知何说。殆又讹梁山伯为梁山泊，而牵合于水浒演义矣。"①俞樾认为，邵金彪记载的宜兴梁祝传说或从他地转得而来，若按《小传》记载，祝英台葬所不应在其读书处，然善权寺前有"祝陵"存在，同时又见化蝶异说，让人疑惑；相比宜兴，浙东流行的梁祝事迹更为可靠。

邵金彪将祝英台籍贯写成浙江上虞人，宁波学者常抓住宜兴人不能自圆其说的弱点做文章，认为宜兴的梁祝传说无法离开浙江的根②。

为回应宁波学者论点，早已作古的邵金彪被宜兴学者视为授人以柄，屡遭质疑与讥讽。也有人认为，因祝英台生长的年代，其出阁行为不为礼教卫道士所容，对宜兴而言是耻辱，有伤风败俗之嫌，于是邵金彪作《祝英台小传》，有意将其逐出了宜兴③。

宁波学者以《祝英台小传》为论据批驳宜兴说，与宜兴学者对邵金彪的批判，表面看似是在争议祝英台籍贯，实质是梁祝传说起源地之论争。

《庙记》提及梁山伯籍贯会稽，祝英台籍贯上虞，并未明确二人去何地读书。从《庙记》所记"肆业三年，祝思亲而先返。后二年，山伯亦归省。之

① (清)俞樾《茶香室丛钞·四钞》卷三"梁山伯祝英台"，清光绪二十五年(1899)刻《春在堂全书》本，本卷第18—19页。
② 如周静书《论梁祝故事的发源》谓："宜兴人邵金彪撰的《祝英台小传》，全文300多字，除了一句'遂于借至义兴善权山之碧鲜岩外，筑庵读书'外，而其'梁祝故事'则基本沿袭宁波。"该文进一步认为："像张炳文、缪亚奇的《山伯琴剑英台扇》这样的宜兴当代梁祝传说的代表作，梁山伯最后还是要到'杭州'去读书，可见江苏宜兴的梁祝传说还是舍不得离开浙江传说的这条根。"(见《宁波大学学报》[人文社会科学版]2003年第2期，第32页)
③ 宜兴人蒋尧民《三论梁祝"宜兴说"》提到："邵金彪的《祝英台小传》是宜兴送给浙江的厚礼，此文不仅为'浙江说'推波助澜，而且直接起到扭转乾坤的决定作用。此文出笼的背景相当复杂，遂成一方县志载与本地无关的'异地人物'怪事。《小传》歪曲梁祝爱情，丑化祝英台品格，杜撰婚嫁情节，编造'祝英台读书宅'，却又提出祝陵，矛盾百出，此地无银三百两，实是一篇庸俗文章。……邵金彪将宜兴的'祝英台读书处'，改成了上虞、会稽人的游学之地，他难道不见宜兴的地方志上均有'英台故宅'四个字吗？"(见《宜兴梁祝传说·论文集》，方志出版社，2003年，第251、256页)又，蒋尧民《浅谈梁祝诸学说》认为："此文(邵金彪《祝英台小传》。笔者注)出笼的背景相当复杂，主要原因在于宜兴的部分文人中，正统的婚姻观念相当顽固，以祝英台'私奔'为耻，遂有将祝英台'逐出宜兴'之心，再加当时荆溪县县令钱志澄是浙江嘉兴人，与邵金彪同流，遂成一方县志载'异地人物'恶性事故。《小传》歪曲梁祝爱情，丑化祝英台品格，杜撰婚嫁情节，编造'祝英台读书宅'，却又提出祝陵，矛盾百出。不想邵氏竟凭数百字之'乱说'文章而名声大振。"(见周静书主编《梁祝文库·理论研究卷》，中华书局，2007年，第45—46页)

上虞,访信斋,举无知者"看①,上虞并非梁祝求学地。关于祝英台外出求
学,宁波鄞县民间见祝英台赴鄮城读书说,其实她并未离开家乡;浙东有传
说祝英台赴钱塘求学者(杭州万松书院传为祝英台读书地),乃为圆满祝英
台不该在本地读书之缺憾。

　　宋《咸淳毗陵志》记录"祝英台读书处"石刻位于"碧藓岩"前,出于撰者
知晓祝英台本地名真相,故视当地流传的梁祝故事"类诞"。作为宜兴文
人,邵金彪对本地祝英台真相应有所知晓,他将祝英台籍贯写成浙江上虞,
一方面受《庙记》影响,另一方面,避免生出祝英台本非人名疑问的同时,又
解决了祝英台赴外地读书却在自家门口有读书处的矛盾。如此,不仅增加
故事可信度,又将梁祝二人爱情结缘地牢牢锁定于宜兴,足见其聪明处。
事实上,若将梁祝传说视作维系宁波与宜兴两地梁祝地缘文化情感纽带的
话,邵金彪倒是将这条纽带维系得更紧的"功臣"。

　　在宜兴当地,从祭坛祝英台被讹为女子祝英台墓、祝英台后方存在"祝
英台读书处"石刻,及石刻附近的"碧鲜庵"被讹为女子祝英台读书地角度
看,这一现象让人费解。然若从梁祝传说起源角度思考,则知它乃故事与
生俱来之缺陷。若从宜兴以外地域流传的故事看,就不会面临类似的尴
尬。以宁波为例,当地同样存在类似祭坛祝英台的"梁山伯冢",即"义妇
冢"(祝英台墓),因当地不见"祝英台读书处"所在,故祝英台外出读书、邂
逅梁山伯并结下生死之缘就容易得到认同。

　　追溯祝英台外出读书说来由,可以说绝不会出自宜兴,而是宜兴以外
的地方。对于宜兴而言,考虑到祝英台女子身份,她在自家门口读书并无
不妥,从宜兴民间流传"祝英台读书处"石刻靠近女子祝英台读书处说法
看,祝英台外出读书说在当地自然难以立足。进而,《庙记》描述祝英台赴
外地读书,表明其读书处不当位于她自家门口;再从祝英台与"祝英台读书
处"两地名均出自宜兴角度看,宁波早期流传的梁祝读书地是否就是指宜
兴,便具备了可能性。故从这点看,邵金彪当年或许正是这般思考的。

　　看来,祝英台外出读书却在自己家门口有读书,表明这一说法,必然先
见于宜兴以外地域,之后再影响到宜兴本地民间传说。如此说来,梁祝传
说虽源出在宜兴,但他地尤其宁波,对梁祝传说变异产生的影响不容忽视。

---

①(清)汪源泽修,(清)闻性道纂《(康熙)鄞县志》卷九"庙祠·西鄙·义忠王庙",本卷第60页。

(五)宜兴见祝英台墓早于梁山伯墓记录

关于梁祝同冢,大多梁祝传说均云祝英台祭奠梁山伯时,因坠入梁山伯墓得以二人同冢。然而,在故事发生地宜兴,却存在祝台墓早于梁山伯墓抑或二人同葬墓说。如清宜兴籍潘允喆求证梁祝传说由来,认为民间流传故事不实,提出祝英墓更早出现。其《长溪草堂文钞》"游碧藓岩和石刻谷公词序"云:

> 吾邑祝英台事,传闻悠谬,世远年湮,莫由订正。兹取各说参定之,期归大雅。按:祝氏女名英,行九,住国山下。幼时与丹阳梁山伯同塾读书,两小无猜,情好笃至。梁爱英颖悟娟秀,约后日为夫妇。既而,梁游学四方,名成筮仕,归思娶祝。重至国山访之。其家云:"吾家九娘已死,葬于某处矣。"梁诣坟奠祭,一恸而绝。以其有婚姻之约也,里人遂合葬焉。所遗裳幅和钱纸焚于墓,其灰见风,悉化为蝶,飞集岩花野草间。乡人艳其事,以为此飞飞者,岂梁山伯所化乎?即其读书处筑台,志之曰祝英台。其宅舍为寺。寺在龙岩之南,龙湫即在寺北。墙外竹树清森,花枝冷艳,颜曰碧鲜庵。昔人诗云:"蝴蝶满园飞不现,碧鲜空有读书台。"纪实也。①

潘氏肯定祝英台为台坛之名,认为其得名与女子祝英有关,认定女子祝英墓早于梁祝合葬墓出现。看来,潘氏知晓祝英台本非女子之名,却不清楚它本孙皓封禅祭坛。

考证出孙皓封禅建筑曾改作他用这段历史,可知潘氏生活时代,梁祝传说相关的远古信息于宜兴仍见零星遗存。"祝氏女名英,行九,住国山卜。幼时与丹阳梁山伯同塾读书","即其读书处筑台,志之曰祝英台","其宅舍为寺",透露出丝许与真相关联之信息:祝英生长于国山脚下,是与祭坛祝英台方位关联;台坛祝英台旁边存在"祝英读书处",是与祭坛祝英台旁边见"祝英台读书处"石刻关联;梁山伯之丹阳籍,与同梁山伯相附会的萧衍祖籍丹阳关联;祝氏旧宅舍为寺,与萧衍赎"祝英台故宅"为善权寺事关联。遗憾的是,潘氏本欲将所辑信息融会贯通,"兹取各说参定之",因缺乏深入研考,结论不免牵强。不过,从潘氏之"订正"中,还隐见祝英台与梁

---

① (清)潘允喆《长溪草堂集文钞》卷上"游碧藓岩和石刻谷公词序",春晖堂藏板,清光绪丙戌(1886)重镌,本卷第18页。

祝同冢来由之少许真相(可参考第一章《祝英台考》)。

祭坛祝英台立于三国时期,它改作萧衍冢社之冢发生于南朝齐和帝在位间。此后,伴随梁山伯附会而出,才见"梁山伯冢"称谓,由此可知潘氏之说,实质乃从祝英台的出现早于"梁山伯冢"说而来。进而,潘氏之祝英墓(祭坛祝英台)早于"梁山伯冢"或梁祝同葬墓出现说,可作为"梁山伯冢"等来由之旁证材料(可参见第十章《梁祝同冢(义妇冢)、同学由来考》)。

(六)宁波之"梁山伯冢"先于"义妇冢"出现

按宋人《义忠王庙记》记述,祝英台出嫁途中,赴"山伯梁令之新冢"(梁山伯冢)祭奠,此时突发地裂,祝英台因而与梁山伯同冢,其后,谢安奏封二人墓冢为"义妇冢"。从中可见,"山伯梁令之新冢"(梁山伯冢)出现于"义妇冢"前,与宜兴的祝英台早于"梁山伯冢"(梁祝同葬墓)说明显相反。

若联系古鄮县为萧衍建立冢社事,则豁然可解:鄮县所建梁公冢(义忠王冢、梁王冢、梁圣君冢),因受义兴最早出现的萧衍与梁山伯附会影响,得称"梁山伯冢",至于"梁山伯冢"变身为"义妇冢"(祝英台冢),则明显受梁祝传说影响:"义妇冢"实为"义兴妇女(祝英台)冢"之简称(可参见第十章《梁祝同冢(义妇冢)、同学由来考》)。

古鄮县民间不称祝英台葬所为"祝英台冢",却强调其"义妇冢"称谓,实潜含当地流传的女子祝英台传说,本从义兴导入之原始信息。

"梁山伯冢"称谓之出,于齐、梁之交始具条件;而"义妇冢"称谓出现前提,必依附于祝英台讹为女子之名。结合笔者对梁祝传说起源上限之考证(可参见第十五章《梁祝传说起源时间考》),可知"义妇冢"说出现时间,必晚于公元972年,是为"梁山伯冢"先于"义妇冢"出现之本相。

(七)《义忠王庙记》不称祝英台籍贯义兴

将"义妇冢"之"义妇",理解成"义兴妇女(祝英台)",却带出一个疑问:为何《义忠王庙记》云祝英台籍贯"上虞之乡"而非"义兴"?

李茂诚作《义忠王庙记》时,梁祝传说已在当地产生较大影响。他将祝英台写成上虞人,表明《庙记》成撰前,当地早将庙中阮修容(籍贯上虞)塑像附会成女子祝英台(可参见第七章《梁山伯庙考》)。又,从《庙记》所涉时间看,其跨度较长(自东晋至北宋),李茂诚不提祝英台籍贯义兴,实质在于他不知故事来由之真相并"义妇冢"内涵(从《庙记》传达出诸多含混、甚至荒诞不经的信息足以见之)。

(八)梁祝因"阴配"而同冢

各地流行的梁祝传说中,梁祝"阴配"说较为常见。一类述说梁山伯死后,祝英台不愿嫁于他人,而"死葬"梁山伯墓;另一类则谓梁山伯死后,与更早逝去的祝英台同葬一穴而"阴配"。

各类梁祝"阴配"故事中,以祝英台"死葬"梁山伯墓为常见。这类故事最早可见《义忠王庙记》。20 世纪 90 年代,山东微山湖以北马坡乡出土明正德十一年(1516)所立梁祝墓碑,碑文提到梁祝曾同学三年,梁山伯死后,葬于吴桥迤东,不愿嫁于马郎的祝英台悲伤而死,乡党士夫谓其令节,从葬之于山伯墓,以遂其心愿。

浙江东部等地区,广泛流传"清官侠女阴配""清官侠女骨同穴"类故事,多讲述百姓为清官梁山伯营造墓穴时,于其下方发现更早的祝英台墓,考虑到梁山伯未婚,后人就将二人同葬一穴,"阴配"成夫妻。白岩《梁山伯庙墓与风俗调查》提到这类故事存在四种说法:"鄞县县令梁山伯为官清正,深得百姓爱戴,一直连任三任,当了九年县令。后因年老体弱,生病而亡。鄞县百姓为他在山青水秀风景优美的胡桥镇择地作坟,发现下面已有一穴,埋着侠女祝英台的尸骨。……百姓就将二人合葬。……二说梁山伯死后,英魂曾助明朝宁波知府抗击倭寇,当地官员奏禀朝廷为他请功,建造了'义忠王庙',因没有夫人配匹,从上虞找来贞节烈女祝英台与他'阴配'成夫妻合葬。三说祝英台殉情死后,祝员外不同意合葬,将她草草另葬一处。明朝宁波白总兵抗倭,得知梁祝托梦相助,白总兵就将他俩的坟墓合葬一起。四说梁山伯死后,英灵曾带领官兵,杀退金兵,救了小康王。因保驾有功,封为义忠王。在重修梁山伯墓时,挖到了烈女祝英台的墓,于是就将两人'阴配'成婚,合穴同葬。"[①]

若联系祭坛祝英台出现早于"梁山伯冢"之考证认知,则可对民间为何会流传梁山伯与更早逝去的祝英台"阴配"类故事作出解释。

(九)梁祝传说源于东晋说最为流行

针对梁祝传说起源,长期以来,以东晋说最为盛行,是多受《义忠王庙记》影响。若追溯其更早来由,则与萧衍多次接受"晋封"并建立冢社牵连。

齐和帝时,萧衍短期内接连晋封梁公、义忠王、梁王,各封地均按朝廷

---

① 见周静书主编《梁祝文化大观·学术论文卷》,第 303—304 页。

诏令为其建立冢社,其时古鄮县之"山伯梁令之新冢"(梁山伯冢、义妇冢),实为萧衍冢社之冢。

因古鄮县"梁山伯冢"并义忠王庙来由,皆与萧衍晋封官爵直接关联(可参见第七章《梁山伯庙考》),随着梁祝故事流行,后人遂将萧衍接受晋封之"晋",理解成了东晋。其后,好事者依据东晋名人谢安与上虞等地之渊源,又杜撰出"晋谢安奏封义妇冢"说。及至宋李茂成撰《义忠王庙记》,他尽力收集梁山伯庙相关事迹并将诸事串连,"晋谢安奏封义妇冢"说得入《庙记》。再往后,进一步讹生梁祝为东晋人并梁祝传说源起于东晋说。

(十)全国多地出现梁祝墓葬

倘梁祝果真为真实存在的历史人物,姑且撇开其衣冠冢不论,其真实墓葬,仅可能存在一处。然粗略统计表明,国内所见梁祝墓(祝英台墓)不下十处。梁祝起源地论争中,各地多强调本地墓葬真实性。弄清梁祝同冢来由基础上,可从这类墓冢与萧衍、古老祭坛关联角度,探求真相。

按笔者考证,世上并不存在真正梁祝墓,故任何试图通过文献考据或考古发掘梁祝尸骨的努力注定是徒劳。

齐和帝时,萧衍受封之十郡(旋增至二十郡)均为其建立了冢社。因义兴将祭坛祝英台改作萧衍冢社之冢,在萧衍与梁山伯出现附会基础上,"梁山伯冢"与祭坛祝英台同冢说成为"事实"。唐末以后,伴随梁祝故事萌生并逐渐流行,各地(除义兴外)与萧衍相关的冢社之冢(梁山伯冢)渐渐讹为"义妇冢"(可参见第十章《梁祝同冢(义妇冢)、同学由来考》)。这是多地出现梁祝墓冢的主要原因。

对多地之梁祝墓冢作系统梳理,可分三类作论:

其一,宜兴、宁波的梁祝墓冢。宜兴民间称祝英台为"祝陵",出于祭坛祝英台与"陵"外观相似,而祝英台讹为女子祝英台墓,乃受梁祝传说并祝英台异称"祝陵"影响,至于当地不见梁山伯墓方位,前文已论,此处不赘;宁波"梁山伯冢",亦为萧衍冢社之冢,因受宜兴祭坛祝英台与"梁山伯冢"同冢说影响,才讹传为"义妇冢"(梁祝葬冢)。

其二,除宜兴、宁波外,南齐时萧衍受封之十八郡域所见梁祝墓冢。这类古郡所见梁祝遗址,多与萧衍冢社建立相关,并与《庙记》所述梁祝墓冢存有相似经历:当地"梁山伯冢"必早于祝英台墓冢(义妇冢)而出现。

其三,萧衍受封古郡县以外地方,出现梁祝墓冢或相关遗迹。这类遗迹,多与当地存在类似祝英台的祭坛或萧衍相关的传说关联,抑或直接受梁祝传说陶染而生出附会。

第五节 梁祝传说起源研究再思考

围绕梁祝传说"申遗",多地曾出现过激烈论争。笔者提出梁祝传说源头在宜兴,并不否认他地对故事传播与变异发挥的作用。考虑到多地存在的梁祝文化遗址对故事的流布均产生过广泛影响,下面再略费些许笔墨,对这类文化遗址的研究,作两点提示:

其一,当重视古代祭坛与梁祝文化遗址渊源的研究。既然梁祝传说之讹出,与祭坛祝英台讹为人名相关,那么,全国多地存在"祝英台读书处"遗址,是否最初也从与帝王或显贵相关、类似祝英台的大型祭坛讹传而来?① 进而,全国各地与帝王、显贵相关的祭坛并不少见,其中哪些曾因讹称"祝英台",才成为梁祝遗迹的呢?

其二,当重视梁武帝与梁祝遗址渊源的研究。南齐和帝时,宜兴、宁波所立萧衍家社,最终成为梁祝遗址。考虑到当时萧衍家社分布于当时二十郡各县层级,今各地(除宜兴、宁波外)所见梁祝文化遗址,有哪些会关联萧衍家社呢? 山东、河南、甘肃、安徽等地,皆见梁祝遗迹,如安徽舒城的祝英台墓、甘肃清水县传为祝英台墓的"祝英台塬"② 等,旧时其旁均见祠庙类建筑,是否出于它们与萧衍家社相关,抑或其形制与萧衍家社相似,受梁祝传说影响,才与故事产生渊源的呢? 江苏兴化、宝应等多地遗有"梁武帝读书台"③,当地民间流传的梁祝故事与民俗,是否亦与梁武帝存在渊源? 梁武帝在位时,曾在多地建立佛寺,有无伴随故事流布而最终讹为梁祝遗迹

---

① 比如,扬州民间将槐泗镇"隋炀帝陵"当作为"祝英台坟",既排除它为隋炀帝真陵,"祝英台坟"堆土建筑,其前身是否亦为大型祭坛,值得研究。

② 清水县存在"祝英台塬"古文化遗址,当地称之祝英台墓,此塬附近旧有寺庙类建筑。"祝英台塬"位于永清镇祝英台塬村,1989 年列入县级文保单位。"塬"乃西北黄土高原地区对平顶台状高地之特殊称谓。联系宜兴的祝英台本为祭坛之名看,"祝英台塬"是否也作为古代的祭坛使用过,值得研究。

③《(乾隆)江南通志》云:"观音寺在兴化县东北八十里,南唐保大四年建,宋乾德四年赐额,内有梁武帝读书台"(尹继善等修、黄之隽等纂《(乾隆)江南通志》卷四十六《舆地志·寺观四》"扬州府",清乾隆元年[1736]刻本,本卷第 11 页);《(隆庆)宝应县志》云:"梁武帝读书台在齐兴寺内,今废"(汤一贤纂修《(隆庆)宝应县志》卷之二,明隆庆三年[1569]刻本,本卷第 25 页)。

的呢？进而，是否可从梁武帝与某地历史关联角度，来研究梁祝传说与其地的渊源，并对其地梁祝遗址来由作出新的解释呢？

　　小结：尽管全国多处可见梁祝传说遗址、遗迹，故事起源地历来存在众说，然考证可见梁祝传说的真正起源地在宜兴；梁祝传说从萌芽到基本成型，经历了令人难以置信的复杂过程；明确梁祝传说起源于宜兴，结合对宁波等地流传的故事等研究，可对传说相关的诸多怪异现象作出解释；针对各地所见梁祝遗址，若从其与古代祭坛或萧衍关联角度进行研究，多会有新的发现。

附:梁祝传说起源考证思维导图

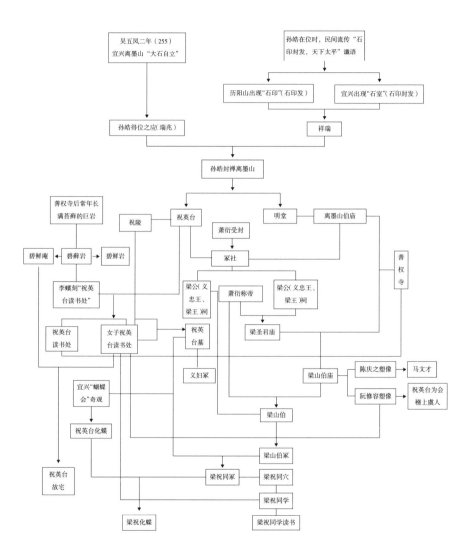

本书篇章来源说明

以下篇章曾经发表,收入本书皆已有所修改,甚至见对观点之调整,敬请留意。

第一章:《祝英台考》。第1—2节部分内容载《江海学刊》2008年第4期同名文章;人大复印报刊资料《中国古代、近代文学研究》2008年第11期转载。本书部分观点有调整。

第二章:《碧鲜庵考》。第1—4节部分内容载《东南文化》2012年第3期同名文章。本书部分观点有调整。

第五章:《【祝英台近】词(曲)牌考》。主体内容载台湾戏曲学院《戏曲学报》第十五期,2016年12月,题《【祝英台近】词(曲)牌考正》。本书部分观点有调整。

第六章:《梁山伯考》。第1—4节部分内容载《江海学刊》2012年第4期同名文章;人大复印报刊资料《魏晋南北朝隋唐史》2012年第6期转载。本书部分观点有调整。

第七章:《梁山伯庙考》。第1—4节部分内容载《民族艺术》2015年第5期同名文章。

第十章:《梁祝同冢〈义妇冢〉、同学由来考》。第1—4节部分内容载《艺术百家》2018年第6期,题《梁祝同冢考》。

第十一章:《梁祝化蝶考》。第1—3节主体内容载《艺术百家》2015年第5期同名文章。

第十二章:《"华山畿"考》。第2—3节部分观点载《江海学刊》2007年第3期,题《华山畿小识》。

第十五章:《梁祝传说起源时间考》。主体内容分别载《艺术百家》2012年第6期,题《梁祝传说起源时间考》;《艺术百家》2021年第1期,题《梁祝传说起源时间再考》。

主要参考文献

一、典籍

（汉）司马迁撰，（南朝宋）裴骃集解，（唐）司马贞索隐，（唐）张守节正义《史记》，北京：中华书局1982年第2版。

（汉）班固撰，（唐）颜师古注《汉书》，北京：中华书局1962年版。

（晋）干宝撰，（明）胡震亨、毛晋同订《搜神记》，明《津逮秘书》本。

（晋）陈寿撰，（南朝宋）裴松之注《三国志》，北京：中华书局1982年第2版。

（晋）司马彪撰，（梁）刘昭注补《后汉书志》，北京：中华书局1997年版。

（南朝宋）范晔撰，（唐）李贤等注《后汉书》，北京：中华书局1965年版。

（梁）萧绎《金楼子》，清乾隆三十七年（1772）至道光三年（1823）长塘鲍氏刻《知不足斋丛书》本。

（梁）萧子显《南齐书》，北京：中华书局1972年版。

（梁）沈约《宋书》，北京：中华书局1974年版。

（陈）徐陵辑，（清）吴兆宜注，（清）程际盛删补《玉台新咏笺注》，清乾隆三十九年（1774）程际盛刻本。

（唐）李肇《唐国史补》，明《津逮秘书》本。

（唐）姚思廉《梁书》，北京：中华书局1973年版。

（唐）房玄龄等《晋书》，北京：中华书局1974年版。

（唐）李延寿《南史》，北京：中华书局1975年版。

（唐）许嵩撰，张忱石点校《建康实录》，北京：中华书局1986年版。

（唐）杜佑撰，王文锦等点校《通典》，北京：中华书局1988年版。

（后晋）刘昫等《旧唐书》，北京：中华书局1975年版。

（宋）罗濬等《（宝庆）四明志》，宋刻本。

（宋）王应麟《玉海》，元至元六年（1340）庆元路儒学刻，明修本。

（宋）陶岳《五代史补》，明虞山毛氏汲古阁刻本。

（宋）张津等纂《（乾道）四明图经》，清咸丰四年（1854）刻宋元四明六志本。

（宋）王象之《舆地纪胜》，清影宋钞本。

（宋）李昉等《太平广记》，北京：中华书局 1961 年新 1 版。

（宋）郭茂倩《乐府诗集》，北京：中华书局 1979 年版。

（宋）苏轼著，（清）王文诰辑注《苏轼诗集》，北京：中华书局 1982 年版。

（宋）陈振孙撰，徐小蛮、顾美华点校《直斋书录解题》，上海：上海古籍出版
　　社 1987 年版。

（宋）史能之等《咸淳毗陵志》，北京：中华书局 1990 年影印《宋元方志丛刊》。

（宋）赵彦卫撰，傅根清点校《云麓漫钞》，北京：中华书局 1996 年版。

（宋）周应合纂《景定建康志》，南京：南京出版社 2009 年版。

（宋）马端临著，上海师范大学古籍研究所、华东师范大学古籍研究所点校
　　《文献通考》，北京：中华书局 2011 年版。

（元）脱因修，（元）俞希鲁纂《（至顺）镇江志》，清嘉庆《宛委别藏》本。

（元）袁桷撰，（清）徐时栋校刊《（延祐）四明志》，清咸丰四年（1854）刻《宋元
　　四明六志》本。

（元）脱脱等《宋史》，北京：中华书局 2000 年版。

（明）沈敕《荆溪外纪》，明嘉靖二十四年（1545）刻本。

（明）周诗修，（明）李登纂《（万历）江宁县志》，明万历二十六年（1598）刻本。

（明）刘广生修，（明）唐鹤征纂《（万历）常州府志》，明万历四十六年（1618）
　　刻本。

（明）陈仁锡《潜确居类书》，明崇祯刻本。

（明）陆应旸辑，（清）蔡方炳增订《广舆记》，清康熙二十五年（1686）吴郡宝
　　翰楼刊本。

（明）杨恩原本，（清）纪元续修《（康熙）巩昌府志》，清康熙二十七年（1688）
　　刻本。

（明）黄润玉《（成化）宁波府简要志》，清抄本。

（明）徐树丕《识小录》，《涵芬楼秘笈》景稿本。

（明）方策辑《善权寺古今文录》，清嘉庆九年（1804）抄本。

（明）徐于室辑，（明）钮少雅订《汇纂元谱南曲九宫正始》第七册，北京：戏曲
　　文献流通会 1936 年影印。

（清）于成龙等修，（清）张九征、陈焯纂《（康熙）江南通志·舆地志》，清康熙
　　二十三年（1684）江南通志局刻本。

（清）李先荣、徐喈凤纂修《（康熙）重修宜兴县志》，清康熙二十五年（1686）刻本。

（清）汪源泽修，（清）闻性道纂《（康熙）鄞县志》，清康熙二十五年（1686）刻本。

（清）刘俊声修，（清）张桂芳、雍山鸣纂《（康熙）清水县志》，清康熙二十六年（1687）刻本。

（清）陈维崧《迦陵词全集》，清康熙二十八年（1689）陈宗石患立堂刻本。

（清）陈维崧撰，（清）程师恭注《陈检讨集》，清康熙三十二年（1693）"有美堂"刻本。

（清）于琨修，（清）陈玉璂纂《（康熙）常州府志》，清康熙三十四年（1695）刻本。

（清）娄一均修，（清）周翼纂《（康熙）邹县志》，清康熙五十四年（1715）刻本。

（清）尹继善等修，（清）黄之隽等纂《（乾隆）江南通志》，清乾隆元年（1736）刻本。

（清）袁枚《（乾隆）江宁新志》，清乾隆十三年（1748）刻本。

（清）翟灏《通俗编》，清乾隆十六年（1751）翟氏无不宜斋刻本，

（清）秦蕙田《五礼通考》，清乾隆二十八年（1763）秦氏味经窝刻本。

（清）钱维乔修，（清）钱大昕纂《（乾隆）鄞县志》，清乾隆五十三年（1788）刻本。

（清）朱超纂修《（乾隆）清水县志》，清乾隆六十年（1795）抄本。

（清）吴骞《桃溪客语》，清乾隆吴氏刻《拜经楼丛书》本。

（清）李先荣原修，（清）阮升基、唐仲冕等增修，（清）宁楷等增纂《（嘉庆）增修宜兴县旧志》，清嘉庆二年（1797）刻本。

（清）唐仲冕修，（清）宁楷纂《（嘉庆）重刊荆溪县志》，清嘉庆二年（1797）刻本。

（清）吴骞《拜经楼诗集》，清嘉庆八年（1803）刻增修本。

（清）吴骞《愚谷文存》，清嘉庆十二年（1807）刻本。

（清）吴骞《愚谷文存续编》，清嘉庆十九年（1814）刻本。

（清）顾名、龚润森同修，（清）吴德旋纂《（道光）重刊续纂宜荆县志》，清道光二十年（1840）刻本。

（清）戴枚修，（清）徐时栋、董沛纂《（同治）鄞县志稿》，清同治十三年（1874）

稿本。

(清)施惠、钱志澄修,(清)吴景墙等纂《(光绪)宜兴荆溪县新志》,清光绪八
　　年(1882)刻本。

(清)潘允喆《长溪草堂文钞》,春晖堂藏板,清光绪丙戌(1886)重镌。

(清)潘允喆《长溪草堂集·词钞》,春晖堂藏板,清光绪丙戌(1886)重镌。

(清)卢文弨辑《常郡八邑艺文志》,清光绪十六年(1890)刻本。

(清)缪荃孙《艺风堂金石文字目》,清光绪二十三年(1897)稿本。

(清)俞樾《茶香室丛钞·四钞》,清光绪二十五年(1899)刻《春在堂全
　　书》本。

(清)江顺诒纂辑,(清)宗山参订《词学集成》,清光绪刻本。

(清)吴骞《国山碑考》,上海:商务印书馆据1936年《拜经楼丛书》本排印。

(清)吴骞《尖阳丛笔》,清抄本。

(清)嘉庆《增修宜兴县旧志》,南京:江苏古籍出版社1991年影印。

(清)王奕清等编《钦定曲谱》,长沙:岳麓书社2000年版。

二、论著

钱南扬《宁波梁祝庙墓现状》,《民俗周刊》第九三、九四、九五期合刊"祝英
　　台故事专号",1930年2月出版。

徐沄秋《阳羡奇观》,苏州:寿楣出版社1935年版。

龙榆生编选《唐宋词格律》,上海:上海古籍出版社1978年版。

杨文生《词谱简编》,成都:四川人民出版社1981年版。

严建文《词牌释例》,杭州:浙江古籍出版社1984年版。

路工编《梁祝故事说唱集》,上海:上海古籍出版社1985年版。

宜兴市风景园林管理处编印《善卷洞诗文选粹》,宜兴:内部发行1994年版。

周静书主编《梁祝文化大观·故事歌谣卷》,北京:中华书局1999年版。

周静书主编《梁祝文化大观·戏剧影视卷》,北京:中华书局1999年版。

俞为民《梁山伯与祝英台》,南京:江苏古籍出版社2000年版。

周静书主编《梁祝文化大观·学术论文卷》,北京:中华书局2000年版。

宜兴市政协学习和文史委员会、宜兴市华夏梁祝文化研究会编《宜兴梁祝
　　文化·史料与传说》,北京:方志出版社2003年版。

宜兴市政协学习和文史委员会、宜兴市华夏梁祝文化研究会编《宜兴梁祝

文化·论文集》,北京:方志出版社 2004 年版。

(高丽)释子山夹注,查屏球整理《夹注名贤十抄诗》,上海:上海古籍出版社 2005 年版。

宜兴市旅游园林管理局编《宜兴旅游事业的开拓者——储南强》,北京:方志出版社 2006 年版。

周静书主编《梁祝文库·理论研究卷》,北京:中华书局 2007 年版。

钱南扬《梁祝戏剧辑存》,北京:中华书局 2009 年版。

钱南扬《汉上宧文存续编》,北京:中华书局 2009 年版。

吴藕汀、吴小汀《词调名辞典》,上海:上海书店出版社 2005 年版。

宜兴华夏梁祝文化研究会编《中国梁祝文化论坛文集》,宜兴:华夏梁祝研究会 2015 年版。

后　记

　　大约在六七岁时,看到油菜花丛中停栖着一对蝴蝶,正欲捕捉,却被表兄喝止,说这是梁山伯祝英台,抓了会作孽,当时我大吃一惊:蝴蝶怎么叫这么奇怪的名字?

　　我曾很不喜欢戏曲:咿咿呀呀的唱腔、不急不慢的动作让人难以接受。直到上初中时,看过越剧电影《梁山伯与祝英台》,得知梁祝死后化作了蝴蝶,才解开我多年的心结,同时还发现自己不再那么讨厌戏曲了。

　　初入南京大学那年,大华电影院播放越剧《梁祝》,重温老影片,不仅再次为剧情所动,而且开始喜欢上了戏曲。

　　在厦门大学攻读戏剧戏曲学硕士期间,导师郑尚宪先生播放梁祝影片时,提到梁祝传说尚有很多谜团没有解开,好奇的我于是选择这一传说作为研究对象,未曾想到,以后对梁祝传说研究竟时断时续地坚持了近二十年。

　　我一直奇怪梁祝传说中的女子为何叫"祝英台",觉得祝英台不当是人名,至于祝英台本当是什么,实在说不清楚,直到 2006 年秋日突发奇想,"祝英台"中著一"台"字,会不会是座台子呢?联想到这点时,忽然浑身发热并内心莫名地生出极大恐惧。其后,我努力搜寻祝英台与台子的相关信息,不断有了新的发现并终获验证。

　　考证出祝英台不是人名而是东吴末帝孙皓封禅所建祭坛之名后,初撰《祝英台考》。接下来,始终想弄清梁山伯的由来,然而,直到博士毕业,也没有满意的答案。

　　回想起来,对梁山伯真相的思考,至少历经五年。这是我研究梁祝传说中遇到的第一道"槛"。

　　我的博导俞为民先生乃钱南扬先生衣钵传人,钱先生作为我国近代最早关注并探求梁祝传说源头的学者,曾累积大量学术成果。受其导师影响,俞先生也从事过这方面的研究,故对我博士阶段选择以梁祝研究为课题非常支持。

认定梁山伯与梁武帝及山神存在附会后,我向俞先生汇报了梁祝故事起源于江苏宜兴的证据,并且说有把握找到故事缘起相关的重要证物——位于宜兴、至清代中期已失踪的"祝英台读书处"石刻。没有料到第二天一早,他就主动电话约我去宜兴善卷洞景区实地考察,果然在祝英台读书处景点后方一巨岩("碧藓岩")表面,清理出残存的"祝""英"二大字痕迹。记得当时他说,钱先生与我都错了,你是对的,要继续研究!

后来有缘成为著名历史学家贺云翱先生的博士后,受其考古学方法影响,我更加注重搜寻梁祝有关的历史遗迹作为考证支撑,一旦有了新收获就及时反馈并听取他的意见。

判断梁祝传说起源与"祝英台读书处"石刻成刻时间密切相关、传说起源时间不早于唐末后,又遇古籍明确记载唐代梁载言《十道志》录有梁祝故事信息这道"槛",颠覆性考证认知曾折费我相当多的精力。

研究中遇到的第三道"槛",是众多文献记载六朝萧绎《金楼子》中曾见梁祝故事,果真如此,则我关于传说起源时间的论断等全无道理。好在功夫不负有心人,之后的苦苦考探终于让我跨越了这道障碍。

若非经历漫长时间的考证,我绝不会想到梁祝传说发生背景有那么复杂!复杂到让人难以置信的程度!

多年来,我曾不止一次地反思,我耗费太多精力于一个纯属虚构而近乎荒诞的民间传说,究竟为什么? 我本来尽可以利用这些时间喝酒、打牌、游山玩水与多陪陪家人、朋友的! 我的付出值得么?

研究期间,我也曾在高等级刊物发表系列成果,按理说会产生一定影响。然而,我受邀参加的各类学术研讨会议中,竟然未见关于梁祝传说的任何邀请函,有时难免产生孤独感。

笔者关于梁祝课题的研究原含上、中、下三部分,本书稿为第一部分。第二部分涉关宋元至 20 世纪末梁祝传说的变异研究,计 10 余万字,多为爬罗,无出版必要;第三部分是梁祝传说相关文献的斟评,计 20 万字,稍具价值,暂亦不考虑出版。

课题研究中,不时有新的发现,这类发现涉多个领域,部分在书中有所提示,有意者可继续研究。

受兴趣转向影响,本书稿付梓也意味着笔者对梁祝传说研究的终结。

本课题研究组成员伏涤修教授多次帮助梳理思路,武翠娟副教授帮助核对引文,伏蒙蒙博士帮助收集资料等,诸多亲友、同事、同门也给予了一定帮助,在此一并致谢!

衷心感谢导师俞为民、贺云翱两位先生百忙中为拙作作序添彩!

因本人天性粗放、学养有限,书中必定存在不少问题,敬请专家、读者批评指正。

癸卯秋月下浣于金陵鸣桐阁